*

Es ist kalt draußen und es schneit wieder einmal. Tilmann mag den Winter nicht und sehnt das Frühjahr herbei. Er möchte einfach wieder mit seiner Tochter im Garten spielen können, sie in die Schaukel setzen und ihr Anschwung geben. Dann schreit sie vor lauter Glück und Tilmann wird es ganz warm um sein Vaterherz. Natürlich kann Charlotte mit ihren sieben Jahren schon lange alleine schaukeln, aber schöner ist es trotzdem mit der großen Hand ihres Vaters im Rücken.

In diesem Moment klingelt es in der Praxis und Tilmann wird jäh aus seinen wohligen Gedanken gerissen.

Theodor Konrad Wolf kommt mit hastigen Schritten in die Praxis, wirft seine Jacke über einen Stuhl im Behandlungsraum und lässt sich in den schwarzledernen Patienten-Sessel fallen. Seine Kleidung ist verschmutzt und staubig: »Herr Braun, Sie entschuldigen sicher meinen Aufzug. Ich renoviere gerade zu Hause sehr aufwendig und habe darüber etwas die Zeit vergessen. Ich musste mich leider, so wie ich jetzt bin, in den Wagen setzen und in diesem Zustand zu Ihnen kommen.«

Ohne eine Antwort seines Therapeuten abzuwarten, fast ohne Luft zu holen, redet er weiter: »Herr Braun, ich muss Ihnen sagen, dass mir die erste Sitzung bei Ihnen sehr gefallen und auch gutgetan hat. Ich merke, wir haben eine ganz besondere Beziehung zueinander. Wer weiß, vielleicht können wir später, nach Beendigung der Therapie, uns auf das eine oder andere Bier treffen?«

Tilmann sitzt mit übereinander geschlagenen Beinen in seinem Sessel und lässt, etwas bemüht lächelnd, den ersten Redeschwall seines neuen Patienten über sich ergehen. Was bleibt ihm auch anderes übrig? Aber einen Teufel wird er tun, auf dessen Angebot einzugehen! »Vielen Dank Herr Wolf, es freut mich sehr zu hören, dass Sie sich bei mir wohlfühlen.«

Tilmann lässt das Thema des gemeinsamen Biers bewusst aus. Es kommt, wenn auch selten, vor, dass ein Patient ihn auch privat kennenlernen möchte. Manche können die Distanz zu ihm als Therapeuten im Sinne eines Machtgefälles nur schwer ertragen. Bei anderen Patienten, die zurückgezogen oder isoliert leben, ist es wirklich ein Bedürfnis nach sozialem Kontakt. Noch seltener, aber auch das gab es in der Vergangenheit, ersehnten Patientinnen ein intimes Verhältnis zu ihm. Das waren natürlich die heikelsten Situationen.

Beim Patienten Wolf befürchtet Tilmann hingegen, dass wenn er jetzt, um Ruhe zu haben, auf das Angebot einginge, der Patient das Therapieende nicht würde abwarten können, um ein privates Verhältnis anzustreben. Ginge Tilmann hingegen hin und lehnte dessen Wunsch zu hart ab, so könnte das zu diesem Zeitpunkt eine zu starke Kränkung darstellen und Herr Wolf die Behandlung abbrechen. Es ist und bleibt doch eine Gratwanderung mit der Nähe und der Distanz, denkt Tilmann für sich. Man kann als Psychotherapeut in diesem unwegsamen Gelände zu beiden Seiten abstürzen. Deshalb versucht er jetzt, es thematisch unverfänglicher anzugehen: »Herr Wolf, da wir uns noch in der diagnostischen Phase der Behandlung befinden, würde ich mich heute gerne mit Ihnen …«

»Entschuldigung, dass ich Sie schon wieder unterbrechen muss. Ich denke, wir beide sind uns einig, dass wir uns nicht lange mit blöden Diagnosen rumschlagen müssen. Schreiben Sie irgendwas für die Krankenkasse auf, sodass die Behandlungskosten übernommen werden.« Mit einer wegwerfenden Handbewegung unterstreicht Herr Wolf, wie unglaublich sinnlos, insbesondere in seinem Fall, er die Formalitäten empfindet. Seine Augen verengen sich zu Schlitzen, während er unvermittelt einen feindseligen Ton anschlägt: »Die gehören doch auch zu diesen Geldsäcken und nehmen uns mit ihren horrenden Beiträgen aus. Ahnung haben die aber trotzdem von nichts. Da ist es nur mehr als gerecht, die Kasse mal ordentlich bluten zu lassen.«

Tilmann bemerkt, wie sich sein Patient aufregt und versucht abzuwiegeln: »Ach Herr Wolf, Sie wissen doch, dass in unserem Land alles geregelt sein muss. Schließlich gilt doch, von der Wiege bis zur Trage: Formulare, Formulare.«

Der interessiert sich aber weiterhin nicht für Aussagen seines Therapeuten und wechselt schon wieder das Thema.

»Na ja, egal wie, aber da ich mit Sicherheit nicht Ihr unwichtigster Patient bin, werden Sie die Kosten-Kuh schon irgendwie vom Eis holen. Die wollen Sie ja schließlich melken, nicht wahr?« Herr Wolf sitzt breitbeinig, ungeachtet seiner staubigen Klamotten, in den Sessel gefläzt. Mit einem an Selbstgefälligkeit kaum zu überbietenden schiefen Lächeln und hochgezogener Augenbraue schaut er abwartend und prüfend zu Tilmann herüber.

Na, sieh mal einer an! Da haben wir sie ja, unsere allseits beliebte Kombination aus größenwahnsinnig anmutender Selbstüberschätzung und gegen null gehender Empathie für das Gegenüber, denkt Tilmann. Der Typ hört nicht im Geringsten zu, fällt ihm permanent ins Wort und hält sich für den Nabel der Welt. Narzissmus pur in seiner schillerndsten Spielart, das weiß Tilmann jetzt schon, auch ohne aufwendigen Persönlichkeitsfragebogen. Und ein Nervensägen-Zuschlag von der Krankenkasse ist auch nicht im Entferntesten zu erwarten, denkt er mit einem tiefen gefühlten Seufzer. Während dessen redet sein neuer Patient wieder munter wie ein Zimmerspringbrunnen weiter.

»Herr Braun, mein Arzt hat Sie mir empfohlen, weil Sie auch als Coach arbeiten. Machen wir uns nichts vor, ich bin weder krank, noch brauche ich eine Psychotherapie im eigentlichen Sinne.«

»Ach so, na dann müssen wir ja vielleicht gar nicht …«, keimt Hoffnung in Tilmann auf.

»Ich brauche natürlich jemanden, mit dem ich mich auf meinem Niveau austauschen kann. Ich brauche jemanden, der mir erklärt, warum ich immer wieder an inkompetente Chefs und nichtsnutzige Kollegen gerate.«

Und wieder diese wegwerfende Handbewegung, um das Selbstverständnis der eigenen Überlegenheit zu verstärken, denkt Tilmann, schon etwas angestrengt.

»Und wenn Sie so gut sind, wie mir mein Arzt sagte, kennen Sie sicher auch Strategien, mit denen ich mein Umfeld in meinem Sinne besser beeinflussen kann. Sie verstehen? Ich mag den Begriff Manipulation nicht, aber *beeinflussen* trifft es irgendwie.«

Herr Wolf schaut dabei herablassend auf seine manikürten Finger. Er stutzt kurz, als er angetrocknete Wandfarben-Kleckse auf seinem Handrücken entdeckt und zögert nicht, sie abzuknibbeln und auf den dunkelgrauen Teppich fallen zu lassen. »Tritt sich fest«, sagt er und schaut Tilmann herausfordernd lächelnd an.

Dieser ist jetzt schon mehr als nur erstaunt über die Dreistigkeit dieses Patienten. Er spürt Ärger in sich aufkommen. Im Laufe seiner langjährigen therapeutischen Erfahrung ist ihm bereits die ganze Bandbreite an teils auch sehr skurrilen persönlichkeitsgestörten Patienten begegnet. Eigentlich meint er, es gebe in dieser Hinsicht nichts, was er nicht schon erlebt habe. Dennoch ereilt ihn jedes Mal noch so etwas wie Fassungslosigkeit, wenn ihm sozusagen der krasse Prototyp einer Persönlichkeitsstörung begegnet.

Herr Wolf meint alles genau so, wie er es sagt, befürchtet Tilmann. *Na das kann ja was werden!*

Mit narzisstischen Patienten hat Tilmann die Erfahrung gemacht, dass sie erst dann einen Therapeuten aufsuchen, wenn die Druckanzeige schon tief im roten Bereich ist. *Also muss unser guter Mann hier trotz allen inszenierten Selbstbewusstseins schon sehr verzweifelt sein.*

Tilmann versucht, seinen Patienten betont vorsichtig, Narzissten sind in seinen Augen rohe Eier, wieder auf den Punkt zu bringen. Er hat sich zum Ziel gesetzt, Herrn Wolf langfristig für seine Störung zu sensibilisieren: »Neben den Schwierigkeiten bei der Arbeit deuteten Sie in unserer ersten Sitzung auch gewisse Zustände übermäßiger Aggression an. Habe ich Sie richtig verstanden, dass Sie auch diese bearbeiten möchten?«

Wolf rutscht unsicher auf seinem Sessel hin und her. Er weiß nicht genau, was er dazu sagen soll: »Herr Braun, ja die Aggressionen hat es vielleicht mal gegeben. Von daher mag es wichtig für Sie sein, mehr darüber zu erfahren.«

»Genau, wir verstehen uns«, ist Tilmann beharrlich um einen konstruktiven Verlauf bemüht. »Schließlich haben Aggressionen immer ihre Ursache und könnten womöglich auch mit den Problemen am Arbeitsplatz in Verbindung stehen. Eventuell werden Ihre außerordentlichen Fähigkeiten bei der Arbeit regelmäßig nicht erkannt? Das wäre, ganz selbstverständlich, sehr frustrierend. Aus der Frustration heraus könnte sich Ihre Aggressivität entwickeln beziehungsweise könnte ihr Verhalten von Kollegen falsch interpretiert werden. Also, ich möchte vor allem damit sagen, die Ursache der Probleme läge letztlich nicht primär bei Ihnen, sondern, gelinde gesagt, eher in einer Kette von Missverständnissen in Kombination mit der geistigen Schlichtheit ihrer Kollegen.« Tilmann streicht sich über sein kurzgeschnittenes Haar und zieht fragend eine Augenbraue hoch. Er hofft, seinen Patienten nicht zu sehr mit seinem Erklärungsansatz überfahren zu haben.

»Ein sehr interessanter Gedankengang, Herr Braun, der es wert ist, weiter darüber nachzudenken.«

Herr Wolf wirkt im positiven Sinne verwirrt und zum ersten Mal wirklich ernsthaft interessiert an seinem Gegenüber. Tilmann schöpft Hoffnung und versucht, die Gunst der momentanen Offenheit seines Patienten weitergehend zu nutzen. »Vielleicht denken Sie in diesem Zusammenhang auch noch über weitere belastende Faktoren nach. Diese müssen sich nicht nur auf die Arbeit beziehen. Vielleicht gab es auch welche im Privatleben, in ihrer Familie?

Was ist zum Beispiel mit ihren Eltern?«

»Eltern?« Die Augen seines Patienten verengen sich und, von Tilmann unbemerkt, beginnt sich dessen gesamter Körper anzuspannen. Theodor Konrad Wolf bekommt feuchte Hände und ihm wird übel. Ohnmächtige Wut und Hilflosigkeit breiten sich schlagartig in seinem Unterleib aus, steigen auf und schnüren ihm den Hals zu. Er spürt, was jetzt trotz allen inneren Widerstands kommt. Unerbittlich beginnt ein Film zu laufen.

»Jetzt setzt es was!« Sein Vater verprügelte Theodors fünfjährigen zarten Körper mit einem Stück Dachlatte. Bei jedem Schlag, sein Vater achtete als Ordnungsfanatiker genau auf Rhythmus, keuchte er unermüdlich sein immer gleiches Mantra: »Papi hat den Theo lieb, Papi hat den Theo lieb, Papi hat den Theo lieb…«, immer auf die Oberschenkel, den Po, den Rücken, nie auf den Kopf: wegen der Leute. »Die verstehen alles falsch und denken sonst, dein Vater ist ein Schläger, aber das bin ich eben nicht«, sagte sein Schweiß gebadeter Vater, als er erschöpft die Dachlatte fallen ließ.

»Theo, wie oft habe ich dir gesagt, du sollst den Papa nicht immer so provozieren!« Seine Mutter tätschelte aus einer gewissen Entfernung die Schulter ihres am Boden liegenden Sohnes. Trost war das nicht.

»Sei froh, dass wir dich noch nicht ins Heim gesteckt haben: Was glaubst du, was sie da erst mit dir machen?«

Theodor war immer noch benommen und hörte nicht, was die Mutter sagte. Er war noch in seiner Welt hinter dem schwarzen Vorhang und sein unsichtbarer Freund sprach mit ihm. Er wird im ganzen Leben nicht verstehen, warum die Anderen von *unsichtbaren* Freunden sprechen. Für Theodor Konrad war Deibel weder un*sicht*bar noch un*hör*bar. Einige Monate zuvor, sein Vater drosch wie von Sinnen auf seinen in einer Ecke des Flurs kauernden Sohn ein, traf er hinter seinem Vorhang auf den neuen Gefährten. Der *innere Vorhang* schützte Theodor Konrad schon seit Längerem vor der grausamen Wirklichkeit und dem Schmerz der Schläge. Plötzlich verspürte er dort in der schützenden Dunkelheit das Gefühl heißen Atems im Nacken. Dann vernahm er so etwas wie ein Schnauben und sah am rechten Blickfeldrand ein Paar engstehender rotglimmender Augen. Theodor Konrad, der entkräftet am Boden kniete, wendete den Blick weiter in Richtung dieser Atemgeräusche. Der seine und Deibels Blicke begegneten sich zum ersten Mal. Theodor Konrad fühlte sich unmittelbar von diesen Augen paralysiert und förmlich aufgesogen. Er hatte weder Zeit noch freie Gehirnwindungen, konnte weder staunen noch sich empören über diese fremde Gestalt, nicht mal Angst empfinden. Einerseits stand Deibel optisch betrachtet außerhalb von ihm wie ein eigenständiges Wesen, andererseits fühlte sich der kleine Theodor Konrad sofort innerlich eins mit dieser ihn um das Dreifache überragenden Gestalt.

»Hallo mein Kleiner, ich heiße Deibel, das ist die niederdeutsche Variante des Wortes Teufel. Mich hat es schon lange Zeit gegeben, bevor dieser unsägliche Karl der Große mit missionarischem Eifer, der Pest gleich, über die Norddeutsche

Tiefebene hergefallen ist.« Deibel machte eine Pause, holte tief Luft, so dass seine Worte an Dramatik gewannen. »Das Christentum hat mich vereinnahmt, um den Menschen Angst zu machen und sie in die Kirchen zu treiben. Deshalb bin ich in den Untergrund gegangen und unterstütze andere Opfer. Und du bist ein Opfer!«

»Aber…«, Theodor Konrad war zu schwach, um weiter zu sprechen.

»Vertrau mir, Kleiner, mit mir an deiner Seite wirst du nie mehr schwach sein. Keiner wird dir noch etwas anhaben können, nicht einmal dein Vater.«

Zunehmend spürte Theodor Konrad tatsächlich eine Aura der Macht, der Kraft und der Wärme, die von diesem Deibel ausging. Er verspürte wieder mehr Stärke und Energie in seinem geschundenen Körper, dafür nahmen Taubheit und Schwäche ab.

»Du brauchst lediglich ja, ich will, zu sagen, dann bleibe ich für immer bei dir. Du wirst nie mehr alleine sein. Wir werden ein unschlagbares Team werden! Überleg es dir, wenn es da noch etwas zu überlegen gibt. Sag *ja, ich will*, und wir werden Freunde fürs Leben.«

»… beantragen wir zunächst 25 Sitzungen bei Ihrer Krankenkasse. Dafür müssten wir lediglich ein paar lästige Formalitäten erledigen, können uns aber den Gutachter ersparen. Überlegen Sie es sich gerne bis zum Ende der ihnen zustehenden probatorischen Sitzungen. Das heißt, Sie müssen sich nicht sofort für oder gegen diese Therapie entscheiden. Haben Sie jetzt noch Fragen dazu?«

»Ja, ich will«, sagt unvermittelt und mit merkwürdiger Stimme sein Patient.

Tilmann ist irritiert. Herr Wolf hat die letzten fünf Minuten eher abwesend auf ihn gewirkt. Von daher kann er sich die spontane Zustimmung zur Therapie jetzt nicht ohne Weiteres erklären.

»Wie gesagt, nehmen Sie sich die Zeit, aber ich für meinen Teil kann mir eine Zusammenarbeit gut vorstellen.«

Tilmann macht einen neuen Termin mit Herrn Wolf aus, den er jetzt am Ende der Sitzung als fast zu ruhig empfindet.

Da ist plötzlich nichts mehr von Großspurigkeit zu erkennen, sehr seltsam. Aber okay, es soll ihm recht sein, wenn Herr Wolf nicht die ganze Zeit den Raum mit seinem narzisstischen Ego ausfüllt.

Tilmann merkt ein letztes Mal in dieser Sitzung überrascht auf, als er Herrn Wolf zur Tür begleitet. Dessen Hemd wirkt durchgeschwitzt und auch vermeidet er, Tilmann die Hand zu geben. Als er die Treppe schon halb hinunter gelaufen ist, ruft Herr Wolf: »Tschüss und bis nächste Woche dann«, herauf, ohne sich noch einmal zu Tilmann umzudrehen.

Tilmann geht nachdenklich in sein Behandlungszimmer zurück. Sein Blick bleibt unwillkürlich am Lederstuhl hängen, in dem eben noch Herr Wolf saß. Tilmann traut seinen Augen kaum, geht zum Stuhl und lässt ungläubig seine Fingerkuppen über das glatte Leder der Lehne gleiten. Die ist von einem Film frischen Schweißes überzogen.

Das gibt´s ja gar nicht! Was ist nur mit dem Wolf los? Das muss er die Tage unbedingt mit Peer besprechen!

Für Sekunden befällt Tilmann eine Ahnung, dass hier keine normale Therapie beginnt. Aber er überhört diese Ahnung.

Dann klingelt es wieder. Der nächste Patient.

*

Was ist plötzlich los? Diplom-Psychologe, Psychologischer Psychotherapeut und stolzer selbstständiger Betreiber einer eigenen Praxis für Psychotherapie Peer - der Hammer - Hammer sitzt so da in seinem neuen Designerarbeitssessel.

Nur bei Psychotherapeuten, denkt Peer, kommen die Begriffe Arbeit und Sessel in einem Wort vor. Er starrt abwesend durch das Gewuschel der zahlreichen Grünpflanzen in das diffuse Nordlicht hinaus. Er hat seine drei Vormittagspatienten hinter sich und würde jetzt normalerweise blendend gelaunt und mit vor Stolz geschwellter Brust in eine verdiente Mittagspause nach Hause aufbrechen. Aber stattdessen glotzt er weiter und grübelt, ob, und wenn ja, was er geleistet hat, denn es war etwas schief gelaufen, gehörig schiefgelaufen!

Die erste Patientin, Frau Teltscher, kam, gestärkt von ihren Erfolgen der letzten zwei Wochen, fröhlich trällernd und zuversichtlich zur Sitzung, verließ aber nach 40 Minuten vorzeitig und weinend die Praxis.

Peers Fähigkeit zur Empathie war heute ein merkwürdiger Schatten seiner selbst gewesen: Er wäre gerne freudig und wie gewohnt engagiert und unterstützend mitgegangen, aber etwas war heute ganz anders. Seine Mimik weigerte sich, irgendetwas Freudvolles zum Ausdruck zu bringen. Seine Augen hatten ihn schon morgens unendlich traurig aus dem Zahnpasta besprenkelten Pseudobarockspiegel angesehen. Seine Mundwinkel hingen wie festgetackert auf vier und acht Uhr fest. Sein Gesicht schien ihm selbst wie der fleischgewordene Karfreitag, es fehlten nur noch Dornenkrone und blutende Wundmale. Sich freizunehmen, um seine Patienten vor sich zu schützen, war definitiv nicht drin: Diese Scheiß-Villa musste abgezahlt werden und die vor seinem geistigen Auge laufende Dispozinsenuhr hob die Stimmung auch nicht gerade. So war also die arme Frau Teltscher, sie hatte wirklich Besseres verdient nach 15 Jahren mit einem schlagenden Ehemann, direkt in sein plötzlich aufgeklapptes Schlechte-Laune-Messer gelaufen. Peer fühlte sich unvermittelt wie die sinkende Titanic im eiskalten Nordatlantik.

War er etwa nach fünf, für sein Wohlbefinden sehr guten Jahren, zu übermütig geworden? »Du bist der Hammer, Hammer!«, sagte er zu sich selbst, es war sein Leitspruch geworden. Hatte er vielleicht auf der Jagd nach dem blauen Siegerband für die schnellste Überfahrt unvermittelt den Eisberg der Erschöpfungsdepression gerammt? Ein fieser Zacken unter der Wasserlinie schlitzt gefühlt sein Mittelhirn bis zur Hälfte auf, nie gekannter Stress flutet ungnädig die Kammern Eins bis Fünf, bis die emotionalen Kessel mehr imals explodieren. Das Großhirn, in der ersten Klasse und im Ballsaal sitzend oder tanzend, trinkend und lachend auf dem Oberdeck promenierend, wähnt sich noch eine ganze Zeit unberührt wie auf einem anderen Dampfer à la wir sind einfach zu wichtig, um unterzugehen!

Aber auch hier nimmt die Schräglage zu: Champagner aus umgestürzten Gläsern und überschwappende Vorsuppen ergießen sich über erschrockene Reifröcke der Damen und in die Gamaschen der Herren. Spätestens mit dem Erlöschen aller Lampen gehen aber auch hier das Chaos und das Geschrei los. Während also innerlich eine Sicherung nach der anderen herausfliegt, bleibt Peer nach Außen wie immer souverän und würdevoll, seine Würde ist ihm unglaublich wichtig. Doch alles ist plötzlich nur noch äußere Fassade und er muss sich eingestehen, dass würdevoll untergehen dennoch untergehen bedeutet!

Ihn beschleicht das Gefühl, keine Wahl zu haben, als sich am Ende einem unendlichen Schlund innerer Dunkelheit und Kälte zu überlassen, darin zu versinken und für immer im Nichts der Sinnlosigkeit zu verschwinden. Seine Patienten, die im Vertrauen auf seine therapeutische Unsinkbarkeit die Überfahrt in eine verheißungsvolle Zukunft angetreten hatten, die Privatpatienten in den Suiten der ersten Klasse, die Kassenpatienten in der Holzklasse, sieht er in diesem Moment förmlich vor seinem geistigen Auge im panischen Versuch, dem sinkenden Koloss schwimmend oder in den zu wenigen Rettungsbooten zu entkommen.

Dafür, dass Frau Teltscher am Morgen nicht einmal einen Platz im Rettungsboot hatte ergattern können, waren die 40 Minuten, die sie im eiskalten Therapiewasser überlebt hatte, schon allerhand. Die Patienten Zwei und Drei waren selbst ziemlich harte Brocken. Was im Leben ihr größtes Defizit war, nämlich himmelschreiende soziale Inkompetenz ohne jegliche Einfühlsamkeitsgabe, also emotionale Blindgänger vor dem Herrn, war heute ihre Rettung gewesen. Peer hätte sie mit flüssigem Stickstoff übergießen können, es hätte sie unbeeindruckt gelassen. Also war der fast regungs- und reaktionslose Therapeut ihnen gegenüber eine vergleichsweise leichte Übung. Bei ihnen hatte sogar Peer heute im Grunde nichts falsch machen können, indem er ihr dumpf-bäuerlichwestfälisches Geseier nach dem Wackeldackelprinzip einfach abnickte.

Aber Peer ist nicht der Typ, dessen höchstes Glück darin besteht, nicht ganz so viel falsch gemacht zu haben, nein, in ihm schlummerte der Ehrgeiz, der alles nahezu genial und brillant lösen wollte, nein, musste. Der Hammer eben! Also ist ihm Frau Teltscher jetzt keineswegs egal.

Mit einem gestöhnten und sich selber nicht wirklich glaubenden »Was uns nicht umbringt, macht uns nur stärker«, erhebt sich Peer schwerfällig aus seinem Sitz.

Er braucht jetzt erst einmal was zu essen! Zum Glück gibt es zuhause was zum Aufwärmen! Heute Nachmittag würde er sicher wieder mit frischem Mut durchstarten. Zum Glück gab es eine Neuanmeldung. Sie würde ganz sicher Licht ins Dunkel der aufziehenden Depression bringen. Er spürt, dass wenigstens für den Nachmittag noch ein Funken von Hoffnung besteht.

Und siehe da, ein kaum wahrnehmbares Lächeln huscht über sein Gesicht und seine Mundwinkel heben sich prompt auf drei und acht Uhr an. Na es geht doch, denkt Peer erleichtert. *Aber nicht gleich übertreiben. Wer wird denn da manisch werden?*

Ja ja, was wäre er in diesem Moment ohne Ironie und schwarzen Humor? Ein Cowboy ohne Pferd, eine Schnecke ohne Haus oder ein Penner ohne Wermut! Kopfschüttelnd wendet er sich endlich von seiner inneren Klagemauer ab und zieht die Praxistür hinter sich zu. Ob Frau Teltscher sich wohl inzwischen von ihren Heulkrämpfen erholt hat?

My home is my castle, denkt Peer erleichtert, als er mit dem Fahrrad in die sonnendurchflutete Einfahrt zur Stadtrandvilla, in der er mit seinem Freund Sven wohnt, einbiegt. Aus dem Obergeschoss hört er ihn schon durch das gekippte Fenster des Arbeitszimmers in ungewohnter Lautstärke sein Lieblingslied, Dancing Queen von Abba, singen. Und mein Schatz macht nicht nur Pause, sondern hat auch noch ausgesprochen gute Laune: welch ein Trost an diesem merk- und denkwürdigen Tag, denkt er.

Herr Lehmann von Gegenüber schaut vorwurfsvoll und gekränkt zu Peer herüber, da er Sven nicht mal mit seiner elektrischen Heckenschere zu übertönen vermag. Herr Lehmann ruft Peer hinterher: »Ich habe Ihnen schon tausendmal gesagt, bitte keine Lärmbelästigung zwischen dreizehn und fünfzehn Uhr, denn das hier ist eine ruhige Wohngegend mit anständigen Menschen!«

Peer ist wie immer genervt von Herrn Lehmann, dem alten sabbernden Sack aus der Nr. 13. Heute kann er nicht umhin, zurückzurufen, nein, eher zu bellen: »Meinen Sie, ach so anständiger Mensch, im Ernst, Ihre kreischende Heckenschere ist da so viel besser?«

Bevor Herr Lehmann noch antworten kann, hat Peer schon mit Extraschwung die schwere Durchgangstür zum Garten hinter dem Haus ins Schloss fallen lassen und flucht: »Leck mich doch, du blödes Arschloch und schieb dir deine laufende Heckenschere sonst wohin!«

Da Peer sich auch jetzt, wie eigentlich immer, diesen letzten kruden Gedanken bildhaft-bluttriefend vorstellt, kommt er nicht umhin, sich etwas einzugestehen. Könnte es sein, dass er heute noch gereizter auf die lieben Nachbarn reagiert als sonst? Vielleicht ist er auch nur etwas zu hungrig oder sogar unterzuckert? Bevor also gleich der Jäger und Sammler vollkommen mit ihm durchgeht, sollte er schnell was essen!

Er stellt das Rad im kleinen Holzschuppen ab, wo mal wieder die Gartengeräte kreuz und quer liegen, geht über vermooste Waschbetonplatten an der Rückseite der Villa entlang und betritt das Untergeschoss des Hauses von hinten durch die offene Verandatür.

Auf dem Küchentisch hat Sven wieder das Geschirr vom Frühstück stehenlassen. Auf dem Käseteller biegen sich die Ecken des in der Heizungswärme schwitzenden mittelalten Goudas nach oben.

»Lernt der Herr Architekt es eigentlich nie, wenigstens die verderblichen Dinge in den Kühlschrank zu stellen? Muss ich alles alleine machen? Na warte, wenn ich dich heute noch in die Finger bekomme! Boah, bin ich heute auf Krawall gebürstet!«

An seiner angespannten Art, auch jetzt, wo er wieder ein äußerst ärgerliches Selbstgespräch führt, wird ihm die grenzwertige Höhe seines heutigen Stresspegels noch bewusster. Wenn er jetzt auch noch Sven in dessen Extra-Guten-Laune begegnet, gibt es ganz sicher wieder Streit, wie schon des Öfteren in letzter Zeit. Als Mann mit 45 Jahren und ausreichend Beziehungserfahrung weiß er, dass er jetzt vorsichtig sein sollte. Peer ahnt, dass Sven in seinem aktuellen beruflichen Projekt, einem kommunalen Großauftrag eines Brückenneubaus, gerade wieder ein ordentliches Stück weiter gekommen ist. Und er weiß, dass er dann neidisch auf seinen Partner reagiert, zumal er selber sich heute vom Misserfolg gebeutelt fühlt. Dabei möchte er Sven durchaus dessen aktuelle euphorische Aufbruchstimmung gönnen, da er lange genug auf seinen Durchstart hingearbeitet hatte und seit Kurzem erst die Früchte seiner Anstrengung ernten darf.

Warum kann er sich nicht einfach mit ihm freuen? Warum ist er nur so unglaublich emotional unflexibel, wenn es sein eigenes Leben betrifft? Was ist er denn dann für ein erbärmlicher Therapeut, wenn er nichts von dem lebt, was er seinen Patienten zu vermitteln versucht?

Und da sind sie schon wieder, diese nagenden depressiven Selbstzweifel, die genau den Staub wieder aufwirbeln, der sich nach dem Desaster vom Vormittag gerade etwas gelegt hatte.

Und ganz plötzlich hat Peer eine wenn auch kurze, aber doch schonungslos glasklare Eingebung, was sich hinter seinen geistig-emotionalen Turbulenzen, wie eigentlich immer in seinem Leben, verbirgt: „Nichts ist in Ordnung, Peer, gar nichts ist in Ordnung, verdammt noch mal. Sieh es ein Du Idiot, es passiert schon wieder! Du weißt doch, was los ist, wenn Dein Partner sein ganzes Leben ändert? Du weißt, was dann mit Beziehungen passiert?!«, spricht er zu sich selbst.

Für einen kurzen Moment erstarrt Peer innerlich vor seinen eigenen Worten, möchte selbige aber keinesfalls weiterdenken, versucht es stattdessen mit humorvoller Verharmlosung: »Na toll, jetzt hab ich auch noch das Tourettesyndrom!«

Zur weiteren Ablenkung kocht er sich etwas, wenn man das Aufwärmen eines Rinderhack-Gemüse-Gemisches vom Tag zuvor überhaupt als Kochen bezeichnen konnte und beweist sich somit auf seine ihm eigene Art, dass eben doch alles in Ordnung ist.

Seine etwas zwanghaft anmutende Routine verlangt, beim Essen auf dem Sofa, mehr liegend als sitzend, fernzusehen. Den Kurznachrichten um 14 Uhr lässt er die knapp einstündige Folge seiner Lieblingskrankenhausserie vom Vorabend folgen. Der bekennende TV-Junkie beruhigt sich allmählich, aber der absolute Höhepunkt des Ganzen ist, dass er noch zehn Minuten wegdöst.

Er wird unsanft durch Svens Gute-Laune-Tsunami aus seinem Halbschlaf gerissen, als dieser immer noch pfeifend um die Ecke schaut. Als Peer die Augen öffnet, ist das Gesicht seines Freundes schon ganz dicht über dem seinen und er spitzt erwartungsvoll seine Lippen, um einen süßen Kuss zu empfangen. Im letzten Moment schwenkt Sven mit einem spöttischen Blitzen in seinen großen grünen Augen um, haucht einen Kuss auf Peers Stirn und streichelt ihm die Wange. Die quälenden Gedanken von eben sind mit einem Mal wie weggeblasen. Auch wenn Peer eigentlich mehr wollte, muss er doch zugeben, dass ihm die kleinen liebevollen Zärtlichkeiten im Alltag inzwischen genauso viel bedeuteten, wie der wilde Sex seiner extrem triebigen früheren Zeiten. Mit diesen Erlebnissen könnte er ein ganzes Buch füllen. Er bereut rückblickend nicht einen Moment die teils rastlosen und umtriebigen Ausschweifungen nach seinem Coming Out vor 20 Jahren, als sich das blasse autistische Landei Peer plötzlich in den Hecht im Goldfischteich verwandelte. An jedem Tag eines jeden Wochenendes machte er die schwulen Clubs und Partys der Norddeutschen Tiefebene unsicher. Hier tummelten sich endlich die attraktiven Männer, von denen er die zehn Jahre zuvor immer nur fantasiert hatte und manche übertrafen sogar seine feuchtesten Träume.

Wenn Peer im kleinen Kreis von damals erzählte, warf Sven gerne mit verdrehten Augen ein: »Ja ja, die Männer waren wie Wachs in deinen Händen, du hast sie alle gehabt, du hast sie alle auf links gezogen und mit deinen Lenden aus Stahl ganze Generationen junger Männer befreit!«.

Peer gab dann gerne ironisch zurück, denn inzwischen bildeten sie zur Freude des Freundeskreises ein eingespieltes Lästerduo: »Aber dann kamst ja du, oh du Traumschiff des schwulen Paralleluniversums.«

Solchermaßen durch seine Tagträume gestärkt, radelt Peer, pünktlich zu seinem erst Patient am Nachmittag, zu 15:30 Uhr quer durch die Innenstadt zur Praxis zurück.

Hoffentlich war mein emotional-kognitiver Blackout vom Vormittag nur die schreckliche Ausnahme von der Regel meines übrigen Schaffens, denkt er und verspürt wieder dieses nagende Gefühl der Selbstunsicherheit.

Auf ganz andere Weise als geplant, bekommt er überraschend doch noch den Kopf frei. Während er mit seinem äußerst unmodischen E-Bike an einer roten Ampel steht, aus dem Augenwinkel die Beinprothesen in der Auslage des Sanitätshauses betrachtend, tritt er mit seinem Spielbein etwas zu ungeduldig auf das Pedal. Da er zugleich an seinem iPod nestelt und die Bremsen nicht angezogen hält, macht sein Bike, getrieben vom frisch geladenen Akku, einen ungestümen Satz noch vorne und reist den trudelnden Peer mit sich. Was auf einem Feldweg in der Mecklenburgischen Seenplatte kein Problem gewesen wäre, befördert Peer aber hier und jetzt direkt vor den rechtsabbiegenden Stadtbus im Querverkehr.

Wie losgelöst vom Geschehen denkt er merkwürdig gelassen: Was kosten wohl diese Beinprothesen? Gab es die auch in Größe 43?

Der Busfahrer bringt sein Gefährt aber geistesgegenwärtig abrupt zum Stehen, eine ältere Dame im Pelzmantel rummst auf der Innenseite gegen die Windschutzscheibe und der Fahrer hupt kräftig, flucht und schreit vollkommen außer sich. Peer zerrt hastig das zum Glück unbeschädigte Vorderrad seines Bikes unter der Stoßstange des Busses hervor und fährt schnell weiter.

Jetzt ist er hellwach und bereit für neue Taten! Muss er denn erst knapp dem Tode entrinnen, um wieder arbeitsfähig zu sein?! Jeden Tag kann er sich das nicht erlauben, denkt er, auf eine merkwürdige Art geknickt und sehr nachdenklich zugleich.

*

»Tilmann, warum kommt Herr W. zu dir? Was ist sein Therapieziel?«, fragt ihn sein Freund und Kollege Peer.

Die beiden psychotherapeutischen Kollegen sitzen an diesem weiteren dunklen Winterabend zusammen und besprechen Behandlungen von Patienten. Es war ihnen eine angenehme Gewohnheit geworden, sich mindestens alle 14 Tage bei einem von beiden zuhause zu treffen. Neben aktuellen schwierigen Situationen mit Patienten kamen dabei auch private Themen nie zu kurz. Die obligatorische Flasche Rotwein tat das Übrige dazu, die Zungen zu lösen.

Heute sitzen sie mal wieder bei Tilmann, da Peers Freund Sven die gemeinsame Villa für seine *Freunde des Gesangs* beschlagnahmt hat. Als Sven ihn an der Haustür in Dunkelheit und wildes Schneetreiben entließ, konnte er es sich wieder nicht verkneifen, Peer eine kleine augenzwinkernde Gemeinheit nachzurufen: »Fall mir nicht hin, mein Schatz, es wäre schade um dein hübsches Gesicht, aber auch um deinen Oberschenkelhals!« Peer hatte mit gespielt beleidigter Miene erwidert: »Danke, dass du dich so um mich sorgst!« Und schnippisch fortgeführt: »Und kreischt ihr mir nicht wieder die Nachbarschaft in Grund und Boden, sonst habt ihr wieder den sabbernden Sack inklusive Polizei vor der Tür stehen!«

»Ach, dem bringen wir dann noch ein Extraständchen. Dann will er am Ende gar nicht mehr nach Hause zu seiner Dickmadame!«

Lachend hatten sich die beiden verabschiedet und Peer, in Vorfreude auf das Treffen mit Tilmann, seinen in der Tat etwas beschwerlichen und rutschigen Weg durch den Neuschnee des Nachmittags angetreten. Zum Glück wohnt Tilmann mit seiner Familie im eigenen Haus nur ein paar Straßenzüge weiter im gleichen Stadtteil.

Tilmann kommt auf Theodor Konrad Wolf zu sprechen, was für seine Verhältnisse nach lediglich zwei Sitzungen mit einem Patienten sehr früh ist. Speziell die letzte Begegnung hatte einen starken Eindruck hinterlassen. Tilmann hat wieder die Bilder des zunächst abwesend und dann verstört wirkenden Patienten vor Augen. Es lässt ihm keine Ruhe, weil er ahnt, dass selbst der ausgeprägteste Narzissmus dafür nicht allein verantwortlich sein konnte, selbst wenn noch eine antisoziale Komponente hinzukommen sollte. Diese erschließt sich ihm aber eher aus den Informationen, die er ärztlicherseits erhalten hatte.

Bitte lieber Gott oder wer auch immer zuständig sein mag, verschone mich wenigstens mit Borderline-Diagnosen oder Psychosen, da habe ich gerade keine Nerven für, denkt Tilmann und schaut dabei mit zusammengekniffenen Augen in sein Rotweinglas, so als ob er an dessen Grunde die Antwort auf seine Fragen zu finden hofft.

Peer bemerkt den ungewöhnlichen Ernst des Themas an Tilmanns tiefer Falte zwischen dessen Augenbrauen und denkt, es könne nicht schaden, wenn sie zusammen noch mal die Diagnosekriterien herunterbeten. So haben Tilmann und er das früher im Studium in der sehr trocken-nüchternen Diagnostik 1 und 2 Veranstaltung genannt. Dem Professor hätte damals zu seiner liturgischen Art eigentlich nur noch der Weihrauchschwenker gefehlt.

»Tilmann, vielleicht wäre es bei diesem an sich etwas verwirrenden Fall nicht das Schlechteste, wenn wir uns noch mal mit den nervigen Grundsätzlichkeiten und scheinbaren Selbstverständlichkeiten des Narzissmus als solchem auseinandersetzen?«

»Ach Peer, es muntert mich direkt auf, wenn du so verschwurbelt und geschwollen daherredest! Darüber vergesse ich ja fast die albtraumartigsten Störungsbilder!«

»Danke für das Kompliment, scheint ja heute mein Glückstag zu sein. Also, dann leg mal los bitte, aber gönne dir vorher noch ein Schlückchen von diesem herrlichen Corbiére!«, sagt er und schenkt nach.

Tilmann setzt sich aufrecht hin: »Die Behandlung einer narzisstischen Persönlichkeitsstörung stellt eine große Herausforderung an einen Psychotherapeuten dar. Es sind immer Patienten, die hohe Anforderungen stellen, immer Ausnahmen erbeten, viel Bestätigung erwarten und gerne jede

Sitzung überziehen wollen. Gleichzeitig sind sie sehr empfindlich und können mit Kritik nicht umgehen.« Bei seiner Ausführung rutscht Tilmann im Sitz immer tiefer und fühlt sich nicht mehr wie ein 44jähriger, sondern mehr wie ein Therapeut kurz vor dem Ruhestand. »Gerade die mangelnde Kritikfähigkeit ist für einen Behandler schwierig, wenn er seinem Patienten beispielsweise ein günstigeres Verhalten vermitteln möchte. Selbst eine gut gemeinte Empfehlung kann der Narzisst schon als Kränkung auffassen.«

»Besser und beeindruckender hätte ich es auch nicht auf den Punkt bringen können. Wie immer die fleischgewordene intellektuelle Effizienz, mein lieber Tilmann!«, bemerkt Peer, ausnahmsweise mal ohne ironischen Unterton, und fährt fort: »Wie kamst du eigentlich an dieses Prachtstück Herrn W.? Und hilf mir bitte auch zu verstehen, wie du auf den antisozialen Aspekt kamst. Narzissmus für sich genommen ist ja schon eine enorme Herausforderung, aber wenn der Gute auch noch antisoziale Seiten hat, dann sag ich, gute Nacht, lieber Tilmann!«

Tilmann und Peer verfallen gemeinsam in Schweigen und ahnen, dass der jeweils andere über etwas Ähnliches nachdenkt. Beide hatten schon diverse Seminare zum Thema schwieriger Patient besucht und tauschen sich heute auch nicht zum ersten Mal über einen konkreten Fall aus der Praxis aus. Generell waren sie bisher immer wieder auf den einen entscheidenden Knackpunkt gekommen, der diese Therapien zu solch einer nervenzehrenden Gratwanderung machte: Diesen Patienten fehlt häufig die Fähigkeit zur Reflektion der eigenen Person und der Auswirkungen ihres Verhaltens, Denkens und Fühlens. Damit aber nicht genug, ihnen mangelt es auch an Empathie, also einer echten unmittelbaren Einfühlungsgabe für ihr Gegenüber sowie ihr gesamtes Umfeld. Und nicht zuletzt haben sie eine geringe Toleranz gegenüber Frustrationen und Stressoren, mit denen sie im Alltag konfrontiert werden. All das könnte ein Therapeut ja gelassen ertragen, wenn er nicht selber immer wieder als Person in die Dynamik der Störung einbezogen würde. Während die klassische depressive, aber mit einer gesunden Persönlichkeit ausgestattete Hausfrau, von Anfang einer Behandlung an, ihre Symptome als etwas empfindet, was Sie *hat* und deshalb loswerden möchte wie eine Grippe, neigt ein Patient mit einer Persönlichkeitsstörung gerne dazu, die Problemursache bei den Anderen, dem Leben beziehungsweise der Welt im Allgemeinen zu sehen. Speziell beim Vollblut-Narzissten, dem anstrengendsten Vertreter seiner Gattung, ist diese Neigung besonders stark ausgeprägt. Er selber hat eben kein Problem und er kommt mit dem Selbstverständnis, er leide unter den Problemen und Defiziten seines Umfeldes. Sein nicht hinterfragter Leitgedanke zu Beginn einer Therapie ist: *Das Leben, die Welt, die Anderen werden mir nicht gerecht!* Er ist ein rohes Ei hinter der Fassade eines großartigen Menschen. Er ist etwas Besonderes, etwas Besseres, Pech nur, dass die Anderen nicht automatisch seiner Ansicht sind. Hier liegt die Quelle einer oft nicht abreißenden Kette von Konflikten und Kränkungen. Narzissten kommen erst dann in eine Behandlung, wenn es gar nicht mehr anders geht. Sie sind ambivalent, denn sie kommen mit einem eigentlich unauflöslichen Konflikt. Sie brauchen Hilfe, aber sind nicht diejenigen mit dem Problem. »Eigentlich müssten die Anderen hier sitzen und nicht ich«, ist ein klassisches Statement dieser Patienten.

Tilmann ist immer noch nachdenklich und antwortet langsam sprechend, so als wenn er vom Überweisungsschein des Arztes vorlesen würde: »Tja, sein Hausarzt rief bei mir an und bat mich, den Patienten in Therapie zu nehmen. Der Arzt stellte Herr W. so vor, dieser hätte immer wieder die gleichen Probleme, wisse aber nicht, woran es läge. Zudem stelle er an sich Aggressionen fest, welche er phasenweise nur schwer steuern könne.«

»Und wie haben sich seine antisozialen Züge, falls sie sich als richtig erweisen und Gott oder welche höhere Macht auch immer bewahre dich davor, bislang konkret gezeigt?«

»Lass bloß Gott und höhere Mächte aus dem Spiel! Ich befürchte, in diesem Fall kann ich mir nur selbst helfen. Also, es kam immer wieder zu Prügeleien. Die Auslöser für eine Schlägerei waren marginal. Herr W. sagte, er sei bei einem Schützenfest gewesen, trank ein Bier an einem Bierwagen und wurde angerempelt.« Der Gedanke an Alkohol erinnert Tilmann an den köstlichen vor ihm stehenden Corbiére. Er greift nach dem Glas, schwenkt den Wein und gönnt sich einen weiteren Schluck. »Das reichte ihm, er wurde ausfallend und schlug zu. Gott sei Dank, es mischten sich sofort drei Männer ein und konnten Herrn W. beruhigen. Einmal kam es zu einer Auseinandersetzung, weil Herr W. grimmig von einem Passanten angeblickt wurde. Schnell wurde der Patient ausfallend und schrie den Passanten an, was er ihn denn so blöd anglotze und warnte ihn, ihm gleich seine Nase platt zu drücken. Der Passant kam sofort auf ihn zu, stellte sich ihm gegenüber und versetzte ihm einen Kopfstoß, sodass die Nase von Herrn W. gebrochen war. Du siehst, es gibt noch mehr von seiner Sorte.«

Tilmann seufzt. Trotz allen Bemühens um eine fachlich-nüchterne Darstellung wird ihm schmerzlich bewusst, welche menschlichen Abgründe sich da vielleicht noch auftun werden. Er spürt diese Sorge schon fast wie eine körperliche Last auf seinen Schultern. Er kann nicht anders, als immer wieder an die merkwürdigen Eindrücke des Endes der Sitzung von vor einigen Tagen zu denken. Er sieht Herrn Wolf vor seinem inneren Auge fast fluchtartig die Praxisräume verlassen und er sieht noch einmal die schweißfeuchte Sessellehne: Da ist noch etwas ganz anderes und er wird wahnsinnig, wenn er es nicht herausfindet!

Peer befindet sich derweil fast schon übereifrig wie ein Frettchen im Fuchsbau auf den rationalen Abwegen diagnostischer Leitlinien. »Zeigten sich diese Züge auch in anderen Situationen? Hast du schon eine Verhaltensanalyse gemacht?«

»Nun ja, auf jeden Fall fühlt er sich, was seine berufliche Entwicklung anbelangt, benachteiligt. Sein Neid auf wohlhabende Menschen ist sehr ausgeprägt. Aber viel weiter bin ich noch nicht. Was wir jetzt alles bezüglich Diagnostik gesammelt haben, ist ja schön und gut, aber eigentlich geht es mir um Wichtigeres beziehungsweise Wesentlicheres.«

»Was erwartest du denn zu diesem Zeitpunkt über eine gute Diagnostik hinaus? Ich würde bei diesem Patienten auch an eine narzisstische Störung denken. Und es gilt, auch sein antisoziales Verhalten genauer zu betrachten. Hey, du bist doch erst ganz am Anfang der Behandlung und ich bin gespannt, was du noch alles herausfinden wirst.«

Peer merkt, dass seine Versuche, Tilmann zu beschwichtigen, überhaupt nicht fruchten. Dieser scheint wirklich mit etwas ganz anderem beschäftigt zu sein. Solch einen abwesenden Gesichtsausdruck jedenfalls hat Peer in all den Jahren noch nie bei seinem Kollegen gesehen. Ein letztes Mal versucht er, die Anspannung aus der Situation zu nehmen: »Du weißt, wir beide sind doch immer etwas missionarisch unterwegs und wollen die Welt retten. Darunter tun wir es natürlich nicht, wegen der Berufsehre und so. Aber ich werde das Gefühl nicht los, du lädst dir mit diesem Fall etwas zu viel Verantwortung auf. Ich möchte einfach, dass du mir und der ganzen Innung noch etwas länger erhalten bleibst. Oder muss sich Drama-Peer etwa Sorgen um seinen smarten Kollegen machen? Soll Mutti schon das Betäubungsgewehr mit der Hetero-Spezialspritze bereitlegen?« Mit einem bemühten Grinsen gibt Tilmann in etwas müder Stimmlage zurück: »Du weißt doch: immer für die Patienten da und nur haarscharf an der Weltformel vorbei!«

Tilmann sagt es weniger aus Überzeugung, als eher deswegen, um Peer einen Gefallen zu tun und um Ruhe vor dessen übereifrigen Analysen zu haben. Plötzlich schießt ihm wie aus dem Nichts ein Gedanke durch den Kopf, der ihn erschaudern lässt: Das war erst der Anfang. Die Katastrophe kommt noch!

Peer hingegen beschließt an diesem Abend, seinen kürzlich depressiven Einbruch während der Arbeit als Thema für das nächste Treffen zurückzustellen. Es würde das heutige Zusammensein mit Tilmann zu sehr überfrachten. Aber wenn Peer ehrlich zu sich ist, muss er zugeben, dass er bevorzugt eigenbrötlerisch mit seinen Schwächen umgeht. Er macht das Meiste am liebsten mit sich selbst aus und versteckt sich gerne hinter der Rolle des gut gelaunten Helfers.

Als wenn Tilmann doch etwas ahnt, fixiert er Peer wieder ganz wach: »Bei dir ist auch nicht alles Gold, was glänzt, mein

Lieber. Du hast auch was auf dem Herzen, rückst aber mal wieder nicht damit raus!«

Peer fühlt sich erwischt und versucht, sich herauszuwinden: »Lieber Tilmann, es war einfach nur zu viel Arbeit in letzter Zeit. Du weißt doch selbst, die dunkle Jahreszeit ist unsere Hauptsaison. Aber etwas Spezielles befindet sich eigentlich nicht in meiner Warteschleife zu besprechender Themen. Und es ist ja auch schon spät geworden.« Peer trinkt den letzten Schluck Wein, stellt das Glas wieder ab und streicht sein schütteres Haupthaar zu recht. »Und wie ich Sven kenne, waren er und seine Freunde des Gesangs mit Sicherheit wieder nicht die Freunde des Aufräumens. Da wartet noch Arbeit auf mich. Glaub es mir, mein Tag ist noch nicht vorüber: Während du dich gleich schon schön an Hanna anschmiegen kannst, werde ich noch ein Schlachtfeld an Dessertschalen und Baileys-Gläschen spülen dürfen.«

»Armer, armer Homo-Peer bekommt wieder keinen Feierabend. Erst den demoralisierten Hetero wieder aufrichten, auf dem ganzen Weg zurück bestimmt die kompletten Bürgersteige vom Schnee befreien und zuhause noch selbstlos aufräumen und vielleicht endlich die Blümchentapete im Treppenhaus dranbappen?! Und morgen früh, nach lediglich zwei Stunden Schlaf, wirst du deinem Goldkehlchen Sven sicher schon die Brote geschmiert und ins Gucci-Täschchen gepackt haben und dann wartet ja auch schon die Praxis auf dich! Also Schätzchen, wer so ein Mutter-Theresa-Leben führt, muss sich aber nicht wundern, wenn er irgendwann erschöpft ist und vor allem auch aussieht wie Mutter Theresa!«

Tilmann haut sich bei dieser Vorstellung laut wiehernd auf die Schenkel und kann gar nicht mehr aufhören zu lachen. Peer versucht noch, einige Sekunden künstlich empört zu schauen, aber dann reißt es auch ihn mit und er bricht in ein schrilles Gackern aus. Peer und Tilmann verfallen dankbar in einen unerwarteten Lachkrampf, in dem sich beider Anspannung komplett löst. Sie biegen sich solange in ihren Sesseln, die Gesichter inzwischen nahezu tränenüberströmt, bis eine schlaftrunkene aber sichtlich zornige Hanna im Türrahmen auftaucht. »Seid ihr noch zu retten? Es gibt Leute mit ernsthaften Jobs und die müssen wirklich früh aufstehen und tatsächlich den Kindern die Brote schmieren!« Hanna stampft mit einem Fuß auf und stemmt demonstrativ ihre Hände in ihre schlanke Taille „Und ihr, natürlich die wahren Helden, wer könnte daran zweifeln, sitzt hier und lasst euch volllaufen und den niederen Pöbel nicht schlafen! Ich glaub, es reicht für heute! Ihr solltet euren Superhirnen jetzt etwas Ruhe gönnen und vor allem mir und dem Kind auch!«

Das war deutlich und duldet offensichtlich keinen Widerspruch. Peer und Tilmann springen, leicht verschämt wie Jungs, die man beim Zündeln auf dem Heuboden erwischt hat, auf. Während Tilmann seine Frau beruhigt und sich entschuldigt, wirft Peer im Flur seinen Wintermantel über. Mit den Handschuhen in der Hand winkt er den beiden zum Abschied zu und macht mit der anderen Hand die übliche Geste, die bedeutet, dass er Tilmann die Tage anrufen wird. Tilmann winkt zurück und auch Hanna nickt ihm versöhnlich lächelnd zu. Peer kann sich, bevor er das Haus verlässt, einen letzten Blick in den Garderobenspiegel nicht verkneifen und murmelt: »Ok, wenn schon Mutter Theresa, dann aber die junge und hübsche Variante!«

*

Theodor Konrad, er selbst hasst diesen Namen wie die Cholera, kommt in sein Apartment zurück und schlägt mit unbändiger Wut die Tür hinter sich zu. Im Merkur hat er nicht das Teil für den PC bekommen, das er für die Erweiterung unbedingt gebraucht hätte. Und er ist nicht zum ersten, sondern zum dritten Mal in zwei Wochen dort aufgelaufen. Der Verkäufer hat sich relativ schnell abfällig über ihn geäußert, obwohl Theodor Konrad sich für seine Verhältnisse um Fassung bemüht hat.

Irgendwie ist seit der letzten Therapiesitzung das Bedürfnis aufgekeimt, Herrn Braun zu beweisen, dass er in Stresssituationen durchaus auch gelassen reagieren kann. Theodor Konrad will Herrn Braun, der ebenfalls schon so selbstgefällig geschaut hat, zeigen, dass er selber Herr über aggressives oder nicht aggressives Verhalten ist. Aber der Verkäufer hat ihm nicht die Wahl gelassen. Dieser eindeutig inkompetente und gestörte Mensch, nein, dieses unfähige, maximal menschenähnliche Etwas, hat ihn in Rage versetzen wollen! Dieser eine Satz: »Das Denken überlassen Sie dann mal lieber dem Fachmann und der Fachmann bin hier ich!«, hat alle guten Vorsätze weggesprengt. Theodor Konrad hat es zwar geschafft, nicht direkt loszuschreien, dafür musste er aber in äußerster Anspannung aus dem Merkur hinaus stürmen. Sonst wäre er ausgerastet. Und so hasst er wieder alle und alles da draußen. Er ist wieder in diesem Extremzustand, in dem es nur den Unterschied zwischen weniger oder mehr hassenswerten Menschen gibt.

Und wenn aus seiner Wut Hass wird, hilft Deibel. Und heute ist eigentlich wieder so ein Tag, wo alles auf der Kippe in Richtung seiner letzten Eskalationsstufe steht.

Seit dem Für-immer-Freunde-Versprechen vor über 30 Jahren betritt sein *Bodyguard* machtvoll immer dann die Bildfläche, wenn jemand Theodor Konrad zu demütigen und zu vernichten versucht, so wie heute der Verkäufer. Deibel gibt sich nicht mit Verteidigung zufrieden, Deibel bläst zum Angriff! Mit seiner Hilfe lässt Theodor Konrad alle Hemmungen fallen, mutiert zum unverletzlichen Jäger und angstfreien Rächer. In diesem Zustand würde er lieber sterben, als von seinem Ziel, seiner Beute oder seinem Hassobjekt abzulassen.

Gerade will er sich also wie gewohnt Deibel hingeben, ihm komplett die Führung überlassen, als Theodor Konrad merkt, dass zum ersten Mal etwas ganz anders in ihm ablaufen will. Dieses Etwas in ihm irritiert ihn, denn es ist schlicht der bisher undenkbare Impuls, Deibel zurückzuhalten, ihm Widerstand zu leisten und die Situation selber zu lösen. Und vor allem hat er zum ersten Mal den Gedanken, die klare Frage an sich selbst:

Warum bin ich so wie ich bin? Das ist doch alles total krank und sinnlos, ein beschissenes Leben, eine einzige Katastrophe, nein, eine Aneinanderreihung von Katastrophen, hadert Theodor Konrad mit sich.

Er ist vollkommen verstört darüber, dass er so unvermittelt über sich selbst nachdenkt. Er fühlt sich wie getroffen von einer Abrissbirne der Selbsterkenntnis und er hat einen Verdacht: Das hat doch was mit dem Gequatsche von dem Braun zu tun! Diese Frage nach den sogenannten Ungereimtheiten in seinem Leben und den Wurzeln der Aggression: was denn für Ungereimtheiten? Was denn für Wurzeln? *Der kann viel erzählen, wenn der Tag lang ist. Aber was ist, wenn er recht hat und es doch Hoffnung auf Änderung gibt?* Vielleicht sollte er sich erforschen? Vielleicht will er sich ja sogar ändern, um ein besserer Mensch zu werden?

Nur Sekunden später meldet sich Deibel unaufgefordert mit einschüchternder Wucht. Ein regelrechter Schwall ergießt sich über Theodor Konrad. »Was soll das denn werden, bitte schön? Ein Anfall von Autonomie oder so´n Scheiß? Was bildest du dir ein, wer du ohne mich bist? Ich sag dir, wer du ohne mich bist: ein Niemand, ein Nichts, ein Opfer! Ich fasse es nicht, wie undankbar du bist! Ich übernehme in 30 Jahren die Drecksarbeit für dich und besorge dir sogar die Weiber und was weiß ich alles? Und du hast nichts Besseres zu tun, als mich in Frage zu stellen, nur weil so ein Arsch von Therapeut dich einmal freundlich anlächelt und seine pseudokompetenten Fragen stellt?« Deibel ist entsetzt und seine Stimme überschlägt sich: »Okay, du willst alles über die Wurzeln deines, gelinde gesagt, suboptimalen Lebens wissen? Das kannst du haben! Eigentlich wollte ich dir das nie antun müssen, aber wenn du danach schreist, bekommst du es auch. Und es wird dir nicht gefallen, was ich dir gleich zeige, aber unterstehe dich, rumzuheulen! Und glaube mir, ich mach dir das Leben zur Hölle, wenn du bescheuerte Heulsuse damit zu Papi Braun läufst!«

Theodor Konrad protestiert schwach: »Bitte nicht wieder so eine grausame Drei-D-Animation von früher! Tu mir das nicht an!« Aber er ahnt, dass er Deibel zu sehr provoziert hat Dieser wird unerbittlich zurückschlagen.

Damals kam es schon bei seiner Geburt zu Komplikationen, sodass seine Mutter heute noch unter den

Folgen leidet. Sie hat immer wieder Schmerzen, die sie daran erinnern, was bei der Geburt ihres Sohnes passierte, Schmerzen die sie daran erinnern, dass sie nach der Geburt kein zweites Kind mehr bekommen konnte. Es erinnert sie auch daran, dass sie seitdem kein unbeschwertes Liebesleben mehr mit ihrem Ehemann haben konnte.

Die Geburt war ein regelrechter Gewaltakt nach einer schwierigen Schwangerschaft. Sämtliche romantischen Vorstellungen über die werdende Mutter versanken im Grunde schon im Ozean der über Monate anhaltenden Übelkeit. Irgendwann hörte Frau Wolf auf, die Tage zu zählen, an denen sie stundenlang vor der Toilette kniete, mit nicht enden wollenden Magenkrämpfen oft auch kauerte. Ihr Mann war hilflos und flüchtete immer häufiger in die Arbeit. Die blasse junge Frau, die er dann nach immer später werdendem Feierabend zuhause vorfand, war ein ungeschminktes, verschwitztes Bild des Elends, das ihn wahlweise mit teilnahmslosem oder vorwurfsvollem Blick aus verquollenen Augen empfing. In Herrn Wolf entstand damals schleichend eine uneingestandene Wut auf das Wesen, das in seiner vormals attraktiven und lebenslustigen Frau heranwuchs und im Begriff war, sie von Innen heraus unaufhaltsam aufzuzehren. Dieses kleine Monster degradierte seine Frau von dem leidenschaftlichen und hübschen Teenager zu einem übelriechenden biologischen Fortpflanzungsgefäß und nahm es gnadenlos in seinen Besitz.

Herr Wolf, Theodor Konrads Vater, fügte sich zunehmend resigniert in die Rolle des funktionierenden Ernährers. Als Liebhaber wurde er in schmerzlicher Weise überflüssig. Seine Frau erstickte jeden Versuch der Annäherung im Keime und er zog sich zunehmend enttäuscht zurück. Und eine innere Stimme sagte ihm, dass er seine Frau in der früheren Form nie zurückbekäme. An diesem Punkt der Erkenntnis wurde aus ohnmächtiger Wut und tiefer Kränkung brennender Hass auf das ungeborene Kind. Herr Wolf wollte all das so nicht, aber sein Leben, seine Frau und jetzt auch endgültig seine Gedanken und Gefühle entglitten ihm. Zum einzigen Trost, und anfangs erschrak er noch darüber, wurde ihm der Gedanke, er würde sein Kind dafür irgendwann bestrafen und es ihm heimzahlen.

Ohne dass die werdenden Eltern noch über Wesentliches sprachen, verband sie als letztes die Hoffnung, es könne schlimmer nicht kommen. Aber es kam schlimmer: Die Geburt erlebte Frau Wolf endgültig als einen Albtraum, aus dem sie nicht mehr zu erwachen drohte. Ihre unaufhörlich gellenden Schreie der Angst und des Schmerzes drangen vom Kreißsaal noch bis zur Wöchnerinnenstation herauf und ließen die Frauen hier blass und sprachlos werden. Unten, am Ort des Geschehens, kämpfte ein Team um eine Oberärztin und die Hebamme hektisch um das Leben der Mutter und des Kindes. Als Frau Wolf nach 16 Stunden Kampf und Wehen mit letzter Kraft verzweifelt versuchte, ihren Sohn durch den engen Geburtskanal zu schieben, entstand ein Riss in ihrer Gebärmutter. Ihr Kreislauf stürzte ab und die Herztöne des Kindes wurden abrupt sehr schwach. Bei dem dann folgenden Notkaiserschnitt begann die Oberärztin in all ihrer Panik zu schneiden, kurz bevor die Narkose ihre volle Wirkung entfalten konnte. Den folgenden Schrei ihrer Patientin sollte sie den Rest ihres Lebens nie vergessen, aber jede Sekunde des Wartens, hätte beide Leben beenden können. Also schnitt sie weiter. Frau Wolf wurde ohnmächtig. Ärztin und Hebamme ergriffen in einem Krater voller Blut, der einmal ein Unterleib war, das Kind und rissen es aus dem Körper seiner Mutter heraus. Sofort machte sich die Ärztin an die Blutstillung in der verletzten Gebärmutter. Notdürftig mit Gefäßklemmen und saugenden Tüchern versorgt, wurde die bewusstlose Frau Wolf in die Chirurgie gebracht, vorbei an dem vor Entsetzen gelähmten Herrn Wolf. Ungläubig schaute er der hinweg rasenden blutverschmierten Liege hinterher, auf der er seine wie massakriert aussehende und vor allem reglose Frau liegen sah. Niemand hatte ihn informiert. Im Kreißsaal versuchte die Hebamme derweil, die Atemwege des blau angelaufenen Jungen von Blut und Schleim zu befreien. Fast hatte sie die Hoffnung aufgegeben, als eher ein würgendes Krächzen und dann ein elendes Wimmern als ein Schrei aus der Kehle des Jungen drangen. Dann riss er die Augen auf und die Hebamme sah in seinem Blick eine unglaubliche Unruhe und Anspannung. Fast erschrak sie über diesen Blick, wenn sie sich nicht verboten hätte, über einen Säugling erschreckt zu sein. Theodor Konrads Schicksal war es, die nächsten drei Tage ohne Kontakt zu seiner Mutter auf der Kinderintensivstation zu verbringen. Frau Wolf wurde zwar unter der Aufbietung zahlreicher Blutkonserven gerettet, aber jetzt lag sie ihrerseits ohne Bewusstsein zwischen piependen Überwachungsapparaturen auf der Intensivstation.

Herr Wolf schaute jeden Tag nur einmal kurz und eher pflichtbewusst nach seinem Sohn und ertrug den Anblick des sich permanent windenden und greinenden Säuglings kaum. Auch gut gemeinte Kommentare der Schwestern über den sehr willensstarken und lebhaften Jungen erreichten Herrn Wolf nicht. Dieses Kind konnte er nicht lieben, denn es hatte seine Ehe zerstört und seine Frau so gut wie umgebracht.

Frau Wolf hingegen entwickelte ein starkes Verlangen nach ihrem Kind, sobald sie wieder bei Kräften war. Als ihr der Kleine das erste Mal vorsichtig auf die Brust gelegt wurde, war sie überwältigt von ihren Muttergefühlen. Auf der Station erwies er sich schnell als Schreikind und lies sich auch jetzt von seiner Mutter kaum beruhigen. In seinem nicht enden wollenden Bewegungsdrang trat er dann unglücklich in die frisch verbundenen Narben im Unterleib seiner Mutter. Frau Wolf war wie von Sinnen vor Schmerz und stieß das Kind instinktiv weg. Der vollkommen entnervte Vater ergriff zornig seinen Sohn, schrie ihn an und schüttelte ihn. Die entsetzte Kinderkrankenschwester entwand ihm schnell den Kleinen und brachte ihn zurück zur Kinderstation.

»Tja, und so hat damals alles seinen tragischen Lauf genommen mit dir als Schreikind, das von seinem Vater gehasst wurde und dessen Mutter zur überbehütenden Glucke mutierte. Und das war ja erst der Anfang! Reicht dir das erst mal an Einblicken oder möchtest du noch eine Zugabe aus den Tiefen des Archivs?«, fragt Deibel höhnisch, vermeidet es aber, weiter inquisitorisch auf seinen Schützling einzureden.

»Nein, Deibel«, stammelt Theodor Konrad fast flehentlich. »Bitte hör auf, mich zu quälen!«

Was Theodor Konrad an blutigen, aggressiven und trostlosen Impressionen aus seinem eigenen Anfang gerade gesehen und gehört hat, zeigt ihm erneut schlagartig, wie sehr sein Leben im Grunde seit seiner Zeugung unter einem ausgesprochen schlechten Stern steht. Resignation überwältigt ihn. Gerade hat er über Veränderung nachzudenken begonnen und fast im gleichen Moment hat Deibel wieder alles plattgewalzt. Er fühlt wieder diesen Schmerz, der ihn innerlich fast zerreißt. Es ist der Schmerz der Aussichtslosigkeit, der ihn immer dann ereilt, wenn er einen Moment von Hoffnung erlebt und dieser dann wieder zerplatzt wie ein prall aufgeblasener Luftballon

»Siehst du, was ich meine?« Deibel spricht jetzt verständnisvoll, fast liebevoll, so liebevoll, wie er eben kann. Höchst manipulativ nutzt er die Gunst des Momentes. Deibel liebt den Wechsel von Zuckerbrot und Peitsche im Umgang mit Theodor Konrad. Er liebt es, wenn er die Fäden der Macht in seinen Händen hält und sein Schützling ihm ausgeliefert ist. Dann kann er sich sogar großzügig geben.

»Du kannst gerne weiter zu Papa Braun gehen. Warum nicht? Aber du weißt, ich meine es gut mit dir und ich möchte dich vor Enttäuschungen schützen. Gehe weiter zur Therapie, alle gehen ja heute in eine Therapie, aber rechne jederzeit mit einer Enttäuschung! Denn mach dir bitte nichts vor.« Theodor Konrad sieht den drohend winkenden Finger von Deibel vor seinem geistigen Auge. »War es jemals wirklich anders, als dass alles in Enttäuschungen endete? Und wer war dann da? Wer war als Einziger immer da? Ich war immer für dich da! Denk nach! Hattest du jemals einen verlässlicheren Freund als mich? Also überleg dir gut, ob es wirklich ohne mich geht! So, genug gepredigt, Ich lasse dich mal in Ruhe und komme bei Gelegenheit wieder!«

»Nein, geh nicht!«

Theodor Konrad liegt inzwischen zusammengerollt auf dem Boden. Er krallt sich in den unteren Fransensaum der fleckigen Tagesdecke auf dem Sofa. Er möchte weinen, aber er kann nicht.

»Geh nicht weg, Deibel! Was soll ich denn dann tun?«

Aber Deibel antwortet für heute nicht mehr, er verzieht sich in tiefere Windungen in Theodor Konrads Gehirn, die außerhalb dessen Bewusstseins liegen.

Deibels Bild in Theodor Konrads Bewusstsein löst sich vollständig auf. Und Theodor Konrad fühlt sich wieder so allein und voller Todesangst, wie am ersten Tag seines Lebens.

*

»Hey, Doc. Wo ich gerade bei dir bin, würde ich gerne mit dir über Theodor Konrad Wolf sprechen wollen.« Tilmann hat eine Routineuntersuchung bei seinem Hausarzt, mit welchem er sich gut versteht. Über die Jahre hatte sich zwischen ihnen eine Art Freundschaft entwickelt. Zu Anfang war Tilmann ein normaler Patient bei seinem Arzt. Als der Hausarzt erfuhr, dass Tilmann Psychotherapeut ist, schickte der Arzt immer mehr Patienten zur Behandlung zu ihm. Durch die gemeinsamen Patienten hatten beide auch immer mehr Kontakt miteinander und stellten dabei diverse Gemeinsamkeiten fest.

»Oh, Theodor Konrad Wolf! Das ist ein echter Knaller! Ich denke, bei dem musst du aufpassen. Ich kenne ihn schon einige Jahre, allerdings kommt er nicht so häufig zur Behandlung zu mir. Er fragte mich kürzlich nach einem Coach oder Psychologen, da er der Überzeugung ist, diesen für seine Arbeit zu benötigen. Er hatte bei seinen letzten Anstellungen immer wieder Probleme bei der Arbeit, ist aber der Überzeugung, dass es nicht an ihm liegen kann, da er sich für einen Helden hält.«

»Sein Größenwahn ist mir auch schon aufgefallen«, gibt Tilmann zurück.

»Ich finde Herrn Wolf merkwürdig, komisch, unnahbar. Ich habe das Gefühl, er hat eine ganze Menge zu verheimlichen. Ich habe ihn beim Erstkontakt, mehr zufällig, zu seinem familiären Umfeld befragt. Dem wich er aus. Er gab an nur wenig Zeit zu haben und ging. Auch bei späteren Kontakten konnte ich nicht viel aus ihm herausbekommen. Ebenso scheint sein Beziehungsleben fragwürdig zu sein. Eine feste Partnerschaft hat er nicht, scheint aber wechselnde

Frauengeschichten zu haben. Von denen erzählt er aber gerne etwas.«

»Vielleicht bekomme ich da mehr heraus, denn mir hat er schon eine Freundschaft angeboten und möchte sich mit mir privat treffen. Hey Doc, vielleicht sollten wir uns zu dritt treffen, dann können wir eine Runde Skat spielen«, Tilmann zieht die Augenbrauen hoch und grinst breit über sein Gesicht.

»Klar, sicher und wir treffen uns dann bei ihm. Wundere dich nicht, wenn der uns am Ende des Abends den Kopf abgeschlagen hat, nur weil wir uns einmal beim Zählen geirrt haben.«
Beide müssen herzhaft lachen.

»Nein mein Lieber. Pass bei Herrn Wolf gut auf, der ist schwierig und verheimlicht mir viel zu viel. Ich denke, wir können bei ihm auch eine Depression diagnostizieren. Allerdings ist das nur ein Eindruck von mir. Um diesbezüglich eine klare Diagnose stellen zu können, hätte er auf meine Fragen klarer antworten müssen, aber dazu hatte er scheinbar keine Zeit oder kein Interesse«, sagt Tilmann und doziert hoch konzentriert weiter.

»Menschen mit narzisstischen Störungen sind stets schwierig. Sie kommen auch nicht wegen des Narzissmus‘ in Behandlung, sondern häufig wegen einer Depression.«

»Was auch nicht verwunderlich ist…«, fügt der Arzt ein.

»… denn so selbstverliebt wie die sind, würde es ihnen nie in den Sinn kommen, die eigene Person in Frage zu stellen. Und kommen sie, so wie Patient Wolf, immer wieder in die gleichen Schwierigkeiten, wundern sie sich nur und suchen die Ursache ausschließlich beim Gegenüber«, führt Tilmann den Satz fort.

Mit einem herzhaften Schulterklopfen verabschieden sich beide voneinander, hängen aber noch ihren Gedanken zu Theodor Konrad Wolf nach. Bei beiden bleibt ein ungutes Gefühl zurück.

*

Tilmann und Peer hatten sich nach der Arbeit, zufällig auf dem Weg nach Hause, getroffen und einige Worte gewechselt.

Natürlich ging das auch nicht, ohne sich gegenseitig mit lockeren Sprüchen zu necken.

»Peer, du siehst heute irgendwie zehn Jahre älter, wenn nicht gar frühvergreist aus. Ich hoffe, das ist reversibel! Ist dir etwa der Sensenmann begegnet?«

Peer reagiert betont gekränkt, kann dabei aber ein amüsiertes Lächeln nicht unterdrücken und sprudelt dann los: »Nee, Tilmann, was soll ich mit dem Sensenmann, wo ich doch dich habe. Da kann der direkt einpacken und sich kleinlaut trollen. Aber im Ernst, heute war es bei mir ein Arbeitstag frei nach dem Motto es lebe die Hysterie! Ok, als Schwuler bin ich in der Hinsicht durch mein Privatleben schon ganz gut trainiert, aber am Nachmittag kam wirklich eine Drama-Queen nach der anderen, drei Frauen, aber auch ein Mann. Ich sage dir, die Heteros sind auch nicht mehr das, was sie mal waren. Anstrengend war es sowieso, aber zu allem Übel wollte keine von ihnen auch nur irgendetwas Therapeutisches von mir. Und du weißt, wie ich es hasse, zur vollgelaberten Parkuhr degradiert zu werden! Oder sehe ich etwa so aus?«

»Uiiih uiiih uiiih, Peer, ich spüre die Schwingungen deines Frustes, durch alle Winterkleidungsschichten hindurch, schon fast körperlich. Und dein gemeiner Spruch über mich und den Sensenmann steckt, gefühlt wie ein Dartpfeil, zwischen meinen Augen.«

Jetzt müssen beide doch losprusten und fast verliert Peer dabei ihm Schneematsch das Gleichgewicht.

»Und bevor du dir endgültig alle Gräten brichst bei dieser Glätte, sollten wir uns nicht heute Abend noch mal treffen, für einen spontanen Austausch? Ich hätte da noch deinen Lieblings-Rioja im Angebot.«

Da kann Peer nicht nein sagen und so trennen sich die beiden für die ersten Stunden des Feierabends, um erstmal zu ihren Lieben daheim zu eilen.

Am späteren Abend, Tilmann und Peer sitzen vor Tilmanns Kaminofen im Wohnzimmer, gibt es kein festgelegtes Thema. Jetzt, da sie den köstlichen spanischen Rotwein genießen, ist beiden nicht nach schwierigen Fallgeschichten zumute. Dennoch wäre es ungewöhnlich, gar nicht über die Arbeit zu sprechen.

»Lieber Peer, zum Thema Schlafwandeln kann ich dir eine nette Geschichte erzählen. Ich würde sie so nennen: eine ungewöhnliche Geschichte oder warum ein Mann besser in Boxershorts schläft?« Allein beim Gedanken an diese Geschichte muss Tilmann schon lachen, fährt aber weiter fort: »Du weißt selbst, Peer, es gibt jede Menge Geschichten, die man nicht glaubt, wenn man sie nicht selbst erlebt hat. Diese gehört ganz sicher dazu. Ein Patient hat sie mir einmal aufgeschrieben und zur Veröffentlichung freigegeben, sodass ich sie dir jetzt einfach mal vorlese: Am Sonntag ging ich, wie gewohnt, nach dem obligatorischen Tatort ins Bett. Ein interessantes und aktionsreiches Wochenende lag hinter mir. Ich schlief schnell ein und war positiv auf die neue Woche eingestimmt.

Mitten in der Nacht wurde ich jedoch aus dem Schlaf gerissen. Ich stand vor meinem Badezimmerfenster. Es dauerte ein wenig bis ich bemerkte, dass es nicht der bekannte Blick nach draußen war. Viel mehr schaute ich auf meine Jalousie – von außen! Ich brauchte ein paar Augenblicke, um zu realisieren, was passiert war. Anscheinend habe ich im Schlaf die falsche Tür erwischt und stand nun, bis auf ein T-Shirt unbewaffnet, ausgesperrt vor dem Wohnungseingang.

Zwischen Irritation und Panik versuchte ich, Herr der Lage zu werden. Meine ersten Schritte gingen in Richtung Fahrstuhl. Vielleicht ist der Fahrstuhlservice, den man über die Notruftaste erreichen kann, so freundlich und hilft mir weiter. Die Person an der Notrufzentrale sagte dazu: »Dann müssen Sie eben einen Nachbarn wecken – wir können keinen Schlüsseldienst rufen.« Auch ein zweiter Versuch, bei dem ich mit Nachdruck, aller Beharrlichkeit und dem mir verbliebenen Charme versuchte, die Person von meiner wirklichen Notsituation zu überzeugen, schlug fehl. Nun war ich definitiv mit meinem Latein am Ende. Es gab wohl nur diesen einen Weg, ich musste meinen Nachbarn wecken. Wir haben bis auf ein freundliches Guten Tag bisher nie viele Worte gewechselt. Das würde sich nun offenbar ändern.

Ich klingelte und nach einigen Sekunden hörte ich meinen Nachbarn. Dieser war anscheinend bereits durch das Notsignal des Fahrstuhls erwacht und ahnte nicht, wie ihm sogleich geschehen sollte. Beim Öffnen der Tür versuchte ich, ihm meine Situation zu erklären – zugegeben schwierig, nachts um halb zwei. Während ich ihm, stotternd und frierend zugleich, das Problem schilderte, musterte er die vor ihm stehende Person. Nur mit einem viel zu kurzen T-Shirt bekleidet. Bevor ich aussprechen konnte, bot er mir freundlicherweise einen Bademantel mit dazugehörigen farblich abgestimmten Hauslatschen an. Die Sache mit dem Dress Code hatten wir damit hinter uns gebracht. Leider war ich meinem Bett bis dahin kein Stück näher gekommen. Und da wollte ich am liebsten schnell wieder hin.

Seine Idee war einfach und schlüssig zugleich. »Wir brauchen einen Schlüsselnotdienst.« Die Entscheidung war schnell gefallen, länger hingegen brauchte nur der Schlüsselnotdienst. Eine Stunde Wartezeit mussten überbrückt werden. So habe ich gleich mal nebenbei meine tierische Angst vor Hunden abgelegt, indem ich mich mit den beiden Vierbeinern meines Nachbarn beschäftigte. Parallel sozusagen versuchte ich mich im Drehen einer Zigarette. Als Schachtelraucher ein wahres Erlebnis. Nach einer Stunde kam dann auch der ersehnte Schlüsselnotdienst, um nach weiteren 30 Minuten festzustellen, dass er die Tür nicht öffnen konnte. Alle Fenster geschlossen, Jalousien unten, Volltreffer, versenkt. Durch den Krach war nun auch die ältere Dame im Haus erwacht und stieß zu uns. Mit weinigen, unfreundlichen und vermeintlich ironischen Kommentaren schickte ich sie wieder in ihre Wohnung. Mit einer Rechnung von über 228 Euro stand ich nach wie vor mit dem orangefarbenen Bademantel meines Nachbarn vor verschlossener Tür.

Aber eine Alternative gab es noch. Ein Freund hat immer einen Ersatzschlüssel von mir. Also versuchte ich, diesen aus seinem wohlverdienten Schlaf per Telefon herauszuklingeln, ohne Erfolg. Mein Nachbar war so freundlich, mich mit seinem Auto direkt dorthin zu fahren. Nach einigem Klingeln öffnete sich die Tür und ein reichlich verstörter Blick begegnete mir.

Bevor er viel fragen konnte, sagte ich: »Ich brauche mal meinen Wohnungsschlüssel. Den Rest erkläre ich dir morgen.« So war ich glücklich, als ich meinen Ersatzschlüssel in der Hand, den orangefarbenen Bademantel umgewickelt und mit orangefarbenen Hauslatschen wieder im Auto saß. Wie freute ich mich auf mein warmes Bett. Und da lag ich dann auch wieder, gegen 3:30 Uhr.

Am nächsten Morgen wurde mir die durchlebte Nacht erst richtig bewusst. Und es dauerte immerhin bis zum Mittag, dass ich meinen Humor wieder gefunden hatte. Ich saß grinsend im Büro und bei jedem Gedanken an die letzte Nacht, musste ich süffisant lächeln. Auch heute ist die Geschichte für die beste Sendezeit bei Partys der absolute Knaller. Und die Moral von der Geschicht´: Ohne Boxershorts schläft Mann besser nicht.«

»Tilmann, du erzählst diese wunderbare Geschichte doch nicht einfach so, ohne jeglichen therapeutischen Hintergrund?«

»Ja ja, du hast natürlich recht, Peer, und weißt du, was das Beste an der Geschichte ist, die man ja für sich genommen schon als genial bezeichnen kann?«

»Ich bin gespannt wie ein Flitzebogen!«

»Ausgerechnet dieser Patient kam ursprünglich mit einer hartnäckigen sozialen Phobie, also der übertriebenen Furcht, sich bis auf die Knochen zu blamieren und beschämt zu sein, in meine Praxis. Glaube mir, ich hatte bis dahin schon eine Menge verschiedener Konfrontationsübungen mit ihm ersonnen und nach allen Regeln der Kunst durchgeführt. Aber trotz seiner guten Motivation und wider jedes Erwarten hielt sich diese Phobie recht hartnäckig. Und du kannst dir vorstellen, wie entnervt wir beide schon waren. Aber dann passierte diese Geschichte! Na rate mal, wer dann tatsächlich komplett geheilt war?«

Peer und Tilmann müssen lachen und erzählen sich weitere, teils einfach unglaubliche und lustige Geschichten, die Patienten ihnen berichtet haben. Einer von mehreren Gründen, warum sie ihren Beruf lieben, ist der, dass es in ihren Therapien nicht nur um schlimmes Leid, Traumatisierungen und unlösbare Probleme geht. Tatsächlich sind sich beide einig, dass Humor, und sei er noch so schwarz, leidvolle Themen sehr viel besser ertragen lässt. Manchmal ermöglicht er auch spontan positivere Sichtweisen. Dafür müssen sie sich manchmal von kritischen Kollegen abwertende Kommentare gefallen lassen, sie würden den mit Problemen beladenen Menschen nicht seriös, nicht ernst genug begegnen. Dann fühlen sich Tilmann und Peer regelmäßig wie die rheinische Enklave in einer humorfreien Zone. Diese Kollegen verwechseln ihrer Ansicht nach Humor mit Spott. Und die Abwesenheit von Humor setzen sie automatisch mit Respekt gleich. Tilmanns und Peers Motto ist dagegen, dass eine Depression nicht besser wird, wenn der Therapeut seine Stirn in noch tiefere Falten legt und noch resignierter dreinblickt, als sein Gram gebeutelter Patient selbst. Im Gegenteil lässt die positiv verwirrende Komponente, die geistreichem Humor innewohnen kann, bei Patient und Therapeut die Endorphine sprudeln.

*

Theodor Konrad ist allein in seiner Wohnung und surft im Internet.

»Ich liebe es so sehr. Hier bin ich anonym und dennoch ein Held.« Er spricht wie in Trance in den leeren Raum.

»Was suchst Du da?«, fragt eine vertraute Stimme.

»Ich suche eine geile, alte Schlampe zum Ficken. Davon gibt es mehr als genug im Netz. Die wollen, dass Einer kommt und es ihnen so richtig besorgt. Und der bin ich!«

»Suchst du Eine wie beim letzten Mal?«

Theodor Konrad muss überlegen.

Ja? Wie war es beim letzten Mal? Wie war es noch? Verdammt!

So sehr er sich auch anstrengt, er kann sich nicht erinnern. Irgendwie will es ihm einfach nicht einfallen.

Plötzlich klingelt das Telefon. Theodor Konrad erschrickt und sucht das Handteil. Er findet es auf dem Sofa liegend und drückt auf die grüne Taste.

»Ja, hallo, hier Wolf.«

»Guten Tag Theodor Konrad, hier spricht deine Mutter. Wie geht es dir?«

»Hallo Mutter. Mir geht es gut«, sagt er kurz angebunden, schließlich ist jedes Wort, welches er mit seiner Mutter wechselt, für ihn zu viel.

»Hast du heute schon etwas Gesundes gegessen?«

»Ich esse jeden Tag etwas Gesundes. Zufrieden?«, gibt Theodor Konrad gereizt zurück.

»Theodor Konrad, du weißt doch, wie wichtig eine ausgewogene Ernährung ist. Bestimmt hast du heute wieder nur Toastbrot und Hamburger gegessen. Soll ich vorbeikommen und dir etwas kochen?«

Er hasst es, wenn sie Sorge vorspielt und Kontrolle meint. Die Knöchel seiner um den Hörer gelegten Hand werden weiß vor Anspannung.

»Nein! Mit 36 Jahren bin ich alt genug, um für mich selbst zu sorgen.«

»Ach, Junge!«

»Lass mich einfach in Ruhe. Ich will jetzt allein sein. Wir telefonieren demnächst irgendwann. Und tschüss.«

Seine Stimme klingt äußerst gepresst vor Wut. Er drückt mit dem Daumen so stark auf die rote Taste, als wenn er das Telefon zerquetschen will und schleudert es wütend in die Kissen des Sofas.

»Fuck! Ich halte das nicht mehr aus!«

»Was wollte die Alte von dir?«, fragt die Stimme.

»Die wollte einfach nur nerven, so wie sie jeden Tag nervt. Du kennst sie doch, Deibel.«

»Warum ruft sie jeden Tag an?«

»Ich weiß es nicht!«

Theodor Konrad schreit und schlägt im Affekt mit den Fäusten gegen die Wand.

»Ich weiß es nicht!«

Ihm wird schwindelig, sein Herz rast und wie ein Tsunami überkommen ihn Erinnerungen. Wieder kann er es nicht stoppen, so wie neulich in der Therapiesitzung. Wieder hat er keine Kontrolle. Es macht ihn rasend, wenn er keine Kontrolle hat und zugleich fühlt er ohnmächtige Wut, während er wieder in einem alten Film ist, einem schlechten alten Film.

Damals hat Frau Wolf ihren Sohn auf eine eigene Art vielleicht geliebt. Am liebsten hätte sie ihn 24 Stunden am Tag um sich gehabt. Trotz der dauernden Probleme mit ihm und trotz ihrer chronischen Unterleibsschmerzen war er doch ihr kleiner Sohn, der ihrer Hilfe bedurfte und ihren Schutz benötigte. Ihre Liebe zeigte sich dadurch, dass er während der Kindergartenzeit zu Hause nicht mit Kindern spielen durfte, da seine Mutter Angst hatte, er könne sich mit Krankheiten anstecken. Oder sie war der Überzeugung, es seien die falschen Kinder mit nicht akzeptablen Eltern. Während der Schulzeit zeigte sich die Liebe der Mutter dadurch, dass sie ihm immer sagte, was er besser zu machen habe, damit die Noten in der Schule noch besser werden sollten. Theodor Konrad wurde immer häufiger wütend: »Du kritisierst mich ständig, immer mache ich alles falsch, nie kann ich dir etwas recht machen!«

Frau Wolf war jedes Mal aufs Neue völlig schockiert. Wie konnte er ihr nur widersprechen?

Sie hatte ihren kleinen Sohn regelrecht erdrückt mit ihrer vereinnahmenden Art.

»Aber ich meine es doch nur gut mit dir. Ich mache mir nur Sorgen um dich wegen all der bösen Dinge da draußen!«, lautete ihr Mantra. Zusammen mit ihrem klagenden Tonfall und dem vorwurfsvollen Blick hatte sie wieder und wieder insistiert. Sie war auf subtile Art psychisch in ihn eingedrungen, ohne blaue Flecken oder gar blutige Striemen zu hinterlassen. »Glaube mir, die Menschen da draußen sind schlecht, voll von Missgunst, Neid und Hinterhältigkeit. Mein lieber Theodor Konrad, du kannst niemandem vertrauen, keinem Menschen außer mir.«

Später hatte sie ihm auch jeglichen Kontakt mit Mädchen verwehrt, ihm ausdrücklich verboten, eine Freundin zu haben. Sie hatte sogar akribisch nach Spuren von Masturbation gesucht. Nie würde er vergessen, wie sie eines Sonntags triumphierend eine von Sperma fleckige Unterhose hochhielt, am Mittagstisch und vor den Augen seines Vaters. Theodor Konrad hatte gelernt, was es bedeutete, in vernichtender Weise beschämt zu werden.

Der nächste Schlag erfolgte, als er einmal heimlich eine Jugendzeitschrift gekauft und gelesen hatte. Damit seine Mutter das Heft nicht fand, hatte er es unter seiner Bettmatratze versteckt. Doch seine Mutter fand das Heft und rastete aus. Ihre Stimme überschlug sich, bebte und war so laut, dass alle Nachbarn sie hören konnte, obwohl alle Fenster geschlossen waren. Sie schrie ihn an und schlug ihm mit der Hand wie im Wahn wiederholt ins Gesicht. Dabei waren die Schmerzen für ihn nicht das Schlimmste. Schmerzen konnte er ertragen. Aber Mutter nahm ihm das Heft weg, zerriss es und verbrannte es. Dabei fühlte er sich doch durch das Heft so verstanden. Da standen Dinge, die er genauso empfand, über die er aber mit niemandem reden konnte. Dort wurden seine Sehnsüchte angesprochen. Für ihn war es so real. Er hatte das Gefühl, eine Beziehung zu dem Mädchen im Heft zu haben. Und diese erste Beziehung hatte seine Mutter brutalst zerstört.

Noch schwieriger wurde das Verhältnis zu seiner Mutter, als Theodor Konrad sein Interesse für Mädchen in der Realität immer offener zeigte. Für Frau Wolf setzte die Erdanziehungskraft aus, als ihr Sohn von Mädchen erzählte und sie fragte, ob er auch ein Mädchen zu sich einladen dürfte. Frau Wolf war entsetzt und bekam Schnappatmung: »Bitte, *was* möchtest du?« Mit weit aufgerissenen Augen schaute sie ihren Sohn an und erstarrte.

»Ich möchte gerne Vanessa einladen.«

In ihrem Kopf rasten die Gedanken, sodass sie völlig verwirrt war. Vor ihrem inneren Auge sah sie ein flittchenhaftes Mädchen, tief dekolletiert mit kurzem Minirock gekleidet, welches ihren Sohn zu verführen versuchte: »Woher kennst du sie? Eine Vanessa gibt es in deiner Klasse nicht.«

»Ich habe sie beim Chatten kennengelernt«, sagte Theodor Konrad völlig selbstverständlich. Aber gerade diese Selbstverständlichkeit brachte seine Mutter noch mehr in Rage. Ihr Kopfkino kannte keine Grenzen mehr, die wildesten Gedanken und Bilder kamen ihr: »Aber, im Internet sind doch nur Verbrecher und billige Frauen.«

Theodor Konrad merkte wieder die Wut in sich aufsteigen: »Mama, auf welchem Planeten lebst du eigentlich? Mars?

Melmak? Meine Freunde und alle aus der Klasse sind im Internet. Wir leben im Internet. Das gehört zu uns wie essen und schlafen.«

Sie war hilflos, sie wusste nicht mehr weiter. Ihr Sohn chattete im Internet und fand es völlig normal. Dort im Pfuhl der Sünde hatte er ein Mädchen kennengelernt und wollte es jetzt auch noch treffen? Ja, sie wusste, dass er viel im Internet war, sie ahnte auch, dass es nicht nur Spiele sein konnten. Aber musste es ein Mädchen sein? Nein! »Ich suche dir eine Frau aus! Basta und Ende der Diskussion!«

Jetzt war es Theodor Konrad, der fassungslos und schockiert war. Seine Mutter wollte ihm ein Mädchen aussuchen?

In diesem Moment wurde ihm deutlich, dass er seinen eigenen Weg gehen musste. Es war der Zeitpunkt, an dem er endgültig die Hoffnung aufgab, seine Mutter würde ihn jemals verstehen. Sie wollte ihn einfach nur herum kommandieren. Und es war auch der Zeitpunkt als der PC zu seinem besten Freund wurde und das Internet seinen einzigen Austausch mit dem Leben und anderen Personen darstellte. Hier war er in seiner Welt, der einzigen Welt, in die ihm seine Mutter nicht folgen konnte. Er wusste, wenn er ein Mädchen treffen wollte, so ging es nur über das Netz und nur heimlich. Es musste ein Mädchen sein, das nicht in seiner Klasse und seiner Mutter völlig unbekannt war.

Was war ihm letztlich übrig geblieben? Was hätte er machen sollen? Schließlich war sein Trieb trotz aller Strafe und Kontrolle stärker als alles andere gewesen, sogar stärker als seine Mutter.

»Lass mich jetzt, ich will nach einer Schlampe suchen.«

Theodor Konrad greift sich seinen Laptop und geht ins Internet. Da gibt es alles. Für jeden Geschmack, für jede Vorliebe, für jeden Spaß. Für alles gibt es irgendwo eine Seite. Natürlich, man muss wissen, wie man sie findet. Da ist Theodor Konrad aber sehr kreativ. Allerdings muss er auch sehr kreativ sein, denn er sucht nicht irgendetwas. Er sucht sexwillige Frauen genau nach seinen Vorstellungen, die sofort bereit sind, keine Ansprüche stellen und ihn schon beim Chatten erregen.

Er will nicht erst noch tagelang warten. Er braucht jetzt eine Frau!

Er sucht nicht zum ersten Mal nach Sex im Internet. Er war schon häufig fündig geworden. Allerdings waren die Treffen dann immer eine Überraschung gewesen. Nicht immer sahen sie so aus, wie sie sich im Netz dargestellt hatten. Manchmal hatten sie bewusst ein falsches Alter angegeben. Eine war ihm auch viel zu groß gewesen und nicht ausreichend devot.

»Scheiße, was ist heute los? Nichts klappt hier«, Theodor Konrad ist wieder genervt, denn bislang ist er immer schnell fündig geworden.

»Du weißt doch, wenn es jetzt nicht klappt, kannst du immer noch heute Abend ausgehen. In dem schmierigen Laden wirst du finden, was du suchst.«

»Halt die Klappe, Deibel! Ich muss mich konzentrieren.«

Heute geht ihm Deibel auf die Nerven. Schnatter, schnatter, schnatter. Immer musste er dazwischen reden.

Theodor Konrad holt zur Ablenkung seine Hanteln, zieht seinen Pullover aus und stellt sich breitbeinig vor den Spiegelschrank. Es elektrisiert ihn, wenn er sich so betrachtet. Er sieht seine Muskeln, welche sich durch das jahrelange Training deutlich abzeichnen.

Er legt auf beiden Seiten je zehn Kilogramm mehr drauf als sonst und beginnt, die Hanteln in einem schnellen, fast aggressiven Rhythmus zu schwingen. Sogar bewusst lässt er die Kanten der scheppernden Kurzhantelscheiben einige Male seine Schlüsselbeine rammen. Der stechende Schmerz feuert ihn eher noch mehr an. Erst keucht er nur, aber jetzt lässt er alles raus. Der emotionale Damm bricht und Theodor Konrad brüllt:

»Und? Ihr verdammten Arschlöcher alle? Was sagt ihr jetzt? Wer ist der Chef? Wer ist der Alpha? TKW ist der Alpha! Ja! Winselt nur um Gnade! Dafür ist es jetzt zu spät. Ich mache euch alle platt. Fahrt zur Hölle, ihr Missgeburten! Ich trete euch in den Dreck!«

Sein verzerrtes Gesicht starrt ihn aus dem Spiegel zurück an, der Blick vor Hass stechend. Er ist im Rausch der eigenen Macht. Er riecht seinen Schweiß, der über seinen straff gespannten Oberkörper nach unten rinnt und vom Saum seiner gürtellosen Jeans aufgesogen wird. Die wie mächtige Drahtseile arbeitenden Muskeln unter der Haut von Brust, Schultern und Bizeps brennen immer heftiger. Das Adrenalin rauscht, getrieben vom wild pumpenden Herz, durch die immer stärker hervortretenden Adern.

Vollkommen außer sich drückt er seinen Rücken noch weiter durch, bäumt sich zum Finale förmlich auf und schreit wie ein Krieger:

»Ich bin TKW und tue dir gleich weh! Ich bin TKW und tue dir gleich weh!«

Dann plötzlich, wie beim überraschenden Ende eines eben noch vernichtenden Hurricanes, erstarrt Theodor Konrad mitten in der Bewegung. Seine Arme geben nach und seine Hände lassen die Hanteln einfach dort auf den Boden krachen, wo sich schon viele ältere Dellen und Riefen zeigen und Holzsplitter aus den Dielen ragen. In einen tritt er mit dem nackten linken Fuß hinein, als er sich ermattet aber zufrieden vom Spiegel abwendet, um Duschen zu gehen. Der Span bohrt sich in das ungeschützte Fleisch der Fußsohle, aber statt Schmerz spürt Theodor Konrad nur ein angenehmes Prickeln. Er trottet mit lässig wiegendem Oberkörper Richtung Bad. Er zeigt keine Reaktion auf die, wie immer ärgerlich aus der unter seiner liegenden Wohnung herauftönende, Stimme eines alten Mannes: »Beim nächsten Mal rufe ich aber wirklich die Polizei!«

Mach doch, dann drehe ich dir den Hals um, du alter Flachwichser, denkt Theodor Konrad mit einem entspannten Lächeln.

Als er unter der heißen Dusche steht, ist alles perfekt. Theodor Konrad verspürt zum ersten Mal seit langer Zeit einen kurzen Moment absoluter Ruhe. Er lässt den Wasserstrahl auf seinen Nacken prasseln und den Kopf entspannt hängen.

Wenn es doch immer so wäre, denkt er und ganz kurz ist da ein übermächtiges Gefühl von kindlicher Traurigkeit und Sehnsucht, aber auch bedrückender Leere. Und als es droht, ihn zu verschlingen, richtet er sich ruckartig wieder auf.

Hey, TKW, du bist doch kein Psycho-Weichei! Du bist der Alpha und du wirst so einer Schlampe mal wieder zeigen müssen, was ein Alpha drauf hat!

Er beginnt, sich einzuseifen und nimmt zufrieden die Härte seiner aufgepumpten Muskeln wahr.

Was hat Deibel gesagt? Der schmierige Laden? Stimmt, der sogenannte Club am Bahnhof!

In dem Club hatte er schon häufiger willige Frauen aufgerissen. Wichtig war bei den Frauen nicht nur, dass sie willig waren, sie mussten ihm gehorchen und sie mussten ihn an seine Mutter erinnern.

»Die alte, miese Schlampe! Die mieseste Schlampe aller Zeiten!«

Es ist kurz nach Mitternacht und Theodor Konrad betritt den Club am Bahnhof. Zu dieser Zeit füllt sich so allmählich die Location. Für ihn ist es wichtig, rechtzeitig da zu sein. Rechtzeitig bedeutet für ihn, dass er sich einen guten Platz suchen kann, sodass er den Eingang im Blick hat, um sofort die für ihn interessanten Frauen begutachten zu können. Der Platz muss so gewählt sein, dass er von den Frauen sofort gesehen wird. Dass er sofort auffällt, davon geht Theodor Konrad selbstverständlich aus, schließlich hat er auch das passende Outfit gewählt. Für diese Gelegenheit zieht er immer eine eng sitzende Lederhose an, welche seine *Männlichkeit* betont. Damit sein muskulöser Oberkörper zur Geltung kommt, trägt er, auch jetzt im Winter, ein besonders körperbetontes T-Shirt.

Zur Einstimmung auf den Abend hat er sich einen Longdrink bestellt und saugt an dem Strohhalm.

Gedankenverloren schaut er in die Runde. In einer Ecke des Clubs steht eine kleine Gruppe von Mädchen, denen anzusehen ist, dass sie noch nicht oft ausgegangen sind. Schüchtern stehen sie dicht gedrängt beieinander und schauen immer wieder nervös auf ihre Handys.

Was auch immer sie so verzweifelt auf ihren Telefonen suchen, fragt sich Theodor Konrad belustigt.

Er mustert die Gruppe länger. Nicht, dass er sie als interessant für einen Fick erachtet, denn so jung und schüchtern sie auch sind, so wenig Erfahrung haben sie beim Sex.

Wenn die Mädels schon zu unsicher sind, allein zur Toilette zu gehen, trauen sie sich erst recht nicht, sich vor einem Mann nackt zu präsentieren, ist er sich sicher. Darauf kann er gerne verzichten. *Der Alpha braucht eine Herausforderung und keinen Kindergarten.*

Theodor Konrad genießt es wie immer, aus der Position wissender Überlegenheit seine Umgebung zu scannen.

Plötzlich bleibt sein Blick hängen. Mit einem Mal erkennt er seinen Kumpel Lukas. Lukas, der Mann mit der schiefen Hakennase und dem Narbengesicht. Die prüfenden Blicke der Männer treffen sich und sie nicken sich zur Begrüßung zu.

Theodor und Lukas kennen sich aus der Schulzeit. Nicht, dass es so gewesen wäre, dass beide in die gleiche Klasse gegangen wären und sich angefreundet hätten. Nein, Lukas und Theodor Konrad standen in den Pausen einsam auf dem Schulhof und wurden von den Mitschülern bestenfalls ignoriert. Waren die Mitschüler richtig gut drauf, wurden beide gehänselt. Gerade im Winter machten sie es sich zum Spaß, die beiden Außenseiter mit Schneebällen zu bewerfen. Da sich Lukas und Theodor gegen die vielen Schneebälle nicht wehren konnten, rannten sie zu den Lehrern, welche gerade die Pausenaufsicht hatten. Das hatte wiederum zur Folge, dass Lukas nach der Schule von den Jungen mit Schnee eingeseift wurde. Theodor konnte das nicht passieren, denn er wurde mittags stets von seiner Mutter abgeholt.

»Lukas, cool, du bist auch hier. Lass uns einen zusammen trinken.«

»Theodor, alter Aufreißer. Ich hatte mir schon gedacht, dich hier treffen zu können.«

Beide trafen sich eigentlich immer nur in irgendwelchen Clubs oder in der Stadt. Nie hatten sie sich privat bei einem von beiden zu Hause getroffen. So weit ging ihre Freundschaft bestimmt nicht, wenn überhaupt von Freundschaft die Rede sein konnte.

Theodor hat von Lukas den Eindruck, dass dieser die gleiche Absicht verfolgt wie er. »Na, willste heute auch noch `ne Braut aufreißen?«

»Du kennst mich doch. Immer auf der Suche nach dem nächsten Abenteuer.«

Er bestellt zwei Drinks und beide prosten sich zu.

Lukas ist bei der Auswahl seiner Sexualpartnerinnen sehr wahllos. Er sucht einfach Irgendeine. Für ihn ist es nur wichtig, dass er seine Befriedigung findet. Manchmal schläft er sogar bei einer Frau und frühstückt am Morgen bei ihr. Natürlich nimmt er nie eine Frau mit zu sich nach Hause, denn dann kann er sie nicht einfach wegschicken, wenn sie ihre Schuldigkeit getan hat und ihn langweilt.

Theodor Konrad hingegen weiß sehr genau was er sucht. Die Schlampe muss schon etwas älter sein und das Leben sie schon sichtbar gezeichnet haben. In ihren Augen muss er lesen können: Rette mich aus meinem tristen Leben!

Sie sollte ausstrahlen, dass sie aus purer Verzweiflung heraus alles für ihren Retter tun würde. Es sind die Frauen, genau wie seine Erzeugerin, welche stets unglücklich und unzufrieden ist.

Heute Abend ist es aber irgendwie anders als sonst. Irgendwie kommt nicht die Richtige vorbei.

Der Alkohol hinterlässt im Laufe der Nacht seine Wirkung. Lukas und Theodor plaudern miteinander und berichten gegenseitig von ihren Heldentaten bei der Fraueneroberung. Je mehr Alkohol sie trinken, desto blumiger und ausschweifender werden ihre Geschichten.

»Hey, ihr bbbeidnn«, grölt eine Männerstimme von hinten. Es ist Andre. Zu diesem Zeitpunkt des Abends ist es Theodor Konrad nicht mehr möglich, sich zu erinnern, seit wann und woher er Andre kennt.

»Ich gggip mal aeinen aus«, lallt Andre und es werden einige Gläser Tequila getrunken. Wie viele Tequila es noch in der Nacht waren, konnte nachher keiner mehr sagen.

Zumindest war es so viel Alkohol, dass Theodor Konrad am nächsten Tag nicht einmal mehr weiß, wie und wann er nach Hause gekommen war. Der nicht unerhebliche Restalkohol in seinem Blut sorgt dafür, dass er sich großartig fühlt. So setzt er sich in sein Auto und fährt zur Autobahnbrücke.

Während der Fahrt lässt er den gestrigen Abend noch einmal Revue passieren. Es war eine ausgesprochen feucht fröhliche Nacht gewesen! Es gab nur einen Wehmutstropfen, denn eine Frau hatte er nicht für sich gewinnen können. Über die Enttäuschung war er mithilfe des Alkohols und der beiden Kumpels allerdings auch gut hinweg gekommen. Sie hatten sich die tanzenden Schlampen angesehen und über sie abgelästert. Mit jedem Bier und Schnaps mehr stieg auch der Spaßfaktor. Der Kick, welchen er sich erhofft hatte zu finden, wenn er eine Schlampe flachlegen konnte, hatte er allerdings nicht.

Er ist sich aber sicher, diesen jetzt an der Autobahnbrücke zu bekommen. Als begeisterter Kletterer hat er eine komplette Kletterausrüstung und ein Seil von 60 Metern Länge dabei. Sein Plan ist es, das Seil an der Autobahnbrücke zu befestigen, es nach unten fallen und sich am Seil runter gleiten zu lassen, um am Ende einfach zu schaukeln. Damit das ganze Vorhaben auch richtig Spaß macht, hat er zwei Kameras mitgenommen, welche ihn dabei filmen sollen. Die erste Kamera soll oben auf der Brücke befestigt sein und nach unten filmen. Die zweite Kamera würde er vorne an seine Jacke montieren.

Die Aufregung ist schon sehr groß. Schließlich hat er bei der Polizei nicht um Erlaubnis gefragt, um an einer Brücke schaukeln zu dürfen. Eine weitere Herausforderung ist es, nach dem Schaukeln an dem Seil wieder nach oben zu klettern. Er kennt vom Klettern die Prusiktechnik, hat sie bislang aber nur beim Üben angewendet, wenn er durch einen Partner gesichert war.

Er kann sich am Ende des Seiles auch nicht einfach auf den Boden fallen lassen, denn schließlich fiele er dann 40 Meter in die Tiefe, da es von der Brücke bis zum Boden fast 100 Meter sind.

Auf der Autobahnbrücke ist es erstaunlich windig. Das hat er sich anders vorgestellt. Er lässt sich dadurch aber nicht entmutigen und befestigt, wie geplant, das Seil und die erste Kamera. Natürlich bringt er die erste Kamera an der Jacke an, denn schließlich soll das gesamte Vorhaben gefilmt werden. Erst danach befestigt er die zweite Kamera an der Brücke mit Blick Richtung Abgrund.

Oben auf der Autobahn ist es so windig, dass der ganze Dreck und Staub aufgewirbelt wird. Und wenn Böen aufkommen ist es schwierig sich auf den Beinen zu halten. Zudem verursachen die Autos und insbesondere die LKWs zusätzlichen Wind.

Theodor Konrads Puls steigt von Minute zu Minute weiter an, es kribbelt im ganzen Körper, sein Herz schlägt kräftig und schnell. Dieses Mal ist es die Vorfreude auf den erwarteten Kick. Wieder fühlt er sich überlegen, unbesiegbar und einzigartig. So musste sich der Highlander gefühlt haben.

Er kann es kaum abwarten, der Welt erneut zu zeigen, wer er ist, was er kann und wozu er befähig ist. Nie hatte ihn ein Mensch verstanden. Ärzte stopften ihn voll mit Medikamenten, seine Mutter hatte ihn tyrannisiert und seine Mitschüler hatten ihn gehänselt.

Alle werden sie zu mir kommen. Sie werden Autogramme von mir haben wollen, philosophiert Theodor Konrad. Die Frauen würden sich die Klamotten vom Leib reißen und mit ihm vögeln wollen. Alle würden sie kommen und sagen, den kenne ich, das ist ein Freund von mir. Seine Chefs würden wieder an ihn herantreten und ihn für ihre beschissenen Firmen als Werbeträger gewinnen wollen. *Einen Scheiß werde ich tun! Ich lache sie alle aus!*

Theodor hat das eine Ende des Seils am Brückengeländer befestigt und das andere Ende durch sein Klettergeschirr gezogen. Er überprüft noch einmal die Funktion beider Kameras und klettert über das Geländer. Sein Herz schlägt ihm bis zum Hals, sein Körper ist bis in die letzte Haarspitze hinein angespannt.

Jetzt ist der große Moment da und er lässt sich am Seil herunter gleiten. Beim Gleiten schaut er hoch und ist von der Brücke beeindruckt. Die Pfeiler ragen gefühlt bis zum Himmel.

Sie wirkt viel größer als aus der Ferne. Sie ist so richtig monumental!

Er lässt sich weiter an seinem Seil heruntergleiten. Theodor hat sich Markierungen an seinem Seil gemacht, sodass er sich nicht zu weit herunter lassen kann. Er erreicht die erste Markierung, ab dieser hat das Seil noch zehn Meter Länge übrig und das sollte zur Sicherheit auch so bleiben.

»Ich, Theodor Konrad Wolf hänge hier an der Autobahnbrücke und habe mich 50 Meter abgeseilt. Sie erleben jetzt die Sensationsschaukel.«

Er holt Schwung und beginnt das Schaukeln. Er sitzt in seinem Klettergeschirr und holt Schwung, so wie es Kinder machen, die auf einer Schaukel sitzen. Die ersten Schwungbewegungen sind etwas mühsam, da ihn leichte Windböen bremsen. Dennoch kommt Theodor in Fahrt und seine Pendelausschläge werden immer größer. Mit den Beinen voran und den Kopf in den Nacken gelegt, saust er jetzt durch die Luft. Immer wieder nimmt er erneut Fahrt auf und hat zwischenzeitlich das Gefühl zu fliegen.

»War nicht der größte Wunsch des Menschen fliegen zu können? Ich kann jetzt fliegen. Ich, Theodor Konrad Wolf, kann fliegen. Mein Gott, welch ein Kick!« Er schreit seine Freude und Erhabenheit heraus, in dem Bewusstsein, dass alles durch seine Kameras festgehalten wird.

Irgendwann, ihm kommt es vor wie eine Ewigkeit, bremst er das Schaukeln, wohl wissend, dass er 50 Meter in die Höhe zum Geländer klettern muss. Dazu befestigt er zwei Schnüre ans Seil und klettert mit der Prusiktechnik das Seil wieder hoch. Beim Klettern muss er allerdings feststellen, dass der Alkoholkonsum der gestrigen Nacht Spuren hinterlassen hat. Immer wieder muss er eine Pause einlegen und sich ausruhen. Zur Sicherheit hat er sich zwei Energieriegel in die Tasche gesteckt, welche er gierig in sich reinstopft.

Mit letzter Kraft, völlig erschöpft, aber überglücklich erklimmt er das Geländer und fühlt sich übermächtig und unbesiegbar!!

*

Tilmann sitzt mit seiner Frau und Tochter am Abendbrottisch. Seine Tochter Charlotte ist noch ganz begeistert vom Nachmittag im Zoo: »Am besten war die junge Giraffe. Obwohl sie erst seit einigen Tagen lebt, ist die Giraffe schon viel größer als ich. Mama, überleg doch mal, wenn ich, so groß bin wie jetzt, so aus deinem Bauch herausgekommen wäre!«

Tilmann zwinkert seiner Tochter zu: »Dann hätte deine Mama sehr viel Ähnlichkeit mit dem großen Orang-Utan im Affenkäfig gehabt.«

Seine Frau stemmt vor Entrüstung die Arme in die Hüften: »Na, na, ihr beiden. Jetzt geht es hier aber zu weit. Jetzt werde ich schon mit Affen verglichen. Wenn ich mich hier mal umschaue und euch beim Essen beobachte, dann muss ich an Schweine denken.« Sie rümpft die Nase, kneift die Augen zusammen und zieht die Stirn in Falten. »Wenn ich eure Platzdeckchen sehe, muss ich außerdem noch an das Krümelmonster aus der Sesamstraße denken.«

»Ach Hanna«, Tilmann legt seinen Kopf schief zur Seite und grinst seine Frau an. »Mit Abstand haben wir am längsten vor dem Affenkäfig gestanden. Weil Charlotte und ich die Affen doch so toll finden.«

»Mama, und du musst auch bedenken, dass wir nicht vor den Pavianen stehen geblieben sind. Stell dir vor, wir würden dich mit einem Pavian vergleichen.«

»Du kleines Monster«, grinst Hanna ihre Tochter an. »Jetzt schlägt es dem Fass aber den Boden aus. Wenn du heute noch fernsehen möchtest, müsstest du dich jetzt einmal waschen, umziehen und die Zähne putzen.«

Charlotte versucht, zu protestieren und Zeit zu schinden. Darauf fallen ihre Eltern aber nicht mehr herein.

Tilmann geht mit seiner Tochter ins Bad und hilft ihr beim Zähne putzen, Gesicht waschen und Umziehen. Charlotte folgt mit mürrischem Gesichtsausdruck. Währenddessen räumt Hanna das Abendbrot ab und stellt ihrer Tochter den Fernseher an.

Tilmann liebt es, mit seiner Tochter zusammen sein zu können. Unter der Woche hat er wenig Zeit für sie, da ihn seine Praxis stark in Anspruch nimmt. Dafür ist es ihm am Wochenende geradezu heilig, mit Charlotte möglichst viel Zeit zu verbringen. Am Ende des Abends setzen sie sich vor den Fernseher und schauen sich zusammen Fanny und die Seeräuber, ihre Lieblingssendung an.

Hanna und Tilmann lassen sich zufrieden, aber ermattet in die großen Kissen ihrer Couchecke sinken. Nach der Tagesschau sehen sie sich, wie üblich, den Sonntags-Tatort an, ein festes Ritual in ihrer Partnerschaft.

Doch heute ist Tilmann nicht so aufmerksam beim Sonntags-Krimi und hängt stattdessen mit abwesendem Blick seinen Gedanken nach. Gleich am Anfang der Folge, er starrte noch konzentriert und wie gebannt auf eine mit hektischer Kameraführung festgehaltene Verfolgungsszene im Wald, hatte ihn wie aus dem Nichts das Gefühl eines heftigen Unwohlseins innerlich überflutet. Es war ein Gefühl, so als ob ihm irgendetwas körperlich einen Schlag versetzt, ihm in den Bauch geboxt hätte. Jetzt sitzt er nur reglos und flach atmend da und kann dieses Gefühl weder kontrollieren noch im Geringsten zuordnen. Kalter Schweiß tritt ihm auf die Stirn. Und obwohl er sich innerlich dagegen stemmt, ergreift ihn zunehmend lähmende Furcht. Und plötzlich meint er vor seinem geistigen Auge den Motor, der seine Furcht antreibt, erahnen zu können. In einem mächtigen, überdimensionalen Gedankenstrudel erkennt Tilmann Angst und Sorge um seine Tochter, im nächsten Augenblick Fetzen von Szenen, in denen ihr in unaussprechlicher Weise Gewalt angetan wird und Tilmann nicht eingreifen kann. Und der Strudel dreht sich gnadenlos weiter, als wenn ein Hurrikan mit vernichtender Energie auf Land trifft. Jetzt rotieren die Gedanken um Hanna. In beängstigend real wirkenden und schnell wechselnden Bildern wird Hanna wahlweise von der aktuellen Grippewelle dahingerafft oder in einem Stadium akuten Burnouts mit einem Nervenzusammenbruch in die Psychiatrie eingeliefert. Auch hier ist Tilmann zu Hilflosigkeit verdammt. Erst ganz allmählich, ohne dass er etwas dazu getan hätte, ebben Furcht und Entsetzen ab, als ob der Hurrikan von alleine an Kraft verliert. Und er kann wieder Gedanken fassen, in denen nicht alles vernichtet wird, was ihm etwas bedeutet. Er gewinnt ein wenig von seiner gewohnten Kontrolle zurück.

Ja, es grassiert eine Grippewelle an Hannas Schule, aber selbst wenn sie angesteckt wird, muss sie nicht daran sterben. Und ein Burnout muss auch nicht zwangsläufig in der geschlossenen Abteilung des Hochsicherheitstraktes einer Psychiatrie enden. Und natürlich, Charlotte ist ein Kind und immer wieder passiert Kindern etwas, aber seine Tochter ist intelligent, vorsichtig und wehrhaft. Außerdem hat sie einen sportlichen Papa, der auf sie aufpasst und sie beschützt.

Auch körperlich kommt Tilmann etwas zur Ruhe, kehrt mit seiner Aufmerksamkeit in die banale Realität eines ansonsten normalen Sonntagabends zurück. Die Leuchtdioden der Uhr am DVD-Rekorder zeigen 20:35, das heißt, es sind gerade 20 Minuten seit Beginn seines Ausnahmezustandes verstrichen. Es kam ihm eher wie quälende zwei Stunden vor.

Hanna schaut nach wie vor wie gebannt die Tatort-Folge und hat von Tilmanns innerem Martyrium nichts mitbekommen. Ihm ist es nur recht so, denn er könnte jetzt nichts erklären. Er hat ja selber noch nicht begriffen, was gerade mit ihm los war.

»Hanna, mein Schatz, ich bin total müde. Ich glaube, ich werde es heute nicht schaffen, mit dir zusammen den Film zu Ende zu schauen. Ich möchte lieber noch zwei oder drei Seiten in meinem Buch lesen und dann schlafen.«

Hanna schaut ihren Mann etwas irritiert an, spricht ihm aber gut zu: »Mach du nur. Der Film ist auch nicht derart überwältigend spannend, dass du etwas verpassen würdest. Ich komme dann vielleicht auch gleich schon nach.«

Nach einer unruhigen Nacht, in der Tilmann häufig wach wurde, fährt er morgens, sich wie gerädert fühlend, zur Praxis. Es ist wieder Montag, die neue Woche beginnt und es stehen reichlich viele Termine in seinem Terminkalender. Beim Überfliegen der Einträge sieht Tilmann, dass heute auch wieder der Patient T.K. Wolf eingetragen ist. Er kann zwar nicht wissen, dass Herr Wolf einen alkoholgeschwängerten Clubabend verlebt und sich am Sonntag durch das Schaukeln unter der Autobahnbrücke einen unbeschreiblichen Kick besorgt hat, aber Tilmann meint, eine positive Grundstimmung bei seinem Patienten zu bemerken.

»Herr Wolf, kann es sein, dass irgendetwas für Sie Positives zwischen der letzten Sitzung und heute passiert ist? Ich nehme Sie deutlich weniger angespannt als in der letzten Sitzung wahr!«

Theodor Konrad überlegt kurz, ob er seinem Therapeuten die Wahrheit sagen kann. Aber natürlich kann er das, schließlich unterliegt Braun der Schweigepflicht. Außerdem besteht doch zwischen ihnen ein ganz besonderes Verhältnis: »Ich hatte ein tolles Wochenende. Es war richtig klasse.«

»Was zeichnet denn ein tolles Wochenende bei Ihnen aus?«

»Ich war mit zwei guten Freunden in einem Club tanzen und Bier trinken. Am Sonntag war ich klettern. Das macht den Kopf richtig frei.«

»Tanzen, Klettern, Freunde treffen hilft Ihnen also sich zu entspannen? Das bringt mich auf eine Idee. Wenn Sie ansonsten kein anderes Thema besprechen möchten, das Ihnen auf den Nägeln brennt, könnten wir heute über Entspannungstechniken reden und eventuell eine ausprobieren.«

Wenn Tilmann ehrlich ist, muss er zugeben, dass vor allem ihm selber nach der letzten Nacht eine Entspannungsübung sehr lieb gewesen wäre. Aber Herr Wolf reagiert mit eher ausdruckslosem Gesicht und zurückhaltend, jedenfalls nicht mit dem erhofften Interesse auf das Angebot. Nein, er könne sich eigentlich auch so, ohne spezielle Übungen, gut entspannen und ablenken. Selbst bei der Arbeit habe er keine Probleme damit.

»Herr Braun, sind diese Übungen nicht doch eher eine Sache, die Sie mit ihren wenig belastbaren Hausfrauen-Patientinnen durchführen sollten? Ich glaube, ich bewege mich da schon auf einem anderen Niveau!«

Tilmann springt innerlich, obwohl er es nicht will, sofort genervt auf diese Provokation an. Er kann nicht umhin, im Gegenzug seinen Patienten darauf anzusprechen, dass er doch häufig die Stellen gewechselt und sich viel über Mitarbeiter und Chefs aufgeregt habe. Dieser Anspielung weicht Theodor Konrad galant und wortreich aus.

„Wir wissen doch beide, dass das Eine mit dem Anderen nichts zu tun hat. Wenn Ihnen ein Patient erzählt, dass ihm jemand rücksichtslos die Vorfahrt genommen und schwere Verletzungen sowie einen Totalschaden des Wagens zugefügt hat, sagen Sie ihm als erfahrener Therapeut doch auch nicht als erstes, dass er wohl nicht Auto fahren könne? Genauso ist es bei mir! Ich komme im Grunde super gut mit dem Leben zurecht, habe erstaunliche Kompetenzen und überragende Fähigkeiten, eben im Grunde wie der beste Autofahrer, den Sie sich weltweit vorstellen können. Aber mir ist man dennoch massivst in die Karre gefahren und deshalb sitze ich hier. An meinem Charakter oder meiner Persönlichkeit muss sich letztlich nichts ändern!"

Tilmann ist erneut perplex über dieses überbordende Selbstbewusstsein. Zugleich merkt er aber, dass etwas nicht stimmt, besser gesagt spürt er, dass ihm sein Patient etwas verschweigt. Er ist sich aber sicher, heute keinen Ansatz mehr zu finden, um dahinter zu kommen. Außerdem traut er nach dem gestrigen Erlebnis seiner Wahrnehmung noch nicht wieder hundertprozentig. Deshalb bohrt er nicht weiter nach und lässt es für heute gut sein.

»Herr Wolf, da mögen Sie recht haben. Ihre Metapher vom guten Autofahrer, der trotz all seiner Fähigkeiten Unfälle aufgrund fremder Schuld erleiden kann, beeindruckt mich. Und Sie beeindrucken mich ehrlich gesagt auch immer wieder auf's Neue!«

Theodor Konrad hört zwar akustisch die Worte seines Therapeuten, ist aber schon wieder ganz in seiner eigenen Welt versunken. Er sieht sich am Seil hängen und gewagt schaukeln. Vor seinem inneren Auge läuft der ganze Film noch einmal ab: Theodor Konrad, der Größte aller Zeiten.

»Herr Wolf, Herr Wolf?«, spricht Tilmann wiederholt seinen Patienten an. Die Behandlungszeit ist abgelaufen und sie müssen noch einen Termin für die nächste Woche abstimmen. Herr Wolf gehört zu den Patienten, mit denen es grundsätzlich umständlich ist einen Termin zu finden, ähnlich wie bei Arbeitslosen, Hartz-4-Empfängern und Rentnern. Natürlich gilt das nicht ausnahmslos für alle Vertreter dieser Gruppen, doch häufig ist es so, dass sie morgens auf keinen Fall vor elf Uhr, am besten erst am Nachmittag, einen Termin wahrnehmen möchten. Auch die Verhinderungsgründe bei Terminabsagen sind interessant: »Am Dienstag kann ich nicht, weil dann vielleicht meine Tochter für eine Stunde vorbei kommt.« Eine andere häufigere Ausrede lautet: »Ich kann nur nachmittags kommen, denn ansonsten bekomme ich keinen Parkplatz direkt vor Ihrer Praxis.« Die Betonung liegt auf direkt vor der Praxis.

»Wenn es geht, komme ich am nächsten Montag wieder zu Ihnen. Vielleicht können wir diesen Termin immer nehmen. Aber nur, wenn es Ihnen passt.«

Tilmann ist irritiert über diesen Anfall von Kooperationsbereitschaft und fragt sich, was mit Herrn Wolf los ist. »Gerne. Das würde mir auch gut passen. Ich trage den Termin wieder für Montag ein, zur selben Uhrzeit. Sollte es einmal nicht zum gewohnten Termin gehen, werde ich es Ihnen frühzeitig mitteilen.«

Sie verabschieden sich voneinander und Tilmann ist sich sicher, dass er im Gespräch mit Herrn Wolf etwas Wichtiges nicht herausgefunden hat.

Tilmann fährt abends nach der letzten Sitzung nach Hause. Er ist immer noch sehr in Gedanken und muss an den Patienten Wolf denken. Am wenigsten interessiert ihn zu diesem Zeitpunkt, was er noch nicht herausgefunden hat, sondern warum er sich so den Kopf über den Fall zerbricht. Leider kommt es des Öfteren in Behandlungen vor, dass wichtige Informationen erst spät, manchmal zu spät, ans Tageslicht kommen. Manchmal trauen sich Patienten erst kurz vor Ausschöpfung des Höchstkontingentes an Sitzungen, wichtige, aber für sie sehr mit Scham besetzte Dinge mitzuteilen. Es kommt aber auch vor, dass Patienten nicht wissen, welche Informationen für den Therapeuten überhaupt wichtig sind. Das spricht dann natürlich nicht für die Struktur des Therapeuten.

So oder so dämmert es Tilmann zunehmend, dass Theodor Konrad Wolf etwas in ihm auslöst beziehungsweise schon ausgelöst hat. Er kann es aber nicht benennen, nicht greifen, und darauf reagiert Tilmann wahrhaft allergisch. Er weiß sehr wohl um das seelische Phänomen der Quellenamnesie. Oft genug hat er es insbesondere traumatisierten Patienten erklärt, die daraufhin vor allem Panikattacken, Stimmungseinbrüche und quälende Zustände von Unruhe besser zuordnen konnten. Bei der Quellenamnesie treten bestimmte, vor allem intensive und unangenehme

Gefühle auf, in der Regel mit starker körperlicher Anspannung verbunden. Diese Zustände als solche werden durchaus auch als vertraut identifiziert. Der oder die Betroffene weiß aber nicht im Entferntesten, woher sie kommen oder mit welchen Erfahrungen und Auslösern sie in Verbindung stehen. Häufig stehen traumatisierende, aber erfolgreich abgespaltene Erlebnisse hinter diesen Zuständen. Die Unfähigkeit bei der Zuordnung erzeugt wiederum Hilflosigkeit diesen Gefühlen gegenüber, da sie ohne greifbare Ursache als unlösbar und damit potentiell noch bedrohlicher wahrgenommen werden. Am Ende steht nicht selten beispielsweise die Angst vor der Angst, auch als Phobophobie bekannt. Die Betroffenen landen letztendlich häufig in einem Teufelskreis aus angestrengter Vermeidung von Emotionen im Wechsel mit Überflutung durch diese Gefühle.

Für Tilmann ist es jetzt aber etwas ganz anderes, selber möglicherweise ein Opfer dieses Phänomens zu werden, als einen entsprechenden Patienten zu behandeln.

Sein Autotelefon klingelt und fast ist er erleichtert, von seinen sorgenvollen Gedanken erlöst zu werden: »Hey, Starcoach, wo bleibst du? Wir warten auf dich.«

»Klaus, hallo. Ich bin im Auto und auf dem Weg. In zehn Minuten habe ich zu Hause das Auto abgestellt und komme zu dir rüber. Ich bin in der Praxis noch etwas aufgehalten worden. Tut mir leid.«

»Kein Problem. Die Jungs sind unruhig und wollen loslegen. Du kennst sie ja.«

»Gib den Skatbrüdern schon mal ein Bierchen. Das beruhigt die Nerven.«

»Empfiehlst du deinen Patienten auch immer Alkohol zur Beruhigung? Ich hoffe nicht.« Beide müssen schallend lachen. Klaus und Tilmann sind seit vielen Jahren gute Freunde und spielen mit zwei weiteren Freunden einmal im Monat Skat.

»Gott sei Dank seid ihr nicht meine Patienten. Dann würde ich den Job sofort an den Nagel hängen. Nervensägen und Besserwisser. Also die Schlimmsten der Schlimmen.« Wieder müssen beide herzhaft lachen.

»Bis gleich.«

*

Nach der Sitzung bei Tilmann Braun geht Theodor Konrad zum Computerladen an der Ecke, um seinen Laptop abzuholen. Am Wochenende, während er vergeblich versucht hatte, Frauen im Internet aufzureißen, gab zu allem Überfluss auch noch sein PC wieder mal den Geist auf. Daraufhin ist er ausgerastet, schlug vollkommen außer sich mit bloßen Fäusten gegen die Wand und riss sich auf dem Höhepunkt seines Wutanfalls sogar ein Büschel Haare aus. Er war kurz davor, auch noch den Rechner gegen die Wand zu schleudern. Im letzten Moment fiel ihm ein, dass er es sich nicht leisten konnte, den PC zu zerstören. Die Selbsthilfeversuche konnten, auch mangels kompetenter Unterstützung des Verkäufers beim Merkur, seine Rechnerprobleme nicht lösen. Für einen neuen Rechner fehlt ihm das notwendige Geld, zumindest in diesem Moment.

Theodor Konrad holt seinen Laptop ab und beeilt sich, nach Hause zu kommen. Er ist sehr aufgeregt, denn er will sich im Internet verewigen. Er will sich im Netz so darstellen, wie ihn die Welt zu sehen hat: Theodor Konrad, der weltbeste Kletterer. Theodor Konrad, der Größte. Theodor Konrad, der Unbesiegbare. Er beschließt seine Filmaufnahmen von gestern an diesem für ihn denkwürdigen Tag der Welt zu präsentieren. Immerhin hat er für diese Aufnahmen wirklich alles gegeben, und zwar eine Kamera, die ihn von oben filmte und eine für die Schaukelperspektive.

»Ich liebe das Internet. Es gibt mir einfach und widerspruchslos alles, was ich brauche. Trotzdem kann ich mich dort, wenn ich will, auch unerkannt bewegen. Und das Beste daran ist, es wird mich berühmt machen. Dann endlich werden meine grandiosen Leistungen gewürdigt werden und ich steige in die Liga der Superkletterer auf!«, redet er mit sich selbst und rutscht aufgeregt auf dem Stuhl hin und her.

Nachdem er seinen Rechner angestellt hat, überspielt er die Filme von den Kameras auf den PC. Dann geht er routiniert ins Internet und stellt beide Filme bei Youtube ein. Youtube, eine von Google gekaufte Firma, welche es sich zur Profession gemacht hat, von allen Menschen, die wollen, Filme, Videos, etc. im Internet zu präsentieren.

Youtube soll allerdings nur der erste Schritt auf dem Weg zum Weltruhm sein. Als Nächstes schickt er an alle Freunde und Bekannte eine Email und verweist auf seine Filmaufnahmen im Netz. Schließlich ist die Anzahl der Klicks im Internet das Maß der Dinge. Je mehr Klicks seine Filme haben, umso höher steigt er im Ranking der Seite auf, umso mehr Menschen sehen ihn schaukeln.

*

»Wann wird er es endlich lernen und Rücksicht auf meine zarten Bedürfnisse nehmen? Es würde mir im Grunde schon reichen, wenn er seine Sachen aufräumen könnte. Überall liegen wieder seine Zeichenblätter herum! Und als Krönung hier auch noch sein Dolce&Gabbana-Schlüppi! Ok, mildernde Umstände, denn das liegt wohl seit unserem gestrigen Liebesspiel hier. Also kann ich dafür nicht ihn alleine zur Verantwortung ziehen«, mit einem genüsslichen Seufzer hebt Peer die Sachen von Sven auf.

Er versucht die Zeichnungen in eine Reihenfolge zu bringen und zu sortieren. Dabei fällt ihm ein Blatt aus der Hand. Es segelt zu Boden und bleibt mit der Rückseite nach oben liegen. Ein hübscher Arsch steht auf der Rückseite einer Skizze gekritzelt. Peer erstarrt für einen Moment mitten in seiner Bewegung und hebt dann zögerlich das Blatt auf.

»Oh, wer hat das denn geschrieben?« Peer dreht das Blatt mehrmals herum und begutachtet es mit kritischem Blick: »Das kann nur mein lieber Sven geschrieben haben. Ich erkenne doch sofort seine Hieroglyphen artige Schrift!.«

»Na, führst du wieder Selbstgespräche?« Sven steht plötzlich im Raum.

Peer zuckt zusammen und dreht sich ruckartig herum. Dabei lässt er die Blätter und die Unterhose wieder fallen: »Himmel Herr Gott hast du mich erschreckt. Willst du mich umbringen?«

Sven muss lachen und freut sich diebisch über Peers Schreckreaktion.

»Du hast gut lachen, aber in meinem Alter kann mich der nächste Schock ins Krankenhaus oder direkt ins Leichenschauhaus bringen!«

»Deshalb bereitest du dich jetzt auch schon auf die Rente vor und suchst im Internet nach einem passenden Ohrensessel, in dem du dann deinen Ruhestand verbringen kannst. Am Nachmittag, nach dem ritualisierten Mittagsschlaf, kannst du dir dann die täglichen Gerichtshows im Fernsehen ansehen.«

»Was möchtest du mir damit jetzt bitte sagen?«

»Wonach hört es sich für dich denn an?«, fragt Sven und schaut Peer ernst an. Das Fröhlich-Neckende ist plötzlich aus seiner Stimme gewichen.

»Jetzt mach hier mal nicht einen auf Psychologe!«

Auch Peers Tonfall ist schärfer, als er eigentlich wollte. Er fühlt sich angegriffen und seine Gefühle beginnen, ihm zu entgleiten. Er hasst nichts mehr als Kontrollverlust. Er hasst offenen Streit mit ungewissem Ausgang und er merkt, dass sich hier gerade etwas zusammenbraut.

Trotzig wie ein kleines Kind provoziert Peer Sven: »Wenn ich nicht fragen darf wie ein Psychologe, vor allem, wenn ich offensichtlich einen wunden Punkt treffe, dann solltest du auch bitte nicht mehr deine naiven Kinderzeichnungen anfertigen. Wir wissen beide, dass das kein großer Verlust für die Kunstwelt wäre und die Höhlenmenschen müssten sich auch nicht mehr beleidigt fühlen und in ihren Steingräbern rotieren!«

Jetzt ist es Sven, der die nächste Eskalationsstufe einleitet. Er streckt sich selbstbewusst durch und fixiert den etwas kleineren Peer mit funkelndem Blick aus seinen jetzt noch dunkler wirkenden Augen.

Peer fühlt sich plötzlich vollkommen in die Defensive gedrängt, wie ein verletzter, schnaubender, von Staub bedeckter Kampfstier in der Arena von Pamplona, der fast schon den finalen Todesstoß des hochkonzentrierten Torero erwartet. Das Publikum hält den Atem an. Aber dann setzt der Stier ein letztes Mal seinen massigen Körper in Bewegung und rast wütend los. Wenn er schon sterben muss, will er vorher noch dem Torero sein Horn tief in die weiche Flanke bohren.

»Oh, ist es jetzt viel eher der Mann vom Bau, der eingeschnappt reagiert wie ein kleines Kind? Kommt da etwa gerade der allseits bekannte Neid auf, weil der Herr Architekt noch nicht den gewünschten finanziellen Erfolg … «

Genau in diesem Moment, Peer und Sven stehen sich ganz nah gegenüber, unterbricht ein enervierender Jagdhorn-Klingelton Peers Gegenangriff. Sven erschreckt sich, zuckt zusammen und reißt völlig hektisch das Telefon aus seiner Hosentasche: »Ja? Sven Schiller hier!«

Peer kann nicht einordnen, wer anruft, meint aber, eine ihm unbekannte männliche Stimme zu hören.

»Es geht gerade nicht.«

Sven gibt nur eine kurze Antwort und Peer muss feststellen, dass sein Partner errötet, sich dem Schreibtisch zuwendet und nervös an einem Papierstapel herum nestelt.

»Ja ok, ich rufe in den nächsten Tagen noch einmal zurück Tschüss und bis dann … «, verabschiedet sich Sven vom Anrufer.

Peer schaut betont gelassen auf seine aktuell besonders gepflegten Fingernägel und wartet einfach ab.

»Öh, wo waren wir doch gleich stehengeblieben?«, fragt Sven mit zittriger Stimme, während er den direkten Blickkontakt vermeidet.

»Wenn ich das richtig beurteile, haben wir uns in den letzten zwanzig Sekunden nicht einen Millimeter vom Fleck bewegt.«

Sven versucht Peer in den Arm zu nehmen und ihm einen versöhnlichen Kuss zu geben. Peer schiebt ihn aber bestimmt von sich. Ihm ist nicht nach Versöhnung, er will keinen Kuss und selbst der gestrige leidenschaftliche Sex, so schön er auch gewesen war, hat jetzt einen faden Beigeschmack. Schweigend und hilflos stehen die beiden Männer voreinander. Peer fühlt sich zutiefst enttäuscht und traurig zugleich, bekommt feuchte Augen und kann nicht sprechen. Er kann nichts, außer an Svens Telefonat zu denken und daran, dass es in letzter Zeit schon andere Telefonate dieser Art gegeben hatte. Es rattert in Peers

Kopf, seine Gedanken überschlagen sich und er bekommt Angst.

*

Eine neue Woche hat begonnen, doch das Wetter ist gleich geblieben. Der Winter hält sich zäh und draußen ist es trist, kalt und leicht verschneit. Tilmann sitzt mit nachdenklich zerfurchter Stirn in seinem Behandlungsraum und schaut missmutig aus dem Fenster. Gleich müsste der nächste Patient klingeln, einmal mehr Theodor Konrad Wolf.

Vor jedem Termin mit Herrn Wolf fühlt sich Tilmann angespannt und unsicher, obwohl er schon viele Patienten behandelt und vor allem auch erfolgreich behandelt hat. Und trotz all dieser Routine und Abgeklärtheit setzt ihm Herr Wolf innerlich so zu. Tilmann nimmt sich in seiner Ratlosigkeit vor, dieses Problem in der nächsten Woche mit den Kollegen zu besprechen. Vielleicht wird er es unter dem Motto Quellenamnesie im Allgemeinen in der Supervision platzieren. Er denkt in den letzten Tagen immer ungeduldiger über dieses Thema nach und möchte endlich eine Lösung finden.

»Guten Tag Herr Braun! Fragen Sie nicht wie es mir geht, denn mir geht es richtig gut und ich freue mich auf unsere Sitzung.«

»Schön, das freut mich sehr zu hören!«, gibt Tilmann anerkennend zurück, verspürt aber Skepsis über diese unerwartete Euphorie seines Patienten.

»Ich würde heute gerne über meine berufliche Zukunft sprechen. Ich denke, ich habe mich ganz gut erholt und könnte jetzt wieder loslegen, Sie wissen schon, Herr Braun, eben meiner wahren Natur entsprechend wieder so richtig durchstarten.«

Herr Wolf zwinkert Tilmann provokant zu und der weiß immer weniger, wie er diesen Überschwang einordnen soll und verlegt sich daher auf einen sachlichen Ton.

»Was haben Sie sich denn so vorgestellt? Oder haben Sie sich etwa schon beworben?«

Genauso gut hätte Tilmann aber in diesem Moment auch gegen eine mit Raufaser tapezierte Wand sprechen können.

»Vielleicht sollte ich einmal ganz anders an die Sache rangehen. Was will ich wirklich? Wo liegt meine Leidenschaft? Könnte ich auch mein Hobby zum Beruf machen? Sie ahnen doch auch, dass in mir dieses ungewöhnliche und sehr spezielle Potential schlummert und nur darauf wartet, verwirklicht zu werden!«

Tilmann schaut betont nüchtern in der Akte von Herrn Wolf nach. Er hat wirklich keine Lust, auf diese Aufmerksamkeit heischende Kommunikation einzugehen: *Das machen meine Nerven nicht mehr lange mit. Oh Gott, es sind erst zehn Minuten rum!*

»Sie schreiben hier, dass Sie gelernter IT-Kaufmann sind. Hat Ihnen der Beruf denn gar keinen Spaß mehr bereitet?«

Wieder, ohne auf die Frage im Entferntesten einzugehen, redet der Patient weiter: »Ich habe die Vision, einen Klettergarten zu eröffnen. Mich selbstständig zu machen, darüber habe ich schon oft nachgedacht. Insbesondere nach der letzten Anstellung. Mein Gott, waren das Idioten!«

Tilmann kann seine Skepsis kaum verbergen, fragt aber umso vorsichtiger, im Bewusstsein der Sensibilität dieses Patienten, nach: »Wow! Das klingt erst mal nach einer superinteressanten Idee, aber ist das nicht auch sehr schwierig und sehr kostenintensiv und ist so ein Klettergarten nicht eher ein Saisongeschäft?«

»Ja, das mag aus der Perspektive ängstlicher oder kleingeistiger Menschen stimmen. Aber hat man einen Namen in der Szene, dann läuft ein solches Projekt natürlich von ganz alleine.«

»Sind Sie denn ein berühmter Kletterer? Bis gerade hielt ich Sie noch für einen IT-Kaufmann, der in seiner Freizeit etwas klettert. Außerdem habe ich auch noch keinen Artikel über Sie im Alpenvereinsheft gelesen. Oder ist mir da etwas entgangen?«

Tilmann lächelt seinen Patienten verschmitzt an, merkt aber an dessen Antwort, dass er heute auch ironische Bemerkungen an sich abgleiten lässt.

»Wer weiß, wer weiß. Ich denke da an eine ganz große Sache. Und wenn ich ganz groß sage, dann meine ich auch ganz groß!«

Herr Wolf blickt mit selbstgewissem und überlegenem Ausdruck direkt in Tilmanns Augen und fixiert ihn derart, dass diesem ein kalter Schauer über den Rücken läuft. *Was läuft hier denn gerade ab? Der verheimlicht mir doch was und genießt es, mich zappeln zu lassen! Ok, letzter Anlauf für heute, dem Geheimnis auf die Spur zu kommen.*

»Na, dann schießen Sie doch mal los! Ich hatte in den letzten Sitzungen schon den Eindruck, dass Sie noch etwas anderes auf dem Herzen haben.«

T.K. Wolf fühlt sich nicht ernstgenommen und ist enttäuscht. *Wie kann mein Therapeut nur so an mir zweifeln und sich über mich lustig machen? Wahrscheinlich ist er auch nur einer von diesen Idioten mit einem Diplom in der Tasche, die viel zu viel Geld für ihren inkompetent ausgeübten Job bekommen!*

Dem entsprechend schnippisch blafft er zurück: »Nein, ich habe heute nichts auf dem Herzen, Herr Braun.«

»Oh, bitte entschuldigen Sie, ich dachte nur, Sie würden mir von der großen Sachen erzählen, die Sie planen.«

Tilmann bemerkt, dass sein Patient eingeschnappt ist und versucht, die Situation zu retten. »Natürlich traue ich Ihnen eine große Sache zu. So wie ich Sie bisher kennengelernt habe, sind Sie sicherlich auch sehr energisch und zielstrebig, wenn Sie für sich ein Ziel ausgemacht haben.«

Doch sein Patient weicht ihm ab jetzt nur noch aus und so plätschert der Rest der Sitzung irgendwie dahin. Selbst Standardthemen, auf die männliche Patienten anspringen, wie Autos oder Fußball, greifen nicht. Herr Wolf gibt zu allem nur Worthülsen von sich und Tilmann kann mit den Antworten nichts anfangen. Am Ende, als Herr Wolf sich verabschiedet, muss der erschöpft zurückbleibende Tilmann sich eingestehen, dass sein Patient ihn heute am langen Arm hat verhungern lassen.

*

»Mein Schatz, was ist los mit dir?«, fragt Hanna.

»Nichts, warum?«

»Na ja, wenn ich dich so anschaue, könnte ich mich zwar wie immer sofort wieder in dich verlieben, aber im Moment überwiegt die Sorge. Du wirkst mindestens betrübt, wenn nicht gar extrem zerknirscht!«

Tilmann schenkt seiner Frau eine Mischung aus müdem und verliebtem Lächeln und versucht, auszuweichen: »Was lässt dich denn sorgen? Du weißt doch, für dich habe ich immer ein offenes Ohr, ohne dir meine Dienstleistungen in Rechnung zu stellen.« Er legt seinen Kopf leicht zur Seite und schaut zu Hanna hoch.

»Tilmann, wenn du meinst, mir so billig davon zu kommen, hast du dich getäuscht! Und versteck dich gefälligst nicht hinter deinen billigen Scherzen.«

Hanna und Tilmann kennen sich seit ihrer Zeit an der Universität. Auf einer Studentenparty hatten sie sich kennengelernt. Er war ihr sofort aufgefallen. Er konnte sehr witzig erzählen, hatte immer den Schalk im Nacken und war sehr beliebt, ein klassischer Charmebolzen eben.

Auf der Party hatten sich ihre Blicke zwei-, dreimal getroffen, bis er irgendwann im Laufe des Abends neben ihr stand. Er schaute ihr tief in die Augen und sofort bekam sie weiche Knie. Ihr Herz begann vor Aufregung wild zu klopfen.

»Unfassbar«, sagte er, ohne seine Augen von den ihren, großen und tiefgrünen, abzuwenden. »Jetzt sind wir schon stundenlang auf dieser Party und haben weder miteinander getanzt, noch ein Bier zusammen getrunken.«

Hanna streckte unauffällig ihren schlanken, geschmeidigen Körper und brachte dadurch ihre natürliche Schönheit noch mehr zur Geltung. Einem Impuls folgend, warf sie zugleich ihre füllige blonde Haarpracht nach hinten und strich sich eine etwas widerspenstige Strähne aus der Stirn. So fühlte sie sich auch gleich wieder selbstsicherer, nachdem sie sich im ersten Moment dieser Begegnung wie ein kleines Schulmädchen vorgekommen war. Dieser souveräne, großgewachsene und sportliche Mann hatte sie zugegebenermaßen zunächst überrumpelt, aber jetzt machte sie wieder Gelände gut: »Wirklich unglaublich finde ich, dass du so lange gebraucht hast, um den nötigen Mut aufzubringen, mich anzusprechen.«

»Wow! Kess und frech ist sie«, gab Tilmann, nun ehrlich bewundernd, zurück und strahlte Hanna wie hypnotisiert an.

»Peer, sie meint, ich müsste mir Mut antrinken, damit ich mich traue, sie anzusprechen.«

Peer stand auf der anderen Seite direkt neben Tilmann. Beide verstanden sich schon damals so gut, dass sie sich nicht einmal anschauen mussten, um zu wissen, was der andere gerade vor hatte. »Ja, sowas von kess und frech, dass mir fast die Worte fehlen, und attraktiv noch dazu! Das erkennt sogar das schwule Auge!«

Hanna erlebte augenblicklich intensives Kopfkino. Jetzt wurde sie gleich von zwei Männern in die Zange genommen. Was sollte sie nur machen? Sie brauchte jetzt Unterstützung, damit sie nicht wieder in die Defensive geriet. Wo trieb sich nur Nele wieder rum?

Mit zunehmender Faszination schaute Tilmann sie an, konnte den Blick nicht eine Sekunde von ihr abwenden.

Und auch Hanna fühlte sich wie magnetisch zu ihm hingezogen. Ohne, dass die beiden es geplant hätten, begann schon hier, ein unsichtbares Band zwischen ihnen zu entstehen.

»Peer!«, platzte es jetzt aus Tilmann raus. »Du leidest unter einer Sehschwäche und brauchst dringend eine Brille. Die junge Dame, deren Namen ich noch nicht weiß, ist nicht nur einfach attraktiv, sie sieht sexy aus, wirklich toll, nahezu Model-like!«

»Mein Name ist Henriette«, stellte sich Hanna vor, äußerst bemüht, ihre Fassung zu behalten.

Ok, mein Lieber, wenn du es ernst meinst mit mir, wirst du meinen wahren Namen herausfinden müssen, war Hanna wild entschlossen. Im anderen Fall war er eben auch nur so ein oberflächlicher Blender wie die meisten anderen. Bitte, besteh meinen Test, wünschte sie sich inniglich.

»Genau, Henriette, das Mädel aus dem Modemagazin«, schaltete sich Gott sei Dank Nele ein. Sie hatte gemerkt, dass es zwischen Tilmann und Hanna funkte. Sie hatte aber auch gespürt, dass ihre Freundin dringend Unterstützung benötigte. Tilmann und Peer waren auf Studentenpartys dafür berüchtigt, dass sie sich zusammen ein Opfer suchten und einen Spaß daraus machten, es völlig zu verunsichern. Dabei war das Vorgehen immer gleich. Im Laufe eines Abends standen sie zunächst harmlos wirkend beieinander, bis der Erste eine Person ansprach. Der Zweite schaltete sich dann wie zufällig in das Gespräch mit ein. Da sie beide Psychologiestudenten waren, suchten sie sich im Gespräch mit dem Dritten ein psychologisches Thema und erfanden einfach Thesen und Forschungsergebnisse, die für den Dritten zunehmend logisch klangen. Allerdings waren die Behauptungen von Peer und Tilmann absurd. Pate für diese Idee stand ursprünglich ein Referat in einem Seminar über Wahrnehmung und Sozialpsychologie. In dem hieß es, je absurder eine veröffentlichte Behauptung sei, umso intensiver sei das Bedürfnis der Menschen, wider alle Vernunft die Behauptung zu glauben. So käme es auch, dass Verschwörungstheorien über die Geschichte der Menschheit hinweg sehr verlässlich einen großen Zulauf hätten, und zwar nicht nur von Verrückten. In einer Nacht hatten die Beiden zusammen ersonnen, dass Menschen von Natur aus homosexuell veranlagt seien, das heterosexuelle Leben hingegen lediglich gesellschaftlich erzwungen sei. Dem Opfer, in diesem Fall ein Philosophiestudent, erzählten sie von angeblich neuesten und eindeutigen Untersuchungen zu diesem Thema. Der Student diskutierte anfänglich noch wacker mit, war aber letztlich auf verlorenem Posten. Peer und Tilmann spielten sich die Bälle sehr treffsicher zu und förderlich war nicht zuletzt auch jede Menge Hochprozentiges, das die beiden abwechselnd ausgaben. Der Philosoph war am Ende selber so überzeugt, dass er seine neuen Erkenntnisse direkt seinen Kommilitonen referieren musste. Die brachen natürlich in schallendes Gelächter aus und fünf weitere Minuten später wankte der total blamierte Student von dannen.

»Tilmann, kennst du etwa nicht die Prospekte von H&M? Da ist Henriette toll abgelichtet.«

Jetzt bekam Tilmann weiche Knie.

Ein Model! Und er quatschte sie einfach dumm von der Seite an. Ja, sie sah wirklich gut aus, unglaublich attraktiv. Aber was sollte er jetzt sagen oder machen? Jetzt war es Tilmann, der verwirrt und verunsichert dastand.

»Tilmann, was ist los mit dir? Du sagst ja nichts mehr! Hat es dir etwa ausnahmsweise die Sprache verschlagen?«, spottete Nele.

»Nele, du kennst mich doch! Sprache verschlagen gibt es bei mir nicht, aber beeindruckt bin ich schon, na ja, und gekränkt natürlich auch, denn du hast mir deine Freundin Henriette systematisch vorenthalten!«

»Ach du arme gekränkte Ming-Vase auf zwei Beinen, wie konnte ich dir das nur antun? Asche auf mein unwürdiges Haupt!«, neckte Nele höchstironisch zurück.

Jetzt stellte Tilmann fest, dass seine Schlagfertigkeit nachließ, er ernster wurde und sich unbedingt Henriette zuwenden wollte. »So, du bist also H&M-Model. Das erklärt wenigstens, warum ich dich noch nicht kennengelernt habe. Wahrscheinlich bist du ständig bei irgendwelchen Shootings und reist durch die weite Welt, während ich hier versuche mein Studium durchzuziehen.«

Hanna freute sich innerlich über Tilmanns Unsicherheit: »Ach, ganz so wild ist das auch nicht. Es gibt immer wieder Shootings, die sich über mehrere Tage erstrecken. Das passiert aber maximal an vier Terminen im Jahr.«

Die beiden vertieften sich immer mehr und immer wilder gestikulierend in ihr Gespräch, tranken noch das eine oder andere Bier und vergaßen die Welt um sich herum.

Hanna gefiel das fortgesetzte Verwirrspiel um das Model Henriette immer besser, vor allem weil Tilmanns anfängliche, etwas überbordende Selbstsicherheit nicht wieder ganz zurückgekehrt war. Und sie fühlte, dass es zwischen ihnen beiden knisterte, und zwar so richtig knisterte.

»Oh je, es ist schon vier Uhr! Ich werde mich jetzt mal von Nele verabschieden. Es war eine tolle Party, aber ich muss jetzt schleunigst nach Hause und ins Bett. Du weißt ja, das Model und der Schönheitsschlaf … «

Hanna wollte aus dem Abschied von Tilmann kein großes Ding machen. Aber der ließ sich nicht so leicht abschütteln.

»Ich werde dich natürlich begleiten. Eine so schöne Frau sollte nicht alleine durch die dunkle Nacht gehen. Wer beschützt dich denn vor den bösen Buben?«

Tilmann zwinkerte ihr vielsagend zu.

Hanna überlegte einen Moment und hakte sich dann wortlos als Zeichen ihres Einverständnisses bei Tilmann unter. Mit der anderen Hand holte sie aber eine rote Kartusche CS-Selbstverteidigungsgas aus ihrer Handtasche und hielt sie ihm grinsend unter die Nase: »Nur damit du weißt, dass ich mich gegen böse Buben durchaus wehren kann!«

Tilmann zuckte übertrieben zusammen, zog Hanna dann aber entschieden noch näher an sich heran: »Ok, ich glaube, die bösen Buben sollten eher Angst vor dir haben. Dann ist es mir erst recht eine Ehre, dich begleiten zu dürfen.«

Lachend und beschwingt plappernd verließen die beiden die ausklingende Party. Weder nahmen sie die unter ihren Füßen knirschenden Plastikbecher noch die in der Luft hängende Mischung aus Bierdunst und kaltem Zigarettenrauch wahr. Hanna wohnte nur wenige Straßen von der Party entfernt. Das war auch angesichts der Kälte, des Windes und Schnees gut so. Gerne hätte sie sich noch enger an Tilmann angeschmiegt, doch sie wollte ihre Zuneigung noch zurückhalten.

»Hier wohne ich. Vielen Dank für deinen netten Begleitschutz.«

»Das habe ich sehr gerne gemacht.« Tilmann legte vorsichtig nochmal eine Hand an Hannas Taille, wollte sie unbedingt berühren.

»Vielleicht sehen wir uns einmal wieder? Es war wirklich sehr nett«, wagte sich auch Hanna vor.

»Ich gebe dir meine Handynummer und wenn du möchtest, kannst du mich anrufen. Wir könnten uns mindestens auf einen Kaffee verabreden«, erwiderte Tilmann, dankbar dafür, dass Henriette so verbindlich auftrat.

»Danke und gute Nacht«, beeilte sich Hanna zu sagen. »Und ich melde mich ganz sicher bei dir!« Er schien doch kein Blender zu sein! Er meinte es wirklich ernst!

»Ja, das würde mich freuen! Gute Nacht. Und schlaf gut«, antwortete Tilmann lächelnd, während sie schon etwas umständlich ihren Hausschlüssel ins Schlüsselloch bugsierte.

Hanna betrat das Haus. In diesem letzten Moment ihrer ersten Begegnung schauten sie sich noch einmal für Sekunden durch die Glasscheibe der Haustür an und hoben beide zugleich die Hände für einen etwas verlegenen Abschiedsgruß. Dann wandte sich Hanna ab und verschwand leichtfüßig im Dämmerlicht des Treppenhauses.

Einer Elfe gleich, dachte Tilmann ganz entzückt und musste tief durchatmen, bevor er sich wieder in Bewegung setzen konnte.

Am nächsten Tag, einem Sonntag, erwachte Tilmann gegen zwölf Uhr und verspürte einen unangenehmen Kopfdruck. Es war das typische Gefühl an fast jedem Sonntagmorgen während seiner Studienzeit. Denn genauso regelmäßig hatte es jeweils am Abend zuvor ein Saufgelage oder eine Feier mit Kommilitonen und Freunden gegeben. An diesem Sonntag gesellte sich aber ein nahezu süßes, kribbelndes Gefühl hinzu, dass zugleich sein Herz höher schlagen ließ.

Was war bloß mit ihm los?

Mehr brachte Tilmanns dehydriertes, vom Restalkohol vernebeltes Gehirn zunächst an Gedanken nicht zustande, aber dann dämmerte es ihm doch noch.

Henriette! Die sensationelle Henriette!!

Augenblicklich geriet er in einen tranceartigen Zustand innerer Schwärmerei. So lag er noch ein paar Minuten mit unter dem Kopf verschränkten Armen in seinem reichlich zerknautschten Schlaf-T-Shirt in der angenehm warmen Biberbettwäsche. Den verklärten Blick zur Decke gerichtet, sah er Henriette wieder als sehr lebhafte Vorstellung, ihre tolle Figur, der Blick aus ihren hinreißenden grünen Augen, die blonde Haarpracht. Und er Idiot hatte sie nicht mal gefragt, was sie studierte!

Denn das Modeln war lediglich ein Nebenjob, hatte sie ihm erzählt.

»Was mache ich nur?«, fragte sich Tilmann. Sollte er bei ihr in der Nähe einen Spaziergang machen und hoffen, sie dort rein zufällig anzutreffen? Er könnte ihr auch eine Karte in den Briefkasten stecken und eine nette Nachricht hinterlassen. Oder er suchte im Internet nach ihr. Immerhin hatte er ihren Namen sowie den Wohnort und wusste, dass sie ein Model bei H&M war.

Tilmann gestand sich ein, dass Henriette einen bleibenden Eindruck bei ihm hinterlassen hatte und er sie unbedingt wiedersehen wollte, nein, musste!

Hanna telefonierte am gleichen Tag mit ihrer Freundin Nele. Dabei gab sie sich die größte Mühe, ihre Freundin nicht zu auffällig über Tilmann auszufragen. Stattdessen ging es um die Kleidung von Freundinnen auf der Party, anstehende Prüfungen an der Uni und das Sportstudio, das Nele und Hanna neuerdings zusammen besuchten.

Dann lenkte Hanna das Gespräch auf Neles Freund Sebastian und die Schwierigkeiten, die die beiden in letzter Zeit miteinander hatten. Natürlich interessierte sich Hanna brennend für die Untiefen in Neles Beziehung inklusive Sebastians sich häufender Eifersuchtsanfälle.

»Eigentlich läuft es wieder etwas besser zwischen uns. Sebastian hat sogar bei der Partyvorbereitung geholfen, ohne dass ich ihn auf Knien darum anflehen musste. Also wenn das kein Fortschritt ist!«

»Das hört sich, selbst bei Berücksichtigung deines nicht zu unterschätzenden Ironiefaktors, doch schon wieder regelrecht gut an. Fast möchte ich sagen: es geschehen noch Zeichen und Wunder, liebe Nele!«

Die stimmte lachend zu und beiden tat es wie immer gut, den beschwerlichen Seiten des Beziehungslebens auch humorvolle Facetten abzuringen.

Zu Hannas Erleichterung kam dann der Schwenk auf ihr eigentliches Herzensanliegen von Nele selbst: »Du hast dich anscheinend gut mit Tilmann verstanden, nachdem ich dich gerettet hatte, mein Schatz. Was war mit dir los?«

»Ja du glaubst es nicht, mit einem Mal stand er neben mir, schaute mir selbstsicher in die Augen und sprach mich an. In dem Moment war ich total von der Rolle und als sich noch sein

Kumpel einschaltete, wusste ich erst mal nicht, was ich sagen sollte.«

»Das habe ich gemerkt«, bemerkte Nele amüsiert.

»Aber wie um Gottes Willen kamst du auf die Idee mit dem Henriette-H&M-Model? Und wie komme ich jetzt aus dieser bizarren Nummer wieder raus?«

»Hanna, ganz ehrlich, mehr als einmal habe ich miterleben müssen, wie unglaublich dreist Peer und Tilmann mit ihren Lügengeschichten Leute hochnehmen. Und ich hatte den Eindruck, du könntest ihr nächstes Opfer werden. Da wollte ich ihnen, frei nach dem Motto Angriff ist die beste Verteidigung, einfach mal genauso dreist zuvorkommen. Und schon hatte Henriette, das H&M-Model das Licht der Welt erblickt. Ok, zugegeben, und Hebamme Nele hatte schon etwas dem Alkohol zugesprochen.«

»Ja doch, Tilmann war schon sehr offensiv, eigentlich richtig frech. Aber je länger wir uns unterhielten, umso charmanter wurde er. Und dann war auch Peer irgendwann weg, um sich um verloren wirkende Jungs zu kümmern, wie er betonte. Ohne seinen Assistenten benahm Tilmann sich dann regelrecht handzahm.«

»Komisch, Tilmann kommt in der Uni super gut an, insbesondere bei den Frauen. Umso merkwürdiger eigentlich, dass er keine Freundin hat.«

Sieh an, sieh an, dachte sich Hanna hoch erfreut. Jetzt wusste sie doch schon mal, dass er solo war!

»Wer weiß«, rätselte Nele weiter. »Vielleicht ist er ja sogar schwul. Sein Kumpel Peer ist jedenfalls offensichtlich schwul.«

»Hui, das wird ja immer spannender! Aber ich werde alles herausfinden, Nele, denn, das muss ich dir jetzt gestehen, ich habe schon Tilmanns Handynummer. Er brachte mich noch nach Hause und gab sie mir beim Abschied. Freiwillig!«

»Hanna, ich bin mal wieder sprachlos! Du tust immer so harmlos und unbedarft, aber im Grunde hast du das Temperament eines Jagdhundes, der nicht eher locker lässt, als bis er die Beute gestellt hat.«

Viele, aus anderen Städten des Landes kommende, Studenten waren immer wieder überrascht vom geschichtlichen

Flair der Universität, den sie in dieser Stadt zunächst nicht vermutet hätten. Denn die Universität war im altehrwürdigen Schloss untergebracht. Das Studentensekretariat wiederum, das alle Studierenden aufsuchen mussten, wenn sie sich immatrikulieren oder Prüfungsunterlagen einreichen wollten, wirkte etwas angestaubt.

Tilmann hatte sich im Dämmerlicht dieser Räume in eine Schlange von Studenten eingereiht, die sich, so wie er, für Prüfungen anmelden mussten. Bei ihm ging der erste Studienabschnitt zu Ende. Im Kopf ging er seine Fragen zu den Prüfungsbedingungen durch und blätterte in seinen Unterlagen herum. Zu seinem Leidwesen war er nämlich ein Meister darin, eine entscheidende Bescheinigung zu vergessen. Zufrieden lächelnd stellte er fest, dass er an diesem Tag tatsächlich alles dabei hatte.

Er wurde jäh aus seinen Gedanken gerissen, als er laute Stimmen hörte. Vorne am Tresen stand eine Frau, die sich aufregte und mit wild gestikulierenden Händen ihrem Anliegen mehr Nachdruck verleihen wollte.

Tilmann wurde sofort neugierig und reckte, schon auf Zehenspitzen stehend, den Hals, um nichts von der Szenerie zu verpassen.

Welch temperamentvolle Frau! Diese geriet immer noch mehr in Fahrt angesichts der üblichen Sturheit und Dickfälligkeit von Frau Schnattge auf der anderen Seite des Tresens.

Oh! Ein willkommener Kampf der Titaninnen an diesem öden und verregneten Vormittag. Möge die Bessere gewinnen!

Tilmann sog als zukünftiger Psychologe alle kleinen Konflikte oder offen ausgetragenen Scharmützel in seinem Umfeld begierig auf. Er nannte es auch gerne Konfliktforschung im offenen Feld.

Aber hallo! Das ist ja hier besser als jeder Film!

Tilmann war begeistert. Aber Frau Schnattge war es wohl, die erfolgreich ihr Revier verteidigt hatte und ihren triumphierenden Gesichtsausdruck kaum verbergen konnte. Die temperamentvolle Studentin hingegen stopfte wütend ihre Unterlagen in den Rucksack, schwang ihn über die Schulter und verließ stampfenden Schrittes das Sekretariat. In diesem Moment war sie nicht mehr Herrin ihrer Sinne und nahm niemanden um sich herum wahr, auch nicht den staunenden Tilmann. Hastig rauschte sie mit noch offenem Mantel durch die Tür, was sich als fatal erwies. Die Manteltasche blieb mit einem Ruck an der Türklinke hängen und die wutschnaubende Studentin verlor auf der Stelle das Gleichgewicht. Sie drohte schon, ungebremst mit dem Kopf gegen die Tür zu fallen.

Tilmann hatte den ganzen Vorgang mit zunehmender Faszination beobachtet. Er war umso erfreuter, in der wütenden, temperamentvollen Frau Henriette zu erkennen und ihr schon entgegen geeilt. Sie wäre gestürzt, hätte Tilmann nicht beherzt eingegriffen und sie im letzten Moment aufgefangen.

Ihr Rucksack flog allerdings durch die Luft und schlug geräuschvoll auf dem Boden auf.

Henriette, immer noch wütend, wollte sich sofort wieder losreißen, als sie wieder in diese Augen schaute und nach kurzer Irritation Tilmann wieder erkannte. »Tilmann!«, rief sie umso erstaunter aus. »Was machst du denn hier?«

»Na ja, du hast mir ja keine Wahl gelassen. Ich würde sagen, ich rette natürlich dich und deinen schönen Kopf!« Er konnte nicht anders, als dabei breit zu grinsen.

»Was für ein unglaublicher Charmeur du doch bist!«

Tilmann hielt Henriette immer noch in seinen Armen und ihre Gesichter waren nur wenige Zentimeter voneinander entfernt. Vielleicht ging beiden in dieser Situation zum ersten Mal der Gedanke durch den Kopf, wie es wohl wäre, sich zu küssen.

Henriette richtete sich jedoch abrupt wieder auf: »Ich glaube, ich muss meine Sachen hier wieder zusammen suchen.«

»Warte, ich helfe dir.«

Beide suchten sie auf dem Boden die Sachen von Henriette zusammen, die aus dem Rucksack gefallen waren. Dabei bekam Tilmann den Personalausweis von Henriette in die Hände, schaute ihn sich an und war verwundert: »Wenn ich mir das Bild auf dem Personalausweis ansehe, so gleicht es dir zwar ungemein, aber dann würde der Name nicht stimmen, denn hier steht Hanna.«

Hanna fing an zu stammeln: »Ich, ähm, weißt du, ähm, das ist, ähm, nicht das, wonach es aussieht.«

»Aha? Wonach sieht es denn deiner Meinung nach aus?«

Spontan, einer Übersprunghandlung gleich, nahm Hanna Tilmanns Kopf in ihre Hände und gab ihm einen innigen Kuss auf den Mund.

»Ich rufe dich heute nach der Uni an und werde dir dann alles erklären. Jetzt muss ich leider ganz schnell zu einer wichtigen Vorlesung.«

Hanna verabschiedete sich und ließ einen völlig verwirrten Tilmann im Sekretariat der Universität zurück.

*

»Tilmann, du notorischer Weltenretter. Du hast mir schon wieder keine Antwort gegeben. Was ist mit dir los? Du wirkst auf eine merkwürdige Art abwesend. Quält dich irgendetwas?«, fragt ihn Hanna. Die rechte Hand sanft an seinen Oberarm gelegt, schaut sie ihn mit ernstem Blick und hochgezogenen Augenbrauen an.

»Ach nein, sorge dich nicht, mein Schatz. Was soll mich schon quälen, wenn ich bei dir bin? Du weißt doch, dann bin ich unangreifbar und unverletzlich.«

Tilmann versucht sich auf die humorvolle Art aus der Affäre zu ziehen und Hannas mütterlicher Art zu entgehen.

»Du übertreibst wie immer maßlos und weichst mir aus«, lässt Hanna nicht locker. »Ich mache mir Sorgen um dich und glaube ganz und gar nicht, dass ich übertrieben reagiere.«

Es hat keinen Sinn ihr weiter auszuweichen. Dafür kennen sie sich zu lange und zu gut. Tilmann beschließt, wenigstens einen kleinen Teil dessen zuzugeben, was ihn umtreibt. »Du hast schon Recht. Ich fühle mich einfach insgesamt etwas abgekämpft und überarbeitet.«

»Hast du etwa wieder zu viele Patienten und kannst nicht nein sagen?«

»Nein, nicht direkt zu viele Patienten, eher schwierige Patienten, die anstrengend und Kraft raubend sind.«

Wieder gleiten Tilmanns Gedanken ganz automatisch zu Theodor Konrad Wolf ab. Er bringt jedes Mal ein komplett neues, brandaktuelles Thema mit und verlangt unendlich viel Aufmerksamkeit. Es ist so verdammt frustrierend mit dem! Warum tue ich mir das überhaupt an? Er ist doch so wie mit dem vielbesagten Hamster im Laufrad!

»Denkst du da an einen ganz bestimmten Patienten?«

Hanna meint, etwas ohnmächtig Wütendes im Blick ihres Mannes zu sehen, das sie sonst von ihm nicht kennt. Ihre Sorge nimmt eher noch zu als ab, zumal sie eine ungewöhnliche körperliche Anspannung bei ihm wahrnimmt. Sein Kiefer mahlt und sein Trizeps spannt sich unter ihrer Hand derart an, dass sie es durch die Schichten aus Hemd und Pulli hindurch spürt.

Tilmann fühlt sich angespannt und eingeengt, steht unvermittelt auf und löst sich so aus seiner Trance. Er kann das Problem mit dem Patienten selbst nicht greifen und noch weniger seinen eigenen Zustand. Das macht ihn wütend und irgendwie auch hilflos. Er will Hanna da aber raushalten. Er will das alles selber lösen.

»Scheiß Quellenamnesie…«, murmelt er, in Richtung Küchenfenster und gibt einen tiefen Seufzer von sich.

Bevor Hanna erneut nachhaken kann, sie hat schon Luft geholt, schaut Tilmann sie sehr bestimmt an und wiegelt ab. »Es ist sehr fürsorglich von dir, dass du dir so viele Gedanken um mich machst. Ich glaube aber, ich brauche einfach nur etwas Ablenkung.«

Hanna hat ein untrügliches Gespür dafür, dass in ihrem Mann noch etwas anderes vorgeht. Zugleich weiß sie, dass sie heute nicht mehr weiter insistieren darf. Sie setzt gekonnt ein entspanntes Lächeln auf, bewegt sich leichtfüßig zur Spüle und beginnt, einen schon eingeweichten Topf mit einem Spülschwamm zu bearbeiten.

»Du Tilmann, wo du gerade von Ablenkung sprichst, ist es nicht eigentlich wieder an der Zeit, mit dem Training zu beginnen? Wolltest du nicht in diesem Jahr ein Radrennen fahren?«

»Natürlich möchte ich das Rennen fahren!«

»Also, warum auf bessere Zeiten warten?«, zieht Hanna wissend die Augenbrauen hoch und streichelt ihrem Mann liebevoll über die Wange. Tilmann hat sich wieder beruhigt und ist dankbar für den Themenwechsel.

»Obwohl andererseits noch viel Zeit bis dahin ist, hast du natürlich recht. Ich sollte mich wieder auf das Rad setzen und einfach loslegen, aber zu Hause auf der Rolle macht es nicht wirklich Spaß. Es ist sogar ausgesprochen langweilig und du weißt, wie sehr ich Langeweile hasse! Wenn doch endlich wieder Frühling wäre! Dann könnte ich mich auf meine Rennmaschine setzen und in alter Frische wieder durch die Gegend rauschen.«

Tilmann hat jetzt einen ganz verklärten Blick.

»Und außerdem, mein Lieber, ist es genau das, was du deinen gestressten und depressiven Patienten immer so ausdauernd predigst. Bewegung ist nicht alles, aber ohne Bewegung ist alles andere nichts!«, fügt Hanna leicht ironisch an.

»Das ist wohl so«, gesteht Tilmann mit gespielter Zerknirschtheit ein, dankbar darüber, dass Hanna ihn aus seinem merkwürdigen Zustand befreit hat.

»Wenn dem wohl so ist, wundert es mich, dass du nicht schon eher gestern als heute begonnen hast.«

»Einspruch, euer Ehren! Nach wie vor liegt Schnee auf der Straße, wenn auch nicht mehr viel, aber noch sind die Bedingungen für das Rennradfahren auf dem Asphalt mindestens suboptimal. Und umbringen will ich mich für den Sport auch nicht.«

»Na gut, für heute lässt das hohe Gericht nochmal Gnade walten, aber in den nächsten Tagen soll sich das Wetter ändern. Der Schnee wird bei steigenden Temperaturen schnell schmilzen. Da wäre es doch unglaublich günstig, die letzten Tage zu Hause auf der Rolle zu trainieren. So gingest du wenigstens nicht gänzlich untrainiert in die Saison«, beharrt Hanna auf ihrem Standpunkt.

»Man, bist du heute wieder hartnäckig! Da kann ich ja gar nicht mehr anders als zu trainieren«, gibt sich Tilmann geschlagen.

»Du weißt doch, Hartnäckigkeit ist mein zweiter Vorname!«

Beide müssen lachen und in die Heiterkeit mischt sich eine Erleichterung über den positiven Verlauf des Gesprächs.

*

In den Nachrichten wird wieder über einen Amoklauf berichtet. Theodor Konrad schaut gebannt mit einem bösartigen Funkeln in den Augen auf den Bildschirm seines Computers, wo der Nachrichten-Live-Stream läuft. Er schnalzt mit der Zunge: »Der spricht meine Sprache! Der hat es ihnen gezeigt. Geht in die Firma rein und macht sie platt. Was für eine geile Aktion! Leider konnte er keinen der Chefs töten, weil die sich als Erste verpisst haben. Dabei hätten die es am meisten verdient, gnadenlos abgeknallt zu werden. Aber wie immer haben die keinen Arsch in der Hose!«

Unglaubliche Tat, denkt er sich, ich hätte es aber anders gemacht. Schließlich müsse den Geldärschen mal ein richtiger Denkzettel verpasst werden. Er wäre mit einer Maschinenpistole gleich in die Chefetage gestürmt und hätte alle ohne Vorwarnung durchsiebt, während sie bei einem ihrer ach so wichtigen Meetings zusammen gesessen hätten. *Geil, wie ich das Magazin leergeschossen und die jammernden und kreischenden Weicheier in ihren Ledersesseln niedergemäht hätte.* Er stellt sich vor, wie die Kugeln in sie eingeschlagen wären und sie noch um Gnade gefleht hätten, aber er vor lauter ohrenbetäubendem Maschinengewehrlärm sie gar nicht mehr hätte hören können. Und wie er eine letzte Runde über den ehemals beigen, dann blutroten Teppich gemacht hätte, nein, wie er durch das knöchelhohe Blut der Geldärsche *gewatet* wäre. Unfassbar überlegen, wie er den letzten, ihn mit ihren Blicken anflehenden, Lebenden aus seiner zweiten Wumme den Gnadenschuss verpasst hätte. Und wie er dann mit einem triumphalen Siegesschrei, blutüberströmt und in aller Ruhe, den Geldtempel wieder verlassen hätte: göttlich und unschlagbar! Halt!! Da wäre ja noch die heiße Vorzimmersekretärin gewesen, die er sich bis zum Schluss als lebende Belohnung aufgehoben hätte. Die wäre jetzt dran gewesen. Aber nicht *abgeknallt* hätte er sie, sondern so richtig *durchgeknallt* auf dem Konferenztisch und bei ihren anfänglichen Abwehrversuchen wäre sie mit ihren zarten Händen an seinen blutüberströmten Muskeln aus Stahl abgeglitten. Während dessen hätte er es ihr untenrum mit seiner wahren Kanone so richtig besorgt. Und gerade, wenn sie so richtig in Fahrt gekommen wäre und nicht genug von ihm hätte bekommen können, wäre er fertig gewesen. Er hätte sie achtlos liegen, aber großzügigerweise auch leben lassen. Dann hätte er sich abgewendet mit den Worten: »Ihr könntet hier mal wieder sauber machen! In so einem schmierigen Laden könnte ich ja nicht arbeiten!« Und *dann* wäre er gegangen.

Theodor Konrad lässt den Rausch seiner mit Gewalt- und Sex geladenen Fantasien nur ungern ausklingen. Aber ihn holen wie immer unangenehme reale Erinnerungen an seine letzten Anstellungen und an seine letzten Chefs ein. Er fühlt die Zornesröte in seinem Gesicht aufsteigen.

Sie haben sich an ihm bereichert und ihn ausgenutzt. Und wo steht er jetzt? Er hat eine gemietete Wohnung und fährt einen zehn Jahre alten Kleinwagen! Theodor Konrad steigert sich weiter in seinen Zorn hinein. Der fühlt sich gut und vor allem gerecht an, lässt ihn beben und zittern.

Nein! Diese verdammten Schweine dürften nicht so billig davonkommen und einfach nur erschossen werden. Dabei würden sie immer noch nicht genug leiden! Sie müssten vor allem lange leiden! Und er will einen stattlichen Gewinn erzielen! Erst dann wird er endlich wieder Gerechtigkeit hergestellt haben, ereifert er sich weiter. Sein Herz schlägt schneller und er spürt, wie sich Wut und Zorn allmählich in erregende Vorfreude zu wandeln beginnen. Denn die entscheidende Idee, die allem eine Wendung geben wird, nimmt Gestalt vor seinem geistigen Auge an, erst nur diffus, dann in bestechender Klarheit!

Und Theodor Konrad brennt lichterloh für diese Idee. *Entführung eines Kindes von einem dieser Geldarsch-Schweine und Erpressung!* So würde der Betroffene wie ein Hund leiden und vor allem lange leiden, denn vielleicht würde das entführte Kind nicht mal überleben?! Als Gewinn wird er dennoch einige

Millionen bekommen! Das ist der Plan! Das ist sogar ein richtig guter Plan, so ist er noch nie im Leben überzeugt von sich gewesen wie jetzt.

»Ich bin«, ruft Theodor Konrad mit lauter und sich überschlagender Stimme aus, »ein wahres Genie, ein Genie mit der Idee des Jahrtausends, ein Genie mit der geilsten Idee seit Beginn der Evolution!«

Erst das Besenstielwummern aus der Wohnung unter ihm und die empört-knarzige Stimme des alten Mannes, er scheiße auf die Evolution und wolle seinen Mittagschlaf, bremsen Theodor Konrads Euphorie unwesentlich aus.

Er fühlt sich aber keineswegs provoziert, denn der alte Mann war noch nie unwichtiger, als in diesem Moment.

Im Gegenteil, je länger er sich mit dem Gedanken beschäftigt, umso ruhiger wird er. Die anfängliche Wut ist endgültig verraucht und es bleibt die reine Vorfreude.

Eine Entführung besorge ihm bestimmt noch einen besseren Kick als das Brückenschaukeln und er sei seine Sorgen komplett los. *Dann kann ich endlich angemessen leben und habe Frauen an all meinen Fingern!*

Am nächsten Tag ist er noch immer voller Aufregung und Vorfreude. Er hat die zündende Idee, die ihn aus seinem beschränkten Leben herauskatapultieren wird und direkt in das Himmelreich hinein.

Wieso ist ihm diese Idee nicht schon früher gekommen? Er findet sie so einfach und so unfassbar gut!

Theodor Konrad ist auch noch nachmittags aufgedreht: »Haben Sie gestern die Berichterstattung über das Attentat mitbekommen, Herr Braun?«

»Ich habe es abends in den Nachrichten gesehen. Eine schreckliche Geschichte.«

»Was finden Sie daran so schrecklich?«, will Theodor Konrad von seinem Therapeuten wissen.

»Bei einem Attentat gibt es doch nur Verlierer. Der Täter verliert, wenn er sich wie in diesem Fall selbst tötet, das eigene Leben und hat auch davor stark gelitten. Ansonsten wäre es nicht zu dieser Tat gekommen. Die Familien der Getöteten verlieren geliebte Angehörige. Und die Firma verliert sowieso. Denn auch für sie ist das alles mit Sicherheit extrem erschütternd und viele ihrer Mitarbeiter sind dann tot.«

»Warum sind Sie jetzt auf den Attentäter am wenigsten eingegangen? Der arbeitete auch in dieser Firma. Ja, und zuerst hat *er* gelitten, weil ihn seine Chefs ausgenutzt haben. Die haben sich an ihm bereichert und sich kein Stück um seinen Leidensdruck gekümmert. Diese Sichtweise wird bei der Berichterstattung durch die Medien nie richtig dargestellt. Die Medien suchen immer nur einen Täter, einen Schuldigen und das ist immer alleine der Attentäter. Aus meiner Sicht ist zuerst er das Opfer. Und das wurde durch das System in die Enge gedrängt und konnte am Ende gar nicht mehr anders, als sich so zu wehren!«

Mein Gott! Die Abgründe, die sich bei Herrn Wolf auftun, werden immer tiefer, wenn nicht gar bodenlos, erschreckt sich Tilmann innerlich. Er entscheidet aber im Bruchteil einer Sekunde, seine Betroffenheit nicht kundzutun und stattdessen die Gunst der Stunde für den therapeutischen Fortschritt zu nutzen.

»Wollen Sie mir damit sagen, dass Sie in den Firmeninhabern, in den Vorgesetzten, die eigentlichen Täter sehen?«, nimmt Tilmann dieses Thema spontan für die Behandlung auf. Er setzt jetzt alles auf eine Karte und erhofft sich entscheidende neue Informationen über Herrn Wolf

Lass ihn jetzt, muss sich Tilmann selber zur Ruhe ermahnen. *Vielleicht kann ich ihn doch noch knacken. Er erzählt gerade ungefiltert über sich selbst und über seine wahren Einstellungen und Gedanken.*

»Genau! Die Geldärsche sind die eigentlichen Täter. Die Bonzen in unserer Gesellschaft haben doch nur deshalb so viel Geld, weil sie andere ausnutzen. Aus meiner Sicht ist es einfach nicht fair, wenn es so große Einkommensunterschiede gibt und man sollte die Bonzen, man sollte sie alle einfach…«, erregt sich Theodor Konrad zunehmend, bricht aber den Satz noch ab.

Na, Freundchen, vielen Dank für deine Offenheit, freut sich Tilmann über seinen gelungenen Coup. Da wo überkontrollierte Patienten sich für ihre wahren Gedanken

Gefühle oder Einstellungen schämen und diese zurückhalten, ist das mit einem eher impulsiven Herrn Wolf kaum denkbar. Mit ihm würde das nie passieren und langweilig würde es Tilmann mit ihm deshalb auch nie werden!

»Sie wollen mir damit also sagen, dass es so sein sollte wie im Kommunismus oder Sozialismus, in dem alle gleich viel Geld für ihre Arbeit bekommen?«

»Ich möchte natürlich nicht im Kommunismus oder Sozialismus leben!«, gibt Theodor Konrad gereizt zurück, bemüht sich einen Moment darauf aber wieder um Mäßigung. »Es hat sich ja gezeigt, dass es dort auch nicht immer gerecht zugeht.«

»Aber was wollen Sie dann?«, setzt Tilmann nach.

Theodor Konrad hält inne. Plötzlich wird ihm bewusst, was er seinem Therapeuten ungewollt offenbart hat.

Will er dem wirklich alles über seine Überzeugungen zu Geldärschen und Bonzen sagen? Geht Herrn Braun das überhaupt irgendetwas an? Obwohl er den unbändigen Impuls verspürt, Herrn Braun seine ungeschönte Meinung nur so links und rechts um die Ohren zu hauen! Dieser Sesselpupser hat in Theodor Konrads Augen doch nicht die geringste Ahnung von der Realität da draußen!

»Herr Braun, ich weiß nicht, ob Sie das überhaupt nachvollziehen können. Ich möchte lediglich nicht mehr abhängig sein. Ich möchte nicht mehr von anderen ausgenutzt werden. Und deshalb werde ich mich selbstständig machen und noch dazu Spaß an meiner Arbeit haben!«

Tilmann merkt, dass sein Patient wieder dicht macht.

Schade, wo er gerade so schön auf Betriebstemperatur war! Jetzt redet er nicht über seinen Neid auf Vermögende, sondern hat das Gespräch auf seine berufliche Zukunft gerichtet. Ok, dieser Zug ist für heute wohl abgefahren, freundet sich Tilmann nur ungern mit der Wendung zum Nüchternen hin an.

»Herr Wolf, Sie hatten mir zuvor schon über Ihre Überlegungen berichtet, eventuell einen Klettergarten zu eröffnen. Habe Sie diese Idee weiter verfolgt?«

»Leider war ich in der letzten Woche noch zu sehr mit anderen wichtigen Dingen beschäftigt, sodass ich mich darum bedauerlicherweise nicht kümmern konnte«, bleibt Theodor Konrad kühl und distanziert.

»Was hat Sie denn so sehr abgelenkt?«

Womit soll sich unser Wunderkind über die Woche schon beschäftigt haben, denkt sich Tilmann. Wirklich staatstragende Tätigkeiten kann er sich beim besten Willen nicht vorstellen. Tilmann merkt an seinen abfälligen Gedanken, dass ihn die narzisstische Art von Herrn Wolf zunehmend nervt. Ehrlich gesagt möchte er jetzt lieber einen schönen frisch gebrühten Kaffee genießen, als sich weiter diesen Robin Hood für Arme anzutun. *Aber ok, Tilmann, das ist dein Job! Dafür gönnst du dir aber heute Abend eine Extra-Schmuseeinheit mit deinen Ladys!*

Aus diesen Gedanken an Hanna und Charlotte bezieht er die entscheidende Motivation für die Zielgerade dieser heutigen Sitzung und wendet sich mit frischer Energie seinem Patienten zu.

»Ach, so dies und das. Ich hatte auch viel im Internet zu tun«, gibt Theodor Konrad ausweichend zurück. Er rutscht unruhig auf seinem Sitz hin und her und fingert an seinem Oberhemd herum. Für Tilmann sind das klare Anzeichen dafür, dass es seinem Patienten unangenehm ist über die Tätigkeiten der letzten Woche zu reden. Gerade die Aussage dies und das lässt darauf schließen, dass er wenig gemacht und keine neuen beruflichen Perspektiven kreiert hat.

So sind sie, die Narzissten, konstatiert Tilmann, denken nur an sich, träumen vom großen Geld, enormen Ruhm und der idealen Liebe. *Und wenn etwas schiefgeht, sind sie natürlich immer die armen Opfer und die Schuldigen sind ausnahmslos die Anderen!* Auch eine schöne und einfache Art, sich und die Welt zu betrachten, denkt Tilmann bei sich.

Aber so schwer es ihm auch fällt, will er den Kontakt zu seinem Patienten jetzt nicht verlieren, muss er ihn als letzte verbliebene Zugangsmöglichkeit loben und anerkennen. Lob ist für den Narzissten das, was die Futterraufe für das hungrige Reh im tief verschneiten Schwarzwald ist. »Herr Wolf, ich habe noch länger und intensiver über Ihre Idee mit dem Klettergarten nachgedacht. Hier in unserer Gegend gibt es weit und breit kein einziges Projekt in dieser Art. Ihre Idee finde ich von daher genial! Könnten Sie bitte bis zur nächsten Sitzung diese Idee konkretisieren?«

»Wie meinen Sie das?«, erwidert Theodor Konrad, immer noch mehr als zurückhaltend.

Tilmann will seinen Patienten partout nicht nur für die Idee belohnen, er will auch testen, ob er sich an Absprachen hält.

Er ist ein absoluter Fan therapeutischer Hausaufgaben und legt großen Wert darauf, mit seinen Patienten Aufgaben verbindlich zu vereinbaren, die sie realistischerweise bis zur nächsten Sitzung erledigen können. Erledigung aber auch Nicht-Erledigung sagen ihm in jedem Fall einiges über Symptomatik, Problemlösefähigkeiten, Widerstände und auch die grundsätzliche Motivationslage.

Am meisten liebt er die Wasch-mich-aber-mach-mich-nicht-nass-Kandidaten. Die klagen intensiv und ausdauernd über ihre aktuelle erbärmliche Existenz, möchten ein anderes, besseres Leben führen, sind aber nicht bereit, irgendetwas dafür zu tun. Dann will er jetzt mal Herrn Wolf so richtig schön auf den Zahn fühlen, was er für Einer ist. *Und danach gibt es dann endlich den verdienten Kaffee.*

Tilmann geht sehr behutsam vor, um den sowieso durchwachsenen Sitzungserfolg nicht auf den letzten Metern zu gefährden.

»Herr Wolf, um Ihrer großartigen Idee willen: Könnten Sie bitte bis zum nächsten Termin recherchieren, wer zum Beispiel Klettergärten baut oder was sie kosten? Ob es geeignete Standorte gibt? Wie es mit Geldgebern aussieht?«

Bei Theodor Konrad läuten alle Alarmglocken.

Wieder soll er etwas machen, was ihm andere auftragen! So war es doch auch schon bei seiner Mutter gewesen. Theodor Konrad, tue dies, Theodor Konrad, das darfst du aber nicht. So ging das jeden Tag, jede Woche, jeden Monat, jedes Jahr. *Und jetzt fängt der ach so tolle Herr Braun, der seinen eigenen Arsch wahrscheinlich niemals aus diesem Raum bewegt, auch noch damit an.* Ich könnte ihm direkt vor die Füße kotzen, denkt Theodor Konrad, wieder an der Grenze zum offenen Aufstand.

Ein letztes Mal für diesen Tag rafft er die kläglichen Reste seiner Kontrollfähigkeiten zusammen und ringt sich durch: »Herr Braun, das ist die beste Idee, die Sie heute hatten! Mit Freuden bin ich dabei und nehme die Herausforderung an, immer in der Hoffnung, dass Sie damit noch nicht Ihr letztes Pulver verschossen haben.«

Mit Genugtuung nimmt Theodor Konrad einen flüchtigen Ausdruck von Ärger im Mienenspiel seines Therapeuten wahr, der es aber wohl für heute gut sein lassen will. Nach der Terminbesprechung verabschieden sich beide mit einem neutralen Handschlag.

Erstens: eins zu null für mich! Und zweitens: heute Abend gönne ich mir was richtig Geiles, denkt ein zufriedener Theodor Konrad, als er durch die Tür der Praxis entschwindet.

Tilmann steht reglos im Türrahmen und hängt noch für ein paar Momente den Eindrücken der Sitzung mit Herrn Wolf nach, um sich dann aber seiner verdienten Entschädigung zuzuwenden: »Wenn mich nicht alles täuscht, habe ich gerade den Kaffeeautomaten nach mir rufen hören!«

*

Theodor Konrad lebt in einer Wohnung, die zu einem Mehrfamilienhaus in einem Viertel mit hohem Ausländeranteil gehört. Alle Bewohner des Hauses sind freundlich zu ihm und er hat keine Schwierigkeiten in dem Viertel. Dennoch empfindet er seine Wohnsituation als weit unter einem für ihn angemessenen Niveau liegend, als entwürdigend. Doch was soll er tun? Er ist seit über einem Jahr arbeitslos und bekommt statt Arbeitslosengeld nur noch Hartz4, was er selbstverständlich niemandem erzählt.

Er sitzt, ungekämmt und viel niedergeschlagener, als er sich eingestehen möchte, in Schlaf-Boxershorts an seinem altersschwachen Küchentisch. Theodor Konrad schlürft missmutig lauwarmen Instantkaffee aus einem Kaffeebecher, den er seit einer Woche nicht mehr gespült hat. Er hadert mit seiner beruflichen Stagnation. Er bevorzugt den Begriff

Stagnation, anstatt seine Situation als Misserfolg auf ganzer Linie zu betiteln.

Es ist schließlich nicht seine Schuld, dass er arbeitslos ist! Es sind die Firmen, die seine wahren Fähigkeiten nicht anerkennen und sich weigern, ihn angemessen zu bezahlen. Ich habe mich viel öfter beworben, als man von mir hätte verlangen können, ist er überzeugt. Er hat wirklich mehr als genug für einen Job getan!

Theodor Konrad bearbeitet nervös klopfend mit den Fingern seiner linken Hand die Resopal-Beschichtung des Tisches. Er nimmt den finalen Schluck Kaffee, steht auf und stellt den Becher mit Schwung auf die überfüllte Spüle. Der Berg nicht abgewaschenen Geschirrs klappert und vibriert. Er atmet scharf ein, als ihm die erzwungenen Besuche beim Jobcenter einfallen. Die gehen ihm maximal an die Nerven. Immer wieder die gleichen Fragen nach den Bewerbungen und möglichen Vorstellungsgesprächen, immer wieder die gleiche Bevormundung. Die Sachbearbeiterin steht in seinen Augen auf der gleichen Stufe wie seine Mutter.

Wie vorwurfsvoll und moralisch überlegen die blöde Kuh beim letzten Mal wieder auf ihn herabgeschaut hat! Was bildete die sich überhaupt ein? *Weiß die überhaupt, mit wem sie es zu tun hat?* Theodor Konrad ist extrem ungehalten.

Einerseits hasst er die Abhängigkeit von staatlicher Unterstützung, denn sie ist unter seiner Würde. Andererseits hat er als abhängig Beschäftigter lange genug eingezahlt. Der Staat hat, aus seiner Sicht, sein eingezahltes Geld für ihn an die Seite gelegt, sodass er jetzt darauf zurückgreifen kann.

»Bist du dir sicher, dass dein Therapeut dir in dieser Hinsicht helfen kann, dass der dir überhaupt helfen kann?«

»Was geht dich das an?«

»Reg dich nicht gleich auf! Ich frag ja nur.«

»Deibel, du nervst! Ich mache was ich will. Ich lasse mir von keinem mehr etwas sagen! Von keinem, hörst du!«

»Glaubst du, dass der etwa auf deiner Seite steht? Glaubst du im Ernst, dass der dir wirklich nur Gutes tun möchte?«, insistiert Deibel aber weiter.

»Dafür wird er schließlich bezahlt!«

Theodor Konrad wird immer aufgeregter und läuft hektisch zwischen Küche und Wohnzimmer hin und her.

»Genau, er wird dafür bezahlt, sogar sehr gut bezahlt. Was schätzt du, wie viele Patienten behandelt er im Monat? Wie viele Sitzungen macht er im Monat?«

»Worauf willst du hinaus? Wird das ein Matheseminar?«

»Heute scheinst du mir wirklich auf dem Schlauch zu stehen, Theodor Konrad. Es ist doch ganz offensichtlich!«

Theodor Konrad ist sehr irritiert. Worauf will Deibel hinaus? Heute ist er anders zu ihm als sonst. Es sind ungewöhnlich einfache Fragen, die er stellt. Deibel provoziert zwar unterschwellig, fordert aber nichts in aggressiver Weise von ihm.

»Jetzt spuck's schon aus, Deibel, was willst du von mir?«

»Tilmann Braun ist ein Geldsack.«

Es folgen einige Sekunden absoluter Stille. Deibel lässt seine Aussage wirken und wartet einfach in Ruhe ab.

»Das ist ein Ding!«, ist Theodor Konrad verblüfft. Darüber hatte er noch nicht nachgedacht.

»Hör zu, Theodor Konrad, es gibt ewige Wartezeiten auf Therapieplätze. Die Honorare bekommen die Therapeuten von den Krankenkassen. Patienten gibt es offensichtlich wie Sand am Meer. Da kann man doch nur viel Geld verdienen, sehr viel Geld!«

Sollte das etwa so sein? Theodor Konrad hat tatsächlich bis jetzt noch nicht darüber nachgedacht, ob sein Therapeut nicht auch einer von den versnobten Kapitalisten ist und sich hinter seiner ruhigen, zurückhaltenden Art nur versteckt.

»Warum wird man Psychotherapeut? Weil man es toll findet, sich die Probleme von unbekannten Menschen anzuhören? Das kann ich mir kaum vorstellen«, streut Deibel weiter Zweifel.

»Doch, bestimmt gibt es Menschen, die für Bezahlung gerne helfen«, versucht Theodor Konrad zu erwidern.

»Und du bist dir sicher, dass dein Herr Braun auch so ein selbstloser Menschenfreund ist, der nur helfen möchte?«

»Vollkommen sicher kann ich nie sein, aber ….«, reißt der Gedanke mittendrin ab.

Und Deibel zieht sich zufrieden und wortlos zurück, während Theodor Konrads Zweifel wachsen.

Trotz aller Zweifel ist heute Mittwoch, eigentlich der langweiligste Tag der Woche, aber nicht dieser Mittwoch. Nach dem Disput mit Deibel war Theodor Konrad zunächst niedergeschlagen, grüblerisch und erschöpft. Aber seit dem Mittagessen, drei Scheiben Graubrot mit dicker Butterschicht und Kochschinken, ist die Stimmung unvermittelt wieder gestiegen. Sein ganzer Körper ist positiv erregt bis in die letzte Haarspitze. Im Internet sucht er für sich nach einem geeigneten Nachtisch. Es ist schon zu lange her, so empfindet es zumindest Theodor Konrad, dass er etwas vernascht hatte. »Gerade die Nachspeise sollte doch immer ein besonderes Erlebnis sein!«, murmelt er vor sich hin, den Blick, konzentriert wie ein Jäger im Hochsitz, auf den Bildschirm geheftet.

Und er muss heute nicht lange suchen, seine Nachspeise nennt sich im Netz Wonderbra. Sie beschreibt sich als devot, willig, sauber, offen und erfahren. Zwar hat sie kein Foto von sich hinterlegt, gibt aber an, jeder Zeit verfügbar zu sein.

»Na wer sagt's denn!«, springt Theodor Konrad sofort auf die Anzeige an.

Frauen, die keine Fotos von sich zeigen, schämen sich teils für ihr Aussehen oder wollen unbedingt anonym bleiben, denn das Netz vergisst nichts. Dennoch suchen sie hier Sexpartner und wollen ihre Vorlieben ausleben. Und Frauen ohne Fotos sind oft sehr anpassungsfähig und stellen nur wenige Forderungen.

»Genau so habe ich mir das vorgestellt! Sorry, Wonderbra, aber heute wirst du dein blaues Wonder erleben. Bereite dich auf meine glühenden Lenden aus Stahl vor. Und vor allem, bereite dich auf Schmerzen vor!«

Theodor Konrad überlegt, ob er für Wonderbra extra duschen soll, verzichtet aber. Schmutz zu Schmutz und Schweiß zu Schweiß, denkt er sich hämisch grinsend. Er packt hektisch einige Utensilien zusammen und stürmt voller Ungeduld aus seiner Wohnung.

Das Date soll in diesem einfachen Hotel stattfinden, an dem man normalerweise nur vorbeifährt und das man trotz der grellen aber schlichten Lichtwerbung übersieht. Ebenso einfach gehalten sind die Zimmer. Die Einrichtung ist so nichtssagend, dass man sich selbst nach einem einwöchigen Aufenthalt nicht mehr an Einzelheiten erinnern kann.

Wonderbra betritt die schäbig eingerichtete Hotelempfangshalle und grüßt den Mann an der Rezeption mit einem kurzen Kopfnicken und einem schiefen Lächeln. Theodor Konrad hatte, der Verabredung gemäß, schon den Zimmerschlüssel besorgt und die 20 Euro vorgestreckt. Er sitzt auf einem der beiden abgewetzten Stühle, die im hinteren Bereich des Raumes stehen. Das Erkennungszeichen ist ein schwarzer Knirps, mit dem er herumspielen soll. Er kann nicht anders, er muss einfach den kompakten Schirm aufrecht an seinem Schritt platzieren, mit seiner Rechten Streichelbewegungen daran andeutend, während er breitbeinig dasitzt. Dabei blickt er der auf ihn zukommenden Wonderbra fest und herrisch in die Augen, was seine Wirkung nicht verfehlt. Wonderbra errötet sichtlich. Sie gerät in ihren schwarzen Pumps und ihrem knielangen blauen Kleid, das sie unter einem warmen Mantel trägt, sogar leicht ins Straucheln.

Alles andere außer deinen Knien ist schon hart wie Kruppstahl, meine Liebe! Es gibt kein Zurück mehr! Das wird ein Fest, vor allem für mich! Theodor Konrad genießt in vollen Zügen seine Dominanz.

Bei der Begrüßung reden sie dann in fast schon bizarrer Weise oberflächlich über das Wetter. Wonderbra nennt ihren richtigen Namen nicht. Und Theodor Konrad fragt auch nicht danach. Frauen benutzt er für seine Triebe und nicht, um irgendeine Bindung zu ihnen aufzubauen.

Sie gehen in die erste Etage hoch und zur Tür des gemieteten Zimmers. Wonderbra ist offensichtlich aufgeregt und zunehmend unsicher. Sie redet unentwegt und muss, als sie das Zimmer betreten, ohne ihren Mantel ausgezogen zu haben, sofort zur Toilette.

Das ist die perfekte Gelegenheit!

Theodor Konrad positioniert sein Handy unauffällig zwischen Fernseher und Fernbedienung so, dass er das Date auch filmen kann, ohne dass er seine Sexgespielin fragen muss.

Gefühle von Erregung und zunehmend auch Macht beginnen ihn zu durchströmen. Er kann alles kontrollieren und steuern!

Alles läuft nach seinen Vorstellungen und sie wird ihm nichts entgegenzusetzen haben, ist er sich gewiss. *Sie will es ja selbst so! Sie will beherrscht und gebraucht werden! Sie will sogar missbraucht werden! Und wer danach schreit, bekommt es auch.* Eigentlich bin ich sogar ein richtig netter und ausgesprochen sozial eingestellter Mensch, belustigt sich Theodor Konrad innerlich.

Wonderbra kommt aus der Toilette, lächelt Theodor Konrad etwas hilflos wirkend an und das Spiel soll beginnen. Zu besprechen haben sie jetzt nicht mehr viel, schließlich sind sie nicht zu einer Konversationsrunde mit Tee und Mürbekeksen verabredet. Zu Beginn gilt es noch, kurz die Spielregeln abzustimmen. Sehr bestimmt, teilt er ihr mit, dass er sie ab jetzt nur noch Mechthild nennen wird, so wie seine verhasste Mutter heißt. Ab diesem Punkt schlägt seine Stimmung wie immer um und Theodor Konrad verspürt neben zunehmender sexueller Erregung, wie er plötzlich auch aufgebracht und gereizt ist, alleine beim Gedanken an seine Mutter. Je mehr er auf Mechtild einredet, umso mehr legt sich in einer sehr lebendigen Vorstellung das Gesicht seiner Mutter über das der Frau, die vor ihm steht.

Jetzt hab ich euch beide: zwei Schlampen auf einen Streich! Er kann sein Glück kaum fassen, dass *es* wieder funktioniert.

Seine Stimme wird lauter und nimmt einen harschen Befehlston an, während Wonderbra den Anweisungen devot und schweigend zustimmt, indem sie eingeschüchtert nickt. In ihrem realen Leben muss sie immer funktionieren. Sie muss sich um die Kinder kümmern, den Haushalt erledigen und als Sekretärin die Anweisungen ihres Chefs befolgen. Grundsätzlich mag sie eigentlich ihr Leben, denn sie hat einen Mann, der ihr sehr treu ist und keine Forderungen stellt. In ihrem Leben ist alles, einfach alles total geregelt. Es gibt keine Ausnahmen, es gibt keine Zufälle, es gibt aber auch keine Überraschungen. Wonderbras Leben ist so klar strukturiert, dass sie sagen kann, was sie in 17 Tagen zum Mittagessen

kochen wird. Ihr Mann erledigt den Wocheneinkauf. Als Controller erstellt er einen Monatsplan für das Mittagessen mit seinem PC per Excel.
Wonderbra bricht aus ihrem strukturierten Leben aus, indem sie sich unbekannten Sexualpartnern hingibt. Davon darf niemand etwas wissen. Das wäre ihr sozialer Tod. Deshalb müssen diese Treffen immer tagsüber stattfinden, wenn ihr Mann arbeitet. Und sie fährt dafür auch immer in die etwas weiter von ihrem idyllisch-ländlichen Wohnort entfernte Stadt. Sie muss unerkannt bleiben bei diesen Ausflügen in ihre Schattenwelt. Nicht einmal ihre beste Freundin weiß von ihren Sexabenteuern und schon gar nicht von ihrer devoten Neigung.

Patsch!! Urplötzlich bekommt sie einen Schlag auf die Wange: »Du Schlampe!«

Der Sex mit ihrem Mann ist zwar von Zärtlichkeit geprägt, aber wie alles in ihrem gemeinsamen Leben immer gleich, einmal in der Woche nach dem Sonntagabend-Film. Sie befürchtet, dass er auch darüber eine Excel-Tabelle führt.

Der Fremde hat sich jetzt hinter sie gestellt. Willenlos lässt sie sich von ihm nach vorne in eine gebückte Haltung drücken. Sie hört das metallische Geräusch einer hastig geöffneten Gürtelschnalle. Sie schreit erschrocken auf, als er mit einem zielsicheren Griff ihr das Höschen unter dem Kleid zerreißt. Soll er doch! Und dann ist der Moment da, in dem er sein steifes Glied gleich bis zum Anschlag in sie reinschiebt. Sie taumelt vorwärts und er schreit sie an: »Halt still, du blödes Miststück!«. Wieder und wieder dringt er in sie ein und reißt ihren Kopf nach hinten, bis sie vor Schmerzen aufschreit.

Sie weiß, dass es nicht richtig ist, was sie tut. Schließlich hat sie ein Familienleben, das sie auf keinen Fall gefährden will. Ja, sie hat diesen Mann, der ihr treu ist, diesen Mann, der alles für sie tun würde. Und dennoch fühlt sich eine Seite von ihr, die geheime und dunkle, aber auch starke Seite, in der Sicherheit ihres normalen Lebens wie einzementiert. Nur in Momenten wie diesem, wo dieser unbekannte, ungezügelte, brutale und nebenbei auch athletische und attraktive Mann sie unglaublich hart rannimmt, bekommt die innere Zementschale Risse. Sauerstoff und Licht dringen selten genug bis zu ihrem

Wesenskern vor. Es ist ihr egal, ob die wie Schraubzwingen zupackenden Hände dieses Sexgottes hinter ihr später blaue Flecken hinterlassen. Es ist ihr gleichgültig, ob sich ihr Schritt in den nächsten drei Tagen geschunden und geschwollen anfühlen wird. Im Gegenteil, sie wird lächeln müssen, wenn sie wieder die Schmerzen spürt bei jedem Hinsetzen auf ihren Bürostuhl. Und sie wird die kritischen Blicke ihrer anständigen Kolleginnen genießen, wenn sie mit mehr Hüftschwung als sonst durch die Kantine schreitet. Und bis zum nächsten Sex mit ihrem Mann ist alles wieder verheilt. Wahrscheinlich wird er nichts von ihren Blessuren mitbekommen, denn er schläft nur im Dunkeln und unter der Bettdecke mit ihr.

Wie eine außer Kontrolle geratene Dampframme dringt dieser unglaubliche Typ jetzt schneller und schneller in sie ein, wird immer heftiger. Ihr Schmerz mischt sich mit einem alles mitreißenden Tsunami der Lust. Sie saugt seinen würzig-männlichen Schweißgeruch ein, wird fast ohnmächtig, weiß nicht mehr, wo oben oder unten ist. Mit der einen Hand hält er ihren Kopf an den Haaren nach hinten gezogen. Mit der zweiten Hand greift er nach ihrer Brust. Sie hat das Gefühl er würde sie abreißen, was das Gefühl des lustvollen Ausgeliefertseins, der totalen Unterwerfung ins Unermessliche steigert…

…bis er plötzlich aufhört.

Theodor Konrad kommt mit seinem letzten und heftigsten Stoß zum Höhepunkt, entlädt sich mit einem animalischen Aufstöhnen in Mechthild. Er hat seinen Orgasmus und das Gefühl, es ihr richtig besorgt, aber vor allem, sie fertiggemacht zu haben. Und zum Glück ist auch das verhasste innere Bild von seiner Mutter verschwunden, als ob er mit einem mächtigen Hammer einen Spiegel zerschmettert hätte. *Mit dir bin ich auch fertig!*

Schnell, routiniert und wortlos zieht er die Klamotten über seinen verschwitzten Körper, rafft seine Utensilien zusammen. Mit einem tiefen Glücksgefühl, richtig fette Beute gemacht zu haben, greift er das Handy mit der Aufzeichnung seines Werkes. Und als Höhepunkt des Ganzen genießt er es, beim Rausgehen die völlig fertige und ramponierte Mechthild achtlos auf diesem schmuddeligen Nadelfilz, in diesem wahrlich abgefuckten Zimmer liegen zu lassen. Er würdigt sie nicht einmal eines letzten Blickes oder Abschiedswortes.

Frauen müssen heftig rangenommen werden. Nur dafür sind sie da, für nichts anderes, denkt Theodor Konrad, während er sich entspannt pfeifend auf den Heimweg macht.

*

»Na mein Tapferer, was ist mit dir los?« Peer sorgt sich um seinen Freund.

»Wieso? Was meinst du?«, fragt Tilmann.

»Weißt du, wir kennen uns echt schon ziemlich lange. Und ich stelle in letzter Zeit Veränderungen an dir fest, die meine Sorgenfalten vertiefen, sodass sie schon eher ausgetrockneten Flussbetten gleichen! Du wirkst erschöpft, fertig, am Rande des Nervenzusammenbruchs, reif für die Insel oder direkt für das Sanatorium.«

»Nun dramatisiere mal nicht direkt wie immer ins Unermess…«, versucht Tilmann dazwischen zu kommen, aber Peer fährt unbeirrt mit seinem Monolog fort. »Mit anderen Worten, ich stelle fest, dass dir jemand offensichtlich die Sonne aus deinem Leben geklaut hat. Und irgendwie ist in letzter Zeit auch dein spezieller Humor verloren gegangen.« Peer schüttelt ratlos den Kopf.

»Peer, du bist und bleibst die unverbesserliche Dramaqueen vor dem Herrn, aber ja, ok«, windet sich Tilmann auf der Suche nach einer passenden Antwort. »Es ist momentan wirklich alles etwas zu viel und gleichzeitig habe ich besonders schwierige Patienten, wie du ja weißt.«

»Kann ich dir irgendwie helfen?«

»Ich kann es ehrlich gesagt selber überhaupt nicht erklären. Ich stelle an mir fest, dass mir der Job momentan einfach nicht so viel Spaß bereitet wie sonst. Ehrlich gesagt zweifele ich manchmal sogar grundlegend an meinen therapeutischen Fähigkeiten. Wenn ich aber alles wieder rational betrachte, sehe ich sogar bei den schwierigeren Fällen klare Fortschritte.

Eigentlich weiß ich nicht, warum ich mir überhaupt Sorgen mache.«

»Eigentlich? Das hört sich so an, als wenn es da doch jemanden gibt, der dich besonders in Anspruch nimmt oder quält.«

»Na ja, ich habe dir doch von Herrn W. erzählt? Erinnerst du dich?«

»Ach Gott, ja, diese fleischgewordene Arbeitsbeschaffungsmaßnahme für Therapeuten!«

»Genau der! Ich habe ihn ja noch nicht sonderlich lange, aber der ist mehr als anstrengend, ehrlich gesagt eine regelrechte Nervensäge. Er hat, über die anfängliche Verdachtsdiagnose hinaus, tatsächlich die prototypische, narzisstische Persönlichkeitsstörung mit allen schillernden Facetten plus antisozialer Komponente!«

»Ach du ahnst es nicht! Deine schlimmsten Befürchtungen wurden also noch von der Realität übertroffen?«, zeigt sich Peer ehrlich betroffen.

»Ja leider. Immer wenn er am Montag zu mir kommt, habe ich schon ein komisches Gefühl. Und nach der Behandlung bin ich immer total erleichtert, dass er weg ist, aber wirklich erst dann, wenn die Haustür ins Schloss gefallen ist. Ich merke, er löst etwas in mir aus, was ich nicht fassen kann.«

Tilmanns Blick geht dabei auf eine merkwürdige Art, wie Peer es nicht kennt, durch sein Gegenüber hindurch. Deshalb beeilt er sich zu sagen: »Also wenn ich dich richtig verstehe, Tilmann, dann haben wir es mit einem Zwei-Komponenten-Elend zu tun? Auf der einen Seite dein schier unverwüstlicher und unbedingter Wille, jedem und allen helfen zu müssen, in Kombination mit einem mehr als furchtbaren Patienten, wenn ich das mal so flapsig ausdrücken darf? Und dazu wölbt sich über allem deine grauenhafte Neigung, nicht nein sagen zu können und jeden Patienten aufzunehmen.«

»Ach komm, du bist ja nun auch nicht viel besser.«

»Na, na, na, ich kenne da jemanden, der mich in einer ähnlichen Situation quasi mit der drohend vorgehaltenen Dachlatte der Erkenntnis dazu zwang, mal kürzer zu treten, mehr Pausen zu machen und zu neuen Therapieanfragen ein freundliches aber bestimmtes *nein* zu sagen!«

Peer sieht Tilmann mit hochgezogenen Augenbrauen erwartungsvoll an.

»Könnte es sein, dass ich den brutalen Typen mit der Dachlatte kenne?«, gibt Tilmann zwinkernd zurück.

»Du bist ein Fuchs! Ich bin demjenigen jedenfalls bis heute extrem dankbar, dass er mich vor mir selbst gerettet hat. Und ich würde es sehr bedauern, wenn ich dich im vorzeitigen Ruhestand sehen müsste: traurig, depressiv und unendlich gelangweilt. Dann würde es an mir hängen bleiben, ganze Welten und Universen zu retten. Das wäre wie… wie… Captain Kirk ohne Spock und Dr. McKoy auf der Brücke der zerschossenen und manövrierunfähigen Enterprise!« Peer ist wie immer begeistert von seinen eigenen abwegigen Fantasien.

»Ach so!«, tut Tilmann überrascht und bewundernd. »Und du bist dann natürlich der attraktive und tolle Captain Kirk in der jungen Version!«

»Wer denn sonst?«

»Ich hatte dich eigentlich eher in der Rolle der toughen Lieutenant Uhura gesehen. Die hatte doch auch so schöne Beine, einen knackigen Po und das Uniform-Röckchen saß immer wie angegossen!«, kann sich Tilmann jetzt vor Lachen nicht mehr halten. Er genießt den theatralisch übertriebenen und gekränkten Gesichtsausdruck von Peer. Er hat gerade Oberwasser und kann seine Gemeinheiten nicht mehr bremsen: »Na ja, am Teint müssen wir dann noch etwas arbeiten, damit du wirklich filmreif wirst. Aber egal, Peer, ob als supersmarter Captain Kirk oder als sexiest ever Lieutenant Uhura: Ich kann so oder so nicht verantworten, dass du ganz alleine, ohne mich an deiner Seite, ziellos im All treibst.«

»Wie schön, dass du wenigstens das ernstnimmst, Tilmann! Aber damit ich nicht so ende, darfst du dich jetzt nicht vorzeitig verheizen. Soviel steht auf jeden Fall fest, unabhängig von deinen abstrusen Vorstellungen über Rollenverteilung!«, ringt Peer immer noch mit gespielter Beleidigung um Fassung.

Schon seit ihrem Studium lieben Tilmann und Peer dieses übertriebene Spiel mit schwulen Klischees und heterosexuellen

Stereotypen. Sie haben es im Laufe der Jahre fast zu einer eigenen Kunstform entwickelt und kennen dabei doch mit traumwandlerischer Sicherheit die Grenzen des Anderen.

»Ja, ich muss da wohl auf die Bremse treten«, kehrt Tilmann zum nüchternen Ausgangsthema zurück. »Und ich fange vielleicht damit an, erst einmal keine neuen Patienten aufzunehmen.«

»Das hört sich doch fürs Erste schon mal gut an. Wenn du dir weniger Patienten zumutest und dich dann entspannter fühlst, hast du vielleicht schon bald auch mit deinem sehr schwierigen Patienten viel weniger Probleme.«

»Wo wir gerade über Baustellen reden, fällt mir ein, dass du von uns beiden womöglich die Größte hast«, spricht Tilmann, einen gewagten Themenwechsel vollziehend, Peer auf seine halbrenovierte Vorstadtvilla an.

»Bitte, was ...?«, ist der irritiert und kann den Gedankensprung seines Freundes im Moment nicht nachvollziehen.

»Was ist mit eurer Villa? Seid ihr jetzt mit der Renovierung des Bades fertig, damit ihr zum Duschen nicht mehr ins Schwimmbad oder zu Freunden fahren müsst?«

Peer fängt sich wieder und überlegt: Ok, Tilmann, du kriegst heute also wieder mal den Hals nicht voll? Na dann will Mutti doch mal sehen, ob sie noch eine ironische Wendung für dich in petto hat...

»Für das Schwimmbad reichen leider unsere bescheidenen Mittel nicht mehr. Uns geht irgendwie das Geld aus, sodass wir an allem sparen müssen. Es kann also durchaus vorkommen, dass die Körperhygiene pausieren muss. Kann man es etwa schon riechen?«

Peer hebt seine Arme hoch und schnüffelt demonstrativ unter seinen Achseln: »Ich denke, es müsste so gerade noch gehen. Das roch echt schon penetranter.«

»Wenn ich jetzt sofort ein Fenster öffne, könnte es noch gerade gelingen, dass wir nicht in Ohnmacht fallen und später ersticken«, Tilmann springt auf und greift filmreif röchelnd nach dem nächstliegenden Fenstergriff.

»Wenn du schon stehst, könntest du uns lieber vor dem Verdursten retten und eine Flasche Wein besorgen«, kontert Peer.

*

Theodor Konrad betritt schwungvoll die Praxis und wirft seine Jacke mit einer eleganten Bewegung an einen Haken der Garderobe im Flur. Er geht, am etwas verdutzten Tilmann vorbei, in das Behandlungszimmer und setzt sich ohne Zögern in den Sessel. Tilmann kommt kaum dazu, ihn zu begrüßen, sodass es nur zu einem flüchtigen Guten Tag reicht.

»Herr Braun, Sie haben eine sehr angenehm eingerichtete Praxis. Der Geschmack sagt mir zu«, beginnt Theodor Konrad die Therapiesitzung, schaut sich aber kritisch prüfend die Einrichtung an.

»Schön, dass es Ihnen gefällt und Sie sich hoffentlich dem entsprechend wohlfühlen!«

»Ja doch…«, erwidert Theodor Konrad zögernd. »Das alles hier war aber bestimmt nicht ganz billig.«

»Ach, wissen Sie …« will Tilmann ausführen, kommt aber nicht dazu. Sein Patient lässt ihn nicht aussprechen und berichtet über Zeiten, in denen er mehr Geld zur Verfügung hatte und was er alles damit angestellt hatte.

Ach daher weht der Wind, denkt Tilmann schon jetzt, am Anfang der Sitzung, ziemlich entnervt.

Er hat doch geahnt, dass es mit ihm kein normales Gespräch geben kann. *Also, meine Damen und Herren! Kommen Sie, schauen Sie und staunen Sie, was im Gruselkabinett des Dr. Braun heute geboten wird! Bestaunen Sie den berühmten Wolf im Schafspelz, aber halten Sie ihren Kindern die Augen zu!*

Ohne sein Sarkasmus-Überdruckventil hätte Tilmann jetzt einen Puls wie bei einem schnellen Antritt am Berg, bei einem seiner geliebten Radrennen. Dennoch nimmt er einen weiteren vernunftbetonten Anlauf: »Herr Wolf, Ihren Ausführungen entnehme ich, dass Sie sich momentan gut fühlen und….« Aber wieder kann er nicht aussprechen, weil sein Patient hartnäckig über die gute alte Zeit plaudern möchte und Anekdoten aus seinem Leben erzählt.

Da ist wieder diese unglaubliche Angeberei, dieses sich in den Vordergrund drängen, ohne auf den Gesprächspartner einzugehen, bemerkt Tilmann. Auch wenn seine Geschichten einen gewissen Unterhaltungswert haben, wird die Hälfte jedoch frei erfunden sein. Ob ihm das überhaupt bewusst ist? Bestimmt nicht, befürchtet er. Alles andere wäre ein Wunder!

»Ja, das waren schon tolle Zeiten, Herr Braun. Vielleicht oder sogar sicher, werden diese Zeiten wiederkommen, wenn ich erst den Kletterpark gegründet habe«, bringt Theodor Konrad irgendwann doch das Gespräch in Richtung seiner Hausaufgabe. Die hatte ihm sein Therapeut am Ende der letzten Sitzung aufgegeben, eine Recherche über Klettergärten. Erst morgens war ihm die Aufgabe wieder eingefallen, hatte er sich vor seinen Computer gesetzt und eilig Informationen gesammelt.

Tilmann Braun scheint mit seiner Recherche mehr als zufrieden zu sein, denn er ist voll des Lobes und sehr interessiert.

Theodor Konrad fühlt sich während dieser Sitzung, wie in den Tagen zuvor, sehr gut. Ja, doch, der letzte Fick mit dieser Wonderbra-Schlampe war schon richtig geil, denkt er für sich. Dennoch hatte er nicht die Worte von Deibel vergessen, Tilmann Braun sei ein Geldsack.

»Herr Braun, wo wir gerade über Arbeitszeiten reden. Wie viele Stunden arbeiten Sie eigentlich? Wie viele Patienten sehen Sie wöchentlich?«

»Mein Arbeitstag beginnt in der Regel um acht Uhr und den letzten Termin nehme ich um achtzehn Uhr wahr, allerdings nicht jeden Tag. Neben den Sitzungen muss ich natürlich regelmäßig an Weiterbildungen teilnehmen, Fachliteratur studieren und Formalitäten erledigen.«

»Das klingt nach viel Arbeit. Ich nehme an, mit einer Vierzig-Stunden-Woche kommen Sie bestimmt nicht aus«, zeigt sich Theodor Konrad interessiert und beeindruckt.

»Ja, eine Vierzig-Stunden-Woche wäre schön, reicht aber in der Tat oftmals nicht aus.«

»Dann werden Sie sicherlich eine ganze Menge Geld verdienen?«

Jetzt muss Tilmann aufpassen! Er weiß intuitiv, Herr Wolf versucht gerade, ihn auf extrem dünnes Eis zu locken. Es gibt mit Narzissten kaum heiklere und wutbesetztere Themen als die ihres ewig nagenden Neides. Auch wenn Tilmann wieder beginnt, sich sehr unwohl zu fühlen, versucht er in betont neutraler Stimmlage, das Gespräch wieder auf das Ursprungsthema zu lenken: »Herr Wolf, so viel verdient ein Psychotherapeut auch nicht. Bitte vergleichen Sie unseren Berufsstand nicht mit den Ärzten oder mit Industriellen. Mit einem gut laufenden Kletterpark kann man vermutlich mehr Geld verdienen und so begeistert wie Sie bei der Idee sind, wird es doch bestimmt ein Erfolg werden, oder nicht?«

»Da haben Sie recht. Begeisterungsfähig bin ich bestimmt. Trotzdem fehlt momentan der durchschlagende Erfolg.«

»Herr Wolf«, zeigt sich Tilmann erstaunt. »So kenne ich Sie gar nicht! Da haben Sie die Geschäftsidee, sogar schon erste Recherchen durchgeführt und erkennen zudem ihre vielfältigen Chancen. Bitte, machen Sie weiter! Lassen Sie sich nicht entmutigen! Wer weiß, vielleicht können auch Sie Ihr Hobby zum Beruf machen?«, versucht er Theodor Konrad zu begeistern und durch Lob und Anerkennung entscheidend zu motivieren. Er hofft, dass sich sein Patient mehr um sich selbst zu kümmern lernt. Aber mehr als alles andere möchte er eine positive Stimmung am Ende der Sitzung erzeugen. Dadurch würde sich zwar die Wahrscheinlichkeit, endlich etwas Substanzielles bei ihm anzustoßen, nicht exorbitant erhöhen, aber es wäre ein Anfang. Und verdammt, er braucht hier endlich mal irgendetwas Konstruktives, sonst kann er das Buch Im Westen nichts Neues direkt noch mal schreiben und danach ist ihm wirklich nicht.

Nachdem ein neuer Termin abgestimmt ist und Herr Wolf die Praxis verlassen hat, sitzt Tilmann nachdenklich in seinem Sessel und geht die letzte Sitzung innerlich noch einmal durch. Herr Wolf war ja für seine Verhältnisse regelrecht ausgeglichen, freundlich und zugewandt. Es scheint so zu sein, dass ihn das Thema berufliche Alternative beziehungsweise Kletterpark stabilisiert, fast schon nach vorne bringt. In den anderen Sitzungen war er aggressiver.

Tilmann macht sich Notizen zur Sitzung und fühlt sich spürbar erleichtert. Hoffnung keimt in ihm auf.

*

Tamara Kleinschmidt ist 36 Jahre alt, trägt halblange, braune Haare und kleidet sich entsprechend ihrer Tätigkeit unauffällig, wenig modisch und in blassen Farben. Sie ist Sachbearbeiterin im Jobcenter der Stadt und betreut Hartz4-Empfänger. Sie schaut genervt auf ihren PC und sieht auf dem Bildschirm, dass ihr nächster Kunde Theodor Konrad Wolf sein wird: »Wie kann man sein Kind nur Theodor Konrad nennen? Das ist doch kein Name, das ist eine Bestrafung.«

Tamara schaut ihre Kollegin an und schüttelt den Kopf. Ihre Kollegin antwortet: »Bei einem solchen Namen wundert es nicht, wenn einem da mal der Draht aus der Mütze springt.«

»Für Herrn Wolf scheint es im Leben auch nicht so ganz einfach gewesen zu sein. Häufige Arbeitsplatzwechsel und immer wieder Arbeitslosigkeit.«

Tamara Kleinschmidt konzentriert sich wieder auf ihren Fall, liest sich die Akte durch und bereitet sich auf das Gespräch vor.

»Guten Morgen Frau Kleinschmidt, ich glaube, wir beide haben jetzt einen gemeinsamen Termin.«

Tamara Kleinschmidt erschreckt sich. Sie war so vertieft in die Akte, dass sie nicht ihren direkt vor dem Schreibtisch stehenden Kunden bemerkt hat.

»Guten Morgen Herr Wolf, nehmen Sie doch bitte Platz.«

»Danke. Frau Kleinschmidt heute habe ich gute Nachrichten für Sie. Dieses Mal habe ich ausreichend Bewerbungen geschrieben. Ich denke, es könnte auch zu einem Vorstellungsgespräch kommen. Da gibt es eine Stelle, die exakt auf mich zugeschnitten ist.«

Theodor K. Wolf zeigt der Sachbearbeiterin unaufgefordert seine Unterlagen.

»Das freut mich für Sie, Herr Wolf.«

»Ja, ich bin auch ganz gespannt und hoffe, dass es klappt.«

Theodor Konrad ist ausgesprochen gut gelaunt, denn für ihn ist dieser Termin heute eine reizvolle Herausforderung. Es soll für ihn ein aufregendes Spiel sein. Mit möglichst wenig Aufwand versucht er, seine Auflagen zu erfüllen und will im Übrigen einfach nur sein Geld. Das steht ihm schließlich zu! Er fragt sich, ob Frau Kleinschmidt erkennen wird, dass er die Unterlagen geschönt hat. Erwartungsvoll beobachtet er sie, während sie seine Papiere durchgeht.

Für ihn wäre es eine besondere Form der Genugtuung, wenn er mit seinem Vorhaben durchkäme. Aber noch mehr wäre es für ihn eine innere Befriedigung gegenüber einer noch ganz anderen Person: Die Kleinschmidt ist in seinen Augen auch nur eine Frau, unwichtig, hässlich wie die Nacht, aber spielt sich auf wie eine Mutter, wie *seine Mutter*! Sie will über ihn bestimmen, macht ihm Vorschriften, wenn nicht alles so läuft, wie sie es sich vorstellt. *Was maßt die sich eigentlich an? Was glaubt die, wer hier vor ihr sitzt?* Aber heute wird er es ihr zeigen! Denn heute, ist er sich sicher, wird sich das Blatt wenden und am Ende er oben liegen, wie es sich gehört! Und wenn du ein braves Mädchen bist, muss ich dir auch nicht so wehtun, denkt er.

Theodor Konrad möchte sich am liebsten seinen aufkommenden Machtfantasien hingeben, besinnt sich aber im letzten Moment eines Besseren. Er hat sich in den Kopf gesetzt, heute kühl und strategisch agierend seinem Durchbruch zum verdienten Erfolg endlich einen großen Schritt näher zu kommen. *Der Braun wird sich noch wundern, und überhaupt alle werden sich noch wundern!*

»Im Gegensatz zu den sehr lästigen Bewerbungen, die Sie mir jedesmal abverlangen, habe ich mir auch *sinnvolle* Gedanken gemacht und sogar schon dazu recherchiert. Hier in unserer Stadt gibt es nämlich keinen Kletterpark. Und wenn ich von Ihnen die mir zustehende Unterstützung bekomme, werde ich mich genau in der Richtung selbstständig machen. Da staunen Sie jetzt, nicht wahr!?«

»Ein Kletterpark?« Tamara Kleinschmidt ist in der Tat erstaunt. »Das finde ich jetzt allerdings mehr als überraschend. Wie kommen Sie denn darauf?«

»Das hört sich so an, als ob Sie mir das nicht zutrauen!« ist Theodor Konrad erbost.

»Ach wissen Sie, Herr Wolf, ich glaube schon an ihre Fähigkeiten und ihr Potential«, wiegelt Frau Kleinschmidt ab. »Bislang hatten Sie sich aber im IT-Bereich und für Bürotätigkeiten beworben. Ausbildungen im Sportbereich kann ich hier beim besten Willen nicht entdecken.«

Sie ist etwas irritiert und ihre Stimme geht gleich eine Tonlage höher.

Theodor Konrad zieht argwöhnisch seine Augenbrauen zusammen, denn er hat die Veränderungen sofort registriert. Sie traut ihm nichts zu! Die versteht überhaupt gar nichts! Schlimmer noch, sie will ihn demütigen!

»Frau Kleinschmidt, die Idee mag für Ihre ausgesprochen konventionellen Ohren vielleicht ein wenig ungewöhnlich klingen«, schlägt Theodor Konrad jetzt eine arrogantere Tonart an. »Dennoch finde ich sie so einzigartig, dass ich ihr weiter nachgehen muss! Können Sie das nachvollziehen?«

»Sicherlich können Sie das auch machen, Herr Wolf, wenn Sie dabei nicht ihre Bewerbungen vergessen«, versucht es Tamara Kleinschmidt wieder etwas versöhnlicher.

»Ich habe den Eindruck, Sie *wollen* mich überhaupt nicht unterstützen«, gibt Theodor Konrad patzig von sich.

Jetzt allerdings fühlt sich Tamara Kleinschmidt provoziert und wird schnippisch: »Wie kommen Sie denn darauf? Natürlich werde ich Sie weiter unterstützen, aber ich habe meine Vorschriften und die verlangen, dass Sie sich kontinuierlich bewerben.«

»Ja, ja, ich soll mich anpassen und immer schön brav bewerben, aber die finanzielle Unterstützung für eine Selbstständigkeit verwehren Sie mir wider besseres Wissen. Das ist doch fast schon Sabotage. Sie tun gerade so, als wenn ich an Ihre eigene Geldbörse gehen würde! Das ist richtig beleidigend«, kommt Theodor Konrad immer mehr in Fahrt.

»Ach, Herr Wolf, das führt doch zu nichts.«

»Was meinen Sie damit? Meine Selbstständigkeit?«

»Nein, natürlich nicht.« Tamara Kleinschmidt merkt, dass das Gespräch zu entgleiten droht und versucht, den Kunden zu beruhigen: »Verbleiben wir doch so: Sie bewerben sich weiterhin und arbeiten parallel dazu Ihre Geschäftsidee weiter aus. Beim nächsten Termin können Sie dann bitte das Material dazu mitbringen und wir schauen es uns zusammen an. Was meinen Sie?«

»Und der nächste Termin wird dann in einem halben Jahr sein«, kann Theodor Konrad jetzt seinen Unmut nicht mehr im Zaum halten. »Wenn Sie dann zufällig krank sein sollten, wird mich irgendeine ihrer ach so kompetenten Kolleginnen betreuen, die dann wieder von nichts weiß und mich vertrösten wird. Nennen Sie das etwa eine angemessene Unterstützung?«

»Herr Wolf, ich habe Ihnen hier Ihren nächsten Termin bei mir aufgeschrieben. Bitte haben Sie Verständnis dafür, dass ich jetzt keine Zeit mehr für Sie habe. Der nächste Kunde wartet nämlich schon. Einen schönen Tag Ihnen noch!«

Bei diesen letzten Worten schaut Tamara Kleinschmidt ihren Kunden nicht einmal mehr an und tut so, als sei sie am Rechner mit Wichtigerem beschäftigt. In Wirklichkeit schlägt ihr das Herz bis zum Hals. Sie fühlt schon fast körperlich eine Woge ungewöhnlich feindseliger Energie von Herrn Wolf ausgehen, die ihr den Atem zu rauben droht.

Nein, Tamara Kleinschmidt bildet sich nichts ein. Theodor Konrad reißt ihr den Terminzettel aus der Hand und starrt sie einige Sekunden reglos an.

»Sie können sich Ihren schönen Tag sonst wo…«

Dann steht er derart abrupt auf, dass der Stuhl umkippt, auf dem er gesessen hat.

Fotze, mit dir werde ich noch abrechnen!

*

Sprunghaft steigen die Temperaturen an. Nach der diesjährigen, unendlichen Eiszeit, freut man sich ja schon über zehn Grad plus, denkt Tilmann.

Es hat seit Tagen getaut und für heute ist zudem kein Regen vorhergesagt. Im Gegenteil, die Sonne steht wieder höher am Himmel und alle sind erleichtert. Tilmann ist sogar völlig aus dem Häuschen, weil er wieder radeln kann.

»Hanna, heute ist *der* Tag!!« Voller Vorfreude schaut Tilmann seine Frau an.

»Welcher Tag ist heute?«, spielt Hanna die Unwissende.

»Habe ich unseren Hochzeitstag vergessen? Hast du sechs Richtige im Lotto? Oder bist du gar zum Bundespräsidenten gewählt worden?«, zieht sie Tilmann genüsslich auf.

»Deine Vermutungen sind fast so zielsicher wie immer, aber knapp daneben ist eben auch vorbei, meine Liebe.«

»Dann sag mir doch bitte, was diesen Tag zu einem so besonderen macht und lass mich hier nicht dumm sterben. Die Lebensfreude sprudelt heute ja förmlich nur so aus dir heraus.«

»Heute beginnt die Rennradsaison! Ich werde die erste Fahrt in diesem Jahr machen!«

»Dann habe ich ja noch Hoffnung.«

»Hoffnung? Bitte worauf?«

»Dass deine Stimmung sich wieder bessert: Tilmann ohne Fahrradfahren ist wie Fußball ohne Ball, wie Autofahren ohne Benzin!«

»Ich freue mich so sehr. Endlich wieder draußen fahren, alle Düfte wahrnehmen, die Landschaft genießen und einfach nur radeln«, ist Tilmanns Blick ganz verträumt.

»Ja, dann starte mal durch, mein Held des Asphalts und der Schotterpisten«, freut sich Hanna mit ihm und wendet sich seufzend wieder ihrem lästigen Schreibkram zu.

Tilmann füllt seine Trinkflasche und zieht sich für das Training um.

Die erste Ausfahrt im Jahr ist immer etwas beschwerlich. Es ist nach wie vor relativ kühl und die Kondition scheint noch im Winterschlaf zu verweilen. Dennoch macht sie immer besonderen Spaß.

Endlich hat das notwendige, aber öde Training drinnen auf der Rolle zu Ende! Tilmann, der Jäger muss einfach wieder raus, Spuren lesen und Mammuts zur Strecke bringen. Die Sippe will schließlich ernährt werden.

»Wohin wirst du fahren und wie lange bist du unterwegs?«, reißt ihn Hanna aus seinen geliebten gedanklichen Übertreibungen mit evolutionären Bezügen.

»Ach, ich werde so zwei Stunden fahren. Welche Strecke es sein wird, will ich mal spontan entscheiden.«

»Du bist aber zum Mittagessen zurück, sodass wir am Nachmittag noch eine Unternehmung starten können?«, ruft Hanna in bestimmendem Tonfall durch die offene Tür ihres Arbeitszimmers, als Tilmann schon fast aus dem Haus ist.

Und wer Chefin in der Höhle samt Feuerstelle ist, dürfte damit auch wieder klar sein, kann sich Tilmann ein Grinsen nur schwer verkneifen.

»Ja doch, so machen wir's. Dein Wunsch sei mir Befehl!«, ruft er. »Vielleicht gehen wir mit Charlotte in den Zoo? Da waren wir seit dem Umbau noch gar nicht wieder«

Tilmann sitzt endlich im Sattel und freut sich. Durch das Radfahren kann er wunderbar abschalten. Vor allem gehen ihm keine Probleme mit Patienten durch den Kopf. Er denkt auch nicht an den nächsten Tag, sondern erfreut sich am steten und rhythmischen Treten in den Weiten der sanft-hügeligen Landschaft. Die Luft ist zwar noch etwas kalt, aber auch besonders klar. Und es riecht frisch. Die Farben sind deutlich kräftiger, als im Winter, so als wenn die Natur endlich wieder ihre ganze Schönheit präsentieren will.

Tilmann hat sich eine Strecke ausgesucht, bei der es zu Beginn noch so flach ist, dass er seine Muskulatur langsam auf Betriebstemperatur bringen kann. Später wird es hügelig. Die Anstiege, so hatte er es sich vorgenommen, wollte er so schnell wie möglich herauffahren. Die Abfahrt würde dann ein reiner Genuss werden. Zum Ende hin käme nochmal eine Flachetappe, um die Beinmuskulatur wieder zu entspannen.

Der erste Anstieg ist da: nicht schlimm, nur 6 % Steigung. Tilmann schaltet einen Gang runter und erhöht die Trittfrequenz. Mit dieser Übersetzung will er jetzt den Anstieg hochfahren, ohne weiter herunterzuschalten und ohne sich aus dem Sattel zu erheben. *Wollen wir doch mal schauen, wo der Frosch die Locken hat!*

Es ist das immer gleiche Spiel mit sich selbst. Er sucht sich ein Ziel, macht einen Plan, fährt los und schaut, ob er das Ziel so erreichen kann.

Oben wird sich schon zeigen, wie effektiv sein Wintertraining war.

Tilmann spürt, wie sich eine angenehme Form von Ehrgeiz in ihm ausbreitet.

Je länger der Anstieg dauert, umso schneller geht sein Atem, rast das Herz und beginnen seine Muskeln zu brennen. Aber Aufgeben kommt nicht in Frage und Schalten ist sowieso etwas für Weicheier, denkt er.

Jetzt brennt die Oberschenkelmuskulatur, vor allem in der Druckphase des Tretzyklus', immer heftiger und die Versuchung, doch zu schalten ist sehr hoch. Die Bergkuppe ist aber schon sichtbar und damit nimmt auch die Steigung stetig ab. Tilmann beißt die Zähne zusammen und behält die Trittfrequenz bei. Ein paar Meter noch und er hat es geschafft!

Heftig keuchend erreicht er die Anhöhe, streckt sich dankbar und fährt ein Stück freihändig. Seine Lungen saugen sich gierig mit der feucht-kühlen Luft dieses Tages voll. In der Hand hält er seine Trinkflasche und nimmt einen ordentlichen Schluck. Der Anstieg hat schon richtig Kraft gekostet, wichtig ist jetzt aber nur, dass er sein Ziel erreicht hat.

Ok, so richtig gut ist seine Kondition noch nicht, aber die Saison hat ja gerade erst begonnen.

Tilmann rollt noch einen Moment weiter, beugt sich dann aber wieder runter und greift beherzt nach dem Lenker. Jetzt kommt eine kurze, aber knackige Abfahrt. Er erreicht zwar keine Höchstgeschwindigkeit, muss sich auf der engen Straße dennoch gut konzentrieren, da der Asphalt nach der langen Kältephase an vielen Stellen hochgefroren ist.

Nach einer Kurve sieht Tilmann weitere Radfahrer, die sich in der nächsten schon sichtbaren Steigung abquälen. Na wartet, euch schnappe ich mir, freut er sich.

Er neigt sich weiter runter, ist so um ein Vielfaches windschnittiger und nimmt noch mehr an Fahrt auf. Tilmann schaltet hoch und fährt eine größere Übersetzung. Je mehr Geschwindigkeit er jetzt aufnimmt, umso schneller kann er gleich den Anstieg hochfahren und zu den anderen Sportsfreunden aufschließen. Das Unangenehme an diesem Hügel ist, dass er am Ende stetig an Steigung zunimmt. *Doch es wird euch nicht helfen, Jungs! Ihr werdet gleich bedauerlicherweise nur noch meinen Kerosinstreifen sehen können!*

Jeder Muskel in seinem Körper arbeitet, während er sich Meter für Meter der Gruppe nähert. Im noch steiler werdenden Anstieg erhebt er sich widerwillig aus dem Sattel und fährt im Stehen. Die Beinmuskulatur beginnt erneut zu schmerzen, aber es sind nur noch wenige Meter bis zu seinem Ziel.

Geschafft! Tilmann hat die Gruppe erreicht und will gerade ansetzen, mit den Fahrern zu plaudern, als sie abbremsen und auf einen Parkplatz abbiegen. Die haben schon fertig, während ich vor Energie nur so strotze, denkt er sich zufrieden lächelnd. Er radelt weiter und freut sich über diesen ersten kleinen Triumph der neuen Saison. Genau das macht es für ihn aus. Deshalb steigt er immer wieder voller Freude auf sein Rennrad. Während er sich im Umgang mit Patienten in der Regel vorsichtig, kontrolliert und emphatisch verhält, sucht er im sportlichen Wettkampf geradezu die Konkurrenz. Speziell mit befreundeten Radsportlern zusammen bei einem Radrennen, manchmal im Training gegen sie, erlebt Tilmann sich im positiven Sinne aggressiv.

»Kaum hast du die ersten Trainingskilometer im Freien auf dem Asphalt abgestrampelt, kommst du mir vor wie ausgewechselt«, merkt Hanna abends beim Zubettgehen anerkennend an.

»Ja wirklich, das Radfahren ist für mich ein regelrechter Jungbrunnen!«

»Und sogar dein spitzbübisches Lächeln ist zurückgekehrt. Wenn das kein Frühlingszeichen ist, weiß ich es auch nicht!«

»Alles nur für dich!«, zwinkert Tilmann ihr zu.

»Ich weiß noch wie es war, als du mit den Radrennen anfingst.«

»Ja, ich weiß es auch noch. Es war ein sechzig-km-Straßenrennen. Wir sind zu zweit gestartet, in einem Pulk von tausenden Rennradfahrern und haben eine gefühlte Ewigkeit nur auf Hinterräder und Ritzel geschaut. Bei Kilometer fünfzig hatte ich keine Kraft mehr und wollte schon aufgeben. Ich war fertig mit der Welt. Dann aber sah ich die Stadt und wusste: Das Ziel ist nah. Und mein Freund zog mich förmlich mit, feuerte mich an. In der Stadt selbst war es dann absolut überwältigend! Viele tausend Zuschauer und wir fuhren quasi durch die Hände der johlenden Masse. In dem Moment wichen meine Schmerzen einer unglaublichen Power, wie im Rausch rasten wir mit einer irren Geschwindigkeit ins Ziel. Aber schlagartig war ich so fertig, dass ich nicht einmal mehr vom Rad absteigen konnte. Obwohl der ganze Körper zitterte, war es ein unvergesslicher Moment voller Stolz und Glück. Es war tatsächlich, als ob die Zeit stehen blieb.«

»Man muss schon irgendwie ein bisschen verrückt sein, um so etwas zu machen. Aber genau wegen dieser Art Verrücktheit liebe ich dich ja auch so.«

Hanna gibt ihrem Mann einen Kuss und streichelt sein Haar.

»Ich freue mich schon auf die Zeit, wenn Charlotte auf ein Rennrad steigt und mit mir zusammen trainiert.«

»Darauf freue ich mich auch, denn dann kehrt Frauenpower ein und ihr Männer werdet vor Neid erblassen«, frotzelt Hanna.

»Na, na, na, freu dich da mal nicht zu früh. Wenn ich bis dahin weiter im Training bleibe, habe ich noch realistische Chancen.«

»…im Windschatten von ihr mithalten zu können. Mehr wird bestimmt nicht drin sein.«

*

In den Nächten seit dem demütigenden Termin bei Frau Kleinschmidt schläft Theodor Konrad extrem unruhig. Er wälzt sich hin und her, wacht immer wieder schweißgebadet auf. In den frühen Morgenstunden am Ende der dritten Nacht, meint er, einen schlimmen Albtraum gehabt zu haben, ohne sich genau erinnern zu können. Er fühlt sich verstört, panisch und neben sich stehend, wie er es noch nie zuvor erlebt hat. »Scheiße, was ist denn los mit mir? Werde ich jetzt wahnsinnig?«, murmelt er voller Angst ins Dunkle hinein. Und wie aus dem Nichts weiß er, dass es die Angst eines Kindes ist. Und weiter will er gar nicht denken. Aber wie aus dem Untergrund bricht dann Deibel über ihn herein: »Es ist an der Zeit, dass du die ganze Wahrheit erfährst. Ich kann es dir jetzt nicht mehr länger ersparen. Und es tut mir wahnsinnig leid für dich!«

Theodor Konrad macht sich intuitiv auf das Schlimmste gefasst und rollt sich zum Schutz wie ein Embryo unter seiner Bettdecke zusammen. Nur die Nase schaut ein wenig heraus, um Sauerstoff zu bekommen. Die Augen starren in die Dunkelheit, während sich ein Abgrund auftut.

Für Theodor Konrad war es zu keinem Zeitpunkt ein Vergnügen, als er mit sieben Jahren erfuhr, was Unterlegenheit im wahrsten und bittersten Sinne bedeutete. Auch vor dieser Zeit konnte von Glück und Unbeschwertheit wenig die Rede sein, aber immerhin durfte Theodor Konrad bis dahin ein im Innersten unschuldiges Kind sein. Und immerhin schien auch der Zorn seines Vaters auf ihn, den er sowieso nie verstanden hatte, wieder verraucht zu sein. Es gab keine Schläge mehr und manchmal fühlte es sich an, wie ein normales Vater-Sohn-Verhältnis. Nur vertrauen konnte Theodor Konrad seinem Vater nie mehr wirklich. Dann, eines Tages, kam Onkel Bernhard zum ersten Mal nach einem langen Aufenthalt im *Sanatorium* zu Besuch. Theodor Konrads Mutter schien ihren großen Bruder nahezu zu vergöttern und deshalb hieß für sie die Psychiatrie eben auch *Sanatorium.* Zudem fragte sie ihren Bruder auch nie detaillierter nach Gründen für den Aufenthalt und entschied in der ihr eigenen sehr bestimmenden Art, dass ihr Bruder selbstverständlich ein vertrauenswürdiger Mensch sei. Der Aspekt, dass die Intensivtherapie, die Onkel Bernhard zwei Jahre durchlaufen hatte, inklusive der Medikamente, schien sie auch nicht zu interessieren. Einmal, noch bevor alles begann, hörte Theodor Konrad seine Eltern sehr gedämpft darüber sprechen. Auch wenn er nur wenig verstand, begriff er doch intuitiv, dass sie über ein Geheimnis sprachen. Seine Eltern waren sich einig, dass Recht nicht gleichbedeutend mit

Gerechtigkeit sei und der Richter voreingenommen gewesen sei und jeder doch eine zweite Chance verdient habe.

Onkel Bernhard schien bei seinen ersten Besuchen an warmen Spätsommerabenden wirklich mehr als geheilt. Er verströmte einen Charme und eine Liebenswürdigkeit, die nicht nur Theodor Konrads Eltern berührte, sondern auch den kleinen Jungen selbst. Jahre später konnte er sich noch bestens erinnern, wie vor allem die spielerische Unbefangenheit des Onkels ihn aufblühen ließ. Onkel Bernhard erschien ihm wie eine üppige grüne Oase in der Wüste des Alleinseins als Einzelkind. Und Theodor Konrad war, ohne dass er es damals benennen konnte, ein eher schüchternes und anlehnungsbedürftiges Kind. Es vergingen viele Wochen des ausklingenden Sommers, in denen Onkel Bernhard regelmäßig zu Besuch kam. Er wurde immer mehr ein Teil der Familie und des Alltags. Theodor Konrad freute sich weniger auf die kleinen geschenkten Spielzeuge, als auf diese ausgedehnten Nachmittage, die er spielend und herumtollend mit Onkel Bernhard verbrachte. Onkel Bernhard fand damals längere Zeit keine Arbeit und lebte vom Arbeitsamt. Theodor Konrads Eltern unterstützten ihn zusätzlich finanziell.

Onkel Bernhard nahm die Zuwendung an, wurde aber nicht müde, zu betonen, dass die Zeit mit den Eltern und vor allem mit Theodor Konrad das größte Geschenk seines Lebens seien.

»Ihr wisst, ich habe ja selbst keine Kinder, nicht zuletzt aufgrund der Zeit, die mir das Gericht genommen hat, aber dem kleinen Theodor Konrad fühle ich mich von Herzen verbunden. Ihr habt da einen wunderbaren Sohn in die Welt gesetzt!«.

Theodor Konrad war ganz verlegen, als Onkel Bernhard ihm einen Moment zu lange über den Kopf strich, aber zugleich fasste auch seine Mutter fast zärtlich seine kleine Hand. Theodor Konrad sah Tränen der Rührung bei ihr und für einen Moment so etwas wie Liebe zu ihm in den Augen seiner Mutter. Er blieb extra ganz still sitzen, um diesen Augenblick der Zuneigung bis in die Ewigkeit auszudehnen. Er fühlte sich so leicht und glücklich und sog den Blick der Mutter förmlich in sich auf. Doch dann schob sich, wie eine unsichtbare Maske, wieder eine mit den Händen zu greifende Unnahbarkeit über ihr Gesicht. Dieses *gnadenlose Teflongesicht* sollte er als Erwachsener dazu sagen.

Der kleine Theodor Konrad drohte, innerlich wieder ins Bodenlose, in eine quälende Leere zu fallen. In diesem Augenblick, rückblickend waren es nur Millisekunden gewesen, zog Onkel Bernhard den kleinen Theodor Konrad fast unmerklich etwas näher zu sich heran. Es war gerade in dem Moment, als Theodor Konrad haltlos in sich zusammensinken wollte. Obwohl irgendetwas daran nicht ganz richtig sein konnte, das spürte Theodor Konrad, gab er diesem leichten Ziehen nach und lehnte sich in seines Onkels Armbeuge und an dessen Flanke. Er entwand sich auch dann nicht der unangenehmer werdenden Wärme, als Onkel Bernhard seinen Daumen ganz leicht über Theodor Konrads Haaransatz hin und her gleiten ließ. Er war wie erstarrt. Einerseits war zwar der Fall in diesen kalten und schwarzen emotionalen Abgrund beendet, andererseits gab es einzig und allein Onkel Bernhards Hand, die seine gegriffen und ihn an sich gebunden hatte.

Onkel Bernhard bedeutete mit einem Mal so etwas wie Halt in seinem damaligen Leben, das spürte Theodor Konrad in diesem Moment. Und vielleicht ahnte er auch, dass sein emotionales Überleben einen Preis haben würde. Deshalb hielt er still und hoffte, dass es bei diesem Daumen im Nacken bleiben sollte, während seine Eltern teilnahmslos die Sportschau sahen. Dabei hatten sie ihr einziges Kind wortlos an Onkel Bernhard ausgeliefert.

Vielleicht wollten sie es nicht direkt, aber sie ließen *es* zu und sahen weg. Theodor Konrad spürte eine unerträglicher werdende Hitze, die von Onkel Bernhard ausging. Je mehr Hitze von Onkel Bernhard abstrahlte, umso kälter wurde Theodor Konrad, so als ob seine Energie von der des Erwachsenen aufgesogen wurde. Er spürte den Herzschlag seines Onkels stärker werden und da war so ein Vibrieren in dessen Körper, so als mache sich ein Raubtier zum Sprung bereit.

Theodor Konrad hatte bis dahin schon oft die schwarze Katze des Nachbarn vor einem Mauseloch auf der Wiese hinter dem Garten beobachtet. Zwar saß sie sehr lange sehr still, aber die innere Hochspannung konnte er inzwischen an ihrer sich bewegenden Schwanzspitze ausmachen.

Theodor Konrad wagte einen Blick hoch zu Onkel Bernhards Gesicht und bemerkte dessen mahlende Kiefermuskulatur, seine feuchte Stirn und einen glasigen Blick, scheinbar ebenfalls auf die Sportschau gerichtet. Erst später sollte Theodor Konrad begreifen, dass die Erwachsenen das unter Erregung verstanden und er würde mehr über diese Erregung erfahren, als ihm lieb sein konnte. Was er nicht wissen konnte, war, dass er nicht der erste und schon gar nicht der letzte kleine Junge war, den Onkel Bernhard seiner *Spezialbehandlung* unterzog. Niemand ahnte damals, dass es so lange weitergehen würde, bis Onkel Bernhard 20 Jahre später seiner Krankheit mit einer Schlinge um den Hals an einem Balken auf seinem Dachboden selbst ein Ende bereiten würde: zu spät für Theodor Konrad und zu spät für viele andere.

Theodor Konrad weiss in klaren Momenten, dass die Katastrophe damals tatsächlich mit dem Wort *einzigartig* endgültig ihren Lauf nehmen sollte. Es vergingen einige Tage, in denen Theodor Konrad sich nicht mehr wirklich auf Onkel Bernhard freute. Aber auf eigenartige Weise fühlte er sich auf ihn fixiert, wie ein Junkie auf seinen Dealer. Onkel Bernhard brachte den Stoff, die Zuwendung, die Anerkennung und etwas, was sich manchmal wie Liebe anfühlte, in Theodor Konrads Leben und er hatte Angst, all das wieder zu verlieren.

Der fast verhungerte kleine Fisch hatte den Köder geschnappt und erst jetzt merkte er, wie er am Haken zappelte. Je mehr er versuchen würde, den Haken loszuwerden, umso tiefer grub der sich in den Schlund. Stillhalten verursachte den geringsten Schmerz.

An einem späten Oktoberabend gingen die Eltern nach Jahren mal wieder ins Theater: »Man gönnt sich ja sonst nichts!«, hörte Theodor Konrad seine Mutter noch im Hinausgehen sagen und sein Vater schaute wie immer muffelig drein, während die Mutter seine Krawatte noch enger zog: »Sei froh, dass du mitkommen darfst! Aber du weißt es natürlich wie immer nicht zu schätzen!«.

So verließen seine Eltern zankend das Haus, auch wenn Theodor Konrad die Antwort seines Vaters nicht mehr verstand. Onkel Bernhard saß merkwürdig gespannt auf dem Sofa: Er hatte sich zum Aufpassen angeboten. Es war das erste Mal, dass Theodor Konrad mindestens zwei Stunden mit ihm alleine sein würde. Ihm war nicht ganz wohl und er hatte von Magenschmerzen gesprochen, um seine Eltern zum Bleiben zu bewegen, aber sein Vater sagte nur: »Stell dich gefälligst nicht so an, da musst du jetzt durch!«.

Als das Motorengeräusch der wegfahrenden Eltern verstummt war, holte Onkel Bernhard sich ein großes Bier aus Vaters Vorrat. Er starrte wieder so komisch auf den Bildschirm. Theodor Konrad war sich sicher, dass Onkel Bernhard sich nicht plötzlich für die Sesamstraße begeisterte. Etwas anderes ging in ihm vor. Theodor Konrad wollte ihn irgendwie bei Laune halten und fragte mit zögerlicher Stimme: »Wollen wir wieder mit den Pferdchen spielen?«. Onkel Bernhard schaute ihn nicht einmal an, als er mit merkwürdig monotoner Stimme antwortete: »Mein kleiner Theodor Konrad, du bist wirklich einzigartig und deshalb machen wir heute mal ein anderes Spiel. Ich glaube, es wird dir gefallen…«.

Er schüttete den Rest des Bieres gierig in sich hinein. Mit einer Geste, die wahrscheinlich freundschaftlich wirken sollte, aber vor allem bestimmend war, klopfte er neben sich auf den freien Sitzplatz auf dem Sofa. So zitierte er Theodor Konrad zu sich. Onkel Bernhard hatte etwas Lauerndes im Blick und Theodor Konrad musste wieder an die Katze vor dem Mauseloch denken. Wie hypnotisiert ging er mit weichen Knien zum angewiesenen Platz, stand noch einen Moment unschlüssig vor dem Sofa.

Onkel Bernhard kam ihm plötzlich noch größer vor als sonst und Theodor Konrad sich noch viel kleiner. Da saß Onkel Bernhard jetzt, breitbeinig, selbstgewiss und in Vorfreude auf sein Spiel. Er verströmte eine Aura von unterwerfender Dominanz, die Theodor Konrad körperlich als Bedrohung spürte und die ihm keine Wahl ließ. »Na komm schon. Ich möchte etwas Besonderes mit dir teilen: Es wird neu für dich sein, aber es ist jetzt an der Zeit. Du hast lange genug darauf gewartet. Ich habe gespürt, dass du der Richtige dafür bist. Vielleicht weißt du es selbst noch nicht, aber du kannst dem Onkel Bernhard auch darin vertrauen. Du musst keine Angst haben, weil du weißt, wie gerne ich dich habe. Niemand hat dich lieber, als ich, nicht mal deine Mutter, und du weißt das! Ich will, dass du weiter so glücklich sein kannst und heute zeige ich dir, wie du mich auch ein bisschen glücklich machen kannst! Ist das in Ordnung, wenn du dem Onkel Bernhard ein wenig zurückgeben kannst?«

Onkel Bernhard zog Theodor Konrad, der sich nicht mehr rühren konnte, auf das Sofa eng an sich heran. Er hörte die ruhigen Worte seines Onkels wie ein Singsang aus der Ferne, aber nahm zugleich dessen Anspannung und einen leichten animalischen Schweißgeruch wahr. Am liebsten wäre er weggelaufen, aber er war wie gelähmt und alleine mit diesem Mann. Alle Alarmglocken schrillten: Zum ersten Mal in seinem Leben hatte Theodor Konrad Todesangst. Seine Füße berührten aber ja nicht einmal den Boden und Onkel Bernhards mächtiger Arm zog sich enger um Theodor Konrads Oberkörper.

»Ich zeige dir jetzt, wie man richtig ringt. Sei froh, dass du es von mir lernst! Willst du es jetzt lernen, wie du richtig ringst? Später wirst du unschlagbar sein! Du wirst wie ich sein, ein starker Mann, den keiner besiegen kann, sogar dann nicht, wenn man ihn einsperrt! Hörst du?«

Theodor Konrad verstand kaum ein Wort, aber er hörte den irren Klang der Stimme seines Onkels, die sich fast überschlug und nicht wirklich eine Antwort erwartete. Onkel Bernhard sprach laut weiter, begleitet von stoßweisem Atem »Sieh mich an! Ich gebe dir heute etwas von meiner Stärke ab, die dich unschlagbar macht!«

Wie paralysiert sah Theodor Konrad zu seinem Onkel hoch, der jetzt ein Anderer war. Die Adern am Hals und an den Schläfen schwollen an, Schweiß lief über das Gesicht, seine Augen traten hervor.

»Selbst wenn du am Anfang Schmerzen hast, wirst du mir später dankbar sein! Du wirst dich fühlen wie ein Gott! Bist du einverstanden?«

Theodor Konrad begegnete dem wahnsinnigen Blick seines Onkels, der den Griff etwas gelockert hatte und nickte stumm. Er wurde zum Instinktwesen, das einfach nur leben wollte. Alles was jetzt folgte, erlebte Theodor Konrad wie durch einen Nebel, unwirklich wie in einem Traum, während sein Körper sich fügte. Die Hände des Onkels waren in diesem Traum überall an ihm, dann lag Theodor Konrads Kehle eingezwängt in der Armbeuge des Onkels und er bekam kaum noch Luft: »Du musst dich wehren, sonst machen sie dich fertig!«

Theodor Konrad strampelte gegen das Ersticken an. Dann lag er unten auf dem Sofa und der Onkel mit dem Gewicht seines Unterkörpers auf seinen Beinen, drückte Theodor Konrads Arme in die Polster: »Gefällt dir das? Dann sag, dass es dir gefällt!«

Theodor Konrad stammelte halberstickt: »Es gefällt mir.«

Onkel Bernhard ließ nicht locker, sein Gesicht hing drohend über seinem, ein Schweißtropfen fiel auf Theodor Konrads Unterlippe. Onkel Bernhards Hände hielten dabei Theodor Konrads Unterarme wie unerbittliche Schraubzwingen im Griff: »Wenn du es wirklich weiter willst, dann sag *es gefällt mir so sehr und ich empfange deine Stärke*!«

Theodor Konrad sagte es so gut wie möglich und zum ersten Mal beruhigte sich sein Onkel etwas. Er lächelte und Theodor Konrad schöpfte Hoffnung, dass alles noch gut werden könnte. Der Nebel begann, sich zurückzuziehen. Vielleicht würden sie dann doch wie immer mit den Pferdchen spielen und alles war nur ein böser Traum!

Aber dieses Lächeln war nur die Ruhe vor dem Sturm. Der wahre Albtraum begann nur Sekunden später und das war der Moment, ab dem etwas in Theodor Konrad sterben sollte, endgültig sterben. Und auch Theodor Konrad selbst wäre lieber gestorben, denn jetzt presste Onkel Bernhard ohne weitere Worte Theodor Konrads Kopf auf eine harte Stelle unterhalb des Gürtels. Seltsamerweise war seine größte Angst, dass sein linkes Auge von der chromblitzenden Gürtelschnalle ausgestochen werden könnte. Deshalb kniff er seine Augen für einen Moment ganz fest zu. Da kam dann auch der Nebel zurück und plötzlich war es, als könnte sich Theodor Konrad selbst von der Seite sehen.

Mit einem Gefühl von innerer Leere sah er, wie sein Körper einem Roboter gleich auf Befehle hörte. Der große Mann auf dem Sofa öffnete seine Hose und der kleine Junge, den Theodor Konrad da sah, musste etwas in seinen viel zu kleinen Mund nehmen und der große Mann lehnte sich zurück, schloss dabei die Augen. Er drückte den Kopf des Jungen in einem bizarren Rhythmus immer wieder auf dieses Ding.

Theodor Konrad hörte den Mann immer wieder sagen: »Du küsst jetzt die Schlange der Macht!« und »Empfange ihre Energie!«

Den kleinen Jungen sah er würgend und mit geschlossenen Augen dem Zwang der unerbittlichen Hand des Mannes folgen. Dieser begann, seinen Kopf hin und herzuwerfen und Theodor Konrad hörte, wie er rief: »Die Schlange gibt dir jetzt die göttliche Energie!«

Der Junge würgte noch einmal besonders heftig und dann war es vorbei. Der Mann blieb einige Momente erschöpft angelehnt liegen, während der Junge apathisch und wie benommen dasaß und aus verquollenen Augen ins Nichts blickte. Mit einem seltsamen Ruckgefühl war Theodor Konrad plötzlich wieder er selbst, als ihm Onkel Bernhard gerade den Mund abwischte. »Du kleines Ferkel, was sollen denn deine Eltern denken, wenn sie nachher wiederkommen? Das üben wir aber noch ein wenig!«, sagte er einem verklärten Lächeln.

Er gab Theodor Konrad einen anerkennenden Klapps und sagte in verschwörerischem Tonfall: »Das, was wir hier gemacht haben, bleibt unser Geheimnis, das verstehen die Anderen nicht. Die Anderen sind schwach und haben nur Angst vor der göttlichen Schlange. Vielleicht geben dich deine Eltern dann in ein Heim, weil sie denken, du bist ein schlechter Junge. Möchtest du das? Für immer in einem Heim leben?«

Ohne eine Antwort abzuwarten, fügte er an: »Vielleicht würden die Anderen denken, du bist schlecht, aber ich weiß, dass du gut bist, vielleicht sogar der Beste! Und die Schlange hilft dir dabei, besser als alle Anderen zu werden, auch wenn sie dir am Anfang wehtut!«

Theodor Konrad nickte zu allem. »Ja, Onkel Bernhard.«

Sein Onkel machte ihm zwei Brote mit Nutella und zusammen schauten sie noch etwas im Fernsehen. Onkel Bernhard lachte ein paar Mal und fragte ihn: »Ist das nicht lustig?«

»Ja, Onkel Bernhard.«

Die Eltern kamen beschwingt wie selten vom Theaterabend zurück und sein Vater brachte Theodor Konrad ins Bett: »Und geht es deinem Magen besser?«

Theodor Konrad tat so, als sei er sehr müde. Er wollte nicht, dass sein Vater etwas sah oder fragte. Er wollte nicht, dass seine Eltern ihn für schlecht hielten und ins Heim steckten. Sein Vater bemerkte sein Schweigen und fragte: »Wirklich alles in Ordnung?«

Sein Vater war immer etwas netter zu Theodor Konrad, wenn die Mutter nicht in der Nähe war. »Ja Papa, alles in Ordnung.«

»Na, dann schlaf mal gut und morgen geht es frisch weiter!« Das sagte sein Vater, wie neuerdings immer, wenn er ihn ins Bett brachte, immer unsicher, wie ein Vater wohl seinem Sohn eine gute Nacht wünscht.

Theodor Konrad liegt noch in seiner Embryohaltung unter der Bettdecke. Er hat Herzrasen und fühlt sich gelähmt. Ja, gelähmt wie ein kleines Kaninchen vor der Schlange, und zwar vor der Schlange der Macht! Jetzt kenne ich die ganze Wahrheit …

Und er beginnt zum ersten Mal seit Jahren, hemmungslos zu weinen.

*

»Mensch, Theodor, lass uns erst einmal auf dein sensationelles Video anstoßen! Das ist ja echt irre!!«

Lukas stimmt Andre zu: »Das ist die geilste Aktion überhaupt.«

»Jungs, ich denke, mit der Brückenschaukel bin ich in den Olymp aufgestiegen. Das war einfach göttlich! Das hat mir einen richtigen Kick versetzt.« Theodor Konrad lehnt sich zurück und lässt seinen rechten Arm locker über die Stuhllehne baumeln. Lässig schaut er von Lukas zu Andre rüber und genießt deren bewundernde Blicke.

Die Bedienung bringt die bestellten Biere und stellt sie auf den Tisch.

»Hej, Mädel, bring gleich noch mal drei Tequila. Heute haben wir richtig was zu feiern. Du stehst hier nämlich vor Theodor, dem größten Kletterer der Neuzeit«, prahlt Andre.

Die Jungs grölen und klatschen, nehmen sich jeder ein Bier und stoßen an. Sie registrieren den gelangweilten Blick der jungen Bedienung schon gar nicht mehr wahr. Sie ist eine hochgewachsene blonde Studentin, die hier als Aushilfe arbeitet und sich an diesem späten Abend die Beine schon mehr als in den Bauch gestanden hat.

»Als ich mir den Film bei Youtube reingezogen habe, war da nur die eine Frage: Lukas, wie kommt dieser Mann nur auf so eine unglaublich geile Idee?«

Theodor Konrad holt tief Luft und zögert seine Antwort künstlich noch etwas hinaus.

»Also«, spricht er dann gedehnt, »ich klettere ja schon lange und habe mich gefragt, was wäre *wirklich* genial? Was törnt mich *richtig* an? Obwohl ich, wie ihr wisst, nicht auf den Kopf gefallen bin, war es gar nicht so leicht, etwas zu finden, was mir gerecht werden würde. Eigentlich war ich ja auf der Suche nach einer neuen Herausforderung beim Bergsport, da mich die alten Kletterrouten schon langweilten. Die Mittelgebirge in Deutschland sind echt nur was für Anfänger. Vielleicht die Alpen, dachte ich mir«, und legt eine Pause ein, um seinen Worten mehr Wirkung zu verleihen. »Als ich so in verschiedene Karten schaute, sprang es mich vollkommen unerwartet an: Autobahnbrücken!«

Die Bedienung kommt mit den drei Tequila und stellt sie auf den Tisch.

Jetzt ist es Lukas, der übermütig sagt: »Mädel, bring doch gleich noch mal drei große Bier. Die Letzten sind schon leer.

Du bist etwas zu langsam.« Die drei grinsen breit und fühlen sich überlegen. Aber die Bedienung zieht als Reaktion lediglich eine Augenbraue hoch, dreht sich wortlos um und schlendert wieder gleichgültig zur Theke.

Besonders Andre und Lukas sind etwas irritiert, wenden sich aber dann lieber wieder Theodor Konrads Heldengeschichten zu.

»Auf Youtube kann man ja richtig in Echtzeit sehen, wie lange du für die Aktion gebraucht hast. Ich fand's ganz schön heftig: aufbauen, abseilen, schaukeln, hochklettern und abbauen. Da wundert es mich schon, dass kein Autofahrer die blöden Bullen gerufen hat«, gibt Andre zu bedenken

»Ach, die Bullen, was hätten die mir denn schon gekonnt? Die hätten ja wohl schlecht das Seil abschneiden können, als ich schaukelnderweise dranhing. Oder was?«, erwidert Theodor Konrad.

»Trotzdem hätten die ja kommen können«, klingt Andre aber jetzt eher wie ein trotziges Kind.

»Was ist dein Problem, Andre? Erstens sind die Bullen zu blöd, zweitens hätten die höchstens sagen können, dass ich aufhören muss und drittens hätten die mich sowieso nie bekommen.«

»Hallo Jungs, hier sind drei große Bier für meine drei Helden. Dazu noch drei Tequila, oder soll ich die wieder mitnehmen?«

Sie schaut in die verdutzte Runde und zwinkert Theodor Konrad zu.

»Du kannst also nicht nur blond, du kannst ja sogar richtig mitdenken. Das gefällt mir«, sagt Theodor Konrad gönnerhaft.

Die drei schwadronieren weiter und in zunehmender Lautstärke über das Brückenschaukeln. Und sie machen sich über die Polizei lustig. Nach jedem Witz stoßen sie grölend an und fühlen sich richtig großartig.

Weiter bestellen sie kurz lang, das heißt zu jedem Bier gibt es einen Schnaps.

»Sagt mal«, lallt Theodor zu fortgeschrittener Stunde. »Entweder muss ich gleich gehen …«

»Du willst uns doch jetzt wohl nicht verlassen? Der Abend hat doch gerade erst so richtig angefangen«, nuschelt Andre.

»Ich habe aber leider, wie ich gerade merke, nicht genug Geld für noch mehr Getränke dabei.«

»Theodor, das ist kein Problem Mann! Ich hab genug dabei und kann dir aushelfen. Das Amt hat gerade erst wieder die Stütze gezahlt«, bietet sich Lukas an.

Na, klappt doch! Sollen doch die beiden zahlen, denkt sich Theodor Konrad und lacht genüsslich in sich hinein.

»Sünde und Schande, da sitzt einer der größten Kletterer aller Zeiten bei uns am Tisch und hat nicht einmal genug Geld, um seine Zeche zahlen zu können«, tönt Andre jetzt, scheinbar halb provozierend, halb witzig gemeint.

»Stimmt! Dagegen müssen wir etwas machen. Hat einer von euch beiden Schlauköpfen eine zündende Idee?«, schlägt Theodor Konrad plötzlich einen ernsten Tonfall an.

Lukas und Andre schauen betreten in ihre leeren Gläser und stammeln vor sich hin. »Na, ja, an eine abhängige Beschäftigung wirst du dabei nicht gedacht haben?«, mutmaßt Andre.

»Oder willst du eine Bank ausrauben?«, fragt Lukas mit großen Augen.

»Da gibt es zu viele Kameras, zu viele Sicherheitsmaßnahmen und zu viele Leute, die nur hinderlich sein können«, belehrt Theodor Konrad.

»Jungs, was seid ihr mit einmal so ruhig geworden?«, schaut sich die Bedienung in der Runde um und stellt weitere Biere auf den Tisch.

Erst als sie aus ihrer Hörweite ist, nimmt Lukas wieder das Gespräch auf: »Das klingt ja fast so, als wenn du dir dazu schon ernste Gedanken gemacht hast, Theodor.«

»Ja, genau so sieht's aus. Ich habe meine Gedanken aber noch nicht abgeschlossen.«

»Mensch, nun spann uns nicht so auf die Folter! Welchen Geniestreich hast du ausgeheckt?«

Diese Schmeichelei zeigt Wirkung bei Theodor Konrad: »Findet ihr nicht auch, dass es zu viele Geldsäcke gibt, die ihren Reichtum nicht verdient haben?«

»Ja klar! Die Bonzen haben ihre Kohle nur deshalb, weil wir unsere Steuern gezahlt haben. Die machen nichts und wir haben die Arbeit«, empört sich Lukas sofort.

»Ich habe meine Chefs auch nur in dicken Karren durch die Gegend fahren sehen. Die habe ich auch nie arbeiten sehen«, tut jetzt Andre seinen Unmut kund.

»Genau Jungs. So sehe ich das auch. Das ist eine fette Sauerei«, Theodor Konrad genießt es, wie er jetzt erneut im Mittelpunkt des Abends steht.

Bei einer letzten Runde vergessen die Männer vor lauter Begeisterung fast das Trinken. Sie fantasieren, reichlich alkoholisiert, weiter. Sie überlegen, wie sie an Geld kommen können und was sie mit dem erbeuteten Gewinn machen würden.

*

Zu Beginn der Sitzung erklärt Tilmann Braun seinem Patienten einmal mehr die Notwendigkeit der Formalitäten. Und Herr Wolf regt sich wie schon beim letzten Mal über den Papierkram auf: »Ich fasse es einfach nicht! Warum reicht es nicht aus, einfach meine Versichertenkarte einzulesen und dann mit der Krankenkasse abzurechnen? Es ist so ein albernes System! Es ist eine Beleidigung für intelligente Menschen wie mich und auch ein bisschen für Sie, wenn ich Ihnen mal das Kompliment machen darf. Wer das erfunden hat, gehört echt auf der Stelle erschossen!«

Tilmann hat heute einen ganz guten Tag, das hatte er schon beim Aufstehen gemerkt. Geduldig versucht er, sanft den Redefluss seines Patienten zu unterbrechen und dessen Aufmerksamkeit auf die Therapie zu lenken. Als es ihm dann gelingt, ist schon ein beträchtlicher Teil der Behandlungszeit verstrichen, aber Tilmann will sich heute nicht aus der Ruhe bringen lassen.

»Herr Wolf, in unserer letzten Sitzung unterhielten wir uns über ihre berufliche Zukunft. Es würde mich interessieren ….«

»Leider konnte ich mich nicht weiter um einen Klettergarten kümmern«, entgegnet Theodor Konrad harsch und distanziert.

Was ihn wohl von der Beschäftigung mit seiner beruflichen Zukunft abgehalten haben mag, fragt sich Tilmann.

»Ich hoffe aber sehr, dass Sie nicht krank waren. Es geht ja momentan eine schwere Grippewelle um.«

»Nein, keine Grippe, es war viel schlimmer! Ich musste zum Jobcenter und mich wieder über die völlig inkompetente Sachbearbeiterin aufregen. Die hat sowas von gar nichts verstanden, dass es zum Himmel schreit. Sie will mich bei meiner Selbstständigkeit auf keinen Fall unterstützen. Das war für mich so ernüchternd, so unglaublich enttäuschend, dass ich in den Tagen danach wie gelähmt war und nichts mehr schaffen konnte.«

»Das tut mir ehrlich leid für Sie. Gab es das vorher auch schon mal, dass Sie von etwas erst so schockiert und später dann wie blockiert waren?«, fragt Tilmann sehr vorsichtig nach. Heute merkt er ganz besonders, wie sehr Aggression und Arroganz bei Herrn Wolf in erster Linie dem Schutz seines fragilen Selbstwertgefühls dienen. Was er über die Nach-Vorne-Verteidigung von Narzissten schon immer wusste, konnte er heute regelrecht nach*empfinden*.

»Ich kann mich noch an ein oder zwei Situationen aus meinem Berufsleben erinnern. Auch da saßen unsägliche Vollpfosten, die mich nur bei der Arbeit behindert haben. So war ich gezwungen, immer länger zu arbeiten, um deren Mist zu beseitigen. Als mir dann der Chef vorwarf, *ich* würde zu langsam arbeiten, ist mir selbstverständlich der Kragen geplatzt. An den Tagen danach fühlte ich mich dann auch total blockiert und irgendwie ging nichts mehr.«

»In den Situationen waren Sie sehr enttäuscht?«

»Genau«

Herr Wolf zeigt in diesem Moment zum ersten Mal, seit er in die Therapie kommt, Züge von Traurigkeit. Tilmann ist berührt davon, tiefere Emotionen bei diesem wehrhaften und verschlossenen Patienten wahrzunehmen.

»In den Situationen hatten Sie vermutlich eher mit einer Anerkennung oder einem Schulterklopfen gerechnet, oder?«

»Wer hätte das nicht! Ich mache alles, was ich machen muss. Ich helfe sogar noch anderen und habe geniale Ideen. Da wäre ein wenig Lob sicherlich schon angebracht gewesen.«

»Bei allem berechtigten Ärger, können Sie sich vorstellen, warum Sie kein Lob bekommen haben? Was denken Sie, hat die anderen bewogen so zu handeln, wie Sie gehandelt haben?« Tilmann versucht, Herrn Wolf behutsam zu animieren, sich auch in die Rolle des anderen zu versetzen. Ein Perspektivwechsel ist das, was Narzissten mit am schwersten fällt. Fast wäre es leichter, einem Blinden die Welt der Farben zu erklären. Dennoch hofft Tilmann gerade jetzt, dass er seinem Patienten zu etwas mehr Empathie verhelfen kann. Vielleicht würde dieser dann nicht mehr in jede Falle im Dschungel der Kommunikation tapsen.

»Ganz einfach, die sind schlicht und ergreifend einfach zu dumm!«

»Könnte es, neben der Einfachheit, auch noch andere Gründe geben?«

Aber Theodor Konrad Wolf wird doch wieder ungehalten: »Herr Braun, ich weiß ganz und gar nicht, worauf Sie eigentlich hinaus wollen. Ich will mich hier nicht mit Ihnen über Trottel unterhalten. Sie sollen *mir* helfen, *mir*! Die anderen sind mir scheißegal!«

»Natürlich möchte ich Ihnen helfen. Ich dachte, wir wollten zusammen Ihre speziellen Probleme durchleuchten und Lösungen erarbeiten?«

»Da habe ich von Ihnen aber doch viel mehr erwartet!«

»Bitte?« Tilmann ist irritiert und kratzt sich am Hinterkopf.

»Merken Sie denn gar nicht, dass ich depressiv bin und *endlich* an meiner Depression gearbeitet werden muss?«

»In den letzten Sitzungen wirkten Sie auf mich ehrlich gesagt nicht depressiv im engeren Sinne, wohl aber enttäuscht und wütend. Und Sie kamen mit dem Ziel oder der Hoffnung, in mir eine Art Coach zu finden, der Ihnen bei Problemen am Arbeitsplatz hilft«, versucht Tilmann es weiter diplomatisch.

»Ihnen muss doch klar gewesen sein, dass das nicht alles sein konnte, und dass ich mit Sicherheit kein Durchschnittsfall bin!« Herr Wolf spricht immer lauter, fast bebt seine Stimme vor Zorn. Kleine Schweißperlen werden an seinen Schläfen sichtbar, während er immer aufgebrachter über seinen Therapeuten ist.

»Herr Wolf, ich nehme Sie absolut ernst und Sie kennen sich ja selbst am besten. Also wenn Sie es möchten, können wir heute vorrangig ihre Depressivität überprüfen!«

Tilmann macht innerlich einen Schritt an die Seite, um sich zu verdeutlichen, dass diese Form der Konfrontation des Patienten Teil seiner Störung ist. Ihm ist auch nicht entgangen, dass sein Patient zu schwitzen beginnt. Er nimmt auch einen entsprechenden, etwas strengen Geruch wahr, den er intuitiv damit assoziiert, dass Herr Wolf unter großem emotionalem Druck stehen muss. Es stinkt ihm hier im wahrsten Sinne des Wortes, denkt Tilmann und ist alarmiert.

»Okay, ich nenne Ihnen jetzt eine Auswahl typischer Symptome und Sie schauen einmal, ob Sie diese an sich feststellen.«

»Fangen Sie schon an!«

»Herr Wolf, der alte Mann ist kein D-Zug! Was haben wir im Angebot? Bedrückte Stimmungslage, Schlafprobleme, Müdigkeit, Konzentrationsprobleme, Antriebslosigkeit, sozialer Rückzug, …«

»All diese Symptome habe ich schon seit mehreren Wochen«, gibt der Patient Wolf patzig von sich.

»Wenn Sie möchten, können wir sogar noch einen Test zur Absicherung der Diagnose durchführen. Was halten Sie davon?«

»Herr Braun, ganz ehrlich, ich denke, das hat heute keinen Sinn mehr. Unsere Zeit ist so gut wie abgelaufen.«

»Es gibt einen Schnelltest, den wir noch durchführen könnten. Es würde mir auch nichts ausmachen, wenn wir dafür die Sitzung etwas überziehen müssten.«

Tilmann ist jetzt wild entschlossen, herauszufinden, ob sein Patient *wirklich* unter einer Depression leidet. Eine einfache Behauptung, unter allen Kernsymptomen zu leiden, reicht ihm da bestimmt nicht aus. Und er kann nicht leugnen, dass es ihm auch ein bisschen gut tut, zum Schluss der Sitzung nochmal mehr agieren als nur reagieren zu können.

»Geben Sie mir den Test mit nach Hause, dann kann ich ihn dort in Ruhe ausfüllen.«

Tilmann sucht Theodor Konrad den Depressionstest aus einer roten Mappe heraus, die er in einer der großen Schubladen in dem Schrank mit den Hängeregistern hat. Er ist aber davon überzeugt, dass Theodor Konrad Wolf weder den Test bis zur nächsten Sitzung ausgefüllt haben, noch erneut über seine Depression sprechen wird. Überhaupt glaubt er nicht, dass sein Patient unter einer Depression leidet.

Der geht, wie Tilmann es schon kennt, relativ abrupt und verabschiedet sich kühl und knapp: »Herr Braun, das war es dann erstmal für heute. Ich komme in der nächsten Woche zur gewohnten Zeit wieder. Guten Tag.«

Mein Gott, was für ein hundertprozentiger Kontrollfreak, denkt Tilmann kopfschüttelnd.

*

»Deibel, der Therapeut ist hinter seiner Gutmensch-Fassade letztlich auch nur ein verachtenswerter Geldsack, der nach einer richtige Abreibung schreit!«

»Ich habe es dir ja gleich gesagt. Aber du wolltest wieder nicht auf mich hören! Immerhin besser, du siehst es spät ein als nie.«

»Ja, ja, ich hätte auf dich hören sollen.«

Theodor Konrad ist kaum zurück in seiner Wohnung, als er schon seinen PC anstellt. Er ist frustriert, er ist wütend und er will *heute noch* eine willige Frau finden, am besten sofort.

»Der Braun hat wieder so total scheißenfreundlich getan, das beherrscht er ja super. Aber glaubt der, ich merke nicht, dass er mich kein Stück ernstnimmt? Ich bin sicher, der spult bei jedem Patienten das gleiche Programm ab. Aber ich bin nicht *jeder Patient*!«

Er ist sehr aufgebracht und geht erst einmal zu seinem Kühlschrank und holt sich eine Dose Bier. Er reißt die Lasche mit einem heftigen Ruck ab und beginnt, gierig zu trinken.

Der Rechner ist jetzt hochgefahren. Doch bevor sich Theodor Konrad um eine neue Frau kümmern kann, recherchiert er im Netz alles Mögliche, was es zum Thema Entführung gibt. Er versucht vor allem herausfinden, welche typischen Fehler Entführer gemacht hatten. Und mit ein bisschen Glück finde ich indirekte Hinweise, wie ich die Geldübergabe gestalten kann, hofft Theodor Konrad.

»Hast du dir schon im entferntesten überlegt, wie viel Lösegeld du für angemessen hältst?«

Deibel scheint sich in den letzten Tagen für unersetzlich zu halten. Theodor Konrad verdreht genervt die Augen.

»Das hängt natürlich davon ab, ob ich die Aktion alleine durchziehe oder nicht.«

»Wen willst du denn dabei haben?«

»Lukas und Andre scheinen mir die richtigen Helfer zu sein. Die sind auf jeden Fall richtig geil auf die Geschichte und brauchen ganz nötig die Kohle.«

»Auf die beiden Gestalten willst du dich verlassen? Mit denen willst du den Gewinn und den Ruhm teilen?« Deibel lacht spöttisch auf.

»Deibel, du nervst gewaltig! Ständig mischst du dich ein. Lass mich doch einfach mal machen!« Theodor Konrad schlägt wütend und mit Nachdruck mit der Faust auf den Schreibtisch, dass es nur so scheppert.

»Wir waren uns doch gerade einig, dass ich in der Regel recht habe und es für dich besser ist, wenn du auf mich hörst!«, insistiert Deibel.

»Ja ja, aber nicht immer. Außerdem bin ich noch in der Planungsphase. Es sind noch längst nicht alle Probleme gelöst.«

»Und gerade *die* beiden Armleuchter sollen da hilfreich sein?«, spottet Deibel unbeirrt weiter.

»Ich weiß gar nicht, was du schon wieder hast! Natürlich sind die beiden nicht die hellsten Kerzen auf der Torte. Aber erstens *sollen* Andre und Lukas meinen genialen Plan ja auch gar nicht durchschauen. Und zweitens werde ich gerade so viel durchblicken lassen, dass sie den Coup niemals alleine durchziehen könnten, selbst wenn ihre Spatzenhirne auf Hochtouren arbeiten würden.«

»Na ja, es wird sich zeigen, wer am Ende das Spatzenhirn hat. Du musst sehr vorsichtig sein und sag nachher nicht, ich hätte dich nicht gewarnt.«

»Deibel, bei aller Dankbarkeit, ich bin nicht mehr der kleine und hilflose Junge, den du vor urlanger Zeit vorgefunden hast. Ich bin unter Schmerzen, die jeden anderen umgebracht hätten, zu diesem Wahnsinnstypen gereift, den du jetzt erleben darfst. Ich werde es dir schon noch beweisen!«

»*Wahnsinnstyp* kann man so oder so verstehen. Aber okay, ganz wie du meinst. Wir werden ja sehen, was dieses tolle Wahnsinnstrio zu Stande bringt.«

Deibel zieht sich in gespielter Gekränktheit in die unteren Bewusstseins-Etagen zurück. Sein Einfluss auf Theodor Konrad mag über die Jahre etwas geschrumpft sein, aber er fühlt sich immer noch als die mächtige graue Eminenz im Hintergrund. Und er hat seinen *Wirt* heute wieder komplett aus der Reserve gelockt. Er hat alles erfahren, was er erfahren musste. Er weiß immer noch, welche Knöpfe er dafür drücken muss. Und ich werde dafür sorgen, dass dieser *Supertherapeut* auch nichts an den bewährten Verhältnissen ändert, ist sich Deibel gewiss.

Theodor Konrad gibt einen tiefen Seufzer von sich. Erschöpft, aber zufrieden lehnt er sich in seinem Stuhl zurück. Deibel nervt zwar ohne Ende, aber letztlich ist es gut, wenn der alles kritisch auf den Prüfstand stellt und ihn mit seiner ätzenden Art so richtig auf Betriebstemperatur bringt. Deibel ist der einzige, der ihn kritisieren darf, weil er der einzige ist, der ihn wirklich kennt. Theodor Konrad ist sich sicher, dass er einen großen Coup landen wird, der ihn reich machen soll. Und gleichzeitig wird er ungestraft davonkommen.

Er sitzt breitbeinig da und kippelt, die Hände im Nacken gefaltet, genüsslich auf seinem Stuhl vor und zurück. Er muss jetzt nicht einmal mehr nach einer Frau suchen. Das kann warten, denn am Ende wird er *alle* ficken. Er wird die ganze *Welt* ficken!

*

»Ach, Doc, du machst dir immer so viele Sorgen. Muss das denn sein?« fragt Tilmann seinen Hausarzt und Freund. Er möchte ihn etwas aufheitern.

Beide haben sich zu einem sehr frühen Abendessen in einem neu eröffneten Bistro verabredet, um sich in Ruhe auszutauschen. Das Bistro ist klein und mit hochwertigen Möbeln eingerichtet, die an ein amerikanisches Diner erinnern. So ist auch das Angebot auf der Getränke- und Speisekarte, überschaubar, aber wie sie es ab und zu mögen. Burger, Fingerfood und Bud light müssen eben auch mal sein.

Sie haben sich Doc zuliebe etwas abseits vom großen Fenster zur Fußgängerzone hingesetzt, um nicht so schnell erkannt zu werden. Manchmal kamen Patienten, wenn sie ihren Arzt in der Freizeit sahen, auf ihn zu und wollten *nur kurz* einmal mit ihm sprechen. Waren die Ergebnisse des großen Blutbildes schon da? Zeigte das MRT nun einen Bandscheibenvorfall in der Halswirbelsäule oder doch nur eine Vorwölbung? Konnten, wegen der neuerlichen Potenzstörungen, die Betablocker nach dem unauffälligen Belastungs-EKG vielleicht doch früher abgesetzt werden? Alles wichtige Dinge, keine Frage, aber heute will Doc zur Abwechslung ein eigenes sehr drückendes Problem besprechen. Und Tilmann sagt nicht nein, wenn Doc ihn um was bittet. Er weiß, dass Doc das meiste mit sich selbst abmacht. Und deshalb ist klar, dass bei ihm schon die Hütte lichterloh brennen muss, wenn er sich an Tilmann wendet.

»Ich weiß, ich weiß, dennoch mache ich mir Sorgen um meine Zukunft.«

»Was quält dich denn so derart?«

»Mich quält beispielsweise schlicht die Frage, ob ich, mit meinen heute 49 Jahren, später genug Geld für die Rente haben werde. Woher soll ich wissen wie viel Geld ich bis dahin gespart haben muss? Ich weiß auch nicht, wie viel ich überhaupt als Rentner benötige. Werde ich meine Kinder dann immer noch unterstützen müssen?«

Doc schaut mit trübem Blick und hängenden Schultern auf ein Salsasaucen triefenden Chicken-Wing zwischen seinem Daumen und Zeigefinger. Er macht keine Anstalten, weiter zu essen. Tilmann ist erschrocken über den Zustand seines Freundes.

»Oh Mann, dann durchleidest du gerade wieder die besondere Qual des Selbstständigen! Wir müssen uns um alles selbst kümmern und *keiner* kann uns genau sagen, wie viel Geld wir für die Rente zurücklegen müssen und was davon übrig bleiben wird.«

Lange unterhalten sie sich über persönliche Rücklagen, die sie gebildet haben. Und sie sprechen über unterschiedliche Möglichkeiten, um die Rente abzusichern. Tilmann achtet darauf, mehr bei rationalen Lösungsstrategien zu bleiben. Er möchte in diesem Gespräch unter Freunden lieber nicht ins Therapeutische abdriften. Kognitive Umstrukturierung ist jetzt tabu, muss er sich ermahnen, wenn die Versuchung dennoch größer wird.

»Hey Doc, im schlimmsten Fall können wir immer noch die Rentenproblematik aushebeln, indem wir einfach *gar nicht* in Rente gehen!«

»Super Idee, Tilmann! Das kann aber auch nur dir einfallen. Ich sehe uns schon, blind wie die Maulwürfe und mit Rollatoren ausgestattet, durch unsere Barriere freien Praxen irren!«

Gott sei Dank scheint der Knoten geplatzt und wieder ein Suizid eines Hausarztes abgewendet zu sein, denkt Tilmann erleichtert. Doc scheint seinen schwarzen Humor wiedergefunden zu haben. Das will Tilmann mal als sicheres Zeichen dafür werten, dass die berühmte Kuh vom Eis ist, auch wenn sie vielleicht noch einen Moment mit zittrigen Beinen am Ufer steht.

»Vielleicht sollten wir zu diesem blöden Thema beide noch etwas recherchieren und setzen uns dann mit den Ergebnissen wieder zusammen«, schlägt Tilmann abschließend vor.

Die Idee findet Doc gut.

Als Tilmann aufschaut, merkt er erst, wie sehr sich im Laufe des frühen Abends das Bistro gefüllt hat. Sie bekommen Gesprächsfetzen von benachbarten Tischen mit. Die ganze Atmosphäre ist jetzt viel lebendiger, Handys klingeln, Besucher lachen und strahlen Lebenslust aus. Es sind vornehmlich

Menschen, die direkt nach der Arbeit etwas trinken und essen und sich entspannen möchten. Sie sehen jung aus und scheinen noch keine Kinder zu haben. Viele Männer tragen dunkle Anzüge mit Oberhemden. Die Krawatten haben sie gelockert, schließlich ist Feierabend. Die meisten sehen wie Banker oder Manager aus. Die Frauen tragen Kostüme oder auch Hosenanzüge. Der Altersdurchschnitt dürfte bei Anfang 30 liegen.

»Tilmann, schau dich hier um. Die Menschen, die hier sind, scheinen mir keine Geldsorgen zu haben oder sich zumindest keine Sorgen zu machen. Sie haben gut bezahlte Jobs und wirken so, als hätten sie ausgesorgt. Ich frage mich, ob sich diese Generation überhaupt vor dem fürchtet, was noch auf uns alle zukommen wird.«

»Was meinst du denn, Doc, wovor sie sich fürchten sollten?«

»Denkst du etwa nicht, dass die Schere zwischen arm und reich immer weiter auseinandergehen wird? Und dass der soziale Neid noch mehr zunehmen wird? Und dass, wenn alles so weiter geht, es zu sozialen Unruhen kommen könnte? Denn kommt es erstmal so weit, bin ich überzeugt, dann müssen wir uns schützen«

»Wow! Das ist also deine nächste große Angst?«, ist Tilmann ehrlich betroffen.

»Naja, weißt du, Tilmann, in meiner Praxis wurde ich schon ab und zu richtig bedroht, zwar nur verbal, aber ich hatte doch ehrlich Angst. Ich erinnere mich gerade an einen besonders verzweifelten Patienten mit extremer Geldnot, der seine Rettung nur noch in einer Erwerbsunfähigkeitsrente sah. Er wollte von mir unbedingt eine entsprechende Stellungnahme beziehungsweise ein Gutachten. Als ich nur vorsichtig *andeutete*, dass ich es diagnostisch nicht rechtfertigen könnte, ist er wie von der Tarantel gestochen aufgesprungen. Völlig außer sich hat er geschrien, er wüsste, wo ich wohne und ich würde den Tag noch bereuen, an dem ich ihn so im Stich gelassen hätte.«

Doc schildert dem fassungslosen Tilmann, der mit offenem Mund zuhört, wie er die Situation nur mit Hilfe der Polizei hat lösen können. Er habe sich dann gegen eine Anzeige entscheiden und es sei letztlich nichts von den angedrohten Szenarien eingetreten. Aber er habe sich in den Wochen und Monaten danach auf eine bis dahin nicht gekannte Weise verwundbar und bedroht gefühlt.

»Nur am Rande bemerkt, Doc, bin ich etwas irritiert darüber, was du mir womöglich noch so alles nicht erzählt hast! Aber zur Sache: Du meinst also, dass solche sehr verzweifelten Einzelfälle sich zu einem Flächenbrand auswachsen könnten? Und dass Wohlhabende oder Reiche überfallen oder, was weiß ich, vielleicht sogar erpresst werden könnten?«

»Das meine ich allerdings und ich habe Angst bei diesem Gedanken.«

Nach seinem Lösungsansatz befragt, räumt Doc mit sehr resignierten Gesichtszügen ein, dass er sogar überlege, mit seiner Familie das Land zu verlassen.

»Aber wo willst du dann hin? Was glaubst du, wo auf der Welt soll es viel sicherer sein, als hier bei uns? Ich mache mir da keine großen Sorgen, denn zu den *wirklich* Reichen zählt man weder den kleinen Psychotherapeuten, noch den Hausarzt von nebenan. Vielleicht ist es auch einfach Naivität meinerseits? Aber ich kann dich aufgrund deiner fast schon traumatischen Erfahrungen verstehen!«

Tilmann hält dieses Thema jetzt für hoffentlich erledigt, aber stehenden Fußes wird er von Doc eines Besseren belehrt.

»Ganz ehrlich habe ich sogar schon darüber nachgedacht, ob ich nicht einen Waffenschein beantragen und mir eine Pistole zur Verteidigung besorgen sollte. Ich kenne Kollegen, die das schon gemacht haben.«

»Das ist nicht dein Ernst!«, ist Tilmann jetzt mehr als entsetzt. »Bevor du zu solch drastischen amerikanischen Methoden greifst, versuch es doch lieber mit dem guten alten Selbstverteidigungstraining. Sport tut dem Körper und dem Geist gut. Außerdem stelle ich mir gerade vor, wie du in der Praxis panisch mit einer abgesägten Schrotflinte um dich schießt, nicht auszudenken. Sag mal, so von Freund zu Freund, hältst du deine Ängste *selbst* nicht für etwas übertrieben?«

Doc muss nun plötzlich auch schmunzeln: »Okay, vielleicht übertreibe ich minimal und sollte mehr für mein psychisches Gleichgewicht sorgen.«

Tilmann nickt zustimmend.

»Ich denke mal über Selbstverteidigung nach, auf die Gefahr hin, dass ich mir dann dabei alle Gräten breche.«

Doc atmet tief durch und zwinkert Tilmann zu.

»Oder du besorgst dir auch ein Rennrad und wir können dann zusammen trainieren. Falls dann wider Erwarten doch die Unruhen ausbrechen, hast du wenigstens ein Fluchtmittel.«

Jetzt können die beiden nicht mehr anders, als in schallendes Gelächter auszubrechen. Ein Pärchen am Nebentisch schaut etwas abfällig herüber. Synchron ziehen der Mann und die Frau in den Dreißigern jeweils eine Augenbraue hoch, als hätten sie nur für diesen Augenblick geübt. Aber Doc und Tilmann lassen sich ihre wiedererlangte gute Laune nicht verderben und prosten sich mit Kalifornischem Rotwein zu.

*

An diesem Samstag scheint die Sonne von einem klaren, blauen Himmel herab. Die Temperaturen sind weiterhin milde geblieben und es erscheinen schon die ersten Frühblüher.

»Wenn ich jetzt zu meiner Weiterbildung fahre, könntet ihr beiden doch in unseren Garten gehen und ihn verschönern«, schlägt Hanna Tilmann und Charlotte vor.

»Gartenarbeit?«

Charlotte ist entsetzt. Sie stellt sich den Tag mit ihrem Vater ganz anders vor: »Papa, wir wollten doch viele tolle Sachen machen. Von Arbeit war nicht die Rede!«

»Charlotte, ganz ruhig. Komm doch mal zu mir.«

Tilmann nimmt seine Tochter auf den Arm und flüstert ihr ins Ohr: »Natürlich machen wir uns einen schönen Tag ohne Arbeit. Das müssen wir aber jetzt nicht deiner Mutter erzählen. Du weißt doch, wenn sie arbeiten muss und wir frei haben, dann ist sie immer ganz eifersüchtig.«

Charlotte nimmt den Kopf ihres Vaters in ihre kleinen Hände, strahlt ihn an und gibt ihm einen dicken Kuss.

»Na, was hat Papa dir tolles versprochen?«, möchte Hanna wissen. Sie steht gestiefelt und gespornt im Flur und sucht letzte Kleinigkeiten für die Fahrt zusammen.

»Och, nichts, Mama. Fahr du doch jetzt schön zu deiner Weiterbildung. Denn je schneller du da bist, umso eher kannst du wieder nach Hause kommen«, belehrt Charlotte ihre Mutter.

»Ach du, meine kleine altkluge Tochter. Ich merke schon, ihr möchtet mich hier so schnell wie möglich loswerden.«

Charlotte und Tilmann schauen sich in die Augen, schütteln die Köpfe und müssen lachen: »Nein, natürlich nicht!«

»Ich vermute aber, ihr beiden werdet schon einen schönen Tag haben, na ja, im Gegensatz zu mir jedenfalls.«

Hanna seufzt, verabschiedet sich schweren Herzens von ihren beiden Liebsten und fährt los.

Als erstes geht es für Tilmann und seine Tochter in das große Hallenbad am Stadtrand. Bevor sie in das Spaßbecken gehen, schwimmen sie vorher noch im Schwimmerbecken. Charlotte ist ganz stolz, weil sie sich als großes Mädchen fühlt. Schließlich kann sie schon vergleichsweise gut schwimmen und hat nicht mal Angst, obwohl sie hier nicht annähernd stehen kann.

Im Spaßbecken lassen sie es dann richtig krachen. Sie bespritzen sich mit Wasser, tauchen sich gegenseitig unter und werfen sich Bälle zu. Zur Entspannung legen sich Vater und Tochter später noch in den Whirlpool. Bei nichts anderem kann Tilmann so gut abschalten, wie an solchen Tagen mit Charlotte. Selbst sein geliebter Radsport kommt in seiner Bedeutung erst danach.

Nach zwei Stunden stellt Tilmann aber erste Ermüdungserscheinungen bei seiner Tochter fest: »Meine süße Maus, bist du eventuell schon etwas müde und erschöpft?«

»Ja, ich kann nicht mehr so richtig.«

»Wollen wir vielleicht rausgehen und uns etwas zu essen besorgen?«

»Aber hier gibt es doch nichts zu essen«, nölt Charlotte, ein Zeichen, dass sie *wirklich* müde ist.

»Okay, lass mich überlegen… Wir ziehen uns zuerst um, gehen raus und fahren dann vielleicht zu …«

Charlotte bekommt große Augen und setzt den Satz ihres Vaters mit auf wundersame Weise zurückgewonnener Wachheit fort: »... dem Restaurant mit dem goldenen M? Super!! Das will ich!!«

Manche Dinge greifen bei Kindern einfach immer, zum Beispiel Fastfood. Also fahren sie nach dem Schwimmen *zum großen M*. Im Restaurant bestellen sie, wie üblich, Burger und Pommes mit Ketchup. Zum Nachtisch gibt es für beide ein kleines Eis. »Papa, und was machen wir jetzt?«

»Hast du eine Idee?«

»Ich weiß nicht so richtig.«

»Da heute der Charlotte-Verwöhntag ist, habe ich mir überlegt, ob wir vielleicht shoppen gehen? Mama hat mir gesagt, dass du noch ein Kleid gebrauchen könntest.«

»Papa«, erwidert Charlotte fast schon vorwurfsvoll. »Ich brauche *unbedingt* ein neues Kleid! Was soll ich denn sonst anziehen, wenn es warm wird? Meine Kleider aus dem letzten Jahr gehen nicht mehr.«

»Wie jetzt, die *gehen* nicht mehr?«

»Weil sie entweder kaputt sind oder vollkommen aus der Mode!«

»Ich sehe da die Verwandtschaft zu deiner Mutter. Die braucht auch immer neue Klamotten.«

»Da hat sie doch auch recht!« Charlotte stemmt beide Hände in die Hüfte und schaut ihren Vater mit zusammen gekniffenen Augen an.

»Okay, okay, okay. Na dann müssen wir da natürlich sofort Abhilfe schaffen und schleunigst ein neues Kleid kaufen.«

Nach dem Essen fahren sie, auf dem Weg nach Hause, noch an einem Kindermodengeschäft vorbei. Der Aufenthalt hier ist für Charlotte ein Erlebnis der ganz besonderen Art. Sie kombiniert in atemberaubender Geschwindigkeit Kleider, Hosen, Pullis und T-Shirts. Immer wieder steht sie vor einem Spiegel, dreht sich und betrachtet sich. Gut, dass es in diesem Geschäft bequeme Stühle gibt. So kann Tilmann sich hinsetzen und entspannen. Schließlich dauert eine Modeschau mit Charlotte lange, *sehr* lange!

Abends liegt das kleine Mädchen im Bett und lässt noch einmal den Tag Revue passieren: »Papa, das war ein ganz, ganz toller Tag. Und du bist der beste Papa auf der ganzen Welt!«

»Ich fand's auch super, mein liebster Schatz.«

Charlotte nimmt ihren Vater noch einmal in den Arm und gibt ihm einen Gute-Nacht-Kuss.

Tilmann sieht seine Tochter an und gefühlt bleibt in diesem Moment für ihn die Zeit stehen. Sein Herz geht auf und er hat Tränen in den Augen.

»Wie war denn deine Weiterbildung, Hanna? Hast du viel dazu gelernt oder wurde nur dein Sitzfleisch platt geklopft?«

»Mach dich nur lustig über mich, du alter Schelm!« Hanna boxt Tilmann auf den Oberarm.

Der reibt sich mit übertrieben Schmerz verzerrtem Gesicht die getroffene Stelle.

»Aua, Hanna! Jetzt werde ich sogar bestraft, wenn ich einfach nur Interesse zeige! Das ist ja das reinste Foltercamp hier.«

»Mein lieber Mann, deine Stimme strotz ja nur so von Hohn und Spott, also kann ich dir beim besten Willen kein ernsthaftes Interesse an den Inhalten meiner Weiterbildung abnehmen.« Hanna beugt sich zu ihrem Mann vor und versucht ihn böse anzuschauen.

»Aber du verstehst mich wirklich ganz falsch«, kann Tilmann sein Lachen kaum zurückhalten.

»Nein nein, ich glaube, ich verstehe dich *sehr* gut.«

»Ach Schätzchen, bitte.«

»Bevor ich dir gleich lieber als Einschlafhilfe von meiner absolut langweiligen Weiterbildung erzähle, bin ich mehr daran interessiert, wie dein Tag mit Charlotte war.«

»Ein Tag mit Charlotte ist immer ein Erlebnis.«

»Sicherlich gab es wieder das komplette Verwöhnprogramm, so wie ich dich kenne.«

»Erst waren wir beim Schwimmen und sind danach eine Kleinigkeit essen gegangen. Sicherlich kannst du erahnen, welches Restaurant sich die kleine Maus ausgesucht hat.«

»Das goldene M! Was denn sonst!«

»Genau. Danach sind wir, so wie es sich für einen stolzen Vater einer überaus süßen Tochter gehört, shoppen gegangen. Das war ein echtes Highlight!«

»Warum ein Highlight? Habt ihr etwa einen Bausparvertrag durchgebracht? Ich trau euch alles zu, wenn ich mal aus dem Haus bin.«

»Ach wo, wir sollten ja nur nach einem Kleid schauen. Gut, dass es in dem Geschäft für mich eine Sitzgelegenheit gab, denn Charlotte musste unbedingt *alle* Kleider anprobieren. Als sie dann auch noch die Röcke sah, musste sie die auch testen. Und nachdem sie *endlich* zwei in die engere Wahl gezogen hatte, brauchte sie dazu natürlich noch passende Oberteile.«

»Ja, ja, so läuft das dann, wenn man ihr genug Zeit lässt.«

»Mir tat einfach die Verkäuferin leid, denn die musste ja ständig die neuen Sachen anschleppen. Charlotte machte der Verkäuferin immer wieder hemmungslos klar, dass deren Geschmack sich nun überhaupt nicht mit dem ihren deckte. Ich schaute nur die Verkäuferin an, zuckte mit den Schultern und sagte, so sei auch die Mutter.«

»Frechheit«, und wieder boxt Hanna Tilmann auf den Oberarm.

»Hanna, eure Liebe für die Kleidung und das ständige An- und Ausziehen kann nur genetisch bedingt sein. Jungs sind in dem Alter nicht so«, sagt Tilmann kopfschüttelnd.

»Tja, wenn das stimmen sollte, dann hoffen wir mal für die Jungs, dass die Evolution sie nicht an der Stelle stehen lässt«, lästert Hanna zurück, und ergänzt: »Und übrigens, was das Nicht-Ausziehen betrifft, halte ich den genetischen Rückstand der Jungs lediglich für ein Gerücht. Oder sagen wir besser, eine Schutzbehauptung.«

Im gleichen Moment zieht Hanna ihren überraschten Mann energisch vom Sofa hoch. Der wehrt sich auf dem Weg zum Schlafzimmer nur noch zum Schein.

»Wie jetzt? Muss ich etwa noch ein zweites Verwöhnprogramm starten? Werde ich jemals Feierabend haben?«, stammelt er.

»Oh, mein armer Mann! Ich möchte dir nur Gelegenheit geben, zu zeigen, was das genetische Potenzial sonst noch so zulässt. Und jetzt halt einfach die Klappe!«

*

»Nein! Wir müssen uns in einer anderen Kneipe treffen.«

»Warum denn?«

»Das erkläre ich dir, wenn wir im Allerlei sind. Das ist schon eine coole Location, Lukas.«

»Klar Chef, wir kommen da jetzt direkt hin.«

Andre und Lukas haben sich an diesem Nachmittag beim Discounter getroffen und zusammen eingekauft. Ihre Haare sind strubbelig und sie tragen beide noch ihre etwas abgewetzten und muffigen Trainingsanzüge. So früh am Tag hatten sie noch nicht mit diesem Anruf gerechnet. Sie machen sich direkt nach dem Telefonat, mit prall gefüllten, bunten Plastiktragetaschen bewaffnet, auf den Fußweg zum Allerlei.

Dort wartet Theodor Konrad schon bei einem Pott Kaffee auf seine zukünftigen Helfer. Man gönnt sich ja sonst nichts, denkt er, und sieht den billigen Instantkaffee zuhause vor seinem geistigen Auge. Ungeduldig mit den Beinen wippend, lässt er seinen Blick vom Flachbildschirm in der Ecke, der die MTV-Charts zeigt, zu den wenigen anderen Gästen schweifen. Da dringen von draußen auch schon die unverkennbar aufgeregten Stimmen von Andre und Lukas an sein Ohr. Er kann keine Einzelheiten verstehen, aber meint, Wortfetzen wie *großes Ding*, *viel Geld* und *nie mehr arbeiten* verstehen zu können. Er springt auf und eilt Richtung Eingang, den beiden entgegen. Als er Lukas auftauchen sieht, blafft Theodor Konrad ihn direkt an: »Sagt mal, noch lauter geht's wohl nicht?«.

Lukas bleibt unmittelbar nach dem Betreten des Allerlei abrupt stehen. Andre geht direkt hinter Lukas. Und da seine Augen gerade auf das leuchtende Handy-Display geheftet sind, stolpert er in Lukas und seine Einkaufstaschen hinein. Theodor Konrad stützt reflexartig mit je einer Hand die beiden taumelnden Gestalten ab.

»Super! Jetzt wissen alle, dass ihr auch da seid!«, ist er maximal genervt. Er hält sich aber mit weiteren Kommentaren zurück und geleitet die beiden peinlich berührten Andre und Lukas zu seinem Tisch.

Die Kneipe ist sehr groß und hat einige Nischen, in die man sich zurückziehen kann, ohne den Überblick über den Laden zu verlieren. Allerdings wirkt die Dekoration etwas angestaubt und auch die Bestuhlung scheint aus dem letzten Jahrzehnt zu sein. Es sind nur sehr wenige Gäste außer den dreien anwesend. Für Theodor Konrad ein Grund mehr, sich hier zu treffen.

Andre schaut sich mit enttäuschtem Gesichtsausdruck um: »Müssen wir uns denn hier treffen? In unserem Club am Bahnhof finde ich es aber viel gemütlicher!«

»Mann, du Komiker, denk doch einmal selber nach. Wenn wir uns immer in der gleichen Kneipe treffen und dabei unseren Coup planen, wird die Bedienung jedes Mal etwas von unserem Gespräch mitbekommen. Was ist, wenn die eins und eins zusammen zählen kann und unsere Pläne rekonstruiert? Und was ist, wenn die uns dann verpfeifft oder, noch schlimmer, erpresst und richtig was von dem Geld haben möchte? Na, Jungs, fällt da bei euch mal der Groschen?«

»Mensch Theodor. Da hast du recht«, Lukas fällt die Kinnlade herunter und erstarrt vor Hochachtung.

Andre ist ebenso beeindruckt: »Du bist ja ein Genie!«

»Einer von uns muss schließlich der Kopf der Mannschaft sein, oder nicht?«

»Das bist natürlich du, Theodor«, in diesem Punkt sind sich Lukas und Andre einig.

»Ich, als Kopf unserer Mannschaft, habe mir natürlich auch schon überlegt, wie wir an das Geld kommen. Ich habe einen Plan, wie wir mit nur *einer* Aktion reich werden können«, prahlt Theodor Konrad.

Lukas und Andre werden immer aufgeregter: »Ja, endlich hört die ganze Scheiße hier auf. Wir wollen auch mal richtig Geld haben, dicke Karren fahren und an jeder Hand fünf Frauen.«

»Männer, Männer, Männer, ruhig Blut. Gebt das Geld nicht schon aus, bevor ihr es in den Händen haltet. Wir müssen uns *vorher* überlegen, was wir dann mit dem Geld machen wollen«, belehrt Theodor Konrad die beiden.

»Wie meinst du das jetzt?«, fragt Lukas patzig. »Wenn wir die Kohle haben, lassen wir es erst einmal richtig krachen, was sonst?« Andre und Lukas strahlen sich an und klatschen sich ab.

»Und sofort haben euch die Bullen am Wickel und ihr fahrt in den Knast ein.«

Andre und Lukas halten wieder verdutzt inne und beginnen, sich mit großen Augen nervös umzuschauen, bevor sie sich wieder auf Theodor Konrad konzentrieren.

»Also, erst planen wir ganz genau die Entführung und die Geldübergabe. Dann müssen wir uns überlegen, wie lange wir leider noch nichts von der Kohle ausgeben dürfen, um nicht aufzufallen. Oder wir hauen ganz ab und leben irgendwo im Ausland, wo uns keiner findet. Dann können wir die Kohle auch sofort auf den Kopf hauen und es richtig krachen lassen.«

»So hört sich das schon wieder viel besser an«, ist Lukas erleichtert. Er hat die Ellbogen aufgestützt und schlürft geräuschvoll seinen Milchkaffee. Für Andre muss es jetzt schon ein Alster sein, aber immerhin ist er endlich ganz auf das Gespräch konzentriert. »Und du möchtest wirklich eine Entführung durchziehen?«

Theodor trägt geduldig seine Gedanken vor: »Ich denke, dass eine Entführung das Einfachste ist. Und zwar sollten wir uns nur ein Kind schnappen, das beispielsweise alleine auf dem Schulweg ist. Dort gibt es keine Kameras, die uns filmen. Und dort gibt es keine Überwacher, die uns behindern könnten. Wir melden uns dann bei den Eltern und sagen denen, wie viel Geld wir wollen und wo die Übergabe stattfindet. Alles andere wäre viel zu schwierig.«

Lukas und Andre schauen sich an, zucken zustimmend mit den Achseln und grübeln. Theodor Konrad will die Gunst des Momentes nutzen und sich als guter Kumpel erweisen: »Ich bestell uns jetzt erst einmal noch eine Runde. Dann läuft auch gleich alles viel geschmeidiger.«

Die beiden anderen schauen ihm hinterher und versuchen weiter, sich eine Entführung vorzustellen. Dabei gleiten sie allerdings wieder schnell in Phantasien ab. Gegenseitig stacheln sie sich mit Überlegungen an, welchen Sportwagen sie sich als ersten vom Geld kaufen könnten, malen sich aus, wie die attraktiven Frauen dann auf sie fliegen werden. Sie sehen im Geiste große neue Wohnungen, die sie sich dann gleich kaufen würden, frei nach dem Motto, ein Leben wie Gott in Frankreich.

Als Theodor Konrad dann nach einigen Minuten Bier und Schnaps auf den Tisch stellt, zucken sie erschrocken zusammen: »Hast du dir schon überlegt, wen du entführen möchtest?«, fragt Andre.

»Ich habe da schon jemanden im Blick, bin mir aber noch nicht sicher, ob er auch der Richtige ist. Außerdem weiß ich noch nicht, wo das Kind untergebracht werden kann.«

»Das ist kein Problem. Ich kann eine kleine Hütte an einem See nutzen. Die Hütte und der See liegen weiter abseits der Stadt und da ist nichts los«, sagt Andre und ist sichtlich stolz, dass er vielleicht auch etwas zum Projekt beitragen kann.

»Dann wäre das schon mal geklärt. Als nächstes frage ich mich, wie eine Geldübergabe funktionieren kann. Die ist möglicherweise der heikelste Punkt an der Geschichte«, gibt Theodor Konrad zu bedenken.

»Ach so, ja, und was für ein Fahrzeug nehmen wir überhaupt für die ganze Aktion?« fragt Andre weiter.

»Es muss eins sein, das hinterher auf keinen Fall auf uns zurückzuführen ist«, bemerkt Theodor Konrad.

»Ich hab da mal von zwei Jungs gehört, die hatten eine supertolle Idee. Die haben für sowas, Banküberfall oder so, einfach ein Auto geklaut und es später komplett abgefackelt. Da bleibt dann nicht die geringste Spur zurück und die doofen Bullen gucken in die Röhre.« Lukas schaut die beiden anderen an, als ob er Beifall und Jubelschreie für seine Idee erwartet.

Theodor Konrad nickt stattdessen anerkennend und Andre denkt eher nüchtern weiter: »Am besten wir klauen einen Paketwagen. Die stehen auf der Straße oft mit laufendem Motor rum. Dann schnappen wir uns das Kind und fahren damit zu einem zweiten Wagen. In den steigen wir dann um und zünden den Paketwagen an. Die *Ware* fahren wir dann zur Hütte.«

Theodor Konrad ist perplex und erfreut zugleich, wie einfallsreich seine Kumpels sind. Die bringen gute Ideen und können seinetwegen gerne die Drecksarbeiten übernehmen. Wie viel Geld sie von dem Coup abbekommen werden, überlegt er sich aber noch.

Die drei diskutieren leidenschaftlich weiter, immer darauf bedacht, dass niemand ihrem Gespräch folgen kann. Einig sind sie sich, dass Lukas den Paketwagen fahren soll, da er vor einem Jahr als Paketfahrer gearbeitet hatte. Andre soll sich um die Hütte und die Bewachung kümmern.

»Bleibt also noch die Geldübergabe«, schlussfolgert Theodor Konrad. »Ich stelle mir das so vor: Die werden von uns angerufen, müssen sich dann in einen Zug setzen und an einer bestimmten Stelle das Geld aus dem Zug werfen. Die Stelle wird ihnen kurz vorher erst gesagt. Ich nehme das Geld in Empfang und komme mit dem Motorrad direkt zu euch. Aber bevor ich losfahre, packe ich das Geld noch in eine andere Tasche und überprüfe, ob irgendwo Sender eingebaut sind.«

»Genial! So machen wir das und keiner kann uns schnappen und wir sind reich!«

Sie bestellen wieder Bier und Tequila und feiern ihre Idee. Sie sind sich sicher, dass der Coup gelingen wird und ihnen danach die Welt, insbesondere die Frauen, zu Füßen liegen werden.

Das Treffen war ganz gelungen, denkt sich Theodor Konrad. Es hat ihm neue Ideen gebracht. Wenn er also möchte, hätte er zwei brauchbare Leute, die ihm behilflich sein könnten. Allerdings müsste er dann auch die Beute mit ihnen teilen und im schlimmsten Fall könnten sie ihn sogar verraten.

Beim Gedanken daran, dass er etwas abgeben muss, läuft ihm ein Schauer über den Rücken und klappen sich seine Zehnägel hoch. Teilen hasst er so, wie der Teufel das Weihwasser.

Teilen bedeutet für ihn vor allem Verlust, und das erinnert ihn sofort wieder an seine Mutter. Er sieht sie als extrem aufdringliches Bild vor sich, wie sie mal in ihrer beschissenen Art alles in den Müll warf was er in seinem Zimmer nicht sofort weggeräumt hatte, als sie es befahl. Wie er ohnmächtig weinend daneben stand, als sie in ihrer kalten Wut sogar seine Ritterburg in den großen Metallcontainer schmetterte. Die war komplett gewesen mit allen zugehörigen Figuren, sein ganzer Stolz!

»Du bist für mein beschissenes Leben verantwortlich, du alte Drecksschlampe! Aber damit ist jetzt Schluss! Ich hole mir jetzt endlich das, was mir zusteht! Und falls du auf die Idee kommen solltest, dich mir in den Weg zu stellen, bringe ich dich mit meinen eigenen Händen um! Hörst du?«

Theodor Konrad schleudert wütend die Tasse, die er in seiner Hand hält, an die Wand. Sie zerspringt in tausend Einzelteile, die sich über das halbe Zimmer verteilen. Er hat den Gipfel seines Ausbruchs erreicht. Mit dem Zerstören der Tasse ist das Gefühl von Macht und Kontrolle etwas mehr im Vordergrund und er beruhigt sich wieder.

Auf der Suche nach ganz schneller Ablenkung, stellt er wieder seinen PC an. Er muss jetzt sofort im Internet surfen, wo er schnell die Ziele zu finden hofft, die er hat. Ein Urlaub in einem Fünf-Sterne-Hotel in der Südsee soll es sein, ein richtiges Auto, mindestens ein Mercedes oder ein Porsche, muss her. Aber wo wird er leben? Bleibt er in dieser Stadt oder ist es besser, für immer wegzugehen?

Theodor Konrad geht zu seiner Kaffeemaschine und schaltet sie ein. Beim Einkauf hatte er sich ausnahmsweise mal echten Kaffee gekauft und nicht wieder das Instantgebräu. Er braucht jetzt unbedingt einen Schub Koffein, der ihn aufputscht, der die Lebensgeister erweckt und mit seinem kräftigen Aroma den Kater von gestern vertreibt.

Wie viel Geld benötigt er, um unbeschwert leben zu können, und wie viel Geld lässt sich von einem Geldsack erpressen?

Der Rechner ist inzwischen hochgefahren und er kann jetzt surfen. Dabei ist ihm noch gar nicht klar, wonach er zuerst suchen soll. Auf seiner Lieblingsseite gibt es vielleicht eine geile Tussi, die dringend befriedigt werden muss. Andererseits gilt es, noch mehr zur Entführung zu recherchieren. Welche Handys können unter welchen Umständen geortet werden? Wann sind Handys ihrem Besitzer nicht mehr zuzuordnen? Sie brauchen auch noch Masken, damit man sie nicht wiedererkennen kann. Allerdings hängt die Anzahl der zu kaufenden Masken auch von der Anzahl der Teilnehmer ab. Doch wer wird alles dabei sein? Welches Motorrad soll es sein?

»Ich mach jetzt erst einmal die nächste Alte klar! Das bringt mehr Spaß und ein Held muss sich zwischendurch auch mal belohnen. Auf die Fragen wird es noch Antworten geben. Bislang habe ich immer noch alles geschafft.«

Theodor Konrad ist auf seiner Lieblingsseite im Netz und sucht nach ergebenen Frauen, die sich heute mit ihm treffen können. Das hat bislang immer gut geklappt. Die Weiber fliegen einfach auf ihn, denn schließlich ist er ja auch der weltbeste Stecher!

Doch heute ist es anders. Es gibt Frauen, die sich mit ihm treffen wollen, ihm allerdings nicht devot genug sind. Sie stellen schon gleich Forderungen an ihn und an das Treffen. Die devoten Frauen hingegen wollen heute aber nur chatten, sich geil machen lassen und ziehen sich danach zurück: »Hej, du geiler Stecher. Schreib mir erst einmal, wie du mich rannehmen würdest!«

»Lass uns lieber ein Treffen ausmachen. Dann kann ich dir meinen besten Freund zeigen! Dann hast du keine weitere Frage mehr.«

»Dann musst du mich erst einmal geil machen, ansonsten werden wir uns nicht sehen«, fordert die Frau weiter.

Ich will nicht mit dir schreiben, ich will dich nur ficken, du miese Schlampe, denkt sich Theodor Konrad.

Auf diese Weise laufen heute all seine Kontaktversuche im Netz ab. Die Frauen wollen nur chatten und heißgemacht werden. Theodor Konrad fühlt sich ausgenutzt. Er geht nicht in Vorleistung, er nimmt sich, was er will. Er will nicht auf Frauen *eingehen*, er will sie nur flachlegen und demütigen.

Zwischenmenschliche Beziehungen sind für ihn eine Einbahnstraße.

»Was ist los mit dir?«, fragt eine Frau, die er noch nie hier angetroffen hat. »Traust du dich nicht mehr? Oder machst du etwa schon schlapp?«

Was schreibt ihm die dämliche Nutte da? Schlapp machen? Er?

Theodor Konrad ist völlig außer sich: »Wer bist du überhaupt, dass du denkst, ich würde mich mit dir abgeben? Weißt du, mit wem du es zu tun hast?«

»Ich denke, du bist der *Steiger* und ich hoffe, dass dein Name wenigstens ein bisschen Programm ist. Sprücheklopfer gibt's hier immerhin reichlich. Ich bin die Graue Maus, wie du weißt, und das muss ja wohl reichen! Finde doch raus, ob ich wirklich so grau bin! Ich mach jetzt Schluss, die Kolleginnen kommen gleich aus der Mittagspause wieder …«

»Warte gefälligst! Ich bestimme, wann wir hier fertig sind!«

Aber Graue Maus antwortet heute nicht mehr. Theodor Konrad möchte ihr augenblicklich den Hals umdrehen. Wie kann sie sich ohne seine Erlaubnis ausloggen?

Na warte, bis ich dich in die Finger bekomme!

*

»Herr Wolf, haben Sie den Depressionstest ausgefüllt, den ich Ihnen am Ende der letzten Sitzung mitgegeben hatte?«

»Natürlich, Herr Braun! Hier ist er und es macht Ihnen sicherlich nichts aus, wenn Sie den Test jetzt direkt auswerten. Ich möchte gerne sofort das Ergebnis wissen. Das ist ja sehr wichtig für mich.«

Komisch, denkt Tilmann, warum muss er jetzt spontan an das Gespräch mit Doc und dessen Angst vor bedrohlichen Situationen mit fordernden Patienten denken? Auch wenn ihm Herrn Wolfs gereizter Unterton nicht entgeht, wischt er den Gedanken weg und geht betont neutral mit dem Patienten um. Sicher wird der Zeitpunkt kommen, zu dem er die schwierige Beziehungsebene thematisieren wird. Aber er ist sich noch nicht schlüssig, wie er es dann genau angehen will, ohne Herrn Wolf zu stark zu kränken.

»Ja, sehr gerne. Die Auswertung dauert nicht lange. Wir machen das jetzt direkt und dann haben Sie auch das Ergebnis schwarz auf weiß.«

Nach der Auswertung ist Tilmann überrascht: »Herr Wolf, das Ergebnis ist eindeutig. Danach sind Sie depressiv. Das hatte ich im Vorfeld anders eingeschätzt. So kann man sich täuschen, tut mir leid.«

Theodor Konrad überrascht das Ergebnis überhaupt nicht, denn er hatte gründlich recherchiert, was er dafür ankreuzen muss: »Herr Braun, was bedeutet das für unsere Behandlung?«

»Das liegt in gewisser Weise auch ein bisschen bei Ihnen, was Sie jetzt wollen. Das Ergebnis an sich hat keine zwingenden Konsequenzen. Aber wissen sie, was ich denke?« Tilmann macht eine *Kunstpause à la Helmut Schmidt,* wie er sie gerne nennt. Er schweigt, bis er sich wieder der vollen Aufmerksamkeit seines Patienten sicher ist. »Wir könnten tatsächlich den Schwerpunkt in Richtung Depressionsbewältigung verlegen. Wichtig wäre dann, zu schauen, was Sie im Einzelnen hat depressiv werden lassen. Wahrscheinlich würde dann auch ihre Tagesstruktur inklusive positiver Aktivitäten zum Thema werden. Möglicherweise würde es auch um den gezielten Aufbau sinnvoller Aktivitäten gehen. Wir müssten eventuell auch ihre sozialen Kontakte unter die Lupe nehmen, ob auch da eventuell noch etwas zu verbessern ist.«

»Okay, das kann ich nachvollziehen. Was bedeutet das Ganze für das Jobcenter?«

»Wieso das? Ich kann Ihnen nicht ganz folgen.«

»Ich befürchte, dass Frau Kleinschmidt vom Jobcenter mich bald in irgendeine sinnfreie Schulung stecken will. Wenn ich ihr dann sage, dass ich nicht kann, weil ich depressiv bin, wird sie mir das nicht glauben. Sollte ich ihr aber eine Bescheinigung von Ihnen vorlegen können, dass ich *definitiv* depressiv bin, wird sie es mir wohl glauben *müssen.*«

»Ja schon, ich könnte Ihnen einen kurzen Bericht über das Testergebnis ausstellen. Dann würden Sie gut gewappnet zum nächsten Termin mit Frau Kleinschmidt gehen können.«

Tilmann wird so einiges klar. Der Patient möchte nicht an einer Schulung teilnehmen und benötigt ein Attest. *Der Wolf hat sicher alle möglichen Probleme, aber er ist bestimmt nicht depressiv!*

»Für den Zweck wäre es zusätzlich hilfreich, wenn Sie noch ein Schreiben von ihrem Hausarzt hinzufügen könnten«, bleibt Tilmann sachlich.

»Das kann bestimmt nicht schaden. Ich werde es sofort morgen erledigen. Das bekomme ich noch locker dazwischen.«

Tilmann schmunzelt in sich hinein. Ein depressiver Patient würde es in der Regel nicht schaffen, am nächsten Tag zum Arzt zu gehen, und schon gar nicht *locker*. Ganz im Gegenteil sind depressiven Patienten meistens sogar die Dinge zu viel, die sie selber als sinnvoll erachten und die sie sonst sogar gerne tun. Theodor Konrad Wolf wirkt in diesem Moment sogar regelrecht erfreut und aktiv, eben gar nicht wie ein belasteter Patient.

Na, Herr Wolf, wir wollen doch nicht etwa in erster Linie unseren Verpflichtungen als Arbeitssuchender aus dem Weg gehen, denkt Tilmann voller Skepsis.

Aber das ist eben das altbekannte Dilemma eines jeden Behandlers. Äußert er zu früh Zweifel an den Aussagen des Patienten, kann eine Sitzung und im schlimmsten Fall auch die gesamte Therapie scheitern. Lässt sich der Therapeut aber *instrumentalisieren*, ist das auf Dauer natürlich auch nicht im Sinne des Erfinders. Andererseits hat er zumindest in zukünftigen Sitzungen noch umso eher die Möglichkeit, noch auf den Patienten einzuwirken. Es ist mal wieder eine Herausforderung an das Einfühlungsvermögen, denen sich Therapeuten eben stellen müssen. Und wem es in der Küche zu heiß wird, sollte besser das Kochen lassen, denkt Tilmann abschließend zu diesem beliebten Dauerbrenner. Ja, und das könnte mal wieder ein schönes Thema für ihn und Peer sein. Kaum stellt er sich das unweigerlich dazu gehörende Glas Rotwein vor, bekommt er direkt gute Laune.

Und durch Tilmanns Einverständnis, ein Attest auszustellen, ist auch die Stimmung seines Patienten spürbar aufgehellter.

»Herr Braun, ohne Ihnen jetzt zu viel versprechen zu wollen, hatte ich aber ehrlich noch nie so sehr wie nach dieser Sitzung die Hoffnung, etwas an meinem Leben ändern zu können. Auch wenn ich mich vielleicht manchmal wie ein Stinkstiefel verhalte, bin ich Ihnen sehr dankbar, dass Sie es mit mir versuchen. Sie ahnen gar nicht, wie viel mir das bedeutet!«

Herr Wolf ist bei diesen Worten aufgestanden, auf Tilmann zugegangen und drückt dessen Hand fast freundschaftlich. Seine Stimme zittert und die sonst so harten bis feindseligen Gesichtszüge sind plötzlich ungewöhnlich weich.

Tilmann ist komplett verwirrt angesichts dieser sehr emotionalen Wendung der Sitzung. Obwohl er weiß, dass *gerade* Narzissten hochmanipulativ sein können, wenn es um ihre Bedürfnisse geht, kann er sich der Wirkung dieser Worte und Gesten nicht entziehen. Nein, das kann niemand so vorspielen, das *muss* echt sein, weiß er innerlich und freut sich.

»Herr Wolf, sicher, wir hatten es am Anfang nicht ganz leicht miteinander, aber umso mehr freue ich mich von Herzen, wenn Sie durch die Therapie beginnen, sich besser zu fühlen. Ich glaube es lohnt sich, wenn wir diesen Weg zusammen weiter gehen!«

Theodor Konrad Wolf geht mit strahlenden, vor Rührung etwas feuchten Augen, nachdem sie den nächsten Termin vereinbart haben. Tilmann bleibt noch einen Moment ganz bewegt im Türrahmen stehen und schaut seinem Patienten nach. Mit einem fröhlichen Lied auf den Lippen wendet er sich dann freudig seiner Espressomaschine zu. Sollte es etwa doch noch Zeichen und Wunder geben, denkt er, zum ersten Mal mit einem richtig guten Gefühl nach einer Sitzung mit Herrn Wolf. Mit genießerisch geschlossenen Augen schlürft er den frischen Espresso, während die Endorphine, einem warmen Sommerregen gleich, sein Gehirn durchrieseln.

Draußen, drei Straßenecken weiter, beschreitet eine freundlich dreinschauende ältliche Dame etwas unkonzentriert den Bürgersteig, als sie nach dem Legen ihrer violett getönten Haare den Frisörladen verlässt. Theodor Konrad, der eiligen Schrittes um die Ecke kommt, rempelt sie ungebremst an. Die

Dame schreit auf, taumelt, kann sich aber gerade noch am Fallrohr einer Regenrinne festhalten und wieder aufrichten. Ihr Regenschirm fällt jedoch zu Boden. »Oh junger Mann, Sie sind aber schnell unterwegs!«, spricht sie, noch erschrocken, aber nicht vorwurfsvoll. Theodor Konrad dreht sich um, ist mit drei Schritten bei ihr, packt sie am Mantelkragen und zischt ihr wutschnaubend entgegen: »Noch ein Wort und dein Gebiss lernt fliegen! Tu mir den Gefallen und geh einfach zum Sterben nach Hause, du alte demente Schachtel!«

Unvermittelt lässt er die alte Frau wieder los und schockstarr sowie vollkommen derangiert dort stehen. Er wendet sich ab und geht weiter, schließlich hat er nicht den ganzen Tag Zeit.

Das tat jetzt aber mal wieder richtig gut, nachdem er immerhin fünf Minuten beim Braun den empathischen Gutmenschen hat raushängen lassen müssen. Theodor Konrad, lobt er sich selbst, das war eine 1A-Leistung von dir und der Meistertherapeut hat dir alles abgenommen! Was will er mehr?

Noch am gleichen Tag, beide haben etwas früher Feierabend, treffen sich Peer und Tilmann spontan zu zwangloser Plauderei und Wein bei Tilmann zuhause.

Sie nehmen sich in den Arm und klopfen sich zur Begrüßung auf die Schultern.

»Hey Peer, es freut mich, dass euer Hochwohlgeboren sich in unsere bescheidene Hütte begibt«, frotzelt Tilmann schon los, bevor er überhaupt die Wohnungstür wieder geschlossen hat.

»Du weißt doch, bei euch bin ich immer sehr gerne. Die kleinen Räume haben ja auch was Gemütliches«, kontert Peer.

»Besonders im Winter, wo es bei uns schön warm ist, weil wir noch Geld für die Heizung ausgeben können. Es soll ja Leute geben, die bei der Immobilienfinanzierung die Nebenkosten nicht mit einbeziehen.«

»Jetzt übertreibst du aber schamlos. Außerdem haben wir schon Frühjahr und die Temperaturen haben bereits merklich angezogen«, versucht Peer, den Kopf aus der kommunikativen Schlinge zu ziehen.«

»Dann schlaft ihr jetzt nicht mehr bei fünf Grad Raumtemperatur mit zwei Oberdecken und müsst das

Frühstück in einem Café einnehmen?«, gibt sich Tilmann nun vollends dem Rausch der Übertreibung hin.

»Es ist gemein von dir, die Wahrheit immer so brutal auszusprechen! Aber woher plötzlich diese ungewohnte Schlagfertigkeit und dieses Selbstbewusstsein? Tilmann, du machst mir Angst«, versucht Peer noch ein Überholmanöver im letzten Kurvenausgang des Rennens.

»Keine Sorge. Wenn der Wirkstoffspiegel von dem Zeug, das ich vorhin geraucht habe, wieder sinkt, bin ich wieder der begriffsstutzige Tilmann, den du kennst und schätzt.«

Beide müssen herzhaft lachen und wie so oft können sie nicht genau sagen, wem die niedersausende Fahne an der Ziellinie als erstem gilt.

»Apropos Wirkstoffspiegel, Peer, folge mir bitte unauffällig in die Küche. Dir wird hoffentlich gefallen, was ich für uns ausgesucht habe!«

Peers Mund beginnt schon bei der Ankündigung wässrig zu werden, wie der eines Pawlowschen Hundes beim konditionierten Glockenton. Und in der Tat, als sie die Küche betreten, schlägt ihm als erstes der Duft von aufbackendem Baguette entgegen, das im surrenden Umluftherd liegt. Auf dem Tisch warten drei durch Kerzenlicht reizvoll illuminierte Flaschen Weißwein, dazu ein Block reifer Käse. Und alles ist perfekt eingedeckt. Also ein Herrenabend voller Gaumenfreuden kann beginnen, denkt Peer ganz angetan.

»Tilmann, dafür dass du nicht schwul bist, kannst du aber super dekorieren!«

Nur eine Sekunde später schwingt die Tür zum Wohnzimmer auf und eine frisch geduschte Hanna mit einem um den Kopf gewickelten Handtuch lugt kurz herein. »Schatz, sag schon, wer dekoriert hat!«

Tilmann lacht spitzbübisch auf: »Ja, doch, Hanna hat beratend mitgewirkt.«

»Mitgewirkt? Du hast die Flaschen aus dem Kühlschrank geholt und alles andere hab ich gemacht! Jetzt euch einen schönen Abend, aber denkt dran, ich hör hier hinten alles.«

Hanna kann sich ein Grinsen nicht verkneifen und verschwindet wieder im Wohnzimmer.

Als Peer und Tilmann dann sitzen und Tilmann die erste Flasche entkorkt, ist damit traditionell der ernstere Teil des Abends eröffnet. »Tilmann, kann es sein, dass es dir schon wieder eine ganze Ecke besser geht? Du siehst jedenfalls so aus.«

»Ja, es ist erstaunlich! Ich habe in den letzten Wochen tatsächlich weniger neue Patienten aufgenommen und fahre wieder draußen Rennrad. Das ist fantastisch!«

Auf diese Wendung zum Positiven stoßen die beiden erstmal an.

»Alle Achtung, Tilmann, du hast dir den Frust und die Belastungen also regelrecht von der Seele geradelt! Sag mal, hast du eigentlich noch diesen besonders verqueren Narzissten in Behandlung, von dem du kürzlich sprachst?«

»Der kommt immer noch und ist genauso zuverlässig wie anstrengend. In den letzten Sitzungen hat er mich einerseits auf der Beziehungsebene ziemlich getestet. Provokationen und kleine Abwertungen sind bei ihm eigentlich an der Tagesordnung. Ich kann mir jedenfalls lebhaft vorstellen, dass er in freier Wildbahn reichlich und heftige Auseinandersetzungen hat.«

»Mein Gott, und trotzdem wirkst du so gelassen! Wie machst du das nur? Reagierst du dich etwa schon während der Sitzung auf dem Ergometer ab? Bist du altersmilde geworden? Ich weiß nicht, ob ich so ruhig bleiben könnte.«

Peer denkt spontan an eigene therapeutische Erfahrungen mit narzisstischen Patienten und es gruselt ihn ein bisschen. Der intensivste Fall war interessanterweise eine sehr schillernde Künstlerin gewesen. Als Peer sie nach über vierzig Sitzungen Therapie erstmals ganz vorsichtig mit seiner Verdachtsdiagnose Narzissmus konfrontierte, antwortete sie zu seiner Verblüffung: »Mein bester Herr Hammer, Narzissten sind doch solche Menschen, die vielleicht überzeugt sein mögen, grandios, genial und besonders zu sein, aber es doch letztlich nicht sind. Sehen Sie, und bei mir liegt der Fall schließlich eindeutig anders. Ich bin ja wirklich grandios, genial und besonders, wie Ihnen ja schon längst aufgefallen sein dürfte.«

Dazu fiel dann selbst Peer nichts mehr, der sonst nicht auf den Mund gefallen war. Und er hatte auch das andere Extrem erlebt. Ein narzisstischer Unternehmer, der eigentlich mit seiner Depression auf dem Wege der Besserung war, hatte sich nach einem kränkenden Familienkonflikt unerwartet im hiesigen Bahnhof vor einen einfahrenden ICE geworfen und war gestorben. Auch im Tod wollte er noch möglichst viel Aufmerksamkeit erzeugen und es steckte viel von der narzisstischen Wut in diesem Suizid. Peer war seinerzeit sehr bestürzt, hatte ausgiebig an sich gezweifelt und selber fast eine Depression entwickelt. Insofern fühlte er sich mit bei diesem Thema mit allen Wassern gewaschen.

»Tja, Peer, gute Frage, wie ich so gelassen bleibe. Irgendwie habe ich mir unsere ganzen teuren Spezial-Seminare wohl doch mehr zu Herzen genommen, als ich dachte. Jedenfalls finde ich es extrem spannend, wie zunehmend positiv er reagiert, seitdem ich ihn konsequent schlicht und einfach für geringste konstruktive Verhaltensweisen bestärke und anerkenne. Seine zahlreichen negativen Verhaltensweisen hingegen beantworte ich neutral beziehungsweise signalisiere ich ihm, dass ich es gerne verstehen würde.«

Peer ist zutiefst beeindruckt: »Mensch, Tilmann, das sind ja gute Nachrichten! Fast hört es sich so an, als gehst du stärker und gelassener aus deinem kleinen Formtief heraus, als du hinein gegangen bist? Hättest du jemals gedacht, dass du auf deine alten Tage noch zum Narzissten-Versteher wirst?«

Tilmann überhört geflissentlich die kleine Spitze am Ende.

»Peer, ganz ehrlich, ich will den Tag nicht vor dem Abend loben, aber am Ende der heutigen Sitzung war er regelrecht emotional gerührt, dankbar und warmherzig mir gegenüber. Ich glaube, bei dem geht noch richtig was.«

»Dankbar? Ein Narzisst? Als nächstes kann er dann wohl übers Wasser laufen! Sag mal, dankbar wofür?«, bemerkt Peer misstrauisch.

»Ich hab ihm lediglich ein Attest für das Jobcenter zugesagt, in dem ich ihm eine depressive Symptomatik bescheinige. Und die wiederum hat sich per Fragebogen bestätigt. Peer, und du musst jetzt auch gar nicht so dämlich grinsen. Ich ahne schon deine Frage, und ich kann dir auch schon meine Antwort geben: nein, ich denke *nicht*, dass er mich primär ausnutzt.«

Tilmann hat genug mit seinen eigenen Zweifeln in dieser Behandlung zu tun, er braucht nicht auch noch die von Peer dazu.

*

Und wieder ein Termin beim Jobcenter! Auch wenn durch eine lockere Verteilung der Arbeitsplätze sowie viel Glas und Licht versucht wird, eine angenehme und entspannte Atmosphäre zu schaffen, löst jeder Besuch in Theodor Konrad nur Abscheu aus. Dieser Terminzwang erzeugt das gleiche Gefühl von Übelkeit, dass er als Kind hatte, wenn ihn seine Mutter zu Geburtstags- und Nachbarschaftsfesten schleifte. Dort stellte sie ihn, herausgeputzt im Oberhemd mit zu engem Kragen, auf den Präsentierteller. Schwitzige ältere Männer mit Mundgeruch und deren offenbar in *4711* getunkte Frauen in den Wechseljahren tatschten ihn unablässig an: »Mechthild, was du doch für einen lieben Jungen hast!«

Noch schlimmer war es, wenn Onkel Bernhard auch da war. Der nahm ihn als einziger auf den Schoß und streichelte über sein gegeltes und gescheiteltes Haar. Auf dem Kopf spürte Theodor Konrad des Onkels schwere Hand, während unten die Schlange der Macht drängte und dann …

»Herr Wolf? Herr Wolf!«, reißt ihn die Vertretung von Frau Kleinschmidt aus diesem Albtraum. Sie war nebenan noch fünf Minuten beschäftigt gewesen und hatte ihn vor ihrem Schreibtisch sitzend warten lassen. »Mich interessiert, welche Vorstellung Sie nun von Ihrer beruflichen Zukunft haben. So kann es ja nicht weitergehen!«

Tatsächlich, wie befürchtet wieder eine ahnungslose Vertretung, denkt er gereizt.

»Und dass es zu ihren Pflichten gehört, sich regelmäßig zu bewerben, hat ihnen Frau Kleinschmidt mehr als einmal gesagt«, belehrt ihn die namenlose Sachbearbeiterin.

Allein ihre leicht arrogante Stimme lässt jetzt das Adrenalin durch seinen Körper schießen, treibt seinen Puls in die Höhe. Fast ist er dankbar, dass diese Aggression wie eine machtvolle Verbündete die Gefühle von Ekel, Hilflosigkeit und Angst vertreibt. Und sie schwingt auch mit Wucht die Keule gegen die Bilder von Onkel Bernhard. Er hat Mühe, seinen aufwallenden Zorn zu zügeln. »Frau Wer-auch-immer, würden Sie bitte zur Kenntnis nehmen, dass ich mir mit Frau Kleinschmidt schon einig war, dass meine Idee mit dem Kletterpark sensationell ist? Wozu soll ich mich dann noch bewerben?«

Eine Andeutung von Empörung huscht über das Gesicht der Mitarbeiterin.

»Frau Wer-auch-immer ist der Einfachheit halber für Sie Frau Ziegler«, betont sie kühl. »Und nochmal zum Mitschreiben, Herr Wolf, so lange Sie Bezüge von uns erhalten, müssen Sie auch ihre Pflichten erfüllen. Und zu Ihren Pflichten gehört es nun einmal, sich regelmäßig zu bewerben.«

Wie die ihn jetzt über den Rand ihrer Hornbrille auch noch von oben herab anschaut, in ihrem edlen Kostüm und mit den hochgesteckten dunklen Haaren! Theodor Konrad verspürt das Verlangen, sie am Dutt zu packen und ihren Kopf auf die Arbeitsplatte zu schmettern. Das innere Bild ihrer gebrochenen, blutenden Nase und der zersplitterten Brille beruhigt ihn etwas.

»Sie verstehen gerade etwas nicht, aber ich werde versuchen, Ihnen diese komplexe und ihren Horizont übersteigende Idee zu erklären. Ich habe in der letzten Zeit wahnsinnig viel in die Realisierung des Kletterparks investiert, nach Standorten geschaut, Sponsoren gesucht und am Konzept gefeilt. Da war leider schlicht und ergreifend keine Zeit mehr für Bewerbungen.«

»Es freut mich zu hören, dass Sie viel beschäftigt waren«, schaltet Frau Ziegler strategisch einen Gang zurück. Vor der Versetzung in dieses Jobcenter wurde sie Zeugin einer Messerattacke gegen einen Kollegen, der jetzt frühverrentet im Rollstuhl saß. »Ich freue mich natürlich über jeden Arbeitssuchenden, der wie Sie Initiative zeigt, und der nicht in eine Depression abrutscht oder mindestens starke Selbstzweifel bekommt.«

Sein Angriff hat gewirkt, denkt er und schwenkt siegesgewiss auf seine eigentlich geplante Strategie um.

»Ja, doch, schwierige Phasen kenne ich auch. An solchen Tagen schaffe ich gar nichts, bin ohne jeden Antrieb und Energie und bleibe im Bett. Es sind schreckliche Tage, so düster und voller Zweifel!«

Theodor Konrad ist sicher, dass seine Fallmanagerin das Thema Depression vertiefen wird. Die schaut ihn einige Sekunden nachdenklich und konzentriert an, ihre Hände mit gespreizten Fingern vor dem Dekolleté aneinandergelegt.

»Ach, Herr Wolf, diese Tage kennt wohl jeder. Aber Sie treten hier doch gerade energievoll und durchsetzungsfähig auf. Es wird alles in allem wenige Tage geben, an denen Sie sich depressiv fühlen. Gott sei Dank, denn so eine Depression ist kein Spass.«

Jetzt hat ihr Blick etwas Herausforderndes.

Die alte Schlampe will ihn, so oder so, nicht verstehen! Vollkommen ungerührt zieht die arrogante Kuh ihren Streifen durch, denkt Theodor Konrad ungehalten. Sie hat seine Strategie durchkreuzt. Er sackt in sich zusammen und will so schnell wie möglich hier raus.

»Herr Wolf, ich habe heute gerade ein Stellenangebot hereinbekommen, das exakt auf Sie zugeschnitten ist.« Frau Ziegler inspiziert einen Ausdruck aus ihrem PC. »Es ist eine junge Firma, die dringend einen IT-Kaufmann benötigt. Passt das nicht genau zu ihrem Qualifikationsprofil? Wenn Sie sich dort bewerben, haben Sie bestimmt gute Chancen, mindestens ein Vorstellungsgespräch zu bekommen, wenn nicht sogar eine Stelle.«

»Aber ich habe Ihnen doch jetzt mehrfach gesagt, dass …«, startet er einen letzten Ausbruchversuch.

»Herr Wolf, ich sage es nur sehr ungern, aber wenn Sie Ihren Verpflichtungen nicht nachkommen, Sie sich nicht regelmäßig bewerben, werden wir Ihnen die Bezüge kürzen müssen. Im schlimmsten Fall bekommen Sie gar kein Geld mehr von uns«, droht ihm Frau Ziegler.

Theodor Konrad stockt der Atem. Was hat die miese Fotze ihm gerade gesagt? Keine Kohle mehr? Der wird er es irgendwann auch noch zeigen! Und die Kleinschmidt hat ihn erst in diese demütigende Situation gebracht!

Wo ist die überhaupt, diese Oberschlampe?

Wortlos nimmt er den Zettel entgegen, den ihm Frau Ziegler ebenso wortlos über ihren Schreibtisch reicht. Ohne sich zu verabschieden, verlässt er, mit dem Gefühl der Niederlage, den Raum. Er hat gerade nicht einmal die Kraft, die Tür hinter sich zuzuschlagen.

Drinnen sitzt Frau Ziegler und atmet erleichtert tief ein und seufzend aus. »Ich brauche ganz dringend eine Extrapause, Mädels«, ruft sie ins gerade offene Büro nebenan. »Und die Tamara kann sich warm anziehen, wenn die wiederkommt! Mir so ein Ei ins Nest zu legen wie den Herrn Wolf, das ist an Fiesheit nicht zu übertreffen! Wo ist die überhaupt heute?«

»Du weißt doch, Überstunden abbauen mit aktiver Freizeitgestaltung«, grinst sie die Kollegin an, die mit einer Tasse Kaffee um die Ecke kommt.

»Ach ja! Unsere Tamara und ihre anstrengenden Hobbies …«, antwortet Frau Ziegler augenzwinkernd. Die beiden Frauen kichern amüsiert.

*

Gleich nach dem Termin mit Frau Ziegler eilt Theodor Konrad verstört nach Hause. Er recherchiert über die Pflichten des Arbeitslosen: »Können mir diese unqualifizierten Vollidioten vom Dienst tatsächlich die Kohle streichen?«, ist er immer noch völlig aufgebracht.

»Am Ende wirst du den längeren Atem haben und sie alle fertig machen. So kann man doch nicht mit dir umspringen, und schon gar nicht die Frauen«, meldet sich Deibel mal wieder.

Eigentlich wollte Theodor Konrad nach dem sicher geglaubten Erfolg im Jobcenter in die Kletterhalle fahren, um zu trainieren. Er wollte sich, quasi zur Belohnung, einfach mal einen schönen Tag machen und seinem Hobby nachgehen. Doch jetzt ist seine Laune komplett verhagelt und er muss erstmal wissen, welche Möglichkeiten er hat, sich gegen diesen Skandal zu wehren.

In einer Suchmaschine gibt er das Wort Bewerbungspflicht ein und findet prompt die aktuelle Rechtsprechung: Unterlässt ein Hilfebedürftiger wiederholt Bewerbungsbemühungen und nimmt er ein Vorstellungsgespräch nicht wahr, ohne hierfür einen rechtfertigenden Grund zu haben, kann dies zum Wegfall des Anspruchs auf Arbeitslosengeld II für die Dauer von drei Monaten führen. Dies entschied das Sozialgericht Stuttgart, dessen Beschluss vom Landessozialgericht Baden-Württemberg bestätigt wurde.

Theodor Konrad ist geschockt. »Und diese Flittchen würden das bestimmt machen, sobald sie die Gelegenheit dazu haben. Sowohl der Kleinschmidt als auch dieser Ziegler traue ich inzwischen alles zu!«

Er springt auf und tritt gegen einen Stuhl, der quer durch den Raum scheppert.

Das Klettern kann er jetzt vergessen, denn er muss jetzt mehr tun, als sich nur ein bisschen abzureagieren. Theodor Konrad braucht eine Action der Sonderklasse, ein Ereignis aus der Champions League! Ruhelos tigert er durch die Wohnung.

»Such dir doch einfach wieder eine und mach sie gnadenlos fertig. Danach bist du doch garantiert wieder obenauf und hast damit diese schmachvolle Niederlage, diesen Schandfleck wieder ausgebügelt!«, heizt Deibel ihm ein.

»Ja, das ist es, mein alter Freund! Du weißt eben doch am besten, was ich brauche. In den unendlichen Fanggründen des Internets werde ich ein williges Opfer finden. Und diejenige wird den Tag verfluchen, an dem ihre Mutter sie zur Welt brachte!«

»Genau. So ist es richtig! Der zeigst du, wo der Hammer hängt! Der bringst du bei, wer am Ende der Chef im Ring ist!« Deibel ist hochzufrieden und saugt sich mit der aggressiven Energie seines Zöglings so voll, wie ein trockener Schwamm im Wasser der Stromschnellen eines unbändigen Flusses.

Theodor Konrad setzt sich wieder hin und öffnet über Lesezeichen die oberste seiner Dating-Seiten. Und es ist ihm noch nie so gleichgültig gewesen, wie die Frauen aussehen, die dort online sind. Denn vor allem würde er heute viel von ihr verlangen, unglaublich viel, vielleicht mehr, als sie würde geben können!

So schlecht sein Tag auch verlaufen war, so beschissen er sich auch gefühlt hat, umso schneller findet er heute eine willige Frau. Er traut seinen Augen nicht! Es ist Graue Maus, die ihn neulich hat abblitzen lassen. Das ist nicht nur eine Fügung, frohlockt er, sondern er wird nun erstrecht ein richtiges Fest aus diesem Date machen. Die Rache ist in jeder Hinsicht sein!

Widerstandslos hat er das unscheinbare Hotel als Treffpunkt bestimmt. Theodor Konrad fragt sich allerdings, ob das Personal des Hotels ihn ebenso wenig wiedererkennen würde, wie umgekehrt er sich an das Interieur erinnert.

Trotz des Rausches der lustvollen Erwartung, ist er vorsichtig und kleidet sich bewusst anders, als bei dem letzten Date hier. Mein Gott, Wonderbra war auch ne geile Nummer, aber heute gibt‘s Frischfleisch, bringt er sich in Stimmung. Er hat sich eine getönte Brille aufgesetzt, seine Haare gegelt und sich einen Seitenscheitel gezogen. Heute möchte er so aussehen wie ein harmloser Vertreter. Und in den Schaufensterscheiben auf dem Weg zum Hotel hat er sich selbst nicht wiedererkannt.

Zur Probe verwickelt er aber die Frau am Empfang in ein kurzes Gespräch: »Guten Tag, ich habe hier heute ein Zimmer reserviert.«

»Wie ist denn ihr Name, bitte?« fragt die Empfangsdame.

Theodor Konrad schaut sich im Empfangsbereich um und entdeckt eine Frau, die Graue Maus sein könnte. Allerdings kann er sie nur von hinten sehen.

Der Frau am Empfang gibt er einen falschen Namen an und bezahlt das Zimmer in bar. Nebenbei plaudert er mit ihr über das Wetter und berichtet, dass er zum ersten Mal in der Stadt sei. Daraufhin bekommt er einen kleinen Stadtführer in die Hand gedrückt. Hier erkennt ihn also keiner. Das läuft ja wie geschmiert, ist Theodor Konrad begeistert.

Die Graue Maus beobachtet das Treiben an der Anmeldung, indem sie sich vorsichtig umdreht. Eine Reinigungskraft saugt mit mürrischem Gesicht und langsam wie eine Schnecke den Teppichboden. Ein Mann in

Handwerkerkleidung fragt nach einer Unterschrift, um die von ihm geleistete Arbeit bescheinigt zu bekommen. Den Mann mit Brille, der mit der Empfangsdame spricht, hat sie vorher noch nicht wahrgenommen. Wie vereinbart trägt er eine kleine Reisetasche, auf der ein Regenschirm liegt. Er wirkt auf sie wie ein Geschäftsmann, der auf der Durchreise ist.

Die Graue Maus ist sehr aufgeregt. Das letzte ihrer anonymen Dates, bei denen sie sich mit Unbekannten nur zu zügellosem Sex trifft, ist schon wieder viel zu lange her. Von ihrer Arbeit, sichere Stelle in einer Behörde hin oder her, fühlt sie sich derzeit aufgefressen. Das Singleleben in ihrer kleinen, gemütlichen Wohnung, füllt sie trotz Balkon auch nicht aus. Und auch ihr Engagement in der Kirchengemeinde inklusive guter sozialer Kontakte, besorgt erstrecht nicht den entscheidenden Kick unter der Gürtellinie. Ihr Nickname *Graue Maus*, den sie auf Dating-Seiten und in Chatrooms nutzt, ist insofern ironisch gemeint, als dass sie ihrem Umfeld einerseits als nett und unauffällig gilt. Und auch die Männer, auf die sie sich immer mal wieder im Sinne von Beziehungsversuchen eingelassen hat, schätzen sie am Ende regelmäßig als *dufter Kumpel*, mehr aber nicht. Umso mehr amüsiert sie sich andererseits, wenn sie ausgerechnet als Graue Maus ab und zu ihren wilden Sexdates frönt.

Sie hätte sich heute auch mit *Ständer* treffen können. Der war auch online und der letzte Mann, mit dem sie sich anonym getroffen hatte. Voller Erregung erinnerte sie sich immer mal wieder an dieses Treffen, denn so hatte sie zuvor noch kein Mann befriedigt. Die Befürchtung jedoch, er würde sich nicht noch einmal mit ihr treffen wollen, hat sie heute davon abgehalten, ihn zu kontaktieren. Diese Enttäuschung wollte sie sich an diesem Tag ersparen.

Ihr Herz bleibt fast stehen, als dieser *Typ Geschäftsmann* direkt auf sie zukommt. Hinter seiner unauffälligen Fassade vermutet sie, Röntgenblick sei Dank, einen athletischen Körper. Was für einen dynamischen Gang er drauf hat und wie sein dominanter Blick trotz getönter Brille auf meiner Haut brennt, beginnt Graue Maus, dahin zu schmelzen. Und wenn sie nicht alles täuscht, ist sein Nickname *Steiger* auch Programm. Gebannt starrt sie auf seinen Schritt, wo sie meint, sich etwas *er*regen zu sehen. *Zirkuszelt* wäre auch ein passender Name für dieses Bild von einem Mann, denkt sie, der Atemnot nahe. Graue Maus kann nicht anders, als sich voller Vorfreude über die Lippen zu lecken.

*

Die graue Maus! Sensationell, denkt Theodor Konrad und schaut zu seiner Sexgespielin in spe rüber.

Dann trifft ihn fast der Schlag! Er ist völlig verwirrt und weiß nicht, ob es heute sein Glückstag oder sein Untergangstag ist. Soll er sich möglichst schnell in Luft auflösen oder sich der Situation stellen und diese für sich schamlos ausnutzen?

Nein, die nehme ich mir, ist Theodor Konrad nach kurzem Zögern entschlossen und geht auf sie zu.

»Guten Tag, wir sind miteinander verabredet«, lächelt Theodor Konrad die Graue Maus an. Seine Stimme hat er dabei durch leichtes Absenken verstellt.

»Dann sind Sie der Steiger«, mutmaßt die Graue Maus mit vor Erregung leicht zitternder Stimme. Wie soll sie sich nur verhalten? Im Berufsleben ist alles ganz einfach. Sie stellt sich mit ihrem richtigen Namen vor und sitzt hinter einem Schreibtisch, der die nötige Distanz zum Kunden herstellt. Gleichzeitig steht dort ein PC, in dem zu lesen ist, was sie fragen muss. Dadurch ist auch immer adäquater Gesprächsstoff vorhanden. Jetzt ist alles ganz anders, ja, fast ängstigend. Sie ist alleine und hat keine Hilfsmittel. Sie ist alleine mit ihrer Unsicherheit und ihren überquellenden Sehnsüchten und Bedürfnissen.

Sie gehen in das Zimmer, in dem Theodor Konrad bereits mit Wonderbra war.

Kaum hat Steiger hinter ihnen die Zimmertür geschlossen, möchte Graue Maus schnell noch die Spielregeln für den Sex klären. Aber Steiger reißt sie urplötzlich an sich. Mein Gott, welche Kräfte und was für Muskeln er hat, denkt sie fassungslos und erstaunt zugleich.

Er drückt sie an sich und gibt ihr einen Kuss. Darauf ist sie erst recht nicht gefasst, diese plötzliche Leidenschaft.

Er saugt an ihrer Unterlippe und beißt hinein. Vor Schmerz schreit sie auf: »Aua. Das tut weh!«

Graue Maus stemmt sich gegen ihn und einen Moment stehen beide reg- und sprachlos voreinander.

»Ich dachte, du stehst darauf, härter rangenommen zu werden«, bricht Steiger das Schweigen.

»Ja, öh, natürlich«, ist Graue Maus verunsichert. Sie ist sich sicher, jetzt, gleich am Anfang schon alles falsch zu machen: »Ich war einfach nur überrascht. Entschuldigung.«

»Ich hoffe, du machst das hier nicht zum ersten Mal?«, spricht Steiger schroff mit ihr. Er brennt darauf, sie endlich zu erniedrigen.

»Nein, natürlich nicht!« Sie beginnt zu spüren, dass hier etwas ganz anders läuft, als sie es sich vorgestellt hat.

»Also, dann knie dich sofort hin, hier, direkt vor mich und mach es mir«, befiehlt ihr Theodor Konrad.

Graue Maus´ Herz rast und ihre Beine sind ganz weich. Da sie aber nicht weiß, was sie sonst machen soll, kniet sie sich zögerlich hin. Mit zitternden Händen öffnet sie seine Hose.

Oralsex dient Theodor Konrad nur zum Aufwärmen. Danach will er sie auf den Bauch legen und ans Bett binden. Die Vorstellung daran macht ihn ganz wild. Er kann sich kaum noch bändigen, stellt sich vor, was er dann mit ihr machen wird. All seine Wut wird er dann in Erniedrigung umwandeln. Wenn er dann irgendwann mit ihr fertig sein wird, würde sie sich bestimmt nie wieder mit einem Unbekannten einlassen. Nie wieder!

Nachdem er sie, ihren Kopf zum Fußende gerichtet, ans Bett gefesselt hat, stellt er sich vor sie und spricht mit seiner nicht verstellten Stimme: »Schau mich an, wenn du kannst, Tamara Kleinschmidt!« Theodor Konrad wuschelt sich durch das gegelte Haar und setzt die Brille ab. »Erkennst du mich jetzt?«

Tamara Kleinschmidt gefriert das Blut in den Adern. Irgendwie, eher unterschwellig, kam dieser Mann oder etwas an ihm, ihr von Anfang an bekannt vor. Da sie aber so aufgeregt war, konnte sie diesem Gedanken nicht nachgehen und hatte nur versucht, ihre Gefühlswallungen in den Griff zu bekommen.

Jetzt steht Herr Wolf vor ihr, der Mann, der sie schon bei der Arbeit so anwiderte. Jedes Gespräch mit ihm war eine Qual und es fiel ihr jedes Mal schwerer, freundlich zu bleiben. Seine unglaublich überhebliche, selbstgefällige und teils aggressive Art raubten ihr den letzten Nerv.

Aber jetzt sitzt, nein, steht er am längeren Hebel, denkt sie resigniert mit einem letzten ironischen Aufbäumen. Dann beginnt sie, sich ins Unvermeidliche zu fügen.

»Ich werde dich für deine Arroganz, Ignoranz und Überheblichkeit büßen lassen.«

»Aber, Herr Wolf, ich bitte Sie, wir können doch über alles reden!«

»Du brauchst nichts zu erbitten. Wenn ich bei dir war, im Jobcenter, bist du auf keine meiner Bitten eingegangen. Und du hast meine Wünsche und Vorstellungen ignoriert, mich vorgeführt und über mich gelacht, wenn ich gegangen bin. Nein, ich werde auf keine deiner Bitten eingehen. Du bist mir jetzt absolut ausgeliefert!«

Tamara Kleinschmidt rast der Puls. Das Herz schlägt ihr bis zum Hals, als wenn es gleich zerspringen will. Sie ist gefangen, reißt verzweifelt an den Fesseln, versucht vergeblich, sich zu befreien.

Theodor Konrad fängt laut an zu lachen: »Jetzt erfährst du, wie ich mich bei dir gefühlt habe! Jetzt erfährst du, was Demütigung bedeutet!«

Das perfide Spiel kann endlich beginnen. Sein Opfer liegt vollkommen wehrlos vor ihm und wird seinen geballten Hass zu spüren bekommen.

Am nächsten Morgen schreckt Tamara Kleinschmidt, nach einer mehr als unruhigen Nacht, hoch. Panisch rast ihr Herz und Schweiß steht ihr auf der Stirn. Das kann nur ein schrecklicher Albtraum gewesen sein, denkt sie, *hofft* sie. Als sie sich im Bett umdrehen will, um auf ihren Wecker zu schauen, schreit sie vor Schmerzen laut auf: »Auaaa!!!«

Ihr ganzer Unterleib brennt wie Feuer, als wenn jemand mit einem langen Messer versucht hätte, ihr Innerstes zu entfernen, ohne sie vorher narkotisiert zu haben.

Unendlich schwach und erschöpft lässt sie sich wieder auf den Rücken fallen. Nein, sie hatte nicht geträumt. Nein, diese Bilder sind keinem Traum entsprungen. Diese Bilder, das ist ihr jetzt bewusst, würde sie nie vergessen können.

In diesem Moment, als der Mann mit dem heftig erigierten Glied wieder in ihr Gedächtnis kommt, wird ihr übel. Sie versucht die Bettdecke von sich zu schmeißen, um schnell zur Toilette zu kommen. Wieder verspürt sie diese unerträglichen Schmerzen, jetzt auch an den Hand- und Fußgelenken, an denen sie gefesselt war.

Gerade noch, aber nicht weit genug, wirft sie den Kopf zur Seite, Richtung Bettkante. Sie erbricht sich schwallartig und das Erbrochene gleitet von der Matratze herunter auf das Laminat.

Der stechende Geruch steigt ihr in die Nase, begleitet von den schrecklichen Bildern des gestrigen Sextreffens. Sie lag gefesselt auf dem Bett und ihr Peiniger hatte sich zu erkennen gegeben: Theodor Konrad Wolf!

Sie hatte sofort um Hilfe schreien wollen, als sie auf dem Bett liegend gefesselt war. Denn sie wusste, dass ihr Peiniger sie quälen wollte. Doch dazu kam sie nicht, denn er steckte ihr einen Knebel in den Mund: eine alte Socke. Er wollte sie also nicht nur quälen, er wollte sie komplett erniedrigen.

Damit sie die Socke nicht ausspucken konnte, hatte er ihr noch ein raues Seil um die Mund gespannt.

Immer und immer wieder drang er brutal in sie ein und beschimpfte sie. Es war eine Unendlichkeit, die sie ihm ausgeliefert war. Am Ende hatte er sie noch erpresst. Sie musste mit ihm zusammen in eine Kamera schauen und sagen: »Theodor Konrad, das war der geilste Fick meines Lebens. Genau so habe ich es gewollt.«

Nur um endlich von ihm loszukommen, hatte sie sich zusammen gerissen, in die Kamera gelächelt und die beiden

Sätze aufgesagt. Sie wollte einfach nur weg, einfach nur nach Hause und der Situation entfliehen.

»Was soll ich nur tun?«

Tamara Kleinschmidt schläft an diesem Morgen nicht mehr ein. Inzwischen hat sie vier Novalgin genommen, eigentlich zuviel, aber sie musste die Schmerzen loswerden. Als die Wirkung eingesetzt hat, hat sie notdürftig das Bett gereinigt und sich ins Wohnzimmer geschleppt. Auf dem Sofa in eine Fleecedecke gehüllt, geht sie jetzt alle Möglichkeiten durch. Ihr erster Gedanke ist, Herrn Wolf bei der Polizei anzuzeigen. Wie war noch sein Vorname, grübelt sie. Er hat doch einen so schrecklichen Vornamen… Ach ja, Theodor Konrad, fällt es ihr ein. Sofort wird ihr wieder übel, aber sie muss sich nicht mehr erbrechen. Oh Schreck, dann weiß die Polizei, was sie in ihrer Freizeit macht, wie sie Männer kennenlernt und welche sexuellen Neigungen sie hat. Vor Entsetzen reißt sie die Augen weit auf und lässt sich noch tiefer in das Polster der Sofalehne sinken. Nein, die Blöße kann sie sich auf keinen Fall geben.

Dann fällt ihr wieder die Kamera ein und sie schreit laut: »Du verdammtes Arschloch!«

Aber sie muss unbedingt mit einem Menschen über das gestrige Trauma reden, irgendwie den inneren Druck und die unendliche Scham loswerden. Doch wem soll sie es erzählen? Weder ihre beste Freundin, noch ihre Mutter kommen in Frage. Aber andere vertraute Menschen gibt es in ihrem Leben nicht.

Und was soll sie machen, wenn er wieder zu ihr ins Jobcenter kommt? *Guten Tag Herr Wolf, wie geht es Ihnen? Haben Sie sich erfolgreich beworben? Kann ich Ihnen helfen?* Nein, das ist völlig unmöglich.

Tamara Kleinschmidt ist hilflos. Und dann muss sie sich auch noch eingestehen, dass sie sich freiwillig mit diesem Schwein getroffen hat. Wieder kommen die Bilder vom letzten Tag hoch und sie muss würgen.

Immer wieder war er mit starker Wucht in sie eingedrungen, hatte sie auf das Übelste beschimpft, sie geschlagen und an ihren Haaren gerissen. Ja, Fesselspiele hatte sie schon mit anderen Männern ausprobiert. Die waren aber sehr vorsichtig gewesen, achteten auch auf ihre Erregung. So war es für beide ein explosives Erlebnis. Sie waren behutsam mit ihr umgegangen, sodass ihr das Gefesseltsein ein unglaubliches Glücksgefühl beschert hatte.

Tamara Kleinschmidt kann nicht anders, als den drängenden Gedanken weiter ihren Lauf zu lassen. Sie befällt die Ahnung, dass ein Teil ihrer Seele vielleicht unwiederbringlich zerstört ist. Bis gestern hatte sie noch ein unbestimmtes Gefühl, dass sich ihr Leben *und* ihr Beziehungsleben eines Tages noch zum Guten wenden könnten. Doch jetzt würde sie sich noch viel mehr zurückziehen. Nie mehr würde sie auf Männer zugehen können und in sich gefangen bleiben. *Ja, ich lebe in einem Gefängnis. Für immer!*

Tamara Kleinschmidt muss bitterlich weinen.

*

Er fühlt sich großartig, ja, sensationell! War das ein Erlebnis gewesen. Der hat er es so richtig besorgt. So wurde sie bisher garantiert von keinem genagelt, ist Theodor Konrad sicher.

Deibel ist interessiert: »Konntest du wieder alles filmen?«

»Den größten Teil leider nicht, dafür war ich zu überrascht.«

»Was war los?«

»Die Graue Maus entpuppte sich als Tamara Kleinschmidt. Da war ich im ersten Moment perplex. Sie hat umgekehrt natürlich nichts bemerkt. Die war so geil auf mich, dass wir noch nicht ganz im Zimmer waren, als sie mir schon einen geblasen hat. Im Eifer des Gefechtes habe ich dann nicht mehr an das Filmen gedacht.«

»Ist vielleicht auch nicht so wichtig, immerhin hast du schon eine ganz ordentliche Sammlung.«

»Im Nachhinein ist es schade, dass ich nichts von der Action habe. Sie wurde ganz verrückt, als die Fesselspiele begannen. Mein Gott, hat die versucht zu schreien!«

Theodor Konrad lacht laut und triumphierend, wirft dabei den Kopf in den Nacken.

»Gut, dass ich ihr eine Socke ins Maul stopfen konnte, ansonsten hätte die noch durch ihr Gebrüll das Personal auf uns aufmerksam gemacht.«

»Gut gemacht«, sagt Deibel anerkennend.

Theodor Konrad sucht auf seinem unaufgeräumten Schreibtisch nach den Bewerbungsunterlagen und der Anschrift der IT-Firma, bei der er sich bewerben soll. Er grinst selbstgefällig: »Es scheint mir der richtige Zeitpunkt gekommen zu sein, meine Arbeitskraft wieder unserer Wirtschaft zur Verfügung zu stellen.«

»Du möchtest mir sagen, dass Tamara Kleinschmidt zukünftig auf deine Besuche verzichten muss?«

»Ich denke, in diesen Genuss wird sie so schnell nicht mehr kommen. Ich kann es mir gar nicht anders vorstellen, als dass ich jetzt schnell eine passende Stelle finde. Und dann heißt es `Und tschüss, du abgewichstes Jobcenter!´ Ich sehe deren dumme Gesichter vor mir, wenn ich mir vorstelle, wie ich den ganzen Scheiß hinter mir lasse, ohne mich ein letztes Mal umzudrehen.«

»Aber wenn du wider Erwarten doch zu ihr hin müsstest, was würde sie nur zu dir sagen?«, überlegt Deibel.

»Ich denke, die würde erstarren und gar nichts sagen. Sie würde vor Scham im Boden versinken.«

»Sie würde dir keine Szene machen und versuchen, sich an dir zu rächen?«, zweifelt Deibel.

»Ganz sicher nicht! Ich habe am Ende unseres Treffens doch noch einen kleinen Beweisfilm gedreht, auf dem sie überzeugend sagt, dass es für sie der geilste Fick ihres Lebens war.«

Theodor Konrad bekommt sofort wieder eine Erektion beim Gedanken an diesen totalen Exzess und wie überlegen er sich gefühlt hat, nein, immer noch fühlt.

Die Vorstellung, jetzt noch als Bittsteller zu Frau Kleinschmidt zu gehen, ist gerade vollkommen abwegig. Ein Theodor Konrad Wolf, der Held beim Klettern und beim Vögeln, geht nicht irgendwo hin und bettelt, nein, er nimmt sich was er haben will.

Da er am heutigen Tag weder Termine hat, noch wegen des Regens zum Klettern gehen kann, macht er sich an die Arbeit und stellt eine Online-Bewerbung zusammen. Informationen zu der IT-Firma, die einen IT-Kaufmann sucht, sammelt er im Internet. Ihm fällt auf, dass der Firmengründer noch verhältnismäßig jung ist. Was auch nicht wirklich verwunderlich ist, schließlich wurde das Unternehmen erst vor fünf Jahren gegründet. Dafür ist der Internetauftritt aber umso professioneller. Für einen Hingucker sorgt auch die Liste der Kunden. Theodor Konrad ist ehrlich beeindruckt: »Die Jungs scheinen viel zu tun zu haben, verdienen eine Menge Geld und sind auf Expansionskurs. Da wundert es mich nicht, dass sie weiteres Personal suchen. Ich denke, in mir finden sie genau den Richtigen.«

Obwohl er die Bewerbung erst am Vormittag online aufgegeben hat, bekommt er postwendend einen Anruf und eine Einladung zu einem spontanen Vorstellungsgespräch am nächsten Tag.

Das Unternehmen hat den Firmensitz in einem modernen Gebäudekomplex zusammen mit anderen Firmen. Theodor Konrad war der Bau schon vorher mit der Assoziation aufgefallen, an der Stelle sei ein riesiges Raumschiff gelandet. Die offensichtlich erst kürzlich angemietete Bürofläche wirkt aber eher zu knapp. Überall stehen noch Kartons herum und es sieht chaotisch aus. Dadurch ist die eigentlich angenehm schlichte und pragmatische Gestaltung kaum wahrnehmbar. In den Fluren gibt es viele Schränke, aber nur wenige Bilder. Die Fotos an den Wänden zeigen Produkte der Firma. Der Empfangsbereich ist freundlich gestaltet mit einer kleinen Sitzecke zum Warten.

Eine junge Frau, Theodor Konrad schätzt sie auf 25 Jahre, führt ihn in das Büro des Chefs, der mit ausgestrecktem Arm auf ihn zu kommt: »Guten Tag Herr Wolf, schön, dass Sie so kurzfristig kommen konnten. Kann ich Ihnen etwas zu trinken anbieten?«

Herr Breitband hat einen ebenso festen Händedruck wie Theodor Konrad, ein dynamisches Auftreten und ist etwas größer als er. Prüfend blickt der Chef in spe einen längeren

Moment in seine Augen, lächelt dabei geschäftsmäßig und zeigt seine strahlendweißen Zähne. *Tja, mein Bester, wenn du glaubst, meine Augen seien das Tor zu meiner Seele, dann täuschst du dich. Das haben schon ganz andere Kaliber versucht zu ergründen und zwar absolut erfolglos.* Frag meinen Therapeuten, denkt sich Theodor Konrad belustigt.

»Ja danke, ich nehme sehr gerne einen Kaffee mit Milch.«

Herr Breitband, Chef und Inhaber der Firma zugleich, stellt zu Beginn des Vorstellungsgespräches sein Unternehmen vor. Er breitet aus, dass seine Firma stark wächst und gleichzeitig ein kaufmännischer Mitarbeiter für mehrere Monate krankheitsbedingt ausfällt: »Herr Wolf, bitte verstehen Sie mich richtig. Wir brauchen deshalb zwar zu sofort einen Kaufmann. Wenn der erkrankte Mann aber wieder zurückkommt, sollen Sie dennoch langfristig bei uns bleiben. Wir haben einfach unglaublich viel Arbeit und benötigen entsprechende Unterstützung.«

Herr Breitband erklärt die vom Unternehmen entwickelten Produkte und die dazugehörigen Dienstleistungen. Stolz führt er aus, dass insbesondere die neue Software sich sensationell verkaufe und alle Erwartungen übertroffen habe, wodurch es aktuell aber zu personellen Engpässen gekommen sei.

Theodor Konrad hört aufmerksam zu und ist sehr konzentriert. Von den Produkten und Dienstleistungen hat er schon gehört, aber bislang nur wenig Kontakt damit gehabt. »Ich denke, mit der Aufgabenstellung käme ich, nach einer kleinen Schulung und Einarbeitung, sehr gut klar.«

»Selbstverständlich bekommen Sie eine Produktschulung. Wahrscheinlich würde es ohne auch nicht gehen«, antwortet der Chef.

Herr Brandband möchte in diesem Zusammenhang wissen, in welchen Bereichen Theodor Konrad bislang gearbeitet hat und warum er so lange arbeitslos gewesen ist.

Theodor Konrad ist klug genug, dem Chef nur von seinen längeren Anstellungen zu berichten. Von den kurzen Beschäftigungsverhältnissen erzählt er nichts. Die stehen auch nicht im Lebenslauf. Dort wurde ihm immer wieder gekündigt: »Ich habe mir eine kreative Auszeit genommen, denn bei meiner letzten Anstellung war ich nicht genug gefordert. Seit geraumer Zeit schaue ich mich nach einer neuen beruflichen Herausforderung um und bewerbe mich wieder.« Theodor Konrad brennt darauf, alles noch weiter auszuführen, kommt aber nicht dazu. Das Telefon klingelt und der Chef muss den Anruf annehmen. Theodor Konrad nutzt die Gelegenheit, sich im Büro von Herrn Breitband umzuschauen und sieht auf seinem Schreibtisch zwei Familienfotos stehen. Er schlussfolgert, dass es sich um seine Frau und die beiden Kinder handelt. An den Wänden hängen Bilder von Sportwagen und auf dem einen steht der Chef lässig an den Wagen angelehnt. *Der scheint wohl ihm zu gehören.*

»Herr Wolf, ich denke, wir können unser nettes Gespräch schon an dieser Stelle beenden. Wenn Sie möchten, können Sie bei uns anfangen. Was meinen Sie dazu? Haben Sie noch Fragen?«

»Dann bin ich sehr erfreut und kann ihnen sagen, Sie werden es nicht bereuen! Also ich nehme ihr Angebot an. Bleiben noch Gehalt und Urlaubszeiten zu klären.«

»Wir zahlen die Branchen üblichen Gehälter. Das ist etwas weniger, als Sie in Ihrer Bewerbung angegeben haben. Aber wäre das für Sie ein Hinderungsgrund?«

»Das passt schon, wenn eine Gehaltserhöhung nicht erst in ferner Zukunft ansprechbar ist?«

»Nein, ganz und gar nicht, zumal ich vom ersten Eindruck her glaube, dass wir zusammen passen. Vielleicht können wir schon nach der Probezeit über ihr Gehalt reden.«, Herr Breitband lächelt Theodor Konrad verbindlich an und reicht ihm die Hand. »Können Sie eventuell schon ab Montag bei uns arbeiten?«

»Kein Problem, gerne sogar. Ich stehe quasi schon in den Startblöcken, getreu dem Motto, je eher, umso besser.«

Theodor Konrad verlässt die Firma, setzt sich in sein Auto und schaut auf die Uhr. Das Vorstellungsgespräch hat gerade einmal 20 Minuten gedauert. *Das ging schnell. Offensichtlich benötigen die dringend Hilfe.*

Bei der Verabschiedung hatte ihm Herr Breitband noch Prospekte zu den Produkten und Dienstleistungen der Firma mitgegeben, die er sich anschauen soll. *Das ist alles kein Hexenwerk bei meinen Fähigkeiten!*.

*

»Guten Tag, Herr Wolf. Wie geht es Ihnen heute?«, fragt Tilmann, dieses Mal mit Vorfreude auf das Gespräch und keiner Spur mehr von Ärger.

»Mir geht es ausgesprochen gut«, antwortet Theodor Konrad.

»Herr Wolf, auf einer Skala von null bis zehn, wo würden Sie Ihre Stimmungslage einordnen?«

»Wenn zehn super ist, dann liegt meine Stimmung bei acht bis neun. Aber warum fragen Sie überhaupt so?«

»Es ist für mich sehr wichtig, zu schauen, was sich zwischen den Sitzungen verändert hat und wie es sich auf ihre Stimmungslage ausgewirkt hat. Die subjektive Einschätzung seines Wohlbefindens durch den Patienten auf einer Skala ist dabei sehr hilfreich. Wenn Sie momentan zwischen acht und neun liegen, dann nehme ich an, dass sich bei Ihnen positive Dinge ereignet haben. Hätten Sie gesagt, dass die Stimmung bei zwei liegt, wäre etwas passiert, das ihr Wohlbefinden stark belastet hat.«

»Da vermuten Sie ganz richtig. Es waren sogar mehrere Sachen, die sich positiv ausgewirkt haben. Ich habe eine Frau kennengelernt und mich einmal mit ihr getroffen. Für mich war es nicht nur ein überraschendes, sondern auch ein tolles Erlebnis.«

Theodor Konrad rutscht im Sessel nach vorne, verschränkt die Hände im Nacken und schließt, genießerisch seufzend, seine Augen.

»Möchten Sie mir mehr davon erzählen?« Tilmann erfragt vorsichtig das Thema der Stunde, damit die Eitelkeit des Patienten nicht verletzt wird. Und vor allem hat er noch das letzte Gespräch zwischen ihnen im Sinn, das am Ende so eine unerwartet positive Wendung genommen hat.

Theodor Konrad würde um nichts in der Welt seinem Therapeuten von den aufregenden Stunden mit Tamara

Kleinschmidt erzählen. Aber irgendetwas Erfreuliches will er berichten, um seinen Behandler bei Laune zu halten. Wer weiß, wozu er ihn noch brauchen wird? »Sehr positiv haben sich meine Bewerbungsaktivitäten auf meine Stimmung ausgewirkt. Und daran sind Sie ja nicht ganz unbeteiligt.«

Tilmann ist derart überrascht, dass ihm fast seine Schreibunterlage aus der Hand fällt: »Herr Wolf! Jetzt bin ich allerdings vollkommen von den Socken. Sie wollten sich doch mit einem Kletterpark selbstständig machen und nun haben Sie sich beworben? Woher dieser Wandel und was ist das für eine Stelle?«

Tilmann ist ganz aus dem Häuschen und kann es kaum erwarten, mehr zu erfahren.

So leicht kann man Menschen täuschen, freut sich Theodor Konrad. »Herr Braun, das sind aber gleich mehrere Fragen auf einmal! Okay, eins nach dem anderen. Wissen Sie noch, dass Sie es waren, der mich darauf hingewiesen hat, dass es sinnvoll wäre, mich in meinem Ausbildungsberuf zu bewerben? Da dachte ich, der Herr Braun ist ein kluger Mann und du hast doch eigentlich nichts zu verlieren. Also mach doch einfach mal. Und dann fiel mir kürzlich dieses IT-Unternehmen auf, das einen IT-Kaufmann sucht. Die Ausschreibung war wie durch ein Wunder auf mich persönlich zugeschnitten. Das konnte kein Zufall sein. Nein, ich wusste sofort, das ist Bestimmung! Da haben höhere Mächte ihre Finger im Spiel! Nach meiner umwerfenden Online-Bewerbung kam, wie sollte es anders sein, prompt die Einladung zum Vorstellungsgespräch. Das Unternehmen passt so gut zu mir, dass dem Chef nichts anderes übrig blieb, als auf meine Vorstellungen einzugehen und mich einzustellen.«

Damit ist Tilmann sonnenklar, dass sie in dieser Sitzung nicht über Depressionen und deren Behandlung reden werden. Na toll, die Vorbereitung auf diese Stunde ist wieder für die Katz, denkt er sich, angesichts der frohen Botschaften von Herrn Wolf aber eher selbstironisch.

Der erzählt weiter vom Vorstellungsgespräch, der Firma, ihren Produkten und dem Chef. Und er betont, dass er sich *selbstverständlich* mit den Produkten auskennt und keine Probleme bei seiner zukünftigen Tätigkeit sieht.

Tilmann entgeht jedoch nicht, dass sein Patient sich süffisant über seinen neuen Chef äußert: »Herr Wolf, ich gewinne den Eindruck, dass Sie sich auf ihre neue Aufgabe freuen und sich dieser gewachsen fühlen. Kann es sein, dass Sie jedoch Vorbehalte gegenüber ihrem Chef haben, oder täusche ich mich da?«

Unglaublich, Tilmann redet immer noch so mit Herrn Wolf, als ob er sich in vermintem Gelände bewegen würde.

»Das kann ich gar nicht so sagen. Ich habe ihn ja noch nicht richtig kennengelernt. Dennoch wirkt er wie ein typischer Neureicher. Er fährt einen Sportwagen, trägt teure Klamotten und muss unbedingt allen seine tolle Familie zeigen.«

»Sehen Sie da etwa ein Problem auf sich zukommen?«

Als Tilmann die sich auf der Stelle verfinsternde Mimik des Patienten sieht, hört er zugleich auch das sprichwörtliche dünne Eis unter seinen Füßen knacken. *Eine Runde Eisbaden gefällig?*

Herr Wolf reagiert ungehalten: »Natürlich nicht! Ich werde das alles wie immer schon hinbekommen, wenn man mich lässt!«

»Bitte entschuldigen Sie, ich wollte Ihnen nicht zu nahe treten. Ich dachte nur, falls Sie Schwierigkeiten wie in der Vergangenheit befürchten, könnten wir beide zusammen hier in der Therapie vorbeugend arbeiten.«

»Das war doch alles etwas ganz anderes. Das muss Ihnen doch inzwischen klar sein!«

Herr Wolf ist ganz und gar nicht mehr entspannt, beugt sich in seinem Sessel vor und starrt Tilmann strafend mit hartem Blick an.

»Ich dachte, bei Ihnen leise Misstöne wahrgenommen zu haben«, will sich der aber nicht einschüchtern lassen.

»Nein, Herr Braun, mir geht es ausgezeichnet!«, gibt der Patient schnippisch von sich.

Das läuft ja wieder super! Wenn es ihm doch so gut geht, warum ist er dann so motzig, fragt sich Tilmann: »Herr Wolf, wäre es in Ordnung für Sie, wenn wir dann auch nicht mehr von einer Depression im engeren Sinne sprechen?«

»Wollen Sie mich etwa loswerden? Wollen Sie mich nicht mehr behandeln?«, wird Herr Wolf, für Tilmann vollkommen unerwartet, sehr schnell sehr laut. Und schon springt er auf, schnappt sich seine Jacke und will, völlig außer sich vor Wut, aus dem Raum stürmen. Im letzten Moment, er hat die Klinke schon in der Hand, dreht er sich noch einmal ruckartig um. Bebend vor Zorn marschiert er auf den völlig konsterniert und wie gelähmt in seinem Sessel sitzenden Tilmann zu. Theodor Konrad baut sich breitbeinig und heftig atmend vor seinem Behandler auf. Langsam beugt er sich aus dieser Position der absoluten Überlegenheit zu Tilmann herunter, bis ihre Gesichter nur wenige Zentimeter voneinander entfernt sind. Tilmann kann nicht weiter im Sessel zurück. Er sitzt in die Lehne gepresst und starrt vor Entsetzen wie gebannt in das inzwischen hassverzerrte Gesicht des Mannes, der eben noch fast wie ein normaler Patient war. Jetzt fühlt er sich wie eine am Boden liegende Thompson-Gazelle, die auf den tödlichen Biss des Geparden in ihre schutzlose Kehle wartet. Wie hypnotisiert blickt er in die jetzt noch dunkleren, braunen Augen von Herrn Wolf. Unmittelbar wie nie zuvor, blickt er in die bodenlosen seelischen Abgründe seines Patienten, wird für Momente, die ihm wie eine Ewigkeit vorkommen, von ihnen innerlich aufgesogen. Aller Schutzschilde seiner Therapeutenrolle beraubt, meint Tilmann, den ganzen Lebensschmerz des Patienten, die Wut, den Hass, aber auch Angst und Trauer völlig ungefiltert in sich fühlen zu können. Zum ersten Mal im Leben *fühlt* er, was Wahnsinn wirklich bedeutet und es zerreißt ihn fast. Wie durch einen Nebel sieht er Herrn Wolf auf sich einschimpfen, ohne den Inhalt der Worte noch verstehen zu können. Aber genauso schnell, wie dieser emotionale Tsunami über ihn gekommen ist, ebbt er auch wieder ab. Sein Patient macht ein paar Schritte zurück, wobei er Tilmann weiter fixiert. Dieser kann erst dessen letzten Worte akustisch wieder verstehen: »Deshalb habe ich derart die Schnauze voll von arroganten Typen wie Ihnen, dass Sie überhaupt keine Vorstellung davon haben! Und ich erwarte beim nächsten Mal konstruktive Vorschläge und Strategien von Ihnen, die mich endlich nach vorne bringen! Oder ist das etwa zuviel erwartet?«

Mit diesen Worten stürmt Herr Wolf schon aus der Praxis und knallt die Tür hinter sich zu.

Es ist wie ein Tritt in den Magen, der völlig unerwartet kam. Tilmann bleibt immer noch die Luft weg und seine Muskeln sind gespannt wie Drahtseile. Vollkommen regungslos sitzt er da.

Tilmann kämpft mit seinen Tränen. Wieder ist es da, dieses beschissene Gefühl, das er nicht zuordnen kann. In seinem Kopf rasen die Gedanken, ohne dass er sie klar fassen kann. Es sind einfach Gedankenfetzen, die keinen Sinn ergeben.

Automatisch reibt er die dünne weiße Linie in seiner rechten Handinnenfläche. Es ist eine gut verheilte Narbe aus der Kindheit, die in Stresssituationen zu schmerzen beginnt.

Gut nur, dass der letzte Patient seine Sitzung abgesagt hat. In diesem Zustand hätte er sich auf niemanden mehr konzentrieren können, versucht Tilmann sich zu beruhigen.

Er schaut sehr zerstreut auf seinen Kalender, um festzustellen, was er für den nächsten Arbeitstag eventuell vorbereiten muss. Ganz fahrig packt er seine Sachen zusammen. Dabei fällt ihm sein Handy in die Finger. *Ich rufe Peer an, vielleicht hat er heute Zeit für mich und kann mir helfen.*

Er lässt es durchklingeln, bis sich die Mailbox von Peers Privathandy meldet. Ungeduldig hört Tilmann die gedehnte Sing-Sang-Stimme seines Freundes: »Hallo Gays, natürlich wollt ihr mich sprechen, kann ich verstehen, doch jetzt muss ich kurz die Welt retten, rufe euch aber dann zurück. Küsschen, euer Peer.«

Tilmann ist momentan nicht nach lockeren Sprüchen zumute und er bittet Peer, ihn baldmöglichst zurückzurufen. So chaotisch Peer auch manchmal ist, ist er doch ein zuverlässiger Freund.

Tilmann sitzt, immer noch fassungslos, an seinem Schreibtisch. Wie geistesgestört wirkend, spielt er mit seinem Handy und versucht Herr seines Kopfkinos zu werden. Der Auslöser war klar: Theodor Konrad Wolf.

Warum war der so aggressiv? Was hat er, Tilmann, falsch gemacht? Warum haut ihn dessen Verhalten so um? Er vermutet die Quellenamnesie als eine der Ursachen.

Es kommt vor, dass Patienten aufgebracht sind, plötzlich das Gespräch beenden und fluchtartig die Praxis verlassen. Bislang ist ihm das zweimal passiert. Auch da war er verdutzt, natürlich, konnte aber mit der Situation umgehen. In beiden Fällen hatte er die Patienten zum üblichen nächsten Termin wieder eingeplant. Und in der Tat meldeten sie sich an einem der Tage darauf und entschuldigten sich zähneknirschend für ihr Verhalten. Tilmann geht auch in dieser Situation davon aus, dass sich Herr Wolf bald wieder bei ihm melden wird. Allerdings ist er sich nicht sicher, ob er die Behandlung fortsetzen will und kann. Im Moment ist er einfach nur schwer verwirrt.

Immer noch völlig gedankenverloren sitzt Tilmann vor seinem Schreibtisch, als sein Handy klingelt. Er erschreckt sich und lässt das Telefon auf die Schreibtischplatte fallen, nimmt es dann aber wieder in die Hand. Mit Erleichterung sieht er auf dem Display, dass Peer anruft: »Hallo Peer, schön, dass du so schnell zurückrufst.«

»Hi! Mann, Mann, Mann, was ist mit dir los? Deine Stimme klang auf dem AB so wie nach einem Weltuntergang.«

»Irgendwie ist es auch so.«

Tilmann parkt seinen Wagen in der großzügigen Einfahrt vor Peers Villa. Er steigt aus, schließt seinen Wagen ab und nimmt eilig die acht Stufen zum Eingang. Ungeduldig klingelt er an der Tür. Tilmann steht noch unter dem Eindruck der Ereignisse und hat sich keinesfalls wieder beruhigt. Hat er sich getäuscht oder funktioniert die Klingel nicht? Den müden Gong, der ihn immer wieder an einen altersschwachen Paukenschläger erinnert, hat er zumindest nicht gehört.

Die winterliche Abenddämmerung zieht herauf und alles ist grau in grau, die Luft feucht und kalt. Tilmann will hier nicht länger als nötig wie ein Idiot stehen und warten. Wiederholt drückt er auf den Klingelknopf, aber ohne jegliche Konsequenz. Nun bollert Tilmann mit der rechten Faust gegen die Haustür und ruft: »Hallo Peer, bitte öffne deine Haustür, ich bin es nur, Tilmann, und nicht der Gerichtsvollzieher! Pee-er!!«

Plötzlich wird die Haustür aufgerissen und Peer steht mit einem großen Messer in der Hand vor ihm: »Geben Sie es zu, Sie haben sich als mein Freund Tilmann verkleidet und wollen mir jetzt mein letztes Geld rauben.«

Peer dreht sich um und ruft ins Haus rein: »Hilfe, Sven, komm schnell. Vor unserer Tür steht ein Räuber!«

Peer und Tilmann umarmen sich zur Begrüßung und betreten das Haus. Sie gehen in die mit vielen alten Büchern gefüllte Bibliothek, in der schon der passende Rotwein, geöffnet zum Atmen, steht und das Feuer im offenen Kamin brennt. Tilmann liebt diesen Raum, in dem es immer etwas muffig riecht. Er erinnert ihn an die gemeinsame Studienzeit, als sie vor ihrer Fachliteratur saßen und büffeln mussten.

»Ich habe deinen Lieblingswein geöffnet, damit du etwas Balsam für deine geschundene Seele bekommst.«

»Den Wein kann ich gut gebrauchen. Es war heute einfach nicht mein bester Tag.«

»Offenbar war es ein sehr bescheidener Tag. Was um Gottes Willen ist denn nur passiert?«

Tilmann berichtet von Herrn Wolf und insbesondere, wie der plötzlich wütend aufgebracht die Sitzung verlassen hat.

»Tilmann, was bedeutet diese Situation jetzt gerade für dich?«

»Ich fühle mich bedroht, ohne dass er mich direkt bedroht hat!«

»Wovor hast du letztlich Angst, selbst wenn sie dir irrational erscheinen mag?«

»Das ist ja das Schlimme. Ich weiß es einfach nicht. Ich kann es beim besten Willen nicht fassen. Ich habe keine Angst, dass er schlecht über mich reden wird. Ein Narzisst wie er wird sicherlich nicht im Freundeskreis kund tun, dass er von seinem Arzt zu einem Psychologen geschickt wurde. Allerdings glaube ich schon, dass er, wenn es um Psychotherapeuten geht, sagen wird, dass er von mir nur Schlechtes gehört hat. Doch davor habe ich keine Angst.«

»Okay. Dann überleg doch einmal, ob du das undefinierbare, komische Gefühl vielleicht aus früheren Zeiten kennst.«

Tilmann kommt bei dieser Frage ins Grübeln: »Gute Frage!«

»Wurdest du jemals, inklusive deiner Kindheit, bedroht?«

Tilmann muss grinsen: »Später kamen die Frauen ins Spiel. Die bedrohen mich immer noch. Papa, ich brauche unbedingt, sofort ein neues Kleid. Hanna bedroht mich auch und zwingt mich zum Sex.«

Beide müssen lachen.

Es klopft an der Tür und Sven betritt fröhlich trällernd die Bibliothek. Er hat eine Kleinigkeit zum Naschen auf einem Tablett und stellt es auf den Tisch: »Lasst es euch gut schmecken. Es ist ein kleiner Gruß aus der Küche.«

Beide greifen zu und genießen die kulinarische Köstlichkeit: Bruschetta. Aber damit nicht genug: Sven hatte tagsüber kleine, runde Schokoladenpralinen kreiert, die mit einem Hauch von Minze das britische Ambiente des Raumes unterstreichen.

»Tilmann, vielleicht hilft es dir, wenn du mit deiner Mutter sprichst. Vielleicht kann sie sich an eine Situation erinnern, in der du mal stark verängstigt warst?«

»Was weißt du denn noch zum Thema Quellenamnesie? Ich habe schon geschaut, recherchiert und gelesen. Es hat mich aber alles nicht wirklich weiter gebracht. Ich tappe im Dunkeln und das macht mich langsam wahnsinnig.«

»So viel steht fest, dass es das Phänomen auf jeden Fall gibt, also die Quellenamnesie ist kein Mythos. In deinem Fall könnte es zum Beispiel bedeuten, dass du einen intensiven, unangenehmen, vielleicht sogar bedrohlichen Gefühlszustand erlebst und diesen ganz sicher auch schon einmal empfunden hast. Nur kannst du dich an dieses Erlebnis heute nicht erinnern. Das könnte mit einer sogenannten peritraumatischen Dissoziation zusammenhängen, bei der dein Bewusstsein sich durch eine Abspaltung vor dem erlebten Grauen oder unerträglicher Hilflosigkeit geschützt hat. Aber grau ist alle Theorie, lieber Tilmann. Und da mir zu deinem Problem aktuell auch nicht viel mehr Kluges einfällt, habe ich dich auf deine Mutter verwiesen. Die wird uns eventuell weiterhelfen können.«

Tilmann schaut sehr nachdenklich, mit gläsernem Blick, auf einen großen glühenden Holzscheit im Kamin. Zum ersten Mal seit dem verbalen Angriff vorhin durch Herrn Wolf kann er sich etwas entspannen.

»Du, Peer, so grau ist die Theorie vielleicht gar nicht. Ich werde meine Mutter demnächst auf jeden Fall besuchen und sie zu diesem Thema richtig ausquetschen. Das könnte mich weiter bringen.«

Beide nehmen ihre halbvollen Gläser in die Hand und stoßen an. Sie genießen den Wein und hängen ihren Gedanken nach.

»Die Behandlung mit deinem Patienten wirst du sicherlich nach diesem Vorfall abbrechen, oder was hast du vor?«, fragt Peer vorsichtig.

»Ich denke, ich werde mit ihm einen weiteren Termin machen«, gibt sich Tilmann entschieden.

»Bitte, was? Bist du noch bei Trost?«

»Was soll ich denn machen?« Tilmann zuckt mit den Schultern: »Wenn ich mit ihm keinen neuen Termin mache, wie soll ich ihm dann den Kopf abschlagen können?«

Peer atmet erleichtert auf.

»Wenn der Kopf erst einmal daneben hängt, werde ich den Körper vierteilen, verpacken, nach Timbuktu verschicken und alles zu Fischfutter verarbeiten lassen. Das habe ich vor!«

»Bedenke aber das ganze Blut, das den Boden in deiner Praxis versauen würde. Den müsstest du danach reinigen lassen. Ehrlich, ist der Typ das wirklich wert?«

*

Es fällt Tilmann nicht schwer, seine Mutter zur Quellenamnesie zu befragen. Er möchte aber nicht erst bis zum Wochenende warten müssen, sondern ruft sie am nächsten Tag an.

Tilmann hat ein besonderes und vertrauensvolles Verhältnis zu seiner Mutter. Es beruht darauf, dass sie ein sehr familienorientierter Mensch ist, der es sich zur Lebensaufgabe gemacht hat, immer für die Kinder und den Mann da zu sein. Sie unterstützt ihre Familie nach Kräften ohne sich selbst dabei aufzugeben, was in der Vergangenheit schon zu hartnäckigen Diskussionen geführt hat.

»Hallo Mütterchen, ich bin es, dein Sohn!«

»Ach, mein Junge, schön, dass du mich anrufst. Gerade habe ich an dich gedacht und wollte dich anrufen. Kannst du jetzt etwa schon hellsehen?«

»Mama, du weißt doch, meine Fähigkeiten sind unerschöpflich. In der mir gegebenen Bescheidenheit zeige ich meine Fähigkeiten aber nur dann, wenn es zwingend notwendig ist. Schließlich möchte ich nicht, dass mein soziales Umfeld neben mir einen Minderwertigkeitskomplex bekommt.«

Seine Mutter spitzt die Lippen und runzelt die Stirn: »Ja, ich sehe durchaus Fähigkeiten bei dir, allerdings ist Bescheidenheit keine davon.«

»Oh, nein? Mama, wie kannst du mir das so unverblümt sagen? Hast du keine Angst, mich damit in eine tiefe Krise zu stürzen?«, Tilmann versucht, besonders vorwurfsvoll zu klingen.

»Nein! Wenn dich jemand aus unserer Familie in eine Krise stürzen könnte, wäre das deine Tochter, und zwar dann, wenn sie den ersten Freund anschleppt!«

»Ouh, das könnte allerdings sein.«

Beide müssen lachen.

Tilmann erzählt seiner Mutter, warum er sie anruft und von der Behandlung mit Theodor Konrad Wolf. Er berichtet auch von den Problemen mit ihm und dass der wütend die letzte Sitzung verlassen hatte.

Wie er seine Mutter kennt, nimmt sie Tilmann sofort in Schutz und vergisst dabei sein Alter: »Ein solches Verhalten ist eine absolute Frechheit! Weiß der denn nicht, wie man sich zu benehmen hat? Weiß der nicht, wie schwer es ist, einen Therapieplatz zu bekommen?«

»Ach, Mama, diese Art von Patient kennt nur eigene Bedürfnisse und ist in sich selbst verliebt. Gaaanz schwierige Patienten.«

»Was wirst du denn machen, wenn der sich wieder bei dir meldet? Dem gibst du doch wohl keinen neuen Termin! Dem gehört der Hinter versohlt!«

»Mama, ich danke dir für dein Mitgefühl, aber ich wollte mit dir in diesem Zusammenhang über etwas anderes sprechen.«

Da sie ihren Sohn gut kennt und weiß, dass er Hilfsbedürftigen nur schwer etwas abschlagen kann, hakt sie nach: »Versprich mir, dass du dem Idioten keinen neuen Termin gibst. Du musst da auch mal an dich denken!«

Tilmann erzählt seiner Mutter, wie er sich nach der letzten Therapiesitzung mit seinem Patienten gefühlt hat: »Kannst du dich erinnern, dass es mal in meiner Kindheit eine Situation gab, in der ich mich irgendwann vielleicht stark bedroht fühlte?«

»Oh, da erwischt du mich auf dem falschen Fuß. Da muss ich erst einmal drüber nachdenken. Aus dem Stegreif fällt mir da nichts ein.«

»Vielleicht gab es auch eine Phase in meinem Leben, in der ich mich irgendwie zurückgezogen habe, in der ich sehr still war?«

»Natürlich hat es solche Phasen gegeben. Ich denke, alle Kinder werden die mal haben. Ich kann es aber mit keinem besonderen Ereignis verbinden.«

Tilmann bespricht mit seiner Mutter verschiedene Ereignisse, die sich in seiner Kindheit und Jugend zugetragen hatten. Es sind aber keine Ereignisse, die ihn emotional besonders stark berühren.

»Ach, mein Junge, ich glaube, ich weiß im Moment keine weiteren Ereignisse aus deinem Leben, in denen du irgendwie besonders ängstlich warst«, überlegt seine Mutter weiter. Dabei wird ihre Stimme immer langsamer, leiser und klingt bedrückt.

»Vielleicht kannst du auch einmal Papa fragen. Dem sind womöglich andere Episoden meines Lebens im Gedächtnis geblieben«, versucht Tilmann weiter am Thema zu bleiben.

»Das werde ich bestimmt tun und dich sofort anrufen, wenn wir noch etwas gefunden haben.«

»Das ist sehr nett von euch.«

»Du klingst aber wirklich bedrückt. Geht dir die Geschichte so nah?«

»Gerade bin ich eher nachdenklich und schweife im Geiste durch meine Kindheit und Jugend. Natürlich belastet mich das Ganze auch, aber nicht so sehr, dass du dir Sorgen machen musst. Wirklich nicht!«

Tilmann weiß, dass sich seine Mutter schnell sorgt und versucht, sie zu beruhigen. Frau Braun ist einfach eine Mutter zum Liebhaben, so wie man sie aus Rosamunde-Pilcher-Filmen kennt.

Zum Ende des Gesprächs lenkt er das Thema auf Charlotte. Das bringt in dieser Situation eine gewisse Ablenkung und sofort hellt sich die Stimmung bei beiden wieder auf.

*

»Herrenabend!!!«, brüllt Andre. »Männer, nehmt euch ein Bier und setzt euch!«

Das ist für alle kein Problem. Der Tisch in der Wohnküche, an dem die drei Männer sitzen, steht nahe am Kühlschrank. So kommt jeder schnell an ein gekühltes Bier. Im zweiten Raum der kleinen, von Zigarettenqualm vernebelten Wohnung, steht ein Bett und ein großer Fernseher.

»Es wurde auch Zeit, dass wir wieder zusammenkommen. Auf uns drei! Prost«, Lukas hebt seine Bierflasche und stößt mit jedem an.

»Eigentlich hätten wir uns heute Abend bei Theodor treffen müssen. Schließlich hast du einen Job gefunden und müsstest deshalb eine Runde ausgeben.«

»Ja, was macht denn der neue Job? Hat man dich schon befördert?«, will Lukas wissen.

Theodor Konrad rollt mit den Augen: »Was soll schon sein? Der Chef ist ein inkompetenter Geldsack, der mit seiner dicken Karre angibt und einen auf heile Kleinfamilie macht.«

»Ach, so einer ist das. Die kennt man ja.«

»Die beuten nur ihre Mitarbeiter aus, lehnen sich in einem dicken Sessel hinter dem Schreibtisch zurück und halten sich für ganz, ganz große Helden. Die merken nicht einmal, dass sie totale Vollpfosten sind«, weiß Andre.

Die Männer stoßen mit ihren Bieren an und prahlen mit ihren Taten, die sie vollbringen würden, wenn sie Chef einer Firma wären. Und sie tauschen sich aus, was ihnen in Beschäftigungsverhältnissen widerfahren ist und wie ungerecht sie behandelt wurden. Sie sind sich einig, dass all ihre Chefs bislang komplette Vollidioten waren.

»Dein Chef hat also eine Kleinfamilie?«, fragt Lukas nach.

Theodor Konrad überlegt kurz: »Ja, ja, es gibt da ein kleines Kind, nein, sogar zwei Kinder.«

»Das macht die Situation für uns einfacher«, schlussfolgert Andre.

»Wie meinst du das?«, fragt Theodor Konrad.

»Na ja, wenn wir einen Coup zusammen starten und einen Geldsack um etwas Kohle erleichtern wollen, warum entführen wir dann nicht ein Kind von deinem Chef? Du arbeitest mit ihm zusammen und kommst mühelos an die wichtigsten Informationen heran.«

»Ihr wollt es wirklich machen?«, fragt Theodor Konrad Lukas und Andre verwundert.

»Natürlich wollen wir. Wir wollen auch endlich mal Kohle haben«, ruft Lukas.

»Uns steht das zu! Man muss sich einmal klar machen, dass die Geldsäcke uns ausbeuten. Wir müssen malochen und die bekommen die dicke Kohle. Die haben Steuervorteile, von denen wir nur träumen können. Steuervorteile, die sie nur noch reicher machen«, wird Andre immer lauter. Er fühlt sich vom Leben als solchen benachteiligt und verlangt nach Gerechtigkeit. Er hat keine Arbeit und nur sehr wenig Geld. Jeden Euro umdrehen zu müssen, nicht an den schönen Dingen des Lebens teilhaben zu können, ist für ihn ein völlig inakzeptabler Zustand. Schon seit seiner Kindheit hatte seine Familie kaum Geld, da sein Vater nach kurzen Beschäftigungszeiten immer wieder seinen Arbeitsplatz verlor. Er musste Stütze beantragen und fühlte sich vom Leben gedemütigt. Das war die Zeit in Andres Leben, in der mit Fingern auf ihn gezeigt wurde: »Der ist ja asozial.« Das hatten seine Mitschüler ihm nachgerufen, vor allem die aus besserem Hause, Kinder mit reichen Eltern. Zu dieser Zeit hatte er geschworen, sich irgendwann an ihnen zu rächen. Und jetzt ist der Zeitpunkt gekommen. Jetzt will er sich das nehmen, was ihm zusteht: Vergeltung und Geld!

Lukas schaltet sich ein: »Hey, ich will aber genauso aus meinem Loch raus. Außerdem halte ich die Idee für glänzend, ein Kind von deinem Chef zu entführen. Theodor, du kannst deinen Chef bei der Arbeit vorsichtig ausfragen. Andre und ich werden dann die Gewohnheiten der Familie, insbesondere der Kinder beobachten. Den Wohnort deines Chefs finden wir heraus, indem wir ihm nach Feierabend folgen.«

»Die Adresse von meinem Chef finden wir einfacher und schneller heraus, indem wir seinen Namen in eine Suchmaschine eingeben. Vielleicht werden wir dann schon fündig.«

Andre steht auf, holt für alle ein Bier und bringt seinen Laptop mit, damit sie bei Google die Adresse des Chefs suchen können. Ein tolles Smartphone mit schnellem Internet kann sich keiner von ihnen leisten.

Bei ihrer Suche nach dem Wohnort des Chefs von Theodor Konrad werden sie schnell fündig. Unter dem Namen gibt es nur zwei Adressen. Die erste Anschrift ist die Firmenadresse. Somit kann die zweite nur die private Adresse sein. Zudem sind beide Anschriften nur sieben Kilometer voneinander entfernt.

Die Männer teilen im Laufe des Abends die verschiedenen Aufgaben zu. Lukas und Andre sollen die Familie überwachen. Insbesondere sollen sie herausfinden, wer wann das Haus verlässt und zu welcher Zeit zurückkommt. Theodor Konrad soll seinen Chef in ein privates Gespräch verwickeln und zufällig auf die Gewohnheiten der Kinder zu sprechen zu kommen. Ferner soll er herausfinden, ob die Frau arbeitet und ob es vielleicht noch ein Kindermädchen gibt.

Lukas und Andre sind völlig aufgedreht und davon überzeugt, dass bei ihrer guten Planung nichts schiefgehen kann. »Theodor, es läuft doch super! Warum bist du so nachdenklich? Gibt es noch irgendetwas?«

Theodor Konrad antwortet etwas zögerlich: »Nein, nein. Alles ist gut. Ich musste nur an jemand anderes denken, mit dem ich noch eine Rechnung offen habe!«

*

Das Gebäude steht in einem Mischgebiet mit sowohl Privat- als auch Geschäftshäusern. Hier kann Theodor Konrad mit seinem silbergrauen Golf gut am Straßenrand parken, ohne aufzufallen. An diesem Tag scheint fast jeder zweite oder dritte Wagen ein silberner oder grauer Golf zu sein.

Er stellt die Rückenlehne des Fahrersitzes zurück, um selber auch weniger aufzufallen. Es soll so aussehen, als wenn er einfach eine kleine Pause macht.

Observationen hatte er sich einschläfernd vorgestellt. In den Krimis und Thrillern, die er las oder im Fernsehen sah, wurde die Observierung in der Regel als sehr langweilig und ermüdend dargestellt. Doch von seinem Auto aus hat er einen guten Überblick über die rege befahrene Straße und die Geschäftshäuser. Und dadurch, dass die Sonne scheint, sind mehr Menschen auf der Straße. Nach dem langen und kalten Winter gieren förmlich alle danach, endlich die Häuser verlassen und sich draußen wieder frei bewegen zu können.

Gegen die Langeweile stellt er das Radio ein, aber nicht zu laut. Er sucht sich einen Nachrichtensender, der viel über Politik und Wirtschaft berichtet. Seit dem Entschluss, einem Reichen sein Geld durch eine Entführung zu nehmen, interessiert Theodor Konrad sich für die Wirtschaft und die Börse. Hat er dann erstmal das Geld in seinen Händen und die drängendsten Bedürfnisse damit befriedigt, will er sein Kapital vermehren und noch reicher werden.

Sieh an, da sind sie ja! Mutter Breitband und Kind gehen praktischerweise zu Fuß und fahren nicht mit dem Auto, denkt er zufrieden. Beide scheinen guter Laune zu sein, denn sie albern ausgelassen herum.

Als sie sich schon deutlich entfernt haben, öffnet er die Wagentür, steigt aus und geht ihnen mit sicherem Abstand hinterher.

Es ist nicht schwer, herauszufinden, welches Ziel die beiden anstreben. Sie gehen zur Schule. Wenn die Mutter das Kind zur Schule begleitet, wird es sicherlich auch von ihr wieder abgeholt, grübelt er. Vielleicht gibt es heute aber auch einen besonderen Anlass in der Schule, bei dem ein Elternteil dabei sein soll. Bei einem kurzen Schulweg kann das Kind auch alleine zur Schule gehen. Das muss er in den nächsten Tagen unbedingt nochmal überprüfen.

Mit einem sicheren Gefühl geht er wieder zurück zum Wagen.

Das war ja total einfach. Und niemand hat mich entdeckt. Observationen sind ja gar keine richtige Herausforderung, sondern eher ein Kinderspiel. Theodor Konrad weiß noch nicht, ob er darüber erleichtert oder enttäuscht sein soll.

Er setzt sich wieder ins Auto und wartet ab. Er geht zwar davon aus, dass die Mutter schnell wieder zurück sein wird. Doch, wer weiß, vielleicht kommt sie auch nicht zurück und geht stattdessen zur Arbeit, ist er in Gedanken versunken.

Heute, findet Theodor Konrad, ist ein guter Tag, um hier die schräg hereinscheinende Sonne zu genießen, ein guter Tag für neue Ideen vielleicht sogar.

Im Radio läuft eine gähnend langweilige politische Diskussion über das Rentensystem. *Oh, Gott, das geht ja überhaupt nicht!* Von den Idioten möchte er nichts hören.

Als er einen neuen Radiosender einzustellen versucht, rutscht er von den zu kleinen Tasten ab. »Scheiße! Wenn ich erst die Millionen habe, muss ich mich nicht mehr mit so einem Billig-Scheiß abgeben!«

In diesem Moment sieht er ungeordnete Papiere im Fußraum der Beifahrerseite liegen. Verdutzt hebt er sie auf und sieht, dass es Formulare vom Jobcenter sind. Auch da muss er dann nicht mehr hin. *Aber warte, da habe ich eine Idee. Warum nicht die Millionen noch mit etwas Hartz4 aufstocken!*

Genüsslich lehnt er sich zurück und freut sich, während er auf die Rückkehr der Mutter wartet. Theodor Konrad rechnet derweil zusammen, wie viel Geld er jedes Jahr vom Amt zu dem erpressten Geld dazu bekommen wird.

*

Tilmann sitzt vollkommen genervt im Büroraum der Praxis vor dem Computer. Er muss den obligatorischen Bericht für einen Gutachter schreiben, damit die Krankenkasse die entsprechende Behandlung verlängert.

»Ich könnte kotzen!«, bricht es aus ihm heraus.

Immer wieder der gleiche Scheiß! Warum reichen das abgeschlossene Studium, die Therapieausbildung und die Kassenzulassung nicht aus, um zu belegen, dass man auch eine längere Therapie erfolgreich zum Abschluss bringen kann?

Tilmann ist sich sicher, es gibt keinen Psychotherapeuten auf der ganzen Welt, der gerne diese Berichte schreibt, sondern vergleicht das gerne mit Sklavenarbeit.

Laut seufzend steht er auf und geht zu seinem geliebten Kaffeevollautomaten: »Gut, dass ich dich habe, mein Freund. Du stehst mir in diesen schweren Zeiten treu zur Seite und spendest mir gegen etwas Wasser und Kaffeebohnen einen heißen Espresso.«

Der Kaffeevollautomat zischt vor sich hin und brüht einen heißen Espresso auf. Tilmann gibt noch einen Löffel Zucker hinzu und rührt gedankenverloren um: »Italien, das Land des leckeren Essens, der vollmundigen, fruchtigen Weine und des wundervollen Kaffees, dessen Geruch alleine schon die Sinne verführt.« Vielleicht sollten sie wieder einmal dort Urlaub machen. Der Gardasee wäre ein tolles Ziel.

Er denkt über die Freizeitmöglichkeiten nach, die es dort gibt. Neben dem Schwimmen im See, locken ihn die tollen Wanderrouten und auch die anspruchsvollen Wege für Radtouren.

Tilmann geht wieder zurück und setzt sich vor seinen PC: »Erstaunlich! Niemand hat diesen gottverdammten Bericht für mich geschrieben.«

Im Schreibtisch sucht er seine Mitschriften zum entsprechenden Patienten, damit er weiter schreiben kann. Dabei stößt er auf die Akte von Theodor Konrad Wolf: »Da bist du ja wieder, du alte Nervensäge«, kann Tilmann gerade nicht an sich halten.

Er stutzt und schlägt die Akte auf. Er ist über sich selbst erstaunt, denn auch wenn es in seinem Magen unangenehm grummelt, so hat ihn die Erinnerung an den Patienten nicht wieder ausgenockt. Soll er ihn vielleicht doch noch einmal anrufen und einen Termin abstimmen?

Bei dieser Vorstellung fällt ihm wieder ein, wie fordernd, undankbar, grenzüberschreitend und provozierend Herr Wolf war. Und er muss an das unrühmliche Ende der letzten Sitzung denken. Ihn noch einmal einzuladen wäre sicherlich ein Fehler, denkt Tilmann. Außerdem würde seine Mutter ihm gehörig die Ohren lang ziehen, wenn sie davon erführe. *Diese Aufregung kann ich der Armen unmöglich zumuten!*

Trotzdem blättert Tilmann den Fragebogen durch, den alle Patienten bei ihm vor Therapiebeginn ausfüllen müssen. Auf Seite fünf von acht bleibt Tilmann hängen. An dieser Stelle führt Herr Wolf aus, wie sehr er unter dem wenigen Geld leidet, das er als Hartz4-Empfänger bekommt. Noch spannender sind aber die Randbemerkungen, die Herr Wolf angefügt hat: »Es ist ungerecht, wie das Geld in unserem Land verteilt ist. Ich wüsste schon, wie man das ändern könnte ;-)«

Das Grummeln im Magen beginnt, sich doch wieder in Angst zu wandeln. Tilmann öffnet im PC ein Programm, indem alle Protokolle seiner Therapiesitzungen gespeichert sind, so auch die zur Behandlung von Theodor Konrad Wolf. Mit feuchten Fingern scrollt Tilmann durch das Programm: »Ich weiß, er hat zum Thema Ungerechtigkeit noch mehr gesagt. Was war es nur, verdammt?« Tilmann merkt nicht, wie er mit sich selbst redet und immer hektischer durch das Programm blättert.

Da steht es! Patient sagt: »Ich würde so einem Sack das Kind wegnehmen und ihn schön zahlen lassen.«

Er kann sich wieder ganz genau erinnern. Herr Wolf hatte diese Aussage von sich gegeben. Allerdings hatte er auch sofort einen Witz dazu gemacht, um die Aussagekraft zu mildern. Im weiteren Gesprächsverlauf leugnete er, dass er einen Menschen entführen könnte.

Weiß der überhaupt, was er so sagt und damit bei anderen anrichtet, sinniert Tilmann.

*

»Guten Morgen, Herr Wolf. Wie geht es Ihnen?«, fragt Herr Breitband.

»Guten Morgen, Herr Breitband. Danke der Nachfrage. Mir geht es sehr gut«, antwortet Theodor Konrad.

Sie treffen sich, mehr zufällig, kurz nach der Frühstückspause in der Küche der Firma. Der Chef freut sich, seinen neuen Mitarbeiter zu sehen und will die Gelegenheit nutzen, um mit ihm ein vertrauliches Gespräch zu führen: »Herr Wolf, wenn Sie gerade Zeit hätten, würde ich mich gerne mit Ihnen unterhalten.«

»Natürlich, kein Problem. Ich kann die anliegenden Aufgaben auch später erledigen.«

Theodor Konrad und Herr Breitband gehen in das Büro des Chefs, damit sie sich ungestört unterhalten können.

»Herr Wolf, bitte erzählen Sie mir doch, wie Ihnen die ersten Tage hier bei uns gefallen haben. Gibt es etwas, das ich oder wir für Sie tun können? Haben Sie irgendwelche Probleme?«, leitet Herr Breitband das Mitarbeitergespräch ein.

»Ich kann mich eigentlich nicht beklagen. Ich komme mit den Kollegen und Kolleginnen sehr gut aus und fühle mich bei der Arbeit mehr als wohl«, versucht Theodor Konrad locker zu bleiben. Sicherlich ist es normal, dass ein Chef seinen neuen Mitarbeiter befragt, wie es ihm geht. Trotzdem spürt er, dass ganz leise Misstöne mitschwingen. Auf irgendetwas will sein Chef hinaus.

»Das höre ich gerne. Es ist auch mein Eindruck, dass Sie in unser Team passen. Und ich sehe es auch als meine Aufgabe an, mich um meine Mitarbeiter zu kümmern. Irgendwie ist es so wie zwischen einem Vater und seinen Kindern. Da versucht man schließlich auch zu helfen, wenn es irgendwie geht.«

Das ist die Gelegenheit! Hier muss ich das Gespräch an mich nehmen und in eine andere Richtung lenken, denkt sich Theodor Konrad: »Und wie ich auf ihren Bildern sehe, sind Sie ja tatsächlich Vater. Sie haben zwei Kinder. Wenn ich das richtig einschätze und die Bilder noch nicht alt sind, dann geht ein Kind in den Kindergarten und das andere in die Schule?«

»Stimmt, gut beobachtet.«

»Das stelle ich mir morgens aber ganz schön stressig vor. Da müssen zwei Kinder für den Tag fertig gemacht werden, alle müssen frühstücken und danach bringen Sie die beiden noch weg. Das ist bestimmt anstrengend.«

»Das liegt mehr an der Stimmung, die morgens herrscht. In der Regel klappt es aber sehr gut, da alles klar strukturiert ist.« Das ist das Stichwort für Herrn Breitband. Ihm war bei seinem neuen Mitarbeiter schon bald aufgefallen, dass er immer etwas verspätet zur Arbeit erscheint und dann erst einmal in Ruhe einen Kaffee trinkt. »Herr Wolf, Struktur ist das passende Stichwort. Sie arbeiten sehr strukturiert und daran habe ich gar nichts auszusetzen. Allerdings ist mir bei Ihnen aufgefallen, dass Sie sich morgens mit dem Arbeitsbeginn etwas schwertun. Gibt es dafür einen Grund?«

Daher weht der Wind, denkt sich Theodor Konrad. Sein Chef holt also die Peitsche heraus und will ihn antreiben. *Ist ja klar, dass er sofort kritisieren muss. Arschloch!!*

»Ich weiß, ich bin etwas zu spät gekommen. Das liegt daran, dass der Verkehr so stark war. Vorgestern sprang mein Wagen nicht sofort an, sodass ich den Bus nehmen musste. Ich werde in Zukunft natürlich pünktlich sein.«

»Ich freue mich über Ihr Verständnis ...«, Herr Breitband unterbricht sich, denn das Handy von Theodor Konrad meldet sich und der schaut auch sofort drauf.

Eine Nachricht von Andre. Die kommt ihm gelegen! »Herr Breitband, bitte entschuldigen Sie mein Verhalten. Normalerweise gehe ich in Gesprächen nicht an mein Handy. In diesem Fall ist es eine Erinnerung für mich. Ich muss dringend einen Kunden anrufen.«

Andre hatte in seiner SMS geschrieben, dass der Sohn von Herrn Breitband wahrscheinlich zur Bernd-zu-Großmeyer-Schule geht. Diese Schule liegt im besten Stadtteil der Stadt und ist auch nicht weit vom Wohnort seines Chefs entfernt.

»Herr Wolf, dann möchte ich Sie auf keinen Fall weiter von der Arbeit abhalten. Bitte, wenn Sie ein Problem haben, wenden Sie sich ruhig an mich«, Herr Breitband verabschiedet sich mit einem Handschlag von Theodor Konrad.

»Ich vermute, dass Ihr Sohn zur Bernd-zu-Großmeyer-Schule geht. Haben wir die auch schon als Kunden?«, fragt Theodor Konrad.

»Da haben Sie recht. Allerdings trenne ich beruflich und privat sehr genau. Deshalb ist die Schule kein Kunde von uns und soll es auch nicht werden, ansonsten könnte es Schwierigkeiten geben, die ich unbedingt vermeiden möchte.« Herr Breitband ist irritiert, wie neugierig sein Mitarbeiter ist. Er denkt darüber aber nicht weiter nach, denn auch auf seinem Rechner blinkt es in verschiedenen Farben und Formen, was ihn an noch zu erledigende Aufgaben erinnert.

*

»Wer ist denn das?«, fragt sich Lukas, während er bei der Observation im Auto sitzt und frühstückt. Beim Bäcker hatte er sich ein belegtes Brötchen und einen Becher Kaffee gekauft, denn sein Kühlschrank zu Hause ist wie fast immer leer. Gestern hatte er einfach keine Lust sich in den Supermarkt zu bewegen, um einzukaufen. Er hatte es vorgezogen, sich von Kaffee und der letzten Tiefkühlpizza zu ernähren. Außerdem war er im Netz verabredet und wollte unbedingt sein neues Online-Spiel fortsetzen. Dabei fliegt er mit seinem Raumschiff durch das Weltall und schießt Feinde ab. Er will in der Bestenliste unbedingt noch etwas weiter nach oben klettern.

»Da werden die beiden Blagen doch von irgendeiner Tussi weggefahren«, stellt er fest. Lukas legt das Brötchen auf den Beifahrersitz, steckt den Kaffee in eine Halterung und fährt dem Kindermädchen, wie er vermutet, hinterher.

Keiner hat mir etwas von einem Kindermädchen erzählt, denkt er sich, aber die ist wirklich attraktiv! Vielleicht sollten sie nicht nur ein Kind entführen, sondern die Mieze noch dazu. Mit der hätten sie ihren ganz besonderen Spaß!

Lukas holt sein Handy aus der Tasche und schreibt, an einer roten Ampel wartend, eine SMS an Andre und Theodor Konrad: »Ich habe eine erregende Idee! Müssen uns treffen.«

Es ist 7:45 Uhr und zuerst wird der Sohn zur Bernd-zu-Großmeyer-Schule gefahren. Das Kindermädchen lässt den

Jungen direkt vor der Schule aussteigen. Hier tummeln sich viele Schüler, weitere Eltern und einige Lehrer.

Dort ist zu viel Betrieb und zu viel Verkehr. Da haben wir keine Chance für einen Zugriff, denkt sich Lukas.

Die Fahrt geht weiter zum Kindergarten. Lukas versucht die ganze Zeit genug Abstand zu halten, was ihm allerdings nicht leicht fällt. Immer wieder steht er direkt hinter oder neben dem Wagen, an dessen Steuer das Kindermädchen sitzt. Noch hat die aber keinen Verdacht geschöpft. Sie unterhält sich viel mit dem Kind und ist zugleich auf den Verkehr konzentriert. *Schwein gehabt!*

Am Kindergarten zeigt sich ein ähnliches Bild wie an der Schule. Auch hier sind viele Kinder, die von Erwachsenen gebracht werden. Daraus schlussfolgert Lukas, dass er die Kinder am Nachmittag beobachten muss. Vielleicht laufen die Kinder einfach über die Straße und spielen in der Nachbarschaft. Vielleicht spielen sie auch auf einem naheliegenden Kinderspielplatz, auf dem sie nicht von ihren Eltern kontrolliert werden.

Er fragt sich, was er mit dem angefangenen Morgen jetzt machen soll. Er fährt ziellos durch die Stadt, bis ihm plötzlich der Sportwagenhändler einfällt. Vor zwei Wochen war er dort vorbeigefahren und hatte festgestellt, dass nicht nur Porsche, sondern auch Maserati, BMW und Mercedes Benz verkauft werden. Er wendet an der Kreuzung und fährt zurück. Er wird sich schon mal einen coolen Sportwagen aussuchen. Und ganz bald wird er ihn sich auch leisten können.

Nach dem Besuch beim Autohaus fährt Lukas nochmal zu Familie Breitbands Haus. Er parkt außerhalb der Sichtweite und macht einen Spaziergang, um sich die Umgebung genau anzuschauen. Wie vermutet ist es eine kinderfreundliche Wohngegend. Die Straßen sind verkehrsberuhigt und es gibt einen großen Spielplatz mit Klettergerüsten, viel Sand und einem Basketballfeld. Die Häuser sind großzügig angelegt und haben alle eine Doppelgarage. Die Vorgärten wirken wie regelmäßig von Gärtnern gepflegt. Da die Sonne scheint und Lukas Zeit hat, entscheidet er, sich auf eine Bank zu setzen und eine Zigarette zu rauchen. Gedanklich ist er beim

Sportwagenhändler und einem schwarzen, kleinen und PS starken Zweisitzer.

Später macht er sich wieder auf den Rückweg zu seinem Auto. Plötzlich hört er Kindergeschrei: »Ich gehe nur zum Schaukeln auf den Spielplatz. Vielleicht sind auch schon Tom und Lena da!«

So hatte er sich das vorgestellt. Hier laufen die Kinder alleine zum Spielplatz. Hier können sie zuschlagen!

*

Das Treffen mit Kollegen im sogenannten Qualitätszirkel dient Tilmann dazu, sich fachlich über die Behandlung von bestimmten Störungsbildern auszutauschen. Zu einem solchen Treffen fährt Tilmann heute Abend, nicht ohne zuvor noch seinen Freund Peer anzurufen: »Hey Peer, soll ich dich gleich zum Qualitätszirkel abholen?«

Auf dessen unmotivierte Antwort ist er fast schon eingestellt.

»Och Tilmann, ich bin so schrecklich unentschieden. Ich habe heute eigentlich überhaupt keine Lust auf das Blabla der Kollegen.«

»Deshalb hattest du dich auch noch nicht bei mir gemeldet, was?«, hakt Tilmann nach.

»Lass mich doch bitte zu Hause und erzähl mir morgen, was sich bei den Gesprächen ergeben hat.«

»Mensch Peer, raff dich bitte auf! Ich hole dich ab und du musst lediglich deinen Weltklassehintern in mein Auto schwingen. Wir können sogar noch etwas Cabriolet fahren. Außerdem machst du dich strafbar wegen unterlassener Hilfeleistung. Wenn du mich nämlich alleine zu den Berufsgenossen lässt, werde ich mit höchster Wahrscheinlichkeit vor lauter Langeweile sterben. Kannst du das mit deinem Gewissen vereinbaren? Welches Leid würdest du Hanna und Charlotte damit antun. Mach dir das einmal klar!«

»Das ist gemein! Du appellierst an mein Gewissen und scheust dich nicht, deine unschuldige Tochter mit einzubeziehen!«

»Notwehr! Reine Notwehr!!«

»Das ist strafbar, denn du erpresst mich ganz hinterhältig und schamlos! Aber gut, ich komme mit, sonst hörst du ja doch nicht auf zu reden.«

Am anderen Ende der Leitung erhebt sich Peer schwerfällig von seinem Sofa und beginnt, sich abfahrbereit zu machen. Er geht hinauf ins Ankleidezimmer und steht eine geschlagene Minute ratlos zwischen den geöffneten Türen des Kleiderschrankes. Nach einem langen Tag in der Praxis möchte er unbedingt ein neues Oberhemd anziehen. *Es ist doch immer eine Qual mit so einem großen Schrank voll mit nichts anzuziehen.* Am Ende fällt seine Wahl auf ein schlichtes hellbeiges Hemd. Es ist auch das einzige gebügelte und für den Qualitätszirkel muss es reichen, denkt er noch etwas missmutig. Dann geht er ins Bad, sucht ein passendes Parfüm aus und gönnt sich noch einige Minuten für seine Frisur, was seine Stimmung hebt.

Auch wenn es noch nicht besonders warm ist, scheint aber immerhin die Sonne und Tilmann öffnet direkt das Verdeck seines Cabrios. Er genießt nicht nur die offene Fahrt, sondern auch den sonoren Klang des Sechszylindermotors. Das überschaubare Gewicht des Wagens und eine nicht geringe Anzahl von Pferdestärken sorgen für zusätzlichen Fahrspaß und ein Gefühl von Urlaub in Italien.

Das Thema des Abends mit den Kollegen ist die Behandlung der narzisstischen Persönlichkeitsstörung. Tilmann hat sich im Vorfeld auf den kollegialen Austausch zu diesem Thema gefreut, zumal er die Behandlung von seinem Patienten T.K. Wolf für sich innerlich noch lange nicht abgeschlossen hat.

Tilmann ist erstaunt, dass alle Kollegen des Qualitätszirkels anwesend sind. Das kam in diesem Kreis nur sehr selten vor. Offensichtlich ist das Thema wichtig, weil sich erfahrungsgemäß alle Kollegen mit der Behandlung dieser Persönlichkeitsstörung schwertun.

Nach einem regen Austausch unter den Kollegen, stellt Tilmann detailliert die Behandlung seines Patienten Herrn W. vor.

»Das war ja, gelinde gesagt, recht abwechslungsreich für dich, Tilmann«, bemerkt eine Kollegin.

»Ja, es passierte immer viel. Dennoch weiß ich nicht, was ich machen soll, wenn sich der Patient wieder bei mir meldet«, gibt Tilmann in die Runde. »Durch den Abbruch der letzten Sitzung und das aggressive Auftreten des Patienten bin ich verunsichert und frage mich, ob unter diesen Umständen eine Fortsetzung der Behandlung Sinn macht.«

Ein etwas älterer Kollege, den Tilmann aufgrund dessen Erfahrenheit schätzt, schaltet sich ein: »Tilmann, mach es dir doch nicht so schwer. Wenn dein Patient kommt, dann kommt er. Warte ab, wie er sich präsentiert. Sollte er wieder aggressiv sein, würde ich es mit ihm besprechen. Sollte das Gespräch eskalieren, kannst du die Behandlung immer noch beenden.«

Aufgeregt reden die Kollegen durcheinander. Das Thema Aggressivität in der Therapie hat sie offensichtlich verunsichert.

Der ältere Kollege versucht, die Situation zu retten: »Ich glaube, der Patient wird sich wieder melden. Er wird dann aber sehr nett und vorsichtig mit dir umgehen, da er auch noch weiß, wie die letzte Sitzung endete.« Der Kollege berichtet von ähnlichen Fällen, welche ihm schon begegnet sind und wie er damit umgegangen ist.

Zwei Kolleginnen lassen sich von den Schilderungen jedoch nicht beruhigen. Carmen, eine eher vorsichtige Kollegin, meldet sich aufgeregt: »Also, ich finde, wir müssen uns vor solchen Patienten schützen! Wer weiß, was da alles passieren kann!«

Die zweite, Luise, berichtet in diesem Zusammenhang von einem Fall, bei dem ein Patient seinem Therapeuten Prügel angedroht hatte.

Tilmann lehnt sich in seinem Sessel zurück. Ob der Patient Wolf ihn auch verprügeln könnte? Er fokussiert auf sein Bauchgefühl, muss aber feststellen, dass sich nichts rührt. Dadurch ist für ihn entschieden, dass er keine Angst vor Prügel oder vor weiteren Aggressionen durch seinen Patienten hat. Nein, auch das bringt ihn bei seiner Quellenamnesie nicht weiter.

Carmen und Luise beratschlagen weiter, ob sie sich besser schützen sollten, da ihnen die erzählten Geschichten sichtbar zusetzen. In dieser aufgeheizten Stimmung gelingt es Tilmann nicht mehr, sein Anliegen wieder in den Vordergrund des Treffens zu stellen. Dabei hatte er sich doch vorgenommen, mit seinem Problem der Quellenamnesie einen Schritt weiter zu kommen. Peer, der bisher zu allem geschwiegen hat, neigt sich so unauffällig wie möglich zu ihm herüber und raunt ihm zu: »Ich hab es ja geahnt, dass das heute wieder der reinste Hühnerhaufen sein würde. Hätten wir es doch beim Cabrio fahren gelassen oder noch besser, beim Liegen auf dem Sofa!«

*

»Was ist denn mit dir los!?«, fragt Andre Lukas und mustert ihn von oben bis unten mit weit aufgerissenen Augen.

»Wieso? Gefällt es dir nicht?«

»Doch, doch, es ist nur ungewohnt, sehr ungewohnt.«

Lukas dreht sich und zeigt seinen neuen Anzug: »Du, ich dachte mir, ich kaufe schon mal neue Klamotten. Schließlich wird sich bald unser Leben ändern. Ich kann unmöglich mit meinen alten Jeans und T-Shirts zum Händler gehen und einen Sportwagen kaufen.«

Lukas erzählt Andre von seinem Besuch beim Autohändler und dem Sportwagen, den er dort gesehen hat. Andre gibt zum Besten, dass er bislang nur im Internet nach Sportwagen geschaut hat: »Wir wissen ja noch nicht einmal, wie viel Geld wir fordern wollen.«

In diesem Moment wird das Gespräch durch das Türklingeln unterbrochen. Es ist Theodor Konrad, der sich deutlich verspätet hat: »Sorry, Jungs, mir ist was Wichtiges dazwischen gekommen.«

Er lässt sich ungefragt in den einzigen Sessel fallen, der im Wohnzimmer steht. Gerade als er loslegen will, stutzt auch er und sieht sich Lukas von oben bis unten an: »Was ist denn mit dir los? Ist bei dir etwa schon der Reichtum ausgebrochen?«

»Noch nicht«, antwortet Lukas. »Ich hoffe aber, dass ich darauf nicht mehr allzu lange warten muss.« Dabei schaut er theatralisch auf seine Uhr am linken Handgelenk und streicht einen kleinen Fussel von seinem Ärmel.

»Das hoffe ich auch«, erwidert Theodor Konrad, »Aber darum sind wir ja heute hier. Wir müssen endlich vorwärts kommen.«

Lukas, Andre und Theodor Konrad tauschen aus, was sie in den letzten Tagen herausgefunden haben.

Lukas kann es kaum abwarten, von seinen neuen Plänen zu berichten: »Also ich hatte bei der Beobachtung der Kinder eine sensationelle Eingebung. Die Kinder von deinem Chef, lieber Theodor, werden von einer überaus attraktiven, vollbusigen Blondine betreut. Was haltet ihr davon, wenn wir nicht nur ein Kind entführen, sondern auch gleich das Mädel mit abgreifen?«

»Was willst du denn mit so einer? Die ist uns doch nur im Weg«, kontert Andre ruppig.

»Du hast die ja nicht gesehen. Die ist ein echter Knaller. Mit der würde ich mich gerne ausführlicher beschäftigen«. Lukas macht eindeutig obszöne Handbewegungen.

»Ach, du willst die nur vögeln«, Theodor Konrad klatscht mit der Hand vor seine Stirn.

»Na ja, die wäre dann sozusagen für uns. Wir hätten alle was von ihr!«, gibt Lukas gönnerhaft von sich.

»In dem Sinne, dass wir dir wohl dabei zuschauen sollen?«, fragt Theodor Konrad in schärfer werdendem Tonfall.

»Da kannst du dann noch richtig was lernen, mein Freund!«, lacht Lukas grölend.

»Da bin ich mir nicht sicher!«, antwortet Theodor Konrad ernst und mit versteinerter Miene.

Abrupt schlägt die Stimmung im Raum um. Andre und Lukas merken, dass ihr Kumpel mit einem Mal überhaupt keinen Spaß mehr versteht.

Ohne sich abgesprochen zu haben, finden Lukas und Andre den Gedanken, auch das Kindermädchen zu entführen, dennoch sehr reizvoll. Theodor Konrad hingegen kann sich auf keinen Fall vorstellen, dass er eine Frau mit den beiden teilen soll. *Was hält der von sich! Ich bin der beste Stecher vor dem Herrn und muss bestimmt nichts von diesem Großmaul lernen!*

Aus diesem Grund lenkt er das Thema auch in eine andere Richtung: »Jungs, bevor wir uns Gedanken über irgendwelche

Nutten machen, sollten wir zuerst unsere Erpressung vernünftig planen.«

Sie werden sich einig, dass nun doch beide Kinder des Chefs entführt werden sollen. Der Zeitpunkt soll am Nachmittag sein, wenn die Kinder unbeaufsichtigt auf dem Spielplatz spielen. Kurz zuvor wollen sie einen Paketwagen stehlen, da diese häufig mit laufendem Motor stehenbleiben. An einer abgelegenen Stelle soll dann zu dem Wagen getauscht werden, mit dem sie zum Versteck fahren würden.

Jetzt fehlt ihnen nur noch die private Telefonnummer oder die Handynummer vom Chef. Die soll Theodor Konrad besorgen.

Natürlich besorgt er die Nummer! Wer soll es auch sonst tun? Die beiden bestimmt nicht! Vielleicht hatte Deibel doch recht und er sollte auf die Pfeifen verzichten. Lukas und Andre suchen im Internet nach Sportwagen und amüsieren sich köstlich.

*

Dieser unglaubliche Sommer 1974! Diese Gleichzeitigkeit von gleißendem Sonnenschein, einem blauen Himmel wie im Bilderbuch und einer für nordseeische Inselverhältnisse außerordentlichen Brandung, ließen den kleinen blonden Jungen sich schwerelos fühlen. Seine Mutter hatte ihn gut eingecremt und mit einer Apfelhälfte in der Linken und dem blauen Eimer in der Rechten in seinen etwas zu großen Strandshorts wieder spielen gehen lassen.

Hand in Hand nebeneinander liegend, dösten die Eltern unter dem Sonnenschirm vor sich hin. Ihr Junge war mit sechs Jahren kein Kleinkind mehr und sein Tatendrang sowieso nicht zu stoppen.

»Wenn wir uns den letzten vollen Tag unseres knapp bemessenen Urlaubs nicht vermasseln wollen, lassen wir ihn am besten ungestört seine Burg vollenden, auch wenn du ihn dir gerne quer über den Bauch legen würdest, um ihn in Sicherheit zu wissen«, sagte der Vater.

Die Mutter erwiderte ironisch: »Ich weiß, du würdest mich gerne zum Volkshochschulkurs Loslassen für Anfänger schicken. Ferner könnte er natürlich langsam mal sein eigenes Geld mit dem Austragen von Zeitungen verdienen, klar, aber du weißt, ich bin und bleibe das Opfer meiner mütterlichen Hormone und möchte ihn noch ein bisschen behüten! Denkst du, du kommst damit zurecht?«

»Ich musste eben auch früh selbstständig werden!«, rechtfertigte sich der Vater.

»Ach deshalb bist du ganz souverän schon mit 24 ausgezogen, als ich uns unsere erste gemeinsame Wohnung ausgesucht hatte?«, entgegnete die Mutter schnippisch. Der Vater entschied sich, mit einem Augenverdrehen unter seinen geschlossenen Lidern und einem tiefen Seufzer so zu tun, als sei er schon wieder weggedöst.

Wie er diese Diskussionen im Urlaub hasste! Mit ein bisschen Glück gönnte sie ihm jetzt einen Moment Ruhe, bevor es spätestens beim Abendessen den nächsten Disput gab.

Die Mutter schwieg tatsächlich. Zwar hätte ein aufmerksamer Beobachter an der senkrechten Falte zwischen den Augenbrauen sehen können, dass die kleine Auseinandersetzung trotz aller Ironie noch in ihr arbeitete. Doch auch sie mochte sich jetzt nur noch in der Sonne entspannen.

Im nächsten Moment hörte sie den durchdringenden Schrei einer großen Möwe, die ungewöhnlich niedrig über den Sonnenschirm hinwegsegelte. Die Mutter schreckte auf und nahm zugleich den dunklen Schatten der weit ausgebreiteten Flügel wahr. Für einen Moment meinte sie sogar, die hellgelben Augen und ebenso den gebogenen Schnabel bösartig auf sich gerichtet gesehen zu haben. Spontan schossen ihr Bilder von Alfred Hitchcocks *Die Vögel* durch den Kopf. Augenblicklich breitete sich eine Gänsehaut auf ihren Armen und Beinen aus und trotz der Hitze verspürte sie ein inneres Frösteln. Mit zusammengekniffenen Augen suchte sie angestrengt den blauen Himmel über sich ab, aber genauso schnell, wie dieser Vogel aufgetaucht war, war er auch wieder verschwunden. Sie überlegte kurz, ob sie ihren, sich stoisch schlafend stellenden,

Mann aufscheuchen sollte. Aber die Sorge, wieder nicht ernstgenommen und als hysterisch hingestellt zu werden, überwog das Bedürfnis, ihm von dem Schreck über das unheimliche Erlebnis mit der Möwe zu erzählen.

Ein letzter Blick auf ihren Sohn beruhigte sie aber vollends. Was für ein Bild! Ihr kleines Hasenöhrchen war doch am besten zufrieden, wenn sie ihn einfach machen ließ und er das Gefühl hatte, Großes zu bewirken. *Ganz der Papa eben: zielorientiert und immer zwei Finger in der Steckdose!* Im Grunde waren doch beide nicht ruhig zu stellen, wenn man kein Chloroform im Haus hatte!

Ein leises Lächeln umspielte ihre Mundwinkel, angesichts ihrer sie selbst amüsierenden Gedanken. Zum ersten Mal an diesem Tag glättete sich die senkrechte Stirnfalte vollkommen. Der Schreck über die Möwe war schnell wieder abgeklungen und endlich konnte sie sich wieder in die innere Welt der Tagträume und des Halbschlafs begeben.

Auch Hasenöhrchen war in der Tat bester Dinge: Beim Wühlen im Sand fühlte er sich gerade wie ein Großer. Zwar war es zugegebenermaßen noch ganz angenehm, die schlafenden Eltern in der Nähe zu wissen, aber wirklich brauchen, so wie ein richtig kleines Kind, tat er sie natürlich nicht mehr! Sein Vater neigte sich denn auch jedes Mal verschwörerisch zu ihm herunter, wenn die Mutter wieder ihr finsteres Gesicht zog, angesichts seiner Wildheit: »Mein Großer, die Mama liebt dich wie nichts anderes auf der Welt, vielleicht sogar mehr als den Papa, aber sie ist eben eine Frau und Frauen wissen gar nicht, was wir Kerle wirklich brauchen, um vollends glücklich zu sein!«

Dann zwinkerte er ihm immer so zu, wie nur sein Vater zwinkern konnte und schickte ihn mit einem Schulterklopfen wieder zu den anderen Kindern. Dabei rief er jedes Mal hinterher: »Und du weißt ja: Jeder Tag ein Abenteuer!«

Die Mutter konnte sich aber ebenso wenig verkneifen, mit gehobener Stimme so zuverlässig wie ein Echo zu antworten: »Mein Hasenöhrchen, pass aber auf, dass du dir nicht die Beine brichst!«

Immer gerade so laut, dass seine wartenden Freunde in der Toreinfahrt das Wort Hasenöhrchen gut verstehen konnten.

Dann schnipsten sie mit den Fingern zur Begrüßung an seine Ohrläppchen.

Man, war das immer voll peinlich und außerdem hatte er sich noch nie die Beine gebrochen, nur mal einen Arm!

Jetzt war er ohne seine Freunde und nur mit den Eltern hier auf der Insel und eine Woche später sollte die Schule losgehen. Vielleicht war das die letzte Sandburg seines Lebens. Also nochmal richtig ranklotzen, wie Papa immer sagte, damit er sie auch fertig bekam!

Als er schon bei den Zinnen angekommen war, dafür hatte er ein Spezialförmchen, wollte er sich eine Pause gönnen. Auf dem Boden des Plastikeimers, der umgedreht oberhalb der fast fertigen Burg stand, lag noch die schon entkernte Apfelhälfte. Gefühlt blieb die Zeit stehen. Ganz ins Bauen vertieft, machte er an der Burg weiter. Gerade wollte er nach der Frische verheißenden, wenn auch etwas angebräunten Apfelhälfte greifen, als da erst nur ein Schatten durch sein Blickfeld huschte. Der ließ die Pupillen des Jungen nur kurz sich verengen. Aber als er die Apfelhälfte gerade gegriffen hatte und nichts Böses ahnend hineinbeißen wollte, schoss etwas von oben mit einem kurzen, heiseren Schrei auf ihn hinab. Fast gleichzeitig war er in ein wirbelndes und schlagendes Etwas wie eingetaucht, riss panisch die Arme hoch, wollte instinktiv die Augen bedecken, als ein riesiger spitzer Schnabel nach seiner Hand hackte und sich in das zarte Fleisch der Handinnenfläche bohrte.

Der Junge konnte nicht mal schreien, wehrte nur verzweifelt rudernd weitere Schnabelhiebe ab, fiel zu Boden, mit dem Gesicht in eine Pfütze, schmeckte Salzwasser und knirschenden Sand zwischen den Zähnen, spürte Tritte wie von Krallen auf seinem Rücken. *Gleich bin ich tot und Mama weint an meinem Grab!*

Gedanken und Bilder wirbelten in seinem Kopf, seine Matchboxsammlung, seine Eltern gaben sich in der Badewanne einen Kuss, das Kaninchen mit der rosa Nase, der blühende Kirschbaum im Garten mit der Schaukel dran...

Und dann war plötzlich innerlich für einen Moment alles merkwürdig ruhig und er sah sich selbst von außen wie früher zwischen seinen Großeltern auf deren Sofa sitzen. Sein Opa, der doch eigentlich vor einem Jahr gestorben war, schaute ihn mit seinen etwas verschleierten blauen Augen an, nahm sein Gesicht in seine warmen Hände und rief: »Lauf mein Junge, lauf so schnell du kannst, lauf um dein Leben!« Und dann war er wieder weg.

Der Junge erwachte wie aus einer kurzen Benommenheit. Er raffte sich auf die Knie und stemmte sich mit der ganzen Kraft seines kleinen Körpers gegen den noch immer auf ihm mit den Flügeln wild schlagenden Riesenvogel auf die Beine. Vielleicht bildete er es sich auch nur ein, aber für eine Sekunde meint er, etwas wie Überraschung in den blassgelben Augen seiner Angreiferin zu entdecken. Jetzt endlich erkannte er sie als eine der zahllosen, hier kreisenden, großen Möwen. Endlich ließ er auch das Apfelstück fallen, das er in seinem Schockzustand die ganze Zeit festgehalten haben musste. Er rannte einfach so schnell er konnte los, die Haare von Angstschweiß verklebt, mit weitaufgerissenen Augen und offenstehendem Mund. Eigentlich wollte er zu seinen Eltern unter den Schirm, hatte aber keinerlei Orientierung mehr und rannte stattdessen instinktiv in Richtung der Dünen.

Nach ein paar Laufschritten konnte er wieder Luft in seine Lungen saugen, was er geräuschvoll tat. Durch die Bewegung entkrampfte sich der Körper etwas und der Junge spürte Tränen über seine Wangen laufen. Er fing an zu schluchzen, ihm war schlecht, auch schwindelig, aber er rannte weiter, wie sein Opa es ihm gesagt hatte. Jeden Moment konnte die Möwe ihn wieder erreichen und weiter versuchen, ihn zu töten. Er wollte es gar nicht sehen und drehte sich nicht um. Er konnte nur den unter ihm herfliegenden Boden sehen, seine stolpernden Beine und dann auch seine verletzte rechte Hand: Blut quoll aus einer schmutzigen Wunde mit gezackten Rändern. Aber er spürte keinen Schmerz, nur ein Brennen in seinen hektisch atmenden Lungen und in den Beinen, den Schweiß auf seiner Haut.

Da war jetzt trockenerer Sand und unvermittelt eine Art Holzstufe in der Steigung zu den rettenden Dünen hinauf. Der Junge sah sie zu spät und haute mit den Zehen des linken Fußes ungebremst vor die Holzbohle. Im Stürzen schrie er wie von Sinnen den unbeschreiblichen Schmerz heraus, fiel auf den

Bauch, das Gesicht wieder im Sand. Bald griff wieder etwas nach ihm, zog ihn, den gellend schreienden Jungen nach oben. Eine Männerhand umfasste seine Rechte, fasste dabei in die klaffende Wunde. Der Junge fühlte nur noch Schmerz und Panik, blickte in ein unrasiertes Gesicht mit unergründlichen, dunklen Augen. Gleich bin ich bei Opa, dachte er als letztes und verlor das Bewusstsein.

Unendliche Stille. Dann war da ein Traum, in dem er verschwommen noch einmal seine Mutter sehen durfte. Sie weinte und ein Mann in einem weißen Kittel redete auf sie ein. Der Junge hörte wie aus weiter Ferne zu, verstand nur einzelne Worte: »Blutvergiftung…, sehr hohes Fieber…, … tun alles in unserer Macht stehende…, …wird später alles vergessen haben.« Das letzte Bild war das seines apathisch in einer Ecke sitzenden Vaters. Der Junge wollte auf Wiedersehen sagen, aber dann war da wieder nur Dunkelheit.

*

»Lena, kannst du mir sagen, ob Herr Breitband heute einmal kurz für mich Zeit hat? Ich habe da ein, zwei Fragen an ihn. Es geht um einen neuen Kunden, bei dem ich mir nicht sicher bin, wie ich verfahren soll«, fragt Theodor Konrad die Sekretärin seines Chefs.

»Da muss ich erst einmal in seinen Kalender schauen. Wenn ich mich richtig erinnere, hat Herr Breitband heute viele Termine. Genau, hier steht es. Er hat drei Besprechungen hier im Haus. Später ist er bei Kunden und kommt dann auch nicht mehr in die Firma zurück. Entweder erwischt du ihn zwischendurch mal oder du musst dich bis morgen gedulden«, antwortet Lena.

Theodor Konrad ist von der Sekretärin ganz angetan, insbesondere von ihrer Oberweite kann er seine Blicke kaum abwenden. »Du hast hier bestimmt auch keinen einfachen Job, oder? Ständig musst du für den Chef alles Mögliche machen und seine Launen ertragen und am Ende auch noch danke schön sagen.«

»Nein, nein, so ist er nicht. Er ist sehr aufmerksam und stellt klare Aufgaben an mich, die ich auch gut bearbeiten kann. Herr Breitband ist wirklich ein guter Chef.«

»Wenn das so ist, kann er sich ja freuen, dich zu haben: eine zufriedene, attraktive und kluge Sekretärin.«

Theodor Konrad lehnt sich auf den Tresen, sodass seine Oberarmmuskeln betont werden. *Die wäre auch für ein Schäferstündchen gut.*

»Danke für die Blumen«, Lena schaut etwas verlegen zur Seite. Darauf war sie jetzt nicht vorbereitet. Ein Kompliment von einem doch recht knackigen Neuzugang, aber warum kann sie nicht schlagfertig kontern? Jetzt steht sie wie ein kleines dummes Schulmädchen da!

»So viel Zeit muss sein!« Theodor Konrad zwinkert ihr zu und kehrt dann an seinen Arbeitsplatz zurück. *Herr Breitband ist also immerhin in der Firma und ich könnte ihn sprechen.* Er fragt sich, wie er seinen Chef dazu bewegen kann, ihm seine Handynummer zu geben? Soweit hat er es schon herausgefunden, dass keiner in der Firma seine Handynummer hat. Welchen Grund könnte es geben, dass Theodor Konrad ihn persönlich erreichen können muss?

Das Telefon klingelt. Es ist ein Kunde, der Fragen zu einem Angebot hat. Der Anrufer ist mit dem Angebot nicht zufrieden: »Herr Wolf, das kenne ich von Ihrer Firma aber etwas anders!«

Der Kunde ist weder mit der Dienstleistung, noch mit dem Preis einverstanden. Er ist schon seit mehreren Jahren mit der Firma im geschäftlichen Kontakt und gibt Theodor Konrad deutlich zu verstehen, dass dieser seine Arbeit unaufmerksam und oberflächlich gemacht habe.

Nach dem Telefonat überarbeitet Theodor Konrad wütend das angemahnte Angebot. Wieder nimmt sich so ein Wichtigtuer, der überhaupt keine Ahnung hat, das Recht heraus ihn zu kritisieren! Er schreibt aber noch einige neue Angebote. Bevor er schließlich alle abschickt, schaut er vorsichtshalber, ob es sich wieder um Stammkunden handelt, denen besondere Konditionen eingeräumt wurden.

Danach geht er wieder zu Lena: »Mäuschen, darf ich dich noch einmal stören?«

»Natürlich, wenn ich so nett gefragt werde, ist es überhaupt kein Problem. Was hast du denn auf dem Herzen?«

Lena lächelt ihn verschmitzt an.

»Ich bin ja noch neu hier und habe mich gefragt, ob die Handynummern der Mitarbeiter irgendwo gespeichert sind? Naja, bei der Abgabe von Angeboten wäre es für mich hilfreich, wenn ich schnell mal einen Kollegen oder den Chef anrufen könnte.« Er will nicht direkt nur nach der Handynummer des Chefs fragen und versucht es erst einmal mit dieser unverfänglichen Frage.

»Die Rufnummern der Kollegen findest du doch im Intranet. Die sind immer sehr hilfsbereit und du kannst sie alles fragen, wenn du ein Problem hast. Die Handynummer vom Chef darf ich nicht herausgeben.«

»Okay, vielen Dank. Dann werde ich jetzt zu den Kollegen gehen und die mal ansprechen.« Theodor Konrad ist enttäuscht. Er hatte es sich leichter vorgestellt, an die Nummer vom Chef zu kommen. Bleibt ihm also nichts anderes übrig, als seinen Chef selbst zu fragen.

Theodor Konrad geht in die obere Etage und hofft, dass er Herrn Breitband kurz sprechen kann. Als er die Treppe aus weißem Marmor und Edelstahl genommen hat, sieht er ihn auch schon auf dem Flur stehen.

Theodor Konrad geht auf ihn zu: »Guten Tag, Herr Breitband. Hätten Sie vielleicht eine Minute Zeit für mich? Ich habe nur eine kurze Frage.«

»Guten Tag, Herr Wolf. Ich habe heute leider überhaupt keine Zeit. Aber wenn es wirklich nur eine kurze Frage ist, können wir die auf dem Weg zum Auto miteinander besprechen.«

»Kein Problem.«

»Dann schießen Sie mal los.«

Theodor Konrad und Herr Breitband machen sich auf den Weg zum Parkplatz der Firma.

»Herr Breitband, bei Gesprächen mit Kunden, wenn es um ein schnelles Geschäft mit besonderen Konditionen geht, weiß ich nicht immer, ob ich es abschließen darf. In diesem Fall wäre es auch im Sinne der Firma sehr hilfreich, wenn ich Sie auf ihrem Handy anrufen könnte.«

»Herr Wolf, meine Handynummer hat nur meine Frau. Wenn die erfährt, dass ich die Nummer weitergegeben habe, wird sie sehr ungehalten sein. Und das möchten wir beide nicht erleben. Das kann ich Ihnen sagen.« Herr Breitband muss lachen. »Aber in unserer Datenbank finden Sie alle Konditionen zu unseren Kunden und die erprobte Vorgehensweise. Wenn Sie sich daran halten, werden Sie ein Gespräch mit mir nicht benötigen. Ich hoffe, ich konnte Ihnen damit helfen und muss mich jetzt verabschieden. Der nächste Kunde wartet schon auf mich. Guten Tag.«

Scheiße!

Herr Breitband hat es eilig, schließlich möchte er pünktlich zu seinem nächsten Termin erscheinen. Vorher will er aber noch bei dem Uhrenhändler anhalten und sich nach dem neuesten Chronografen erkundigen. Automatikuhren sind eine kleine Leidenschaft von ihm. Schon als junger Erwachsener hat er Uhren bestaunt und sich gewünscht, später einmal eine Breitling, Rolex, Sinn oder Omega tragen zu können.

Der Blick auf eine seiner geliebten Uhren lässt ihn in schwierigen Besprechungen ruhig bleiben und gibt ihm irgendwie die nötige Stärke, um sich durchsetzen zu können.

Da das letzte Geschäftsjahr für die IT-Firma von Herrn Breitband überaus erfolgreich gewesen war, liebäugelt er mit der Vorstellung, sich für die geleistete Arbeit mit einem neuen Chronografen zu belohnen. Er parkt seinen Wagen vor dem Geschäft und sucht nach seinem Smartphone. Um sicher zu gehen, wie viel Zeit er im Uhrengeschäft verbringen kann, will er im Telefon nachsehen, zu welcher Zeit die Besprechung angesetzt ist. Er sucht auf dem Sitz, in seiner Jacke, in seinen Hosentaschen und im Handschuhfach: »Scheiße! Wo ist das Telefon?«

Neben dem Termin befinden sich auch noch zwei wichtige Dokumente auf dem Smartphone, die er für den Kundentermin benötigt: »Verdammt, wo ist nur das blöde Ding?«

Er versucht sich zu konzentrieren. Wann hatte er das Telefon zuletzt benutzt? Er weiß, dass er das Handy morgens mit in die Firma genommen hatte. Er hatte damit auch schon telefoniert und zwei Nachrichten geschrieben.

»Mist! Ich habe es in der Firma auf dem Schreibtisch vergessen. Sowas dämliches!«

Herr Breitband flucht vor sich hin und steckt den Schlüssel wieder in das Zündschloss und startet den Wagen. Dann gibt es heute eben keine neue Uhr für ihn! Innerlich frustriert fährt er zur Firma zurück. Ohne die Dokumente kann er nicht zum Kunden fahren und Verhandlungen führen.

Wehmütig schaut er noch einmal über die Schulter und gibt Gas: »Gut, dann werde ich am Samstag noch einmal vorbeikommen.«

Der Firmensitz und das Uhrengeschäft liegen nicht sehr weit auseinander. In der Stadt gibt es einige Baustellen, vor denen sich tagsüber der Verkehr ewig staut. So muss sich auch Herr Breitband in die Schlangen der PKW einreihen und kommt nur schrittweise vorwärts. Normalerweise nutzt er solche Zeiten des Wartens, indem er telefoniert. Gerne spricht er dann mit seinen Kindern. Doch das ist nun gerade nicht möglich.

Nach einer Fahrt von 20 Minuten ist er wieder in seiner Firma. Da er jetzt in Zeitnot ist, hastet er die Stufen zu seinem Büro hoch. Nanu, warum ist denn die Tür zu seinem Büro geöffnet?

Er betritt den lichtdurchfluteten Raum und ist überrascht: »Herr Wolf! Was machen Sie in meinem Büro?«

Theodor Konrad hat das Eintreten seines Chefs nicht gehört und ist völlig erschrocken. Vor Schreck lässt er das Handy seines Chefs scheppernd auf die massive Schreibtischplatte fallen: »Oh, Herr Breitband, bitte .... Ich wollte nur ...«

Herr Breitband sieht seinen völlig verstörten Mitarbeiter und ist außer sich. Er wird laut: »Was machen Sie mit meinem Telefon? Das ist ja wohl eine Unverschämtheit! Ich hoffe für Sie, dass Sie eine gute Erklärung haben.«

Theodor Konrad versucht, sich zu beruhigen und steckt seine Hände in die Hosentaschen, damit sein Chef nicht sieht, wie sehr seine Hände zittern: »Ja, Herr Breitband, das sieht jetzt für Sie sehr komisch aus. Das lässt sich aber schnell erklären.«

»Darum bitte ich auch!« Herr Breitband geht zu seinem Schreibtisch und nimmt sich das Handy.

Theodor Konrad versucht, sich langsam aus dem Büro zu schleichen und hofft, dass sein Firmentelefon klingelt, damit er seinem Chef ausweichen kann. Sein Herz rast, Schweiß bricht aus und er hat das Gefühl, kaum noch atmen zu können. Er hatte doch seinen Chef wegfahren sehen und wusste, dass er einen Termin außerhalb der Firma hat. Warum ist er jetzt wieder da?

»Herr Wolf«, geht ihn der Chef an, »ich hatte Ihnen eine Frage gestellt und warte auf eine Erklärung!«

»Ich war nur kurz in Ihrem Büro, weil ich dachte, hier etwas liegengelassen zu haben.«

»Bitte was!? Wir hatten heute keine Besprechung in meinem Büro. Außerdem erklärt es nicht, warum Sie mein Telefon in den Händen halten.«

»Ach so ja, ich war gestolpert und fing mich gerade noch einmal ab. Dabei kam ich an Ihren Schreibtisch und das Telefon fiel dabei herunter. Ich hob es auf und wollte es gerade, als Sie das Büro betraten, auf Ihren Schreibtisch legen, ehrlich!«

Theodor Konrad weiß, dass seine Erklärung mehr als schwach ist, aber ihm fällt auf die Schnelle einfach nichts Besseres ein. *Scheiße, Scheiße, Scheiße*!

In diesem Moment klingelt das Firmentelefon. Theodor Konrad entschuldigt sich und verlässt das Büro. Er zuckt mit den Schultern und zieht den Kopf ein: »Tut mir leid, ich muss das Gespräch unbedingt annehmen. Es ist wirklich sehr wichtig!«

Der Chef ist perplex! Erst sieht er seinen neuen Mitarbeiter mit *seinem* Handy in *seinem* Büro stehen und dann verschwindet dieser mit einer mehr als fragwürdigen Entschuldigung.

Das ist gewaltig nach hinten losgegangen, denkt sich Theodor Konrad. Kreidebleich und mit angezogenen Knien sitzt er in einer Kabine des Herrenklos auf dem geschlossenen Toilettendeckel. Immer wieder schießt ihm die Situation mit Herrn Breitband in den Kopf. Immer wieder muss er daran denken, wie er sich erschrocken und keine passende Antwort parat hatte.

Und er sieht sich zitternd vor seinem Chef stehen, zitternd wie ein kleiner Junge. Das letzte Mal, als er sich real so fühlte, war ewig her, aber jetzt fühlt es sich wieder ganz nah an. Damals, als er ein inzwischen achtjähriger Junge war und sich Onkel Bernhard mit ihm *vergnügt* hatte. So hatte Onkel Bernhard es immer seiner beschissenen Mutter erzählt: »Nein, du brauchst dich nicht bei mir zu bedanken. Ich kümmere mich gerne um deinen Theodor Konrad. Wir vergnügen uns ganz ausgezeichnet miteinander.«

Ja, Onkel Bernhard hatte wirklich seinen Spaß mit ihm. Eine ganz besondere, unauslöschliche Erinnerung drängt sich jetzt machtvoll auf. Onkel Bernhard steckte sich Bonbons vorn in die Hose und Theodor Konrad musste sie herausholen. Das aber nicht zu schnell, sondern möglichst langsam: »Jetzt hast du ungeschicktes Kind die Schlange der Macht aufgeweckt!«, sagte Onkel Bernhard mit ernstem Gesicht, während ihm der Schweiß auf die Stirn trat. Irgendwann zuckte es an Theodor Konrads Hand und dann der ganze Onkel, der dazu laut stöhnte. Erst dann durfte er die Bonbons herausziehen und musste sie danach essen. Am liebsten hätte sich Theodor Konrad dann übergeben, so übel war ihm, doch er traute sich nicht. Es hätte den Onkel noch weiter provozieren können.

Als Theodor Konrad mit neun einen einzigen Versuch unternahm, seiner Mutter alles zu erzählen, weil er die ganze Last loswerden wollte, zitterte er auch am ganzen Körper. Er konnte die Bilder, Erinnerungen und Albträume nicht mehr ertragen, wusste aber nicht wirklich, was er sagen sollte. Er schämte sich so unendlich. Eines Tages, er weiß noch genau, wie sie eine dunkle Bratensoße auf dem Elektroherd anrührte, hatte er all seinen Mut zusammen genommen. Er begann zu beichten, was Onkel Bernhard ihm angetan hatte, aber seine Mutter hörte ihm nicht zu. »Junge!«, sagte sie laut und bestimmt. »Welches Kind hat einen so netten Onkel, der immer da ist, mit ihm spielt und regelmäßig Geschenke mitbringt. Dein Onkel ist ein ganz, ganz Netter!«

Was sollte der kleine Theodor Konrad in dieser Situation machen? Sein Vater war kein Vater zu dem er hätte gehen können, der ihm an Stelle der Mutter zugehört hätte. Der redete *alles* immer nur schön, damit es bloß keine Probleme gab. Und er hatte auch keine älteren Geschwister, mit denen er sein Geheimnis hätte teilen können. Es gab einfach nur ihn und seine völlig überforderte Mutter.

Also stand er jetzt weinend und stammelnd vor seiner Mutter. »Onkel Bernhard …. Schlimm …zu mir… nicht mehr alleine ….«

»Junge, lass mich in Ruhe. Mit Onkel Bernhard ist alles in Ordnung! Aber du, du bist ein sehr undankbares Kind!«

»Aber … ich …«, mehr kam aus ihm nicht heraus, denn seine Mutter erhob drohend die Hand, schlug aber nicht zu.

Und eben, im Büro von Herrn Breitband, hat er wieder wie gelähmt dagestanden, in der Erwartung einer vernichtenden Bestrafung. Es war der Moment, indem er gedacht hat, jetzt drehst du gleich durch. Das hält kein Mensch aus.

Irgendwann hat sich Theodor Konrad von der Toilette gelöst und sich unerkannt aus dem Firmengebäude geschlichen. Jetzt, zu Hause und in der Sicherheit seiner Wohnung, werden die schrecklichen Bilder aus seiner Kindheit endlich durch Wut und Hass zurück gedrängt.

Das kann nicht ungeahndet bleiben, denkt sich Theodor Konrad. In ihm schreit es nach Vergeltung. Er muss sich an seinem Chef rächen. Und der weiß nicht, was er ihm angetan und in ihm ausgelöst hat, und wenn, dann wäre es dem egal.

»Mach ihn fertig, Theodor Konrad! Das Schwein muss bluten!«, feuert ihn Deibel an. »Der muss so richtig leiden! Wenn du mit ihm fertig bist, wird er sich wünschen, nicht geboren worden zu sein!«

Jetzt weiß Theodor Konrad sicherer als je zuvor, dass er sich rächen wird!

*

Charlotte steht auf der Toilette und betrachtet sich in dem Spiegel, der über der Toilette hängt. Sie wuschelt sich durch die gerade mit sehr viel Liebe gekämmten Haare und ist entsetzt.

»Papa, wenn du meine Haare so nach hinten kämmst, ist das doch modisch total fehlentwickelt! Weißt du das nicht!?«, fragt Charlotte vorwurfsvoll.

»Bitte, was ist das?« Tilmann ist mehr als überrascht von Tonfall und Wortwahl seiner siebenjährigen Tochter.

»Außerdem sehe ich dann voll wie ein Junge aus!«, fährt sie unbeirrt fort.

»Charlotte, du bist gerade einmal sieben Jahre alt und vor nicht allzu langer Zeit war es dir einfach nur wichtig, dass ich dir die Haare mache. Mehr nicht.«

»Siehst du, Papa, so ist das im Leben. Es geht immer weiter und ich werde immer größer. Glaub`s mir!«

Tilmann streichelt seine Tochter und denkt wehmütig daran, wie schnell die Zeit doch vergangen ist. Noch gut kann er sich an die Zeit erinnern, als Charlotte auf dem Wickeltisch lag, mit den Beinchen strampelte und ihn herzerweichend anlächelte. Jetzt, nach einem gefühlten Wimpernschlag an Zeit, versucht ihm seine geliebte Tochter klar zu machen, dass sie schon ein großes Mädchen ist.

Nebenbei greift er in den Stapel Wäsche, der neben ihm liegt und versucht, seiner Tochter beim Anziehen zu helfen. Sie benötigt diese Hilfe eigentlich nicht mehr, aber es ist ein liebgewonnenes Ritual der beiden.

»Papa! Das kann ich doch nicht anziehen! So sehen modische Verlierer aus!«

Tilmann muss kräftig husten: »Charlotte, woher kennst du solche Begriffe?«

»Och, das habe ich aus einem Hörspiel«, sagt Charlotte, verschwindet aus dem Zimmer und lässt ihn verdutzt zurück.

Er geht in die Küche zu Hanna.

»Was ist los mit dir?«, fragt ihn Hanna.

Tilmann schaut sie von oben bis unten an: »So sehen modische Verlierer aus!«

Hanna trinkt gerade Wasser und prustet in ihr Glas, bemüht, sich nicht zu verschlucken: »Bitte, was? Meinst du mich damit?« Sie schaut an sich herunter und streicht ihre Kleidung glatt: »Magst du meine Klamotten nicht?«

Sie drängelt sich an Tilmann vorbei, um sich vor den großen Spiegel über der Bauhauskommode zu stellen.

Tilmann zuckt mit den Achseln und zieht die Mundwinkel nach unten: »Ja, doch, so sehen modische Verlierer aus.«

Hanna wird von Sekunde zu Sekunde unsicherer. Ihr Mann mag ihre Mode nicht mehr. »Tilmann, was ist los? Was stimmt denn nicht?«

In diesem Moment kommt Charlotte dazu. Sie steckt ihren Kopf durch die Tür und schaut zu ihrer Mutter: »Mama, so sehen modische Verlierer aus.«

Hanna fällt die Kinnlade herunter, alle Gesichtszüge entgleiten ihr und sie schaut abwechselnd von Tilmann zu Charlotte und zurück.

Tilmann und Charlotte müssen gleichzeitig laut loslachen, dass es sie nur so schüttelt.

In diesem Moment merkt Hanna, dass sie den beiden voll auf den Leim gegangen ist und grinst erleichtert: »Ihr beiden! Das bekommt ihr von mir zurück.«

Sie rennt auf Charlotte zu, schnappt sie sich und kitzelt sie durch.

Es ist ein schöner freier Mittwochnachmittag gewesen. Tilmann hat ein leckeres Mittagessen mit der Familie genossen und nach den Schularbeiten mit Charlotte gespielt.

Jetzt am Abend, in der monatlichen Skatrunde, ist seine gute Laune irgendwie wieder verschwunden.

»Du bist dran, alter Junge«, erinnert ihn Klaus.

»Oh ja, Entschuldigung«, Tilmann legt eine Karte ins Spiel.

»Was? Du hast noch einen Trumpf? Das kann eigentlich nicht sein.«

»Warum? Doch, doch, ich hatte noch einen Trumpf und nehme jetzt den Stich mit.« Tilmann runzelt die Stirn und versucht, sich an die vergangenen Spielzüge zu erinnern. Hatte er etwas übersehen?

»Das sehe ich«, antwortet Klaus und sucht in den zurückgelegten Karten nach einem Stich, in dem Tilmann Trumpf hätte bedienen müssen: »Hier! Da habe ich es.« Klaus legt ein Stich auf den Tisch und kann der Skatrunde aufzeigen, dass Tilmann in dem Spiel falsch gespielt hatte. »Da habt ihr dieses Spiel aber verloren. Nach unseren Spielregeln geht ein Spiel sofort verloren, wenn falsch gespielt wurde.«

»Scheiße!« Tim schmeißt seine Karten auf den Tisch und sieht Tilmann böse an: »Ich fasse es nicht! Das Spiel hätten wir sicher gewonnen! Jetzt müssen wir zahlen!«

Tilmann entschuldigt sich: »Tut mir wirklich leid. Irgendwie bin ich heute etwas unkonzentriert.«

»Was ist denn los? Sonst bist du doch immer richtig heiß auf Skat und kaum zu bremsen. Heute ist es schon dein dritter dicker Fehler, den du gemacht hast. Und du musst ständig erinnert werden, eine Karte zu spielen. Was ist los?«

Das ist eine gute Frage, auf die ich leider auch keine Antwort habe, denkt sich Tilmann. »Ach, ich bin nur etwas gestresst und habe wohl in der letzten Nacht zu wenig geschlafen.«

»Ich weiß gar nicht, was du willst. Du hast doch eine Couch in deiner Praxis stehen und kannst dort den Schlaf der Nacht nachholen.« Tim grinst Klaus.

»Vielleicht ist es auch so, dass unser Couch-Doktor eine unglaublich attraktive junge Frau in Behandlung hat, die ihm den Kopf verdreht. Man hört es doch immer wieder, dass es gerade die atemberaubenden Frauen sind, die zu einem Therapeuten gehen, um ihre Wehwehchen zu besprechen.«

Nee, er ist männlich, narzisstisch und eine absolute Nervensäge mit ernstzunehmenden Drohgebärden, und er weiß sich nicht zu benehmen, schießt es Tilmann in den Kopf. Sein Trübsinn weitet sich aus, wie ein Waldbrand im Sommer nach wochenlanger Trockenheit.

Die Karten werden für ein neues Spiel gemischt und verteilt. Grundsätzlich hat sein Nachbar ja recht. Skat ist ein Spiel, das Tilmann liebt. Hier kann jeder kleine Fehler das Spiel entscheiden. Man muss permanent konzentriert sein und alles im Blick haben.

Skatspielen und Radrennen haben gemeinsam, dass man bei beidem stark aufpassen und sich konzentrieren muss. Beides kann er eigentlich stundenlang und auch mit viel Freude, nur heute nicht. Er ist mit seinen Gedanken in einer speziellen Welt, bei seinem entsetzlichen Patienten. Und er weiß, dass er in absehbarer Zeit das Problem lösen muss. Immer mehr belastet es ihn, ohne dass er genau weiß, was es eigentlich ist, was ihn belastet.

*

Die Praxiseinrichtung ist sehr modern, aber kühl wirkend, mit viel Glas und neuester Technik ausgestattet. Als besondere Note hängen an einigen Wänden bunte, von Kindern gemalte Bilder, die in Rahmen eingefasst sind.

»Guten Tag Frau Braun, wie fühlen Sie sich heute?«, fragt Frau Dr. Kindlein, als sie das Behandlungszimmer betritt.

Hanna hat einen Termin bei ihrer Gynäkologin. Es ist ein Routinetermin, wenn da nicht dieses Problem mit dem zweiten Kind wäre: »Mir geht es so weit gut. Ich habe keine Beschwerden.«

»Das ist doch schön zu hören.« Während sich die Gynäkologin im Plauderton mit Hanna unterhält, schaut sie in ihren Unterlagen nach, welche Untersuchungen gemacht wurden und welche Befunde sich herausgestellt haben.

»Frau Braun, ich sehe hier, dass es keine Besonderheiten gibt. Alles ist so, wie es sein soll. Wir hatten beim letzten Termin die Scheide, den Gebärmutterhals und den Muttermund auf Auffälligkeiten hin untersucht – ohne Befund, ebenso das Abtasten der inneren Geschlechtsorgane. Auch Lage, Größe und Form von Gebärmutter und Eierstöcken sind ohne Hinweise auf Fehlbildungen, Wucherungen der Gebärmuttermuskulatur, Myome, oder Auffälligkeiten der Gebärmutterschleimhaut. Und der Abstrich zeigt keine bakterielle oder virale Infektion.«

»Ich bin also vollkommen gesund und könnte, aus medizinischer Sicht, ohne Bedenken ein zweites Kind bekommen«, schlussfolgert Hanna resigniert. Ihre Schultern sacken ab, die Körperspannung lässt nach und bringt Hannas Enttäuschung zum Ausdruck.

»So ist es.« Frau Dr. Kindlein neigt ihren Kopf zur Seite und beugt sich leicht nach vorn über.

»Gibt es nicht noch weitere Ursachen, aufgrund derer ich nicht schwanger werde?«

»Ich kann Ihren Wunsch nach einem weiteren Kind sehr gut verstehen. Aus medizinischer Sicht ist ihr Körper dazu auch bereit.« Die Ärztin hat selbst drei Kinder und wirkt durch ihre sehr einfühlsame Art authentisch.

»Warum klappt es dann nicht?«, lässt Hanna Verzweiflung durchblicken.

»Frau Braun, vielleicht liegt es auch eher an ihrem Mann«, gibt die Ärztin vorsichtig zu bedenken.

»Na ja, seine Zeugungsfähigkeit hat er ja durch Charlotte unter Beweis gestellt. Und ich bin mir auch zu 100 Prozent sicher, dass es da keinen anderen Mann gegeben hat, als Charlotte gezeugt wurde. Bliebe noch die Möglichkeit, dass Charlotte vom Storch gebracht wurde.« Hanna versucht, Haltung bewahrend, Frau Dr. Kindlein anzulächeln, doch es wird mehr zu einer Grimasse.

»Da sprechen Sie aber ein zugegebenermaßen sehr interessantes Fachgebiet an, auf dem ich mich leider gar nicht auskenne.«

»Das ist aber sehr schade.«

Beide Frauen lachen kurz auf und der Atmosphäre ist die Schwere etwas genommen.

»Wie geht es denn ihrem Mann, Frau Braun? Hat er sehr viele Patienten? Arbeitet er eventuell sehr viel? Hat er Stress?«

Frau Dr. Kindlein hat beschlossen, diesem Problem heute auf den Grund zu gehen.

»In letzter Zeit ist er bedrückt und er arbeitet wirklich sehr viel. Ich habe den Eindruck, dass ihn etwas quält und ihn auch schon darauf angesprochen. Doch irgendwie kommen ich da bei ihm nicht so richtig weiter.«

»Wenn Sie möchten, können Sie Ihren Mann auch gerne einmal mit in die Sprechstunde bringen. Dann kann ich mal mit ihm sprechen.«

»Jaaa …, grundsätzlich würde er das bestimmt tun…«, überlegt Hanna.

»… aber er hat keine Zeit. Wenn ich Ihren Satz zu Ende bringen darf. Er fühlt sich seinen Patienten gegenüber verpflichtet und nutzt jede Stunde, um für die Sorgen und Nöte Anderer da zu sein.«

»So sieht es aus. Der Arme macht alles für seine Patienten und vergisst sich selbst dabei.« Sorgenfalten machen sich bei Hanna breit.

»Ich habe ihrem Mann auch schon Patienten überwiesen. Die waren mit ihm und seiner Arbeit sehr zufrieden, die schwärmten richtig von ihm. Ich hoffe, er kann sich diesen Elan beibehalten, ohne auszubrennen. Passen Sie also gut auf Ihren Mann auf.«

*

Theodor Konrad sitzt in seinem Golf und beobachtet das Haus. Guter Rat ist teuer. Was soll er nur machen? Die Geschichte mit dem Breitband muss er irgendwie geradeziehen. Aber wie? Auch die Sache mit der Entführung ist noch nicht in trockenen Tüchern, denkt er angestrengt nach.

Er fragt sich, ob er auf seinen Chef zugehen soll, um sich bei ihm für sein Auftreten zu entschuldigen. Dafür ist ihm sein Chef aber zu unsympathisch. Und er gehört immer noch zu den Geldärschen, die unverdient zu Reichtum gekommen sind. Nein, er wird sich nie und nimmer bei seinem Chef entschuldigen! *Das wäre ja so, als wenn der Knochen zum Hund kommen würde.*

In diesem Moment verlässt Tilmann Braun seine Praxis und macht sich auf den Weg nach Hause. Er setzt den Helm auf, schließt sein Fahrrad los und schwingt sich auf den Drahtesel. Theodor Konrad startet seinen Wagen und freut sich, dass er sein Auto richtig geparkt hatte, sodass er jetzt zur Verfolgung nicht erst auffällig wenden muss.

Die Verfolgung eines Fahrrades mit einem PKW, wenn man nicht auffallen und gleichzeitig keine Verkehrsbehinderung sein möchte, ist kein ganz einfaches Unterfangen. Immer wieder ist Tilmann zu langsam und muss vor einer roten Ampel anhalten. Auch wenn bisher alles gut verläuft, so könnte

Theodor Konrad Tilmann plötzlich verlieren, wenn dieser abbiegt und einen Weg einschlägt, der mit einem PKW nicht zu befahren ist.

Theodor Konrad hat Glück. Sein Therapeut legt an Geschwindigkeit zu, offensichtlich versucht er, die grüne Phase im Straßenverkehr mitzunehmen und bleibt auf der Hauptverkehrsstraße. Nach zwanzig Minuten Fahrt steuern sie auf ein Wohngebiet mit kleineren Geschäften zu, und Tilmann lässt sich ausrollen.

Theodor Konrad bremst seinen Golf und parkt. Hier ist das Risiko zu hoch, entdeckt zu werden und so wartet er ab. Doch, was passiert da? Tilmann fährt in eine der Hofeinfahrten und stellt sein Rad ab. Stürmisch kommt ein Kind auf ihn zugelaufen und nimmt ihn herzlich in die Arme. *Hier wohnt er also.*

Theodor Konrad bleibt im Wagen sitzen und beobachtet Tilmann weiter. Die Szene zerreißt ihm das Herz. Der treusorgende Vater mit seiner geliebten Familie. Dieses Glücksgefühl kennt Theodor Konrad nicht. Glück und Liebe hatte er nicht in seiner Familie erlebt. Seine Mutter erdrückte ihn mit ihren Zweifeln und Ängsten, übertrug die eigene Unzulänglichkeit auf ihn und stellte das als ihre Liebe da. Sein Vater hingegen war eine unvergleichliche Pfeife. Er konnte die Situation zu Hause nicht ertragen, konnte sich aber nicht seiner Frau gegenüber durchsetzen. Irgendwann hatte er die Schnauze voll und strich feige die Segel. So zumindest hatte es ihm seine Mutter immer erzählt.

Die Familienszene mit Tilmann und seiner Familie macht ihm deutlich, welch armseliges und eingeschränktes Leben er doch führt. Für einen kargen Lohn musste er sich bislang immer wieder abschuften und hatte nicht das Glück, jemals auf einen grünen Zweig gekommen zu sein. Sich von seinem Einkommen ein eigenes Haus zu kaufen, ist vollkommen illusorisch. Er kann sich nicht einmal einen anständigen Wagen leisten. Und weil er nichts zu bieten hat, würde abends niemals eine Frau auf ihn warten, die ihn mit einem liebevollen Kuss begrüßt. Das ist ein Wunsch, der manchmal kurz in ihm aufkommt, gerade so lange, dass er als Bedürfnis nach wahrer

Nähe, Verständnis und Zärtlichkeit spürbar wird, aber sofort wieder verdrängt wird.

Auf ihn wartet nur Tamara Kleinschmidt, wenn er aus der Firma geschmissen werden sollte. Wenn sie ihn dann auch noch als den Steiger enttarnen würde, ginge er gleich in den Bau! *Verdammte Scheiße!*

Die Erinnerung an sie reißt eine tiefe Wunde in seine Eitelkeit. Er, der größte aller Kletterer, ist auf das Wohlwollen einer Frau angewiesen. Sie entscheidet, ob er Stütze bekommt oder nicht, falls ihm gekündigt wird. Verdammter Chef! Auch der tritt seine Kreativität und Genialität mit Füßen!

Theodor Konrad schaut neidisch auf das Familienglück seines Therapeuten. Er kann den Blick nicht von der Szene abwenden. Zwei Herzen schlagen in seiner Brust. Auf der einen Seite ist da seine Wut auf alle Menschen, die glücklich sein können, obwohl sie, so seine Überzeugung, das Glück nicht verdient hatten. Auf der anderen Seite keimt Traurigkeit und Wehmut auf, verbunden mit dem Wunsch nach einem eigenen Familienleben. Dann denkt er sogar für einige Momente, dass ihm eine Therapie doch helfen könnte.

Da er diese innere Zerrissenheit nicht ansatzweise ertragen kann, verdrängt er die ganzen gegensätzlichen Empfindungen schnell wieder, bevor das Gefühl aufkommt, ihm würde das Herz aus der Brust gerissen.

Als Tilmann Braun mit seiner Tochter ins Haus verschwindet, startet Theodor Konrad seinen Wagen und fährt zurück in seine Wohnung. Dort angekommen, hängt er seine Jacke auf, holt sich etwas zu trinken, grübelt und stiert vor sich hin. Ihm ist noch immer keine Lösung eingefallen, wie er auf die Situation mit seinem Chef reagieren soll. Wie so häufig tigert er ziellos und unruhig in seiner Wohnung herum.

»Was machst du dir das Leben schwer, Theodor Konrad? Geh doch zu deinem beschissenen Hausarzt und lass dich krankschreiben«, fordert Deibel ihn auf.

»Lass mich in Ruhe! Ich weiß selbst, was ich zu tun habe!« Theodor Konrad war schon zwei Tage nicht zur Arbeit erschienen. Bei dem Gedanken, dass er seinem Chef gegenübertreten muss, dreht sich ihm der Magen um.

Deibel muss lachen: »Warum hast du es dann nicht schon gemacht? Momentan läufst du hier rum wie eine Frau kurz vor der Entbindung!«

»Halt endlich die Schnauze!«, schreit Theodor Konrad, dem Wahnsinn nahe.

Er weiß selber, dass er für den morgigen Tag eine Lösung benötigt. Er kann keinen weiteren Tag unentschuldigt fehlen. Sicherlich wäre es das Beste, morgen den Hausarzt zu konsultieren und um eine Krankschreibung zu bitten. Allerdings hatte er seinen Arzt in der letzten Zeit häufiger um einen solchen Gefallen gebeten. Die ihm vom Jobcenter aufgetragenen Seminare und Schulungen hätte er besuchen müssen. Nur mit einem ärztlichen Attest konnte er fehlen. Gerade bei der letzten Schulung, mit dem Titel *Bewerbungstraining*, hatte er sich ständig krankschreiben lassen, da er nun wirklich keine Lust auf die Maßnahme hatte. Er sah sie auch als völlig überflüssig an. Natürlich hatten andere Arbeitslose eine solche Maßnahme nötig, aber nicht er, Theodor Konrad.

Beim letzten Attest hatte ihm sein Arzt jedoch sehr unmissverständlich klar gemacht, dass es die letzte Bescheinigung war, die er ausstellen würde.

Plötzlich kam Theodor Konrad die erlösende Idee: »Warum bin ich da nicht viel früher drauf gekommen? Ich gehe einfach zu einem neuen Hausarzt!«

Deibel zweifelt: »Und der wird dich gleich, ohne dich zu kennen, krankschreiben?«

»Das bekomme ich schon hin. Ich mache dann einen auf Psycho. Ich sage ihm, dass ich einen neuen Arzt suche, da mein letzter mich und meine Probleme nicht ernst genommen hat. Ich klage dem so lange etwas vor, bis er mir von selbst anbietet, mich krankzuschreiben.«

»Und wer soll die Krankschreibung dann zur Firma bringen?«, bohrt Deibel weiter.

»Damit werde ich Andre oder Lukas beauftragen. Ich sage ihnen, ich könnte das nicht selbst tun und müsste etwas

Wichtiges für die Entführung recherchieren. Diese Knalltüten glauben mir doch sowieso alles!«

»Das könnte funktionieren«, unterstützt ihn Deibel endlich. »Für diese Super-Idee könntest du dir eigentlich wieder einmal eine Frau gönnen.«

»Was meinst du, was ich hier im Netz mache? Und ich glaube, ich habe sogar schon eine gefunden …«, Theodor Konrad bekommt glänzende Augen und greift sich in den Schritt.

Er hat gelernt Menschen für seine Vorteile auszunutzen und zu funktionalisieren. Den neuen Hausarzt hat er schnell ausfindig gemacht. Und der stellt ihm auch prompt eine Krankschreibung aus. Ebenso ist es für ihn ein Kinderspiel, Lukas zu bewegen, die Krankschreibung bei ihm abzuholen und der Sekretärin zu bringen.

Hier arbeitet also Theodor Konrad. Sieht ja alles ganz schick aus, denkt sich Lukas. Er stellt seinen Roller auf dem Firmenparkplatz ab und sucht nach seinen Zigaretten. *Erst mal eine rauchen und bloß nichts übereilen. Die Firma wird schon nicht weglaufen.*

Lässig lehnt er sich an eine Begrenzungsmauer, zieht an seiner Zigarette und schaut sich die geparkten Wagen an. Der schnittige Sportwagen gehört sicher dem Chef. Die Kiste würde ihm auch gut stehen.

Als die gierig inhalierte Zigarette aufgeraucht ist, schnippt er den Filter im hohen Bogen weg und lässt seine Gedanken weiter schweifen. Sein Wagen wird natürlich eine Lederausstattung haben. Allerdings braucht der breitere Puschen, mit coolen verchromten Felgen und er muss tiefer liegen. Und es muss ein echtes Ofenrohr als Auspuff verbaut sein. Schließlich sollen sich alle umdrehen, wenn er aufs Gaspedal tritt.

Mit diesen Gedanken betritt er die Firma. Im Empfangsbereich, sieht er eine Frau vor einem PC sitzen, die mit ihrer linken Hand ein Headset festhält. Vor ihr steht ein Mann, mit dem sie sich geschäftsmäßig unterhält.

Lukas geht auf die beiden zu und wedelt mit dem Attest in der Hand: »Guten Tag. Hier ist die Krankschreibung ihres wichtigsten Mitarbeiters.«

Lena und Herr Breitband schauen sich überrascht an und dann verwundert zu Lukas hinüber.

Nicht wissend, dass er den Chef vor sich hat, drückt er Herrn Breitband den Zettel in die Hand: »Hej, du, kannst du den Wisch mal dem Chef von diesem Laden geben?«

»Darin sehe ich kein Problem«, antwortet Herr Breitband und schaut Lukas irritiert an.

»Danke und schönen Tag euch noch!« Mit diesen Worten dreht sich Lukas auch schon wieder um und verlässt alsbald das Gebäude. Er geht wieder zu seinem Roller. Nochmals schaut er sich den Sportwagen an. Gut, dass sie sich heute Abend treffen und den Deal besprechen. Es muss bald losgehen. Er will endlich raus aus der Scheiße.

»Männer! Wann schlagen wir endlich zu? Ich kann es kaum noch abwarten, bis wir endlich im Geld schwimmen. Jede Nacht träume ich von einer anderen geilen Frau, die sich mir an den Hals schmeißt«, gibt Andre von sich und begrüßt damit Lukas und Theodor Konrad.

»Ja, ich kann es auch kaum noch abwarten, mit meinem neuen Outfit in einen Sportwagen zu steigen und es richtig krachen zu lassen!« Lukas schaut Theodor Konrad herausfordernd an und denkt dabei an den Sportwagen von Herrn Breitband.

»Während ihr euren Träumen nachhängt, Sportwagen sucht und Anzüge kauft, habe ich recherchiert und wichtige Erkenntnisse gewonnen«, sagt Theodor Konrad streng.

»Ich weiß nicht, was du hast? Wir schlagen schnell zu, schnappen das Geld und verschwinden sofort. Was soll da schief gehen?«, fragt Lukas.

Lukas und Andre schauen sich an und klatschen sich gegenseitig ab. Sie sind sich sicher, dass alles problemlos laufen wird.

»Was werdet ihr bei der Entführung anziehen?«, will Theodor Konrad wissen.

»Wie jetzt? Irgendetwas Unauffälliges aus dem Kleiderschrank. Am besten Klamotten, die jeder von uns hat: blaue Jeans, schwarze Schuhe und eine schwarze Jacke«, antwortet Lukas etwas herablassend, als ob diese Frage überflüssig gewesen wäre.

»Das habe ich mir gedacht, du Schlaumeier. Dadurch kann man euch später aufgrund von Mikrofasern identifizieren«, belehrt Theodor Konrad seine Mitstreiter, denen in diesem Moment alle Gesichtszüge entgleiten.

»Das ist doch Quatsch«, versucht Andre halbherzig zu kontern.

»Nein, nein. Ich habe es gerade gelesen.« Theodor Konrad zeigt beiden ein Buch zu diesem Thema. Es ist ein Buch aus der Rechtsmedizin. Es beschreibt unter anderem, welche Möglichkeiten zur Identifizierung von Tätern bestehen.

»Damit man keine Mikrofasern von uns findet, sollten wir Klamotten und Schuhe von Menschen klauen, die wir möglichst nicht kennen. Dadurch leiten wir die Bullen auf eine falsche Fährte«, doziert Theodor Konrad, die Gesichter seiner dümmlich dreinschauenden Zuhörer in vollen Zügen genießend.

Lukas und Andre sind in der Tat beeindruckt und wissen nichts zu sagen.

»Und damit auch keine Haare von uns zurückbleiben, müssen wir Mützen tragen und die Hosenbeine unten abkleben.«

»Wir tragen natürlich auch Handschuhe, damit wir keine Fingerabdrücke hinterlassen«, ist Lukas bemüht, um jeden Preis auch etwas Wichtiges zum Thema beizusteuern.

»An was für Handschuhe hast du gedacht?«, hakt Theodor Konrad kritisch nach.

»Ich habe noch Winterhandschuhe«, sagt Andre schnell.

»Ganz toll, Andre! Deine versifften Winterhandschuhe sollen es also sein? So richtig schön von innen und außen mit deinen Hautschuppen und Härchen verseucht? Nein, ihr Vollpfosten! Wir klauen Latexhandschuhe aus einem Krankenhaus. Das fällt niemandem auf und selbst wenn, dann stammen sie ja aus einem Krankenhaus.« Theodor Konrads strenger Ton und sein stechender Blick lassen keinen Widerspruch zu.

»Mensch, Theodor Konrad, woran du alles denkst! Ich habe manchmal den Eindruck, als wenn du nicht zum ersten Mal eine Entführung oder einen Einbruch machst«, entgegnet Lukas kleinlaut, fast unterwürfig.

Die drei Männer beratschlagen, wie sie an Kleidung und Schuhe kommen und wer die Einweghandschuhe aus einem Krankenhaus besorgt.

Schuhe und Kleidung wird Andre sich von seinem Schwager besorgen. Er ist sich ganz sicher, dass dieser es nicht merkt, wenn etwas fehlt. Außerdem sind sie beide gleich groß.

»Wir brauchen für den Deal auch noch mindestens drei Handys, Jungs«, macht Theodor Konrad weiter Druck. Er will jetzt so viele lästige Details wie möglich abarbeiten, selbst auf die Gefahr hin, sich für heute unbeliebt zu machen.

»Ja, ja, ich weiß schon, wir werden die kurz vorher klauen und dann Prepaidkarten reinstecken, damit auch die nicht auf uns zurückzuführen sind«, antwortet Lukas.

»Nee nee, eben nicht wir! Du wirst die Handys besorgen und präparieren. Ist das klar, Lukas?« Theodor Konrad kostet das Gefühl von Kontrolle und Souveränität aus.

Die konspirative Sitzung der drei Männer zieht sich an diesem Abend in die Länge, da sie sehr viel zu besprechen haben. Dabei werden die Überlegungen zur Kleidung auch wieder über den Haufen geworfen, weil es ihnen zu schwierig erscheint, passende Kleidung zu klauen. Länger beratschlagen sie, ob es sinnvoll sein könnte, dass alle die gleiche Kleidung in Form von Kostümen tragen sollten.

*

Theodor Konrad sitzt in seinem Auto und beobachtet den Eingang der psychotherapeutischen Praxis und knibbelt unruhig an den abgekauten Fingernägeln. Es ist 17:50 Uhr und ein Mann tritt aus der Tür heraus. Er vermutet, dass es der letzte Patient von Herrn Braun ist. Die Person geht leicht gebeugt und auf der Stirn zeigen sich deutliche Falten, so als wenn er angestrengt nachdenken muss. Geht er nun zu Herrn Braun rein, ohne einen Termin zu haben, oder nicht? Seine Krankmeldung läuft heute aus und der neue Hausarzt wird ihn ohne Weiteres auch nicht länger krankschreiben. Es sieht so aus, als wenn Herr Braun seine letzte Rettung ist.

Theodor Konrad löst den Sicherheitsgurt und möchte schon aussteigen, als im Radio eines seiner Lieblingslieder beginnt. Gerne lässt er sich ablenken, stellt das Lied lauter und singt leise mit. Der Song erinnert ihn an bessere Zeiten. Er hatte damals eine lockere Beziehung, bei der der Sex für ihn erfüllend war. Parallel dazu hatte er einen gut bezahlten Job und konnte sich sogar einmal im Jahr einen Urlaub leisten. Jetzt ist er schon froh, wenn am Ende des Monats überhaupt noch etwas zu Essen im Kühlschrank liegt.

Es ist 17:54 Uhr. Die grün leuchtenden Ziffern der Digitaluhr im Armaturenbrett laufen unaufhörlich weiter. Noch immer ist kein neuer Patient ins Haus gegangen.

Theodor Konrad schaut sich in seinem alten Golf um. Dieses Auto kann er sich nur leisten, weil er beim Jobcenter nicht alles ganz wahrheitsgemäß angegeben hatte. Die Kosten für den PKW kann er nur aufbringen, weil er immer wieder Jobs bekommt, die er schwarz erledigt. Das Geld bekommt er cash.

Herr Braun wird verwundert sein, wenn Theodor Konrad plötzlich vor ihm steht. Was sagt er dann zu ihm? Dass Herr Braun bitte sofort ein Attest für ihn ausstellen soll? Damit er nicht seinem neuen Chef unter die Augen treten muss? Nein, so einfach wird es vermutlich nicht sein.

Es ist 17:56 Uhr.

Theodor Konrad spricht sich Mut zu: »Ich werde mich für die letzte Sitzung entschuldigen müssen. Ich werde ihm sagen müssen, dass ich mich daneben benommen habe und mir mein Verhalten aufrichtig leid tut. Und ich werde ihm sagen, dass ich gemerkt habe, wie sehr mir die Gespräche mit ihm gefehlt haben und ich die Behandlung unbedingt, wenn es noch möglich ist, fortsetzen möchte. Vermutlich wird er mir dann zuhören. In der Sitzung muss ich das Gespräch dann unbedingt auf meinen ach so schwierigen Arbeitsplatz bringen. Ich werde ihm dann blumig beschreiben, wie sehr ich mich anstrenge und wie wenig Anerkennung ich bekomme und wie sehr ich ausgenutzt werde. Schließlich gibt es ja auch viele negative Bewertungen im Internet über die Firma. Doch in meiner Situation musste ich nehmen, was da war.«

Theodor Konrad knibbelt so intensiv an der Nagelhaut seines linken Zeigefingers, dass die zu bluten beginnt. Vor lauter noch zunehmender Nervosität rutscht er ständig auf seinem Sitz hin und her. Er denkt er noch einmal über sein Vorhaben nach und ist sicher, so an die notwendige Krankschreibung zu kommen. Er steigt aus seinem Auto aus und geht auf den Praxiseingang zu.

Als er schon auf die Klingel drücken will, kommt eine junge Frau hastig um die Ecke gelaufen. Sie scheint es sehr eilig zu haben und spricht Theodor Konrad von der Seite an: »Oh, Entschuldigung. Haben Sie auch einen Termin bei Herrn Braun?«

Die Frau wirkt verwirrt, was durch den schief sitzenden Pferdeschwanz und die falsch zugeknöpfte Jacke noch betont wird. Wiederholt schaut sie zu Theodor Konrad und dann zur Klingel, ohne diese aber zu betätigen.

»Nein, nein«, wiegelt Theodor Konrad ab. »Ich suche nach einem Bekannten, der entweder in diesem Haus oder im Nachbarhaus wohnt.«

»Na Gott sei Dank, ich war nämlich schon unsicher, ob ich mich mit dem Termin vertan habe«, klingt die junge Frau erleichtert. »Das wäre bei meinem Krankheitsbild, Sie müssen wissen, ich leide unter ADHS im Erwachsenenalter, nicht besonders ungewöhnlich. Aber mit Herrn Braun habe ich das Schlimmste schon bewältigt. Und wenn ich mir Sie so anschaue, könnte ich mir vorstellen, Ihnen noch viel mehr zu erzählen! Vielleicht mal auf einen Kaffee, wir zwei Hübschen? Was meinen Sie?« Mit einem euphorischen Blick aus ihren weit aufgerissenen Augen kommt die Frau ihm näher, als Theodor Konrad lieb ist. Er tritt den geordneten Rückzug über die Steinstufen zum Gehweg hinunter an.

»Alles ist gut. Gehen Sie nur zu Herrn Braun. Ich sehe schon, mein Kumpel wohnt auch gar nicht in diesem Haus.« Er schaut sich noch einmal demonstrativ um und geht dann eilig zum nächsten Haus. Er sieht die junge Frau, mit unverkennbar enttäuschtem Gesicht, energisch auf die Praxis-Klingel drücken. Als sie im Haus verschwunden ist, geht Theodor Konrad schleunigst zu seinem Auto zurück. Er schwingt sich auf den Sitz, zieht die Tür kraftvoll zu und atmet tief durch.

»Fuck! Was war das denn für eine Begegnung der dritten Art mit dieser Megagestörten? Da läuft auch dann nichts, wenn mir die einer auf den Bauch bindet!« Mehr Zeit zur Verarbeitung dieser Situation bleibt ihm jetzt nicht. Er muss sie abschütteln.

Das ist für Braun der letzte Termin an diesem Tag. Nach 19 Uhr hat er keine Patienten mehr, so wie er es Theodor Konrad anfänglich einmal gesagt hatte. Also wird er ihm heute auch kein Attest mehr ausstellen! Dann würde er am nächsten Tag wohl oder übel wieder zur Arbeit gehen müssen.

Theodor Konrad startet seinen Golf und fährt langsam, mit einem Gefühl der Niederlage auf ganzer Linie im Bauch, nach Hause.

Passend zu den befürchteten Tagesereignissen, ist der Himmel am nächsten Tag wolkenverhangen. Es regnet leicht, so als ob noch ein richtiges Unwetter drohen würde.

Theodor Konrad steht auf und hat beim Gedanken an seine Arbeit schon ein mächtiges Grummeln im Bauch. Wie würde sein Chef auf ihn reagieren, wenn sie aufeinanderträfen? Theodor Konrad hatte sich überlegt, dass er sich sofort an seinen Arbeitsplatz setzen und auch keinen kurzen Begrüßungsflirt mit Lena anfangen würde, um einen möglichst engagierten Eindruck zu hinterlassen. Vielleicht würde sein Chef ihn dann nicht unterbrechen wollen und dessen Stimmung sich im Verlauf des Tages beruhigen. Insbesondere wenn er positive Abschlüsse berichten könnte, würde Herr Breitband die Situation mit dem Handy bis zum Feierabend vergessen haben.

Theodor Konrad trinkt seinen Kaffee und isst eine Scheibe Toast mit Margarine und Erdbeerkonfitüre, die er sich regelrecht reinquälen muss. Hunger hat er keinen.

Vielleicht ist Herr Breitband heute ja auch gar nicht in der Firma und hat Außentermine? So oder so, heute Abend wird die ganze Situation wieder bereinigt sein, hofft er inständig.

Begeistert von seinen Ideen beendet er sein Frühstück, schnappt sich seine Jacke und fährt zur Arbeit.

Auf dem Firmengelände findet er direkt einen Parkplatz, sieht aber auch sofort den Wagen seines Chefs. Ok, vielleicht ist der auch mit einem Firmenwagen zu seinem Kunden gefahren, versucht Theodor Konrad sich zu beruhigen.

Theodor Konrad betritt die Firma und begrüßt im Vorbeigehen Lena, als wenn nichts gewesen wäre: »Guten Morgen, Lena.«

»Hallo, Theodor Konrad. Bitte komm einmal zu mir.«

»Du ich habe keine Zeit für einen kurzen Schnack. Ich muss sofort an meine Arbeit und die Krankheitstage nachholen.« Er verschwindet in seinem Büro und geht nicht weiter auf Lena ein.

Die steht jedoch auf und folgt ihm.

»Theodor Konrad, der Chef hat mir gesagt, wenn du in die Firma kommst, soll ich dich sofort zu ihm schicken.«

»Herr Breitband ist also im Haus und hat keine Termine?«

»Nein. Er hat sich den Vormittag heute freigehalten und alle Termine abgesagt.« Lena schaut etwas betrübt auf den Boden und wartet, bis Theodor Konrad sich wieder von seinem Platz erhebt.

»Stell dich darauf ein, dass Herr Breitband sehr ungehalten ist. Ich weiß nicht, was zwischen euch passiert ist, aber er ist richtig wütend.«

Das dumpfe Gefühl vom Morgen macht sich wieder breit, durchströmt seinen Unterleib. »Ja sicher, Lena, ich komme mit. Was soll schon großartig sein?«, sagt er mehr zu sich als an Lena gewandt.

Lena geht, ohne zu antworten, vor und führt Theodor Konrad eine Etage höher zum Büro des Chefs. Sie klopft an dessen Tür und wartet darauf, dass sie eintreten kann: »Herr Breitband, Herr Wolf ist da. Möchten Sie jetzt mit ihm sprechen?«

»Der soll sofort hereinkommen.«

Mit herausgestreckter Brust betritt Theodor Konrad das Büro seines Chefs.

»Guten Morgen Herr Wolf, bitte nehmen Sie kurz Platz. Vermutlich können Sie sich schon vorstellen, warum es gehen wird.«

»Ehrlich gesagt weiß ich es nicht. Ich möchte mich aber als erstes noch einmal für die unangenehme Situation mit Ihrem Handy entschuldigen«, versucht sich Theodor Konrad aus der Affäre zu ziehen.

»Ich möchte an dieser Stelle mit sofortiger Wirkung Ihr Arbeitsverhältnis in unserer Firma beenden.«

»Oh, damit überraschen Sie mich. Ich dachte, wir beide ….«

Herr Breitband geht auf Theodor Konrad nicht ein und unterbricht ihn barsch: »Herr Wolf, da wir uns in der Probezeit befinden, können wir uns problemlos voneinander trennen. Dennoch möchte ich Ihnen meine Gründe nennen. Ihre Arbeitsleistung war in den wenigen Tagen nicht besonders gut, was wir vielleicht hätten verbessern können. Völlig inakzeptabel ist es aber, dass Sie alleine in meinem Büro waren und auf meinem Handy herum getippt haben. Das ist für mich ein nicht wiedergutzumachender Vertrauensmissbrauch!«

»Ja, aber …«

»Nein, kein Aber. Wir gehen jetzt zu ihrem Arbeitsplatz. Dort nehmen Sie Ihre persönlichen Dinge mit und werden sofort die Firma verlassen!«

Was Theodor Konrad nicht weiß, ist, dass Herr Breitband mit ihm zusammen noch einen zweiten Mitarbeiter eingestellt hatte. Dieser würde zu Beginn des nächsten Monats seine Tätigkeit aufnehmen. Und Herr Breitband sagt ihm auch nicht, dass er sich von Theodor Konrad irgendwie beobachtet gefühlt hat.

Herr Breitband ist ein Mensch, der auf die eigene Intuition viel Wert legt. Denn gerade diese hat ihn in geschäftlichen Angelegenheiten nur sehr selten im Stich gelassen.

*

Generell, aber besonders in seiner Jugendzeit, wenn er ihr von einem Erfolgserlebnis erzählt hatte, hielt sie ihm stattdessen etwas Negatives entgegen. Oder sie zeigte ihm auf, was andere aus seinem Freundes- und Bekanntenkreis noch besser gemacht hatten. Manchmal ignorierte sie ihn auch ganz. Vielleicht dachte sie, es würde ihn dazu anspornen, sich beim nächsten Mal noch mehr anzustrengen.

Seine Leistungen erkannte Theodor Konrads Mutter nur an, wenn sie sich damit brüsten konnte. Jegliche seiner Erfolge, bei denen sie nicht im Zentrum der Aufmerksamkeit stand, wurden ignoriert oder sogar herabgesetzt. Schließlich wusste sie genau, was für Theodor Konrad und für ihren Mann am besten war.

Er fühlte sich permanent wie ein Hamster im Laufrad, der nie sein Ziel erreichen, nie die Liebe und Anerkennung der Mutter bekommen würde.

Und er konnte nie die Erfahrung machen, was es heißt, eine Privatsphäre zu haben, weder im Badezimmer, noch im Kinderzimmer. Sie durchsuchte regelmäßig seine Sachen. Sie stellte neugierige Fragen, schnüffelte in seinen Briefen, Heften und Büchern.

Auf jedes Streben nach Autonomie von seiner Seite reagierte sie mit Abwehr. Normale Riten des Erwachsenwerdens, wie zum Beispiel zu lernen, sich zu rasieren, erlaubte sie nur widerwillig, und das auch nur deshalb, weil er darauf bestand und sein Vater ihn an dieser Stelle ausnahmsweise unterstützte.

Eine bevorzugte Kommunikationsart war für seine Mutter das gezielte Nutzen der Unwahrheit. Sie gab vor, sich an negative Dinge nicht erinnern zu können, auch wenn sie etwas gerade erst vor Kurzem gesagt oder getan hatte. Es machte ihn wahnsinnig, es ließ ihn verzweifeln, wenn er sie mit diesen Dingen konfrontierte und sie es leugnete: »Du hast doch keine Ahnung. So kann das nie und nimmer gewesen sein.«

Hatte seine Mutter etwas Positives getan oder erlebt, so wurde es wie eine Sensation dargestellt. Ihre maßlosen Übertreibungen, gerade im Beisein anderer, waren ihm, Theodor Konrad, regelrecht peinlich. Er hoffte dann immer, dass der Boden unter seinen Füßen aufreißen würde, damit er abtauchen könnte. All diese Formen der Kommunikation waren die Quelle seiner späteren, fast nicht zu bändigenden Wut.

Sie war selbstsüchtig und stur. Sie bestand darauf, dass immer alles nach ihrem Willen geschah. Sie konnte auch als egozentrisch beschrieben werden. Ihre Gefühle, Bedürfnisse und Wünsche waren sehr wichtig, seine waren unbedeutend. Das ging sogar so weit, dass nur die kleinste ihrer Launen Vorrang vor seinen Grundbedürfnissen hatte.

Mit Kritik konnte seine Mutter nicht ansatzweise umgehen. Wenn er sie kritisierte oder ihr widersprach, explodierte sie, geriet in Rage und konnte unter Umständen gewalttätig werden. Er kann sich noch genau an einen strengen Winter erinnern, der zudem nicht enden wollte. Vielleicht sorgte auch die selten sichtbare Sonne dafür, dass die Strafen seiner Mutter immer bizarrer wurden. In diesem Winter bestrafte sie ihn sogar einmal damit, dass er nach draußen gehen und sich in das kalte Wasser des Teiches stellen musste. Das Thermometer zeigte zwei Grad plus an, gerade so viel, dass der kleine Teich nicht zugefroren war.

Doch aus ihrer Sicht geschah alles nur aus Liebe. Umso weniger konnte sie es verstehen, dass sich ihr Mann von ihr trennte und später auch Theodor Konrad immer weniger von ihr wissen wollte.

*

Frau Krögerschmidt betritt die Praxis. Sie ist von mittelgroßer Statur und hat ein Aussehen, nach dem man sie für höchstens Mitte 60 schätzen würde. Sie geht mit aufrechtem Gang zielstrebig auf Tilmann zu: »Guten Tag, Krögerschmidt mein Name. Sie sind Herr Braun?«

»Guten Tag, ja, ich bin Tilmann Braun. Herzlich willkommen, Frau Krögerschmidt.«

Tilmann zeigt auf den Sessel im Behandlungsraum, in dem üblicherweise seine Patienten sitzen.

»Soll ich mich hier setzen?« fragt sie.

»Ja genau. Von dem Platz haben Sie bei unserem Erstgespräch eine schöne Aussicht auf die Stadt.«

Frau Krögerschmidt setzt sich und schaut sich in der Praxis um, während Tilmann die Versichertenkarte einliest. Gleichzeitig befragt er seine Patientin: »Mit welchem Anliegen kommen Sie zu mir? Was kann ich für Sie tun?«

»Ja, gute Frage, was können Sie für mich tun? Das weiß ich ja auch nicht so richtig. Sie wurden mir empfohlen, deshalb habe ich mich entschlossen, Sie aufzusuchen.«

»Welchen Grund gibt es denn, mich aufzusuchen?«

»Sehen Sie, Herr Braun, ich bin 78 Jahre alt und habe bislang mein Leben ganz gut bewältigen können. Allerdings geht es mir seit geraumer Zeit seelisch nicht mehr ganz so gut. Meine Kinder, zu denen ich ein enges Verhältnis habe, sind der Auffassung, dass ich depressiv bin und es hilfreich sein könnte, einmal mit Ihnen zu sprechen.«

»Da trauen Ihre Kinder mir aber eine Menge zu!«

»Warum?«

»In der Regel dauert eine Psychotherapie länger als eine Sitzung, Frau Krögerschmidt«, belehrt Tilmann seine Patientin und lächelt sie dabei wie der nette Schwiegersohn an.

Frau Krögerschmidt lacht kurz auf: »Das ist mir durchaus bekannt.«

Tilmann macht gerne zu Beginn einer neuen Behandlung kleine Scherze. Daraus kann er gleich wichtige Informationen für die Behandlung gewinnen. In diesem Fall stellt er fest, dass Frau Krögerschmidt seinen Scherz versteht, sich aber nicht aus dem Konzept bringen lässt. Für den ersten Augenblick scheint die Chemie zwischen ihnen zu stimmen. Seine Patientin ist konzentriert und motiviert. Ihr Auftreten und ihre Ausdrucksweise passen allerdings nicht zu der von ihrer Familie vermuteten Depression.

»Woran meinten denn Ihre Kinder festzustellen, dass Sie depressiv sind?«

»Ach, wissen Sie, ich rede viel mit meinen Kindern. Sie sind meine wichtigsten Bezugspersonen, denn ich habe schon einige wichtige Lebensgefährten verloren und konnte sie nicht mehr ersetzen. Irgendwann äußerten meine Kinder, dass ich mich viel zurückziehe, niedergeschlagen sei, weniger reden würde als früher und so weiter.«

»Frau Krögerschmidt, das kann gut sein. Am Ende der Sitzung gebe ich Ihnen einen Fragebogen mit, mit dem sich Depressivität messen lässt. Das wird uns weitere Klarheit verschaffen. Ich gehe davon aus, dass Sie mit Lebensgefährten Verwandte, Freunde oder einen Ehemann meinen?«

»Mein Mann ist vor 20 Jahren gestorben. In den letzten Jahren sind auch einige Freunde und meine beste Freundin verstorben.«

»Seit wann fühlen Sie sich denn wie eben beschrieben? Fühlen Sie sich überhaupt depressiv?« Tilmann fiel auf, dass seine Patientin eine besondere Betonung bei der besten Freundin verwendet hatte. Er macht sich eine Notiz, um später den Punkt zu vertiefen.

»Wenn ich ehrlich zu mir bin, seit dem Tod meiner Freundin vor einem Jahr.«

»Was war für Sie so schlimm? Der Verlust der Freundin oder mehr die Vorstellung, dass Sie vielleicht auch bald sterben könnten?«

Die Patientin schaut ihn traurig an. In diesem Moment wirkt sie in sich zusammengefallen. »Das ist eine schwierige Frage. Die kann ich im Moment nicht klar beantworten.«

»Sehen Sie, das müssen Sie jetzt auch nicht. Deshalb dauern Therapien auch länger als eine Sitzung. Ich merke mir diese Frage und wir werden sie sicherlich zu einem späteren Zeitpunkt beantworten können.«

Tilmann fragt seine Patientin, was sich seit dem Tod der besten Freundin verändert hat. Frau Krögerschmidt berichtet, dass sie weniger Lebensfreude empfinden würde, oftmals grüblerisch sei und sich auch weniger verabreden würde.

»Ich verstehe. Das klingt alles nach einer leichten Depression, Frau Krögerschmidt. Da müssen wir natürlich etwas unternehmen. Das kann ja nicht so weitergehen.« Mit einem spitzbübischen Lächeln versucht er die Situation zu entspannen und gleichzeitig Zuversicht auszustrahlen.

»Das meine ich auch, Herr Braun. Was können wir denn dagegen unternehmen?«

Tilmann erklärt seiner Patientin, was sie in der Behandlung machen könnten: »Mit einem Protokoll werden wir erfassen, wie Ihre Tage strukturiert sind und was Sie an den einzelnen Tagen belastet. Das wird uns sicherlich weitere wichtige Informationen geben. Dann werden wir auch schauen, ob es Erlebnisse aus Ihrer Vergangenheit gibt, die Sie vielleicht heute noch belasten. Das kann der Tod der Freundin sein oder auch ganz andere Ereignisse, die Ihnen momentan nicht bewusst ist. Aber das finden wir schon heraus.«

»Ach, Herr Braun, Sie machen mir Mut. Es war in jedem Fall die richtige Entscheidung, zu Ihnen zu gehen. Ich denke, wir sollten einen neuen Termin für die nächste Sitzung abstimmen.«

Frau Krögerschmidt macht fast schon Anstalten, aufzustehen und zu gehen.

»Wir können natürlich jetzt schon einen neuen Termin abstimmen, haben dann abe noch etwas Zeit.«

Tilmann befragt sie noch zu Hobbies und Aktivitäten, die ihr Freude bereiten. Wie es zu erwarten war, gibt es durchaus schöne Tätigkeiten, die Frau Krögerschmidt aber schon seit geraumer Zeit nicht mehr ausübt.

»Und genau diese für Sie vormals angenehmen Aktivitäten, von denen es ja recht viele gab, müssen wir wieder beleben. Das wird Ihnen helfen.«

»Das wird aber nicht ganz einfach für Sie werden, Herr Braun.«

»Ach, das warten wir mal ab und lassen Sie das nur meine Sorge sein.«

*

Was war das wieder für ein beschissener Tag, denkt Theodor Konrad frustriert. Bis jetzt war wirklich alles schief gelaufen. Morgens nach dem Aufstehen hatte er beim Blick in die Kaffeedose feststellen müssen, dass es kein Kaffeepulver mehr gab. Ein Morgen ohne Kaffee war für ihn ungefähr genauso erfreulich, wie eine Zahnwurzelbehandlung. Dann, auf dem Weg zum Einkaufen, hielt er bei der Bank, besorgte sich

100 Euro aus dem Geldautomaten und musste beim Sichten des Kontoauszuges feststellen, dass er nur noch 122,80 Euro auf seinem Girokonto hatte. Dabei ist heute der Zehnte des Monats und der Tank des Wagens ist so gut wie leer.

Beim Gedanken an seine Geldnot blinkt sofort eine Alarmlampe in seinem Kopf und prompt hat er auch das Bild von Tamara Kleinschmidt vor seinem geistigen Auge. Die hat er fast zu Tode gevögelt! Von der bekommt er bestimmt kein Hartz4 mehr!

Als Theodor Konrad nachmittags seinen Fernseher einschalten will, gibt dieser keinen Ton mehr von sich. In diesem Moment ist er so schockiert, dass er nicht einmal mehr schreien kann, eine ansonsten typische Reaktion von ihm. Schließlich ist das Fernsehen ein zentraler Lebensinhalt.

Vor lauter aufgestauter Wut und Verzweiflung will er schon einen Aschenbecher in den Bildschirm schmeißen. Im letzten Moment fällt ihm ein, dass er gestern den Netzstecker des Gerätes eigenhändig herausgezogen hatte, um die Steckdose für den Staubsauger zu nutzen.

»Vögel die alte Nutte nachher ordentlich durch!«, meldet sich Deibel und reißt Theodor Konrad aus seinen dunklen Gedanken, um ihm noch schwärzere einzuimpfen.

»Du kannst dich auf mich verlassen«, springt Theodor Konrad auch direkt darauf an. »Der werde ich es richtig besorgen!« Er hat für den Abend ein Blind Date mit einer Frau, die sich Klärchen nennt. In einem Chatroom, den er nur sehr selten nutzt, hat er wieder ein williges Opfer gefunden.

»Wenn du mit der fertig bist, wirst dich wieder als richtiger Mann fühlen und nicht mehr so wie eine Memme!«, verhöhnt Deibel ihn.

»Lass mich in Ruhe, du Arsch! Du hast ja keine Geldprobleme und musst nicht zu allem Übel auch noch zum Jobcenter, um nach Hartz4 zu betteln!«

»Du hast es doch selbst versaut!«, setzt Deibel nach. »Hättest du dich wie ein richtiger Mann verhalten, wärest du jetzt nicht in dieser armseligen Situation.«

Theodor Konrad wird still. Deibel hat recht. Schließlich wurde er bei der Firma rausgeschmissen und hatte nicht einmal die Probezeit überstanden.

Wieder ist er gescheitert!

»Gut, dass ich morgen Lukas und Andre treffe. Dann geht es wieder bergauf!«, versucht er sich Mut einzureden.

»Wenn du meinst.«, spottet Deibel weiter. »Aber da glaubst du doch selbst nicht dran!«

»Warte es nur ab. Ich werde es dir beweisen. Die Sache wird laufen und reißt mich aus dieser Scheiße hier raus!«

*

Andre hatte in den letzten Tagen viel über die Entführung nachgedacht und eine für seine Verhältnisse fast schon blendende Idee gehabt. Er hatte sich überlegt, dass es sinnvoll wäre, die Entführung einmal trocken durchzuführen. Unter *trocken* verstand er, dass sie sich morgens in der Nähe des betreffenden Hauses treffen würden und sich vorstellen, wie sie konkret die Kinder entführen würden. Bei dieser Simulation würden sie dann schon feststellen, ob ihr Plan auch wirklich funktionieren könnte.

Diese Situation kommt für Theodor Konrad zum passenden Zeitpunkt. Gerade gestern hatte ihn Deibel fertiggemacht und er braucht jetzt unbedingt das Gefühl, dass es in seinem Leben weitergeht und er wieder die Zügel in den Händen hält.

Um sich besser zu tarnen, hatte sich Andre ein Auto von einem Kumpel geliehen. Ansonsten hatte ja nur Theodor Konrad ein Auto und dieses war im Zweifel seinem ehemaligen Chef schon bekannt. So können sie es jetzt für diesen Zweck keinesfalls nutzen.

»Seht ihr, da kommt schon die geile Maus mit den Kindern. Die wird jetzt die beiden Plagegeister wegbringen.« Lukas zeigt mit seiner rechten Hand in die Richtung der drei.

»Bist du bescheuert? Nimm gefälligst die Hand runter! Wir wissen schon, um wen es geht«, schnauzt ihn Theodor Konrad an.

»Ja, ruhig Blut«, ist Lukas angefressen.

»Wenn du hier noch mehr rumfuchtelst, fallen wir bestimmt gleich auf.«

»Ja, ja. Ist schon gut. Ich habe alles verstanden.« Lukas verschränkt die Arme vor der Brust und starrt offensichtlich gekränkt aus dem Fenster.

Das Kindermädchen geht zu einem parkenden Wagen und öffnet ihn. Sie lässt zuerst die Kinder hinten einsteigen, begibt sich selber auf die Fahrerseite und fährt sehr bedächtig los.

Als der Wagen an ihnen vorbeigefahren ist, startet Andre das Auto und verfolgt ihn.

»Fahr nicht so dicht hinter ihr her«, ermahnt Theodor Konrad Andre.

»Ich passe schon auf. Da wir ja wissen, wo sie das Kind hinfährt, können wir sie sowieso nicht verlieren«, antwortet Andre.

Lukas meldet sich zu Wort, nachdem sein Zorn etwas verraucht ist: »Da sie erstmal zur Schule fährt, könnten wir schon direkt zum Kindergarten fahren. Da wird sie als Nächstes sein, um das zweite Kind abzugeben.«

»Gute Idee. Wenn Lukas' geile Maus zur Schule abbiegt, fahren wir geradeaus weiter und suchen uns einen guten Stellplatz am Kindergarten.« Andre und Theodor Konrad grinsen Lukas feist an.

»Ihr braucht mich gar nicht so blöd anzugrinsen, ihr Volldeppen!«

Wie vorhergesehen biegt das Kindermädchen an der nächsten Kreuzung ab und fährt in Richtung Schule. Die drei Männer fahren geradeaus weiter.

Am Kindergarten müssen sie allerdings feststellen, dass es keinen geeigneten Parkplatz gibt. Was auch nicht verwunderlich ist, denn jetzt bringen alle Eltern ihre Kinder zur Betreuung. Andre parkt deshalb den Wagen in einer Nebenstraße. Da sie jetzt aber keine Blickachse mehr zum Kindergarten haben, steigen sie aus und gehen zu einem kleinen Stehcafé in der Nähe des Hortes. Sie steuern langsam darauf zu, ohne den Blick vom Kindergarten abzuwenden.

»Andre, geh mal kurz rein und hol uns drei Kaffee«, kommandiert Theodor Konrad.

»Warum soll ich das machen? Wie wäre es, wenn du das mal machst? Irgendwie habe ich den Eindruck, dass du mal an der Reihe bist und eine Runde ausgeben könntest.«

»Was?!« Theodor Konrad baut sich vor Andre auf.

»Ja, du bist dran. Bislang mussten immer Lukas oder ich bezahlen«, lässt sich Andre aber nicht beirren.

»Mein Gott, stellt ihr euch mädchenhaft an!« Dennoch geht Theodor Konrad ins Café und bestellt drei Kaffee.

Die Stimmung zwischen den drei Männern ist heute sehr angespannt. Jeder merkt, dass es ernst wird. Es ist jetzt kein Gedankenspiel mehr.

»Ist euch heute etwas aufgefallen?«, fragt Theodor Konrad seine Mitstreiter, als jeder einen Kaffee in der Hand hält.

»Nö, was sollte uns denn aufgefallen sein?«

»Die Idee mit einem geklauten Paketwagen, um damit jemanden zu entführen, klappt nicht. Warum nicht? Weil morgens um diese Uhrzeit kein Paketwagen unterwegs ist«, zeigt Theodor Konrad auf.

»Stimmt. Einen Paketwagen habe ich auch nicht gesehen. Aber stand da nicht auch ein Wagen von einem Handwerker offen rum?«, ist Lukas wieder hoffnungsvoll.

»Den habe ich auch gesehen, aber der war voll Werkzeug und Material. Da gab es nicht genug Platz«, stellt Andre ernüchtert fest.

»Also, was machen wir jetzt, ihr Superstrategen?«, bohrt Theodor Konrad weiter.

Die drei schauen sich ratlos an und schlürfen unüberhörbar an ihrem Kaffee. Jeder hängt seinen Gedanken nach und beobachtet das Treiben am Kindergarten.

»Hier können wir auch nicht zuschlagen, denn hier gibt es viel zu viele Menschen. Zu viele Menschen, die uns sehen werden und nur hinderlich sein können.«

»Relativ leer war die Straße, in der dein Chef wohnt. Da könnten wir eher zuschlagen«, schlägt Lukas vor.

»Das Arschloch ist mein Exchef!«, pampt Theodor Konrad zurück.

»Ja, Entschuldigung, dein Exchef. Mann, bist du heute nervig!«

»Hört auf zu streiten. Ich glaube ich habe die Lösung für uns«, versucht Andre zu vermitteln.»Wir fahren kurz vor dem Kindermädchen los und tun so, als ob unser Auto kaputt ist. Wir blockieren dann die Straße mit unserem Auto, gehen dann zu dem Mädel und bitten sie, uns kurz zu helfen. Ist sie ausgestiegen, springt einer von uns in ihr Auto und schon haben wir die Kinder. Wenn wir schnell sind, bleibt das Kindermädchen alleine auf der Straße zurück.«

In diesem Moment kommt das Kindermädchen mit dem Auto vor den Kindergarten gefahren. Die drei Männer gaffen zeitgleich und lüstern zu ihr rüber.

*

Es waren nur drei Tage seit dem Erstgespräch vergangen, doch Frau Krögerschmidt hatte darauf bestanden, schnellstmöglich einen neuen Termin zu bekommen.

»Herr Braun, es war für mich eine angenehme erste Therapiestunde bei Ihnen«, begrüßt Frau Krögerschmidt Tilmann.

»Das freut mich zu hören. Vielen Dank. Aber kommen Sie doch erst einmal herein und nehmen Sie bitte Platz«, antwortet Tilmann.

Trotz ihres Alters oder gerade wegen des Alters, ist seine Patientin spürbar aufgeregt. Es ist eine freudige Erregung, die in Tilmanns Augen wiederum nicht zu der angesprochenen Depression passt. Aber gerade das bereitet Tilmann so viel Freude an seinem Beruf. Die zu behandelnden Fälle waren immer wieder anders und er liebt es, wie ein Detektiv einen Fall zu lösen.

»Herr Braun, womit fangen wir an?«

»Sie könnten mir das Protokoll und den Fragebogen geben, den ich Ihnen in der letzten Woche mitgegeben hatte.«

»Ich weiß zwar nicht, was Sie damit anfangen können, aber ich habe alles ausgefüllt.«

Die Auswertung des Fragebogens dauert nur drei Minuten: »Frau Krögerschmidt, auch wenn es nur ein Schnelltest ist, so zeigt er doch, dass Sie unter einer Depression leiden. Wenn Sie möchten, können wir mit einem anderen Fragebogen das Störungsbild noch differenzierter erfassen.«

»Ich glaube, das ist nicht notwendig.«

»Gut. Dann schlage ich vor, wir schauen uns einmal das Protokoll der letzten Woche an. Dann weiß ich, womit Sie sich beschäftigt haben und was Sie eventuell so gequält hat.«

Tilmann liest sich das Protokoll durch und stellt hier und da eine Frage, nicht, weil er etwas nicht verstanden hat, sondern weil er Teile nicht lesen kann. Die erste Erkenntnis für ihn ist die, dass seine Patientin grundsätzlich eine gut strukturierte Woche hat: »Komisch ist es, Frau Krögerschmidt, dass Ihre Woche gut strukturiert ist, Sie sich aber dennoch depressiv fühlen.«

»Das wundert mich auch, aber deshalb bin ich ja zur Behandlung bei Ihnen.«

»Haben Sie eine Vermutung, warum Ihnen die aufgeführten Aktivitäten nicht mehr so viel Freude bereiten wie früher?«

»Tja, Herr Braun, früher habe ich diese Dinge mit meiner Freundin unternommen und jetzt bin ich oft allein.«

»Gibt es andere Menschen in Ihrem Umkreis, die Sie vielleicht häufiger begleiten könnten?«

»Ja sicher, die gibt es wohl, allerdings bereitet mir das dann immer noch nicht so viel Freude.«

»Sie wollen mir also sagen, dass Ihnen insbesondere Ihre Freundin fehlt und eine andere Person diese Position in Ihrem Leben nicht einnehmen kann?«, mutmaßt Tilmann.

Seine Patientin schaut ihn eindringlich an und antwortet zeitversetzt: »Es könnte so sein.« Frau Krögerschmidt spricht sehr langsam und nachdenklich. Sie scheint plötzlich in ihrer Gedankenwelt versunken zu sein und Tilmann spricht sie im Moment bewusst nicht an.

»Ich habe in der letzten Woche lange über Ihre Frage nachgedacht, ob mich mehr der Verlust der Freundin oder die

Vorstellung von meinem Tod belastet. Es ist wirklich eine schwere Frage für mich.«

»Manchmal sind Fragen scheinbar schwer zu beantworten, weil uns die Antwort, die wir eigentlich kennen, überhaupt nicht gefällt. Und manchmal ist es wiederum so, dass man Antworten auch noch gar nicht kennt, aber vielleicht schon ein Gefühl hat, in welche Richtung es gehen könnte.«

Tilmann hat eine Vermutung, in welche Richtung die Antwort seiner Patientin gehen könnte. Er will sie aber nicht direkt darauf ansprechen. In der zweiten Therapiestunde ist oftmals das Vertrauensverhältnis noch nicht stark genug, um schwierige Punkte anzusprechen. Außerdem kommt Frau Krögerschmidt aus einer Industriellenfamilie, die sehr vermögend ist. In diesem Milieu, so Tilmanns Erfahrung, werden sensible, unangenehme Themen häufig nur indirekt oder gar nicht angesprochen.

»Manchmal schämt man sich auch für Dinge, die im Leben passiert sind«, sagt Frau Krögerschmidt mit brüchiger Stimme und schaut Tilmann mit funkelnden Augen an.

*

»Wie geht es weiter, Männer? Die geile Maus hat die Blagen abgeliefert und schaukelt jetzt gemütlich zurück. Was werden wir jetzt machen?«, fragt Andre, greift sich in den Schritt, grinst feist und macht eine Kopfbewegung in Richtung des Kindermädchens.

»Wenn du das Kindermädchen siehst, kannst du auch nur noch ans Ficken denken!«, kontert Lukas.

»Lass mir doch auch meinen Spaß.«

»Jungs, Spaß können wir immer noch haben. Wir müssen jetzt an unseren Planungen weitermachen. Dadurch, dass wir hier unsere Trockenübung machen, haben wir den ersten Planungsfehler gefunden. Wir wissen jetzt, dass eine Entführung mit einem Paketwagen so früh morgens nicht klappen wird«, referiert Theodor Konrad.

Schweigen tritt ein.

Andre hängt seinen sexuellen Fantasien nach.

Lukas ist mit der Situation überfordert. Ihn quält der Gedanke, dass, wenn sie die Entführung heute real durchgeführt hätten, diese schon gescheitert wäre. Was sollte dann erst alles passieren, wenn die Tat real umgesetzt würde? Seine Zweifel behält er aber für sich.

Theodor Konrad nimmt seinen Kaffeebecher in die Hand und wirft ihn demonstrativ in den Mülleimer, um Lukas und Andre ein Signal zu geben, dass es jetzt weitergeht: »Lasst uns ins Auto setzen und den Weg zum Versteck abfahren. Mal schauen, was uns da erwartet.«

Die Männer steigen ins Auto, starten und verlassen das Zentrum der Stadt. Obwohl starker Berufsverkehr herrscht, kommen sie gut voran und sind schnell aus dem Ort heraus. Das Versteck liegt nur wenige Kilometer entfernt irgendwo in einem kleinen Wald verborgen. Es ist eine ausgediente Jagdhütte, die heute nicht mehr benutzt wird. Der kleine See in der Nähe scheint verlandet und tot zu sein. Er ist kaum noch als offenes Gewässer zu erkennen.

Die Männer parken ihren Wagen vor der Hütte und steigen aus.

»Hier ist schon das nächste Problem«, gibt Theodor Konrad von sich. »Wie können wir unseren Wagen verstecken? Nach der neuen Planung haben wir unser Auto und das Auto von dem Kindermädchen.«

»Wir verstecken hier die Kinder und einer von uns wird sie bewachen. Die anderen beiden bringen das geklaute Auto weg und zünden es an. So bleiben von uns auch keine Fingerabdrücke zurück«, denkt Lukas laut.

»Und wenn wir den Wagen anzünden, werden wir entdeckt und sind im Arsch«, motzt Andre.

»Das Verbrennen machen wir an einem sicheren Ort. Wenn man Grillanzünder auf die Autoreifen legt und entzündet, brennt der Wagen nicht sofort lichterloh, sondern erst später. Somit bleibt uns genug Zeit, um in Ruhe wieder wegzufahren und das Auto verbrennt, ohne Spuren von uns zu hinterlassen.«

»Geniale Idee, Lukas«, ist Andre begeistert.

Stimmt. Gute Idee. Da wäre ich nicht drauf gekommen, denkt sich Theodor Konrad. Er wusste ja, dass die Jungs zu irgendetwas zu gebrauchen sind.

Die Männer schauen sich weiter um. Sie gehen um die Hütte herum und lassen alles auf sich wirken.

»Lasst uns mal reingehen«, fordert Theodor Konrad seine Kumpels auf.

Die Fensterläden und die Tür sind verschlossen.

»Scheiße, ich habe keinen Schlüssel.« Lukas ärgert sich über sich selbst.

»Kein Problem«, beruhigt ihn Theodor Konrad »Wir brechen einfach das Schloss auf. Wenn wir uns vom Eigentümer einen Schlüssel holen, wird der im Zweifel nur aufmerksam und neugierig.«

»Dann müssen wir aber für die Entführung ein neues Schloss besorgen, ansonsten können wir die Tür nicht abschließen«, merkt Andre an.

Im Auto liegt eine Brechstange. Diese dient ganz ausgezeichnet als Schlüsselersatz. Lukas nimmt das Eisen, setzt es am Schloss an und kann die Verriegelung mit wenig Kraftaufwand öffnen. Sie reißt ab, das Holz der morschen Tür splittert und die Hütte ist geöffnet: »Poah! Was für ein Gestank! Was ist denn hier los?« Lukas ist extrem angewidert von dem modrigen Geruch, der ihm entgegen wabert.

»Hier war offensichtlich lange Zeit kein Mensch mehr drin!«, stellt Andre fest.

Ganz wie gewohnt verteilt Theodor Konrad Aufgaben: »Lasst uns erst einmal alle Fenster öffnen, damit wir etwas sehen können und den Gestank vertreiben. Das geht ja gar nicht!«

Die Hütte ist sehr primitiv. Es gibt einen Tisch mit vier Stühlen, eine Spüle und einen kleinen Schrank. Die Einrichtung besteht aus altem, gebrauchtem Mobiliar, bei dem die Türen schief hängen und stark abgegriffen sind. An der Wand baumelt ein Geweih und droht, jederzeit herunterzufallen. Die Farbe der lackierten Stühle ist abgeblättert, aber bedingt durch die starke Verschmutzung, ist die Grundfarbe der Stühle trotzdem nicht mehr auszumachen.

Nachdem die Fenster geöffnet sind, stellen die Männer fest, was den Gestank in der Hütte verursacht. Irgendetwas liegt noch auf dem Tisch, was halb mit Butterbrotpapier eingewickelt ist. Hier hat offensichtlich jemand seine Zwischenmahlzeit, eine Scheibe Graubrot mit Salami, vergessen.

»Dass es so dreckig ist, zeigt, dass schon lange keiner mehr hier war. Das wäre ja eigentlich gut für uns«, analysiert Andre zufrieden. »Und hier wird auch nie übernachtet, denn es gibt kein Bett oder Sofa.«

»Brauchen wir denn eigentlich kein Bett? Wie lange wird die Entführung dauern?«, überlegt Lukas und schaut sich fragend um.

»Natürlich brauchen wir ein Bett!«, ruft Andre aus. »Wie sollen wir sonst das Kindermädchen flachlegen!«

Andre und Lukas lachen laut los und klatschen sich gegenseitig ab.

»Zumindest in dem Punkt seid ihr beide euch ja sehr einig«, frotzelt Theodor Konrad.

Lukas und Andre schauen sich weiter in der Hütte um und beginnen hochmotiviert, die Möbel zu verrücken. Schließlich gilt es, Platz für ein Bett zu schaffen. Theodor Konrad geht wieder nach draußen und begutachtet die Fenster: »Ist euch schon aufgefallen, dass sich die Fenster von außen verriegeln lassen?«

»Nö!«, schallt es von drinnen.

»Dadurch können wir unsere Gefangenen besser in Schach halten. Wäre es nicht so, könnten wir dieses Lager vergessen.«

Andre und Lukas kommen aus der Hütte heraus gestolpert und schauen sich interessiert die Fenster an.

»Wir brauchen etwas zu essen und zu trinken. Ich denke, wir sollten für drei Tage und sechs Personen planen. Sollte sich die Aktion in die Länge ziehen, könnten wir dann immer noch Sachen einkaufen«, überlegt Theodor Konrad.

»Wir brauchen auch unbedingt noch Decken! In der Hütte gibt es keine Heizung und besonders nachts wird es noch ziemlich kalt«, bemerkt Lukas.

Theodor Konrad, Andre und Lukas gehen alle Erkenntnisse des Tages noch einmal durch und verteilen Aufgaben, die sie noch erledigen müssen. Das meiste wollen sie aber erst kurz vor der Entführung einkaufen.

»Bleibt noch die Geldübergabe zu organisieren.«

»Aber nicht mehr heute, Jungs. Sonst wird das ja noch richtig stressig. Schließlich müssen wir uns auf unser zukünftiges Leben vorbereiten. Dann schwimmen wir im Geld und haben überhaupt keinen Stress mehr!«, prahlt Lukas.

Der gestrige Tag war wie in einem Nebel. Theodor Konrad hatte einen ganz schweren Kater zu besiegen, denn nach der Trockenübung waren sie nach Hause gefahren, hatten Bier und Schnaps gekauft und den restlichen Tag zusammen gesoffen. Dem entsprechend ist der heutige Tag nur zum Entspannen geeignet. Zu etwas anderem wäre Theodor Konrad auch nicht in der Lage gewesen. Diese sinnfreien Tage nach einem kernigen Saufgelage wecken allerdings in der Regel auch seine bösen Dämonen, so auch heute. Am Tag zuvor hatte er sich noch für großartig und unbesiegbar gehalten. Bei der Planung der Entführung hatten sie wichtige Schwachstellen entdeckt und gleichzeitig gute Lösungen gefunden. Bei der Reflexion der Trockenübung am Nachmittag, als die ersten Biere und Schnäpse ihren Dienst erfolgreich übernommen hatten, waren sie von ihren Vorbereitungen sehr überzeugt. Sie waren sich sehr sicher, dass sie alles perfekt geplant hatten. Sollte somit die erste Entführung klappen, und davon gingen sie mit hundertprozentiger Sicherheit aus, würden sie noch eine weitere erfolgreiche Aktion folgen lassen.

Beim Chillen mit dem Kater kamen allerdings die düsteren Gedanken zurück. Seinen Anteil des Alkohols hatte er noch bezahlen können, aber der Geldbeutel war danach so gut wie leer. 12,30 Euro hat er jetzt noch und muss damit eine ganze Woche finanzieren. Das Geld würde für den Zeitraum noch reichen, wenn er nicht mehr ausging oder tanken musste oder eine Rechnung kam. Seinen Wocheneinkauf hatte er bereits erledigt. Trotzdem erinnert diese Situation Theodor Konrad an seine Armut und an seine Arbeitslosigkeit.

»Na, du gescheiterte Existenz!«, meldet sich Deibel.

»Nicht du schon wieder! Lass mich in Ruhe!«, stöhnt Theodor Konrad laut auf.

»Hast du wieder einmal kein Geld mehr?«

»Ruhe jetzt!«

»Da hängst du wieder nur dumm rum und schaust in die Glotze. Das kann ja jeder Idiot«, provoziert Deibel weiter.

»Ich denke gerade nach. Ich muss eine Lösung finden.«

»Ohlala, dann will ich mal leise sein und den großen Meister nicht stören.«

Theodor Konrad zappt unruhig durch das Fernsehprogramm und findet keine Sendung, die ihn wirklich interessiert. Er hält bei jedem Programm kurz an, doch ihm scheint es so, als wenn es nur noch Werbung, Tele-Shopping, billige Soaps oder Hochseeangeln auf den Sportsendern gibt.

»Vielleicht schreibt mich Herr Braun krank und ich muss nicht zum Jobcenter«, murmelt er vor sich hin.

»Bei dem standest du schon vor der Praxis und hast dich nicht getraut reinzugehen«, erinnert ihn Deibel.

»Ich wäre zu ihm reingegangen, wenn die abgedrehte Tusnelda nicht gekommen wäre.«

»Vielleicht war das aber nicht seine Patientin. Es könnte auch eine Bewohnerin des Hauses gewesen sein.«

»Doch, da bin ich mir absolut sicher. Das war eine Patientin von ihm.«

»Wenn du dich nicht traust, ihn aufzusuchen, dann kannst du ihn ja mal anrufen. Vielleicht hast du dazu ja den nötigen Mut«, stichelt Deibel ohne Unterlass.

»Ha, was soll ich dem sagen? Guten Tag Herr Braun, hier ist ihr Ex-Patient. Bitte stellen Sie mir ein Attest aus, damit ich nicht betteln gehen muss?«

»Mit etwas Geschick könnte das klappen.«

»Dann will der bestimmt erst wieder eine Überweisung und die Versichertenkarte. Ohne die macht der nichts«, motzt Theodor Konrad.

»Ich sag es ja, du bist ein richtiger Loser. Du traust dich nicht einmal, ihn anzurufen«, spottet Deibel mit wachsender Begeisterung.

Im Fernsehen läuft gerade eine Dokumentation über die Mafia. An der bleibt Theodor Konrad hängen und schaltet nicht weiter. Gleichzeitig verfällt er wieder ins Grübeln. Deibel hat nicht ganz unrecht, und ein Anruf kann doch nicht so schwer sein, muss er sich eingestehen. Im Grunde ist es doch nur eine Frage. Viel passieren kann ihm dabei nicht.

16:40 Uhr. Noch immer hat er nicht bei Tilmann Braun angerufen. In zehn Minuten endet eine weitere Sitzung bei ihm und er könnte ans Telefon gehen. Wenn er Zeit hat, erledigt er zwischen den Therapiesitzungen kurze Telefonate, weiß Theodor Konrad noch.

Er setzt sich unter Druck. Er muss irgendetwas machen. Sein Puls beschleunigt sich und sein Blutdruck steigt von Minute zu Minute weiter an. Er kann sich die Schmach nicht eingestehen, nicht bei Tilmann Braun angerufen zu haben.

16:52 Uhr. Er hat den Telefonhörer in der Hand, sucht nach der Telefonnummer seines Therapeuten, tippt die Nummer ein und drückt auf die grüne Taste. Theodor Konrad hört das Freizeichen. Tilmann Braun telefoniert in diesem Moment nicht.

Es kommt ein weiteres Freizeichen. Nach dem dritten Freizeichen meldet sich der Anrufbeantworter der Praxis, weiß Theodor Konrad.

»Guten Tag, Psychotherapeutische Praxis Braun«, meldet sich Tilmann Braun zu Theodor Konrads Entsetzen doch persönlich.

Sein Herz rast und er hat plötzlich einen unglaublich trockenen Mund.

»Hallo, mit wem spreche ich da? Bitte melden Sie sich doch«, hört Theodor Konrad den Appell seines Therapeuten am anderen Ende der Leitung, ist aber wie gelähmt. Er weiß, was er sagen will, aber es verschlägt ihm die Sprache.

»Ich lege jetzt auf, wenn Sie im Moment nicht mit mir sprechen können. Vielleicht rufen Sie später noch einmal an. Auf Wiederhören«, verabschiedet sich Tilmann Braun.

*

Als Theodor Konrad morgens aufsteht, schmerzt sein Rücken und sein gesamter Körper fühlt sich steif und ungelenkig an. Kein Wunder, denn den Tag zuvor hatte er sich nicht aus seiner Wohnung heraus bewegt. Er war derart verkatert gewesen, dass an Bewegung nicht zu denken war.

Später, nach einer langen und heißen Dusche, ist er fast wieder der Alte und bereitet sich auf das Treffen mit Lukas und Andre vor.

»Bleibt jetzt nur noch die Geldübergabe zu planen, Jungs«, stellt Theodor Konrad fest.

»Nur noch ist gut gesagt. Ich sehe da noch einige Schwierigkeiten auf uns zukommen«, gibt Lukas zu bedenken.

»Woran denkst du denn konkret?«

»Erstens: Wie viel Geld wollen wir haben? Schließlich soll der gute Mann das Geld problemlos beschaffen und zügig an uns weitergeben können. Je höher die Summe ist, desto schwieriger ist sie zu besorgen, umso länger müssen wir warten. Zweitens: Wo findet die Übergabe statt? Drittens: Wer macht die Übergabe und wer passt dann auf die Kinder auf?«

»... und auf das Kindermädchen!«, betont Andre und grinst breit.

Lukas lässt sich aber nicht ablenken und fährt fort: »Viertens: Wie können wir mit dem Breitband Kontakt aufnehmen? Wir brauchen eine neue Rufnummer und ein Telefon, das uns nicht gehört.«

»Okay, dann schnappen wir uns auch das Kindermädchen. Wenn sie die Kinder wegbringt, hat die bestimmt ein Telefon dabei. Somit brauchen wir keine neue Nummer oder ein anderes Telefon«, schlägt Theodor Konrad vor.

»... und wenn wir die drei entführt haben und das Mädel hat kein Telefon dabei? Was machen wir dann?« Lukas ist schon seit Tagen unruhig ist und ihn plagen immer wieder quälende Zweifel.

»Dann müssen wir uns einen Plan B überlegen. Das wird schon nicht so schwierig sein«, hält Theodor Konrad dagegen.

Es tritt Stille ein. Jeder ist mit seinen eigenen Gedanken beschäftigt. Vermutlich haben alle in diesem Moment, zumindest kurz, den gleichen Gedanken: Was passiert, wenn jemand das Geld bekommt und es dann nicht mehr mit den anderen teilt und einfach abhaut! Wer auf das Kind und das Mädchen aufpasst, hat nicht die Gewalt über das Geld! So einfach ist die Wahrheit.

Lukas meldet sich als Erster: »Ich habe einen Roller und kann da ein falsches Kennzeichen dran bauen. Somit hätten wir ein Fluchtfahrzeug. Wir könnten dann den Breitband, mit dem Geld im Koffer, durch die Stadt fahren lassen und ihn immer wieder anrufen, sodass er und die Bullen verwirrt sind. Irgendwann verfolgen wir ihn mit dem Roller und wenn er an einer Ampel hält, springt einer ab und reißt den Koffer an sich. Das sollte an einer Stelle sein, von der wir mit dem Roller schnell fliehen können und wo uns kein Auto folgen kann.«

Wieder tritt Stille ein. Es fällt jedem schwer, sich den detaillierten Ablauf der Geldübergabe vorzustellen. Sie haben auch kein Interesse mehr daran, sich jetzt noch mehr Gedanken zu machen. Schließlich wollten sie doch nur Geld haben und ihr Leben genießen können.

»Wie können wir uns darauf verlassen, dass der Breitband keine Polizei einschaltet?«, nimmt Andre die Ausführungen von Lukas wieder auf.

»Verlassen kann man sich darauf nicht. Natürlich werden wir ihm direkt vor den Kopf knallen, dass wir seine Kinder sofort umbringen werden, wenn er die Polizei einschaltet. Ich denke, wenn wir von ihm 200.000 Euro fordern, kann er die schnell besorgen. Bei 1.000.000 Euro sieht das schon ganz anders aus«, belehrt Theodor Konrad seine beiden Mitstreiter.

»200.000 Euro? Das ist doch viel zu wenig! Das muss dann ja auch noch durch drei geteilt werden. Das sind ja nur noch …«, vor lauter Entsetzen kann Andre nicht einmal mehr rechnen.

Die Männer geraten in Streit. Lukas und Andre hatten sich wesentlich größere Summen vorgestellt. Ein sorgenfreies Leben beginnt bei ihnen erst bei mehreren Millionen Euro pro Kopf. Was sind da schon 200.000 geteilt durch drei?

»Okay, okay, Jungs, jetzt mal wieder ganz ruhig. Über die Höhe der Summe können wir alle noch mal nachdenken«, versucht Theodor Konrad die Situation zu retten. »Mir ist es auch gleich, wer den Aufpasser macht und wer das Geld holt. Sollten wir uns aber jetzt zerstreiten, dann wird keiner von uns Geld bekommen und jeder muss in seinem beschissenen Leben bleiben.«

Schlagartig tritt wieder Stille ein. Wieder haben alle den gleichen Gedanken. Ohne eine Entführung gibt es auch kein Lösegeld. Und ohne das ersehnte Geld kann kein einziger ihrer Wünsche erfüllt werden.

»Also, nochmal auf den Punkt gebracht, verlangen wir weniger Geld vom Vater, wird er es schneller besorgen können und nicht so schnell die Polizei anrufen«, gibt Theodor Konrad nochmals an Lukas und Andre weiter.

»Woher willst du das wissen?«, fragt Lukas halbherzig.

»Das habe ich mal gelesen.«

Die drei diskutieren, wie hoch die Wahrscheinlichkeit ist, dass Herr Breitband die Polizei einschaltet und weitere Schwierigkeiten, die auftreten könnten. Obwohl sie vor wenigen Minuten noch gestritten haben, sind sie sich jetzt wieder einig. Jeder von ihnen ist zu der Überzeugung gekommen, dass sie nur zusammen die Entführung durchziehen können. Alleine würde es keiner schaffen und jeder müsste wie bisher weiterleben: wenig Geld, keine Frauen und Scheiß-Jobs, wenn sie denn überhaupt mal welche hätten.

*

Es waren wieder nur wenige Tage seit dem letzten Termin mit Frau Krögerschmidt vergangen, aber sie hat offensichtlich einen starken Redebedarf und hohen Leidensdruck.

»Herr Braun, geht es Ihnen gut?«, fragt Frau Krögerschmidt.

»Danke der Nachfrage, aber das ist doch eigentlich immer meine Frage«, versucht Tilmann locker zu kontern, um der Antwort auszuweichen. Da ist es aber weit mit ihm gekommen, denkt er, wenn die Patienten schon feststellen, dass es ihm nicht gut geht. Hat er denn etwa wieder dunkle Ränder unter den Augen? Ist seine Haut aschgrau?

Frau Krögerschmidt schaut ihn streng an, so dass sie nichts sagen muss, Tilmann aber dennoch weiß, dass sie auf seine Antwort wartet. Seine Patientin wird auch nicht locker lassen, bis sie eine für sie befriedigende Antwort bekommen hat.

Tilmann greift zu einer erprobten Notlüge: »Bitte entschuldigen Sie. Ich hatte eine kurze Nacht, da meine Tochter krank ist. Ich musste wiederholt aufstehen und mich um die kleine Maus kümmern. Sie kennen das sicherlich von Ihren eigenen Kindern.«

»Ach, das kenne ich auch. Wenn meine Kinder krank waren, bedeutete das für mich auch immer, dass es wenig Schlaf gab. Ich hoffe, dass Ihre Tochter nicht ernsthaft erkrankt ist.

»Nein, zum Glück nicht. Es ist nur ein etwas hartnäckiger Infekt.«

»Herr Braun, ist es normal, wenn man eine Psychotherapie aufnimmt, dass man dann viel grübelt und über Dinge nachdenkt, die schon weit zurückliegen?«, fragt seine Patientin unvermittelt. »Ja, es ist immer wieder interessant, wie durch eine Therapie jemand angeregt wird, intensiv über sich und sein Leben nachzudenken. Teilweise treten auch Erlebnisse und Erinnerungen hervor, die man für vergessen gehalten hatte. Gibt es eventuell einen bestimmten Punkt, den Sie ansprechen möchten?«

»Wie soll ich sagen, ja, es ist der Tod meiner Freundin, der für mich noch immer sehr schmerzhaft ist. Gleichzeitig verbinde ich mit dem Gedanken an den Tod auch, dass mit mir auch meine gesamte Gedankenwelt und alle Erinnerungen sterben. Ich nehme also auch die schlechten Erfahrungen mit in den Tod.«

»Glauben Sie an ein Leben nach dem Tod? Befürchten Sie vielleicht, dass die angesprochenen schlechten Erfahrungen Sie auch nach dem Tod noch verfolgen werden?«

»Nein. Ich habe keine kindliche Vorstellung vom Tod. Ich bin davon überzeugt, dass alles vorbei ist, wenn ich gestorben bin. Den Tod stelle ich mir wie einen traumlosen Schlaf vor.«

Frau Krögerschmidt taucht ab in ihre Gedankenwelt. Es ist ihr anzusehen, dass sie in diesem Moment mit ihrer Vergangenheit beschäftigt ist. Etwas quält sie, glaubt Tilmann zu erkennen. Ihr Blick geht ins Leere, während ihre Schultern hängen und der Kopf sich leicht nach vorne neigt.

»Frau Krögerschmidt, welche Dämonen aus Ihrer Vergangenheit breiten sich gerade aus?«

Seine Patientin schaut ihn an und ihr Blick wird wieder klar. Ihre Stirn wirft Falten: »Manchmal schämt man sich auch für Dinge, die im Leben passiert sind.«

»Was belastet Sie denn am stärksten? Der Tod der Freundin oder die Dämonen der Vergangenheit?«

»Es hängt beides zusammen. Ich musste über Ihre Frage lange nachdenken, was mich am Tod am meisten belastet. Dass ich einmal sterben werde, ist kein schöner Gedanke, aber der belastet mich nicht so sehr.«

»Also eher der Verlust der Freundin?«

Frau Krögerschmidt sieht Tilmann tief in die Augen und antwortet zeitverzögert: »Mein Leben war ein Versteckspiel.«

Tilmann meint fast, genau zu wissen, was sie gerade denkt. Kann sie ihm alles aus ihrem Leben erzählen? Ist er wirklich vertrauenswürdig? Es ist einer der Momente in einer Behandlung, in dem sich entscheidet, ob eine Therapie erfolgreich sein wird oder nicht.

»Ich bin im Jahr 1936 geboren. Als der Zweite Weltkrieg ausbrach, war ich drei Jahre alt. Ich habe meine frühe Kindheit im Krieg verbracht. Das bedeutete für mich, dass ich zwischen Leichen in Bombenkratern gespielt habe. Überall lagen Leichen und Extremitäten auf den Wegen und den Straßen herum. Ich habe auch erlebt, dass mir nahestehende Menschen irgendwann einfach nicht mehr da waren, nur weil sie Juden waren. Immer wieder mussten wir in Luftschutzbunker und hatten unglaubliche Angst, sterben zu müssen. Ich könnte jetzt noch stundenlang weiter über diese schlimmen Erlebnisse reden«, sagt seine Patientin mit stockender Stimme.

»Sind es diese Bilder, die Sie besonders quälen? Oder ist es etwas anderes?«

»Nein, es sind nicht die schlimmen Bilder, welche mich besonders quälen«, Frau Krögerschmidt sackt wieder in sich zusammen.

»Sondern?«, fragt Tilmann vorsichtig.

»Besonders schlimm war für mich immer die Tatsache, dass wir Kriegsgewinnler waren. Es ging uns besser als den allermeisten anderen. So hatten wir immer ausreichend zu essen und wurden auch nie genau von den Nazis kontrolliert. Unsere Firma war durch ihre Metallverarbeitung wichtig für den Krieg. Und wir hatten mehrere Immobilien, in die wir uns zurückziehen konnten und somit Unruhen und Aufständen etwas entfliehen konnten.«

»Dadurch waren sie geschützt und konnten überleben.«

»Stimmt, aber wir durften darüber nie reden. Wir haben das so konsequent gemacht, dass wir immer als Familie zusammen waren.«

»Das klingt jetzt so, als wenn ein großes Aber kommt«, vermutet Tilmann.

»Und wir haben niemandem geholfen. Wir haben keine Juden gerettet oder andere Verfolgte versteckt. Wir blieben als Familie zusammen und es ging uns, den Umständen entsprechen, sehr gut. Je älter ich wurde, je häufiger ich mir darüber Gedanken gemacht habe, desto mehr habe ich mich dafür geschämt. Es ist für mich noch immer eine unglaubliche Qual! Da hat es mir auch nicht geholfen, dass unsere Familie nach dem Krieg viel gespendet hat und Hilfsbedürftige unterstützte. Auch als Arbeitgeber war unsere Firma immer sehr großzügig und tolerant. Dennoch, geholfen hat mir all das nicht.«

Tilmann wartet einen kleinen Moment, um seiner Patientin die Möglichkeit zu geben, noch etwas zu sagen. Als diese aber nicht mehr das Wort ergreift, bespricht er mit ihr Übungen, die sie anwenden kann, um den Leidensdruck abzusenken.

Als Frau Krögerschmidt geht, fühlt sich Tilmann angeschlagen. Er merkt seit dem Aufstehen, dass er sich nicht richtig gut konzentrieren kann und zerstreut ist. Grundsätzlich findet er Frau Krögerschmidt sehr nett, allerdings nagen Zweifel an Tilmann. Sie ging so bedrückt nach Hause. Konnte er ihr wirklich helfen? Vielleicht wird sie auch die Behandlung beenden? Was sie wohl von ihm als Therapeut hält?

Tilmann erschreckt sich, als sein Praxistelefon klingelt. *Hilfe, wer will etwas von mir?*

»Guten Tag, Psychotherapeutische Praxis, Braun«, meldet er sich.

Tilmann hört nur ein tiefes Atmen.

»Hallo, mit wem spreche ich da? Bitte melden Sie sich doch.«

Manchmal sind Anrufer überrascht, wenn er selbst am Telefon ist und nicht der Anrufbeantworter. Manchmal sind die Anrufer stark verunsichert und sie verlässt der Mut und sie können nichts mehr sagen.

»Ich lege jetzt auf. Wenn Sie im Moment nicht mit mir sprechen können, dann rufen Sie vielleicht später noch einmal an. Auf Wiederhören.«

Tilmann spürt intuitiv, dass er den Anrufer kennt und ein ungutes Gefühl breitet sich in ihm aus. Wer ist es nur und warum spricht er nicht mit mir, fragt er sich.

Der Tag begann also schon nicht berauschend, wurde im Verlauf nicht besser und löst jetzt bei ihm Angstgefühle aus. Es ist keine Panik, die sich ausbreitet, aber es ist diese beschissene Angst, die sich kaum zuordnen lässt und zu der er partout keinen Zugang findet. *Mir fällt dazu nur eines ein. Verdammte Quellenamnesie!*

*

Es war ein fast zu harter Tag, zu viele Patienten und alle drehten heute wie von Geisterhand synchronisiert am Rad. Dabei hatte er doch mit Peer besprochen, diese Tage zu meiden, an denen er trotz aller Kompetenz, aller Erfahrung und allem unbestrittenen Selbstbewusstsein an seine Grenzen stößt.

»Fluch und Segen perfektionistischer therapeutischer Allmachtsfantasien!«, lästert Peer, als sie abends noch auf ein Feierabendbier bei Tilmann zusammensitzen. »Lieber Peer, wer sonst könnte mich so trösten wie du mit deiner gesegneten Einfühlungsgabe?!«, gibt Tilmann viel schärfer zurück, als er eigentlich beabsichtigt hatte. Daran merkt er, wie gereizt er noch vom Tag ist, denn eigentlich neigt er nicht zu übertriebener Ironie.

Peer zuckt zusammen und bemerkt ebenfalls, dass er und Tilmann heute nicht auf der spielerisch-kumpelhaften Raufebene sind wie sonst. Sein Freund und Kollege reagiert auf seine launige Frotzelei eher wie ein angeschossener Hund. Peer muss spontan an die Quellenamnesie denken, die Tilmann kürzlich äußerte und fragt sich, ob Tilmanns gereizte Reaktion damit zu tun hat.

»Mensch Tilmann, so angriffslustig kenne ich dich gar nicht: Muss ich schon die spitzen Gegenstände vom Tisch räumen? Werde ich lebend nach Hause kommen und Sven noch ein letztes Mal in meine Arme schließen dürfen oder muss ich mir schon bei www.särge.de was Hübsches aussuchen? Du weißt, ich möchte meine Beerdigung nicht so gerne dem Zufall überlassen!«

So versucht es Peer mit der Flucht nach vorne, die angespannte Situation zu retten. Aber auch jetzt lächelt Tilmann nur müde, wo er sonst schallend über Peers Verrücktheiten lacht.

Peer wagt den etwas direkteren Weg: »War denn heute bei dir noch was anderes los, was dich so umgehauen hat? Etwas über die übliche Devise, meine Patienten wollen mich systematisch in den Wahnsinn treiben, hinaus? Du weißt schon, dass das die Hauptmotivation unserer Patienten ist? Frei nach dem Motto, warum soll es nur mir alleine schlecht gehen? Da kann ich doch gleich meinen Therapeuten mit in die Tiefe reißen!«

Tilmanns Mimik entspannt sich ein wenig und er möchte Peer nicht in seiner unendlichen Redeschleife hängen lassen. Denn Peers hypnotische bis paralysierende Redeschleifen beziehungsweise das unendliche schwule Quasselsyndrom des Terriers unter den Therapeuten, wie Tilmann gerne ab und an spitz bemerkt, hören sowieso nie von alleine auf. Also rafft Tilmann sich auf, Peer eine Antwort zu geben, auch wenn er es hasst, in einem wunden Punkt rumrühren zu lassen, wenn er noch gar nicht soweit ist: »Ok Peer, du lässt ja nicht locker und ich versuche, dir Antworten zu geben, wo es noch keine wirklichen Antworten gibt. Und hör jetzt bitte einfach nur zu.«

Und Peer, der manchmal auch die Klappe halten kann, hört aufmerksam zu.

»Ich erzählte dir von meiner vermuteten Quellenamnesie, woraufhin du anregtest, meine Mutter nach Ereignissen in meiner Kindheit zu fragen. Ihr fiel jedoch auch nichts ein, was mich vom Hocker gehauen hat. Also habe ich es erstmal dabei belassen und gehofft, dass diese Zustände nicht wiederkommen. Vielleicht bin ich da genauso gefühlsvermeidend, wie wir es nicht selten an unseren Patienten genervt beklagen. Wer weiß, wozu es gut ist, selbst mal so etwas Quälendes und zugleich nicht zu Greifendes durchleben zu müssen. Denn heute war es wieder soweit ...« Tilmann lässt resigniert den Kopf hängen wie nach einer schweren Niederlage, was sonst niemals seine Art ist. Sein ungewöhnlich glasiger und trauriger Blick ist auf die leere Bierflasche in seiner Hand gerichtet, während er mit dem Daumennagel wie ferngesteuert nach und nach das Etikett zerlegt.

Peer atmet hörbar durch und beugt sich vorsichtig in Richtung seines Freundes vor, um zu signalisieren, dass da draußen jemand ist, ohne Tilmann aus seinem inneren Suchprozess zu bringen. Peers Hände geraten in Tilmanns gesenktes Blickfeld und dieser richtet sich spontan wieder etwas auf. Sein Blick geht dennoch an Peer vorbei und verliert sich in der Ferne.

»Du machst dir kein Bild, wie das ist, wenn dich vollkommen unerwartet ein Trigger erwischt, den du nicht mal erkennst und der eine Reaktion in dir auslöst, die du nicht willst. Diese Reaktion reißt dich aber mit, so wie eine donnernde Lawine ein kleines Kind und du weißt nicht mal, ob du da lebend wieder rauskommst ...«

Peer kann nicht an sich halten und fragt: »Sagtest du ein Kind??«

Tilmann schaut verwirrt und Peers Bemerkung bringt immerhin wieder sein Frontalhirn etwas mehr ins Spiel. Seine Stimme klingt zögerlich, er zittert und sein Atem beschleunigt sich: »Ja, verrückt, aber doch, ich fühle mich dann wie ein Kind, eben noch glücklich und behütet im Schnee umhertollend, aber im nächsten Moment einer Todesgefahr ausgeliefert! Aber ich war doch noch nie in den Bergen! Ich verstehe das alles nicht. Und jetzt fängt das schon wieder an in mir… was ist das nur… ich halte das nicht aus. Das soll aufhören!!!«

Im Türrahmen erscheint Hanna mit besorgtem Blick. Intuitiv, weit vor ihrem Verlangen nach einer nächsten Zigarette, hatte sie sich von der Arbeit am PC gelöst und nach unten begeben. Auf der Treppe bekam sie ein unbestimmtes Gefühl, dass mit ihrem Schatz etwas nicht stimmen könnte. Und als sie sich dem Wohnzimmer näherte, nahm sie ihres Mannes aufgeregte Stimme wahr. Als sie vorsichtig herein geht, wird die Stimme ihres Mannes gerade lauter und panisch: »Ist das überhaupt Schnee??«

Und plötzlich reißt er die Arme wie in einem Abwehrkampf nach oben, mit den Beinen macht er strampelnde Bewegungen und stößt mit ungeahnter Kraft den Tisch um. Gläser und Flaschen zerbersten auf Marmorfliesen. Hanna und Peer verstehen wortlos, dass Tilmann in einer ganz anderen Welt ist, einer anderen Zeit, einem Ausnahmezustand, der mit Wahnsinn aber nichts zu tun hat. Hanna bringt sich instinktiv vor ihrem Mann, gerade außer Reichweite seiner rudernden Arme, gebeugt in Stellung und hockt sich dann vor ihn auf den Boden. So sitzt sie zwischen den Scherben, fixiert seine Augen mit möglichst bestimmendem Blick.

Sie sollte noch begreifen, warum es das einzig Richtige war, was sie tun konnte. Peer nutzt ebenfalls eher instinktiv die Gunst des Momentes. Er ist selbst hochangespannt und schweißgebadet angesichts dessen, was bei seinem Freund, der sonst immer der Souveränere und Kontrolliertere von ihnen beiden ist, gerade wie eine entfesselte Naturgewalt abläuft.

Hanna und Peer nicken sich wissend zu und gerade, als Tilmann eine Millisekunde lang eine Erschöpfung ergreift, sagt Peer: »Sieh nur, deine liebe und wunderbare Hanna ist da, Tilmann! Da sitzt sie vor dir und du bist wieder in Sicherheit!«

Tilmann beruhigt sich etwas und er nimmt Hannas vertrauten Blick wahr. Hanna berührt vorsichtig die Hände ihres Mannes, die abgekämpft auf seinen Knien liegen. Ihr ganzer

Mann ist wie ausgepumpt. Peer ist auch erschöpft und sie selbst ebenso. Tilmann ergreift Hannas Hände noch unsicher »Und? Ist die jetzt auch weg?«

Hanna fasst die Hände ihres Mannes noch etwas fester und erwidert bestimmt: »Ja, die ist ganz sicher wieder weg, die hat der Peer nämlich eben vertrieben! Also für einen Schwulen hat er das jedenfalls ganz ordentlich gemacht!«

Peer, der einmal mehr denkt, welch unglaublich trockenen Humor Hanna in den unerwartetsten Situationen besitzt, nimmt ihre Vorlage dankbar auf: »Ja ja, die hättese mal sehen sollen, wie die vor dem schwulen Hulk die Flucht ergriffen hat!«

Keiner der drei im Wohnzimmer weiß, wer *die* ist, nicht mal Tilmann, aber das ist jetzt nicht so wichtig. Wichtig sind nur die Erleichterung und die Ruhe, die bei Tilmann immer mehr eintreten. Unvermittelt und mit ausgelaugter Stimme sagt er: »Ich gehe jetzt mal duschen und dann ins Bett. Der Tag war anstrengend genug.«

»Und du kommst zurecht?«, fragt Hanna, etwas irritiert über den schnellen Wandel ihres Mannes.

»Ja, natürlich komm ich zurecht, kennst mich doch!«

»Ok, ich komm dann gleich zu meinem Göttergatten und kuschele mich an, wenn es recht ist?«, erwidert Hanna mit leicht gespielter Fröhlichkeit.

»Aber sowas von recht«, antwortet Tilmann nun schon gähnend, als er sich zurückzieht.

»Gute Nacht Tilmann, sei nicht böse, wenn ich mich heute mal ausnahmsweise bei Sven ankuschele! Wir telefonieren dann morgen, ok?«, ruft Peer Tilmann hinterher.

Ein letztes »Ja ja, grüß mir den Sven …« ertönt aus der Tiefe des Hauses.

Hanna und Peer sind erst vollends erleichtert, als sie das Rauschen der Dusche im Obergeschoss durch das offene Treppenhaus hören. Sie brauchen noch einen Moment, um innerlich runterzukommen. Dazu gehen Hanna und Peer auf die Terrasse und Hanna raucht gegen ihre Gewohnheit zwei Zigaretten hintereinander.

»Was ist mit meinem Mann los, Peer?«, fragt sie durch den Nebel der Zigarette.

»Tja, Hanna, stell es dir mal so vor. Tilmann brütet innerlich ein ganz dickes Ei aus und wir haben heute gesehen, dass die Schale zunehmend brüchiger wird. Ich bin sicher, und er deutete auch vor Kurzem etwas an, dass er als Junge etwas Traumatisches erlebt hat, an das er aber keine bewusste Erinnerung mehr hat. Wir nennen das Amnesie - Quellenamnesie.«

Hanna blickt fragend: »Aber sag jetzt bitte nicht in Therapeutensprache, Tilmann sei missbraucht worden!«

»Um Gottes Willen, Hanna, das heißt es keinesfalls! Missbrauch ist vielleicht aktuell das prominenteste Thema in den Medien, aber Amnesien sind Schutzmechanismen bei allen möglichen Traumatisierungen. Ich vermute, dass es um etwas real oder subjektiv als lebensbedrohlich Erlebtes ging.«

»Was macht dich da so sicher?«, fragt Hanna skeptisch und zugleich hoffend.

»Es gibt die Hypothese, dass das Bewusstsein verdrängen oder vergessen kann, aber der Körper sich durchaus erinnert und das konntest du eben eindrucksvoll erleben. Für mich sah Tilmanns Reaktion wie ein verzweifelter, realer Todeskampf aus. Bei Missbrauch erleben wir, wenn die Erinnerung wieder ins Bewusstsein kommt, eher Zustände der Erstarrung und Hilflosigkeit und vor allem Scham und Schuldgefühle. Danach sah Tilmann nun gar nicht aus oder was meinst du?«

»Das könnte stimmen und Lebensbedrohung reicht ja auch schon. Ich hoffe, ihr bleibt am Thema dran und wenn ihr mich mal wieder braucht, sagt Bescheid!«

»Hanna, du hast heute in großartiger und intuitiver Weise deinen Mann gerettet und zugleich auch noch sein inneres Kind. Also alleine hätte ich Tilmann da nicht so schadlos rausholen können! Ich verspreche dir, ich gebe mein Bestes, dass er in kleinen Schritten da rauskommt, aber es wird Zeit und Nerven brauchen. Schließlich soll er ja auch weiter seiner an sich geliebten Arbeit nachgehen können!«

»Peer, ich hoffe einfach, er kommt aus dem Ding wieder raus.«

Peer und Hanna verabschieden sich ziemlich geschafft an der Tür. Als Hanna sich später zu ihrem bereits halb schlafenden Mann legt, murmelt er wie im Traum: »Und die Mama ist jetzt auch da?«

Hanna ist zutiefst gerührt und antwortet mit feuchten Augen: »Ja, Tilmann, die Mama ist jetzt auch da und passt auf dich auf.«

Hanna drückt, bevor sie selbst in einen unruhigen Schlaf fällt, ihren Mann noch einmal an sich.

*

Der Patient war gegangen und Tilmann macht innerlich drei große Kreuze, da die mehr als anstrengende Sitzung, insbesondere nach dem gestrigen Zusammenbruch beim Feierabendbier mit Peer, beendet ist. Gut, dass ich jetzt eine Pause habe, denkt sich Tilmann, denn die letzte Behandlung zog sich hin wie erhitzter Mozzarella in einer Nudelsoße. Es war wieder einer dieser merkwürdigen Patienten, bei denen am Ende des Erstgespräches mehr Fragezeichen stehen, als Ausrufezeichen. Schon während des Gespräches drängte sich bei Tilmann die Frage auf, was dieser Patient eigentlich von ihm wollte. Wahrscheinlich, vermutet Tilmann, hat ihm seine Frau die Pistole auf die Brust gesetzt und ihn gezwungen, sich behandeln zu lassen, verbunden mit der Drohung, sich ansonsten von ihm zu trennen. Als geübter Ja-Sager hat er sich brav um einen Therapieplatz gekümmert und weiß jetzt nicht, was er Tilmann nun sagen soll.

Nach solchen Gesprächen ist Tilmann häufig bedrückt. Dieser Patient zeigte im Gespräch nicht die notwendige Introspektions- und Behandlungsfähigkeit. Seine Therapieziele waren nur sehr vage formuliert worden, sodass für Tilmann am Ende feststand, dass er diesem Patienten zwar Empfehlungen aussprechen konnte, er ihm aber keinen neuen Termin gab. Als Aufgabe hatte er ihm mit auf den Weg gegeben, seine Therapieziele exakter zu formulieren. Wenn er sich noch einmal melden sollte und mehr Therapiemotivation erkennen lässt, wird er die Behandlung aber doch beginnen.

Um sich etwas von seinen düsteren Gedanken und dem Druckgefühl im Magen abzulenken, surft er im Internet und liest Nachrichten auf FAZ.NET. Auf der Seite wird über Kriege, Streit zwischen Parteien und einer Entführung berichtet, was seiner Stimmung auch keinen Auftrieb verleiht. Vielleicht soll er sich lieber Autos anschauen? Das ist nicht bedrückend und es gibt schöne Bilder zu sehen. Und es tun sich auch keine weiteren menschlichen Abgründe auf.

Das Telefon klingelt und Tilmann erschreckt sich. Er sucht den Hörer und nimmt das Gespräch an: »Guten Tag, Sie sprechen mit Tilmann Braun. Was kann ich für Sie tun?«

Nichts. Wieder nur ein tiefes, röchelndes Atmen am anderen Ende der Leitung. Keine Antwort. Die Atmung ist nicht panisch, wirkt auf Tilmann aber geisterhaft und löst Horrorbilder in ihm aus: Das Monster mit dem weitaufgerissenen, blutigen Maul greift an!

»Bitte sprechen Sie mit mir oder lassen Sie mich in Ruhe!!« Tilmann ist von sich selbst überrascht, dass er plötzlich laut wird und fast schon schreit.

Er ist sauer und beendet das Gespräch. Sein Herz rast, sein Atem geht über in Hyperventilation und seine Gedanken überschlagen sich. Wer war das schon wieder? Wer will ihm was? *Wann hört die ganze verdammte Scheiße endlich auf?*

Die Gedanken drehen sich wie ein Karussell auf der Kirmes, allerdings ohne die Möglichkeit aussteigen oder bremsen zu können. Das Karussell dreht sich immer schneller, sodass es keinen Punkt mehr gibt an dem sich Tilmann noch orientieren kann. Die Hilflosigkeit steigt bis ins Unermessliche und er ist überzeugt, auf eine Katastrophe zuzurasen.

Tilmann geht hektisch die letzten Tage durch. Was war passiert? Gab es etwas Besonderes? Was hatte er an einzelnen Tagen getan? Er greift in die Hosentasche und holt das Smartphone heraus, in dem seine privaten Termine stehen. Er öffnet die App und schaut sich jeden Tag an, verbunden mit der Hoffnung, irgendetwas zu finden. Was er genau sucht, weiß er nicht.

Als er nichts Auffälliges findet, schaut er in seinen PC und blättert den Praxiskalender durch. *Hier muss doch etwas sein! Irgendwo muss etwas sein! Es muss etwas geben!*

Tilmann wird immer hektischer. Aus Versehen stößt er mit seinem Ellenbogen gegen einen Stapel mit Papieren, Akten und Prospekten. Der obere Teil des Stapels rutscht über die Schreibtischkante und fällt raschelnd zu Boden.

»Scheiße! Jetzt muss ich diesen Mist auch noch sortieren«, flucht er und rafft die Unterlagen ungeduldig zusammen.

Theodor Konrad Wolf. Tilmann hält die Akte über den Patienten in seinen Händen: »Was für ein Vollpfosten.«

Jetzt fällt es ihm wieder ein. Jetzt weiß er, wonach er gesucht hat. An den ganzen letzten Tagen fühlte sich Tilmann beobachtet. Er hatte durchgehend so ein beklemmendes Gefühl gehabt. Abends zu Hause überprüfte er wiederholt, ob auch alle Türen verschlossen waren. Und am liebsten hätte er es gehabt, wenn er Charlotte 24 Stunden lang bei sich hätte haben können, auch nachts.

Jetzt weiß er es. Er fühlte sich in den letzten Tagen beobachtet und verfolgt. Allerdings weiß er nicht von wem. Er hat nur eine wenig greifbare Ahnung, ganz vage, wieder nicht richtig zu fassen.

Tilmann öffnet den Browser und geht ins Internet. Er recherchiert zum Thema Entführungen. In seinem Kopf hat sich noch nicht alles zusammengefügt, er hat aber das dringende Verlangen, mehr über Entführungen zu wissen. Er sucht nach Parallelen aus bekannten Entführungen und seinen Beobachtungen. Er will herausfinden, ob er oder seine Familie irgendwie gefährdet sind. Ebenso will er wissen, wie er sich schützen kann.

Wieder klingelt das Telefon und er zuckt zusammen. Er greift sofort nach dem ersten Klingeln zum Hörer und nimmt das Gespräch an: »Braun!«

»Nicht so laut, Papa. Mein Ohr tut ja richtig weh«, meldet sich Charlotte.

»Hallo, Charlotte, meine Kleine. Geht es dir gut? Wo bist du gerade? Ist Mama bei dir?«, will Tilmann sofort wissen.

»Papa, was ist mit dir los? Wir sind zu Hause und ich soll dich fragen, wann du nach Hause kommst und ob du noch Brötchen für das Abendbrot mitbringst.«

»Alles ist gut Charlotte. Ich bin um kurz nach sechs zu Hause. Ich bringe dann Brötchen mit und wir können zusammen essen.«

»Gut. Dann bis später«, trällert Charlotte.

»Bitte pass auf dich auf und geh heute nicht mehr nach draußen. Versprichst du mir das?«, fragt Tilmann seine Tochter eindringlich.

»Mama und ich wollen gleich etwas spielen und bereiten danach das Abendbrot vor.«

»Dann ist ja alles gut.« Tilmann verabschiedet sich von seiner Tochter und wischt den kalten Schweiß von seiner Stirn.

Am nächsten Tag betritt Tilmann die Polizeistation und schaut sich suchend um. Irgendwie ist es verwirrend. Wo muss er nur hin? All die ganzen Abteilungen, die ihm nichts sagen. All die Abkürzungen!

Tilmann dreht sich im Kreis. So hatte er sich eine Polizeistation vorgestellt: Die Wände sind schmutzig, abgegriffen und die Ecken vergilbt. Die Türen haben Macken und schwarze Streifen in Schuhhöhe. Die Beamten wirken alle genervt und er findet sich nicht zurecht.

»Guten Tag, wen suchen Sie? Kann ich Ihnen helfen?«, spricht ihn eine Polizistin an.

Tilmann zuckt zusammen und dreht sich zu der Stimme um: »Oh, oh, öh, ja, nein. Was?«

»Sie sehen so suchend aus. Kann ich Ihnen helfen?«

»Ja, Sie können mir helfen. Es geht um eine Entführung. Ähm, ich meine …«, ist Tilmann verlegen. »Es geht um eine mögliche Entführung. Ich muss da mal mit einem Polizisten drüber reden.«

»Sind Sie ein Psychologe?«

»Ja, warum? Merkt man das?«

Die Polizistin muss lachen: »Ach, war nur eine Vermutung.«

»Oh!«

»Gehen Sie doch am besten einmal in die erste Etage, dann die dritte Tür rechts. Dort wird man Ihnen helfen können«, erklärt ihm die Polizistin.

»Danke schön und einen schönen Tag.«

Tilmann geht durch das Treppenhaus hoch ins erste Obergeschoss und klopft bei der dritten Tür auf der rechten Seite an.

Man bittet ihn herein und fragt nach seinem Anliegen.

»Jaaa, das ist irgendwie komisch, also ich will damit sagen, es ist mir auch irgendwie etwas peinlich …«, stottert Tilmann.

»Legen Sie einfach mal los. Dann schauen wir, wie wir Ihnen helfen können«, versucht der Polizist auf ihn einzugehen.

»Um es direkt zu sagen, ich fühle mich beobachtet und verfolgt.«

»Woran machen Sie das fest? Haben Sie Veränderungen festgestellt? Vermuten Sie eine bestimmte Person?« Der Polizist stellt Tilmann konkrete Fragen und vermittelt ihm das Gefühl, ernst genommen zu werden.

»Ich bin von Beruf Psychotherapeut und betreibe eine eigene Praxis. Neuerdings erhalte ich Anrufe und am Ende höre ich nur ein tiefes Atmen, mehr nicht. Ich habe auch den Eindruck, dass ich von einem Patienten beobachtet werde.«

»Gibt es einen Grund, warum ein Patient Sie beobachten sollte?«

»Es gab einen Patienten, der in den Therapiesitzungen andeutete, Menschen entführen zu wollen, um Geld zu erpressen. Zudem fragte er, viel mehr als andere Patienten, nach meinem Privatleben. Darüber hinaus endete das letzte Gespräch zwischen uns mit einem Eklat und er verließ die Praxis unerwartet mitten in der Sitzung und war extrem aufgebracht.«

»Können Sie mir einmal den Namen und die Adresse von dem Patienten sagen?«

Tilmann ist sich unsicher, ob er in einem solchen Fall die Kontaktdaten freigeben darf, schließlich unterliegt er der Schweigepflicht. Allerdings muss er nicht lange überlegen. Tilmann hat das dringende Verlangen seine Familie zu beschützen. Dabei ist es ihm jetzt sogar vollkommen gleich, ob er sich in diesem Moment bei dem Polizisten lächerlich macht.

Die letzten Nächte hatte er nur sehr schlecht geschlafen und wurde von starken Albträumen geplagt. Immer wieder sah er seine kleine Charlotte, die mit Klebeband gefesselt auf einem Bett lag, sich nicht wehren konnte und rote Augen vom vielen

Weinen hatte. Diese Augen schauten ihn nachts an, flehten ihn an und bettelten darum, wieder befreit zu werden: »Papa, Papa, du musst mich retten! Ich habe so große Angst!« In diesen Momenten wurde Tilmann dann schweißgebadet wach und sein Herz raste. Gleichzeitig hatte er unbeschreibliche Angst und ihm war übel.

In der letzten Nacht war er sogar aus dem Bett gesprungen und in Charlottes Zimmer gerannt, um zu schauen, ob sie in ihrem Bett lag. Als er seine Tochter in ihrem Bett schlafen sah, versagten seine Knie, er rutschte am Türrahmen zu Boden und musste hemmungslos weinen.

»Hallo. Können Sie mir bitte Namen und Adresse ihres Patienten geben?« Geduldig blickt ihn der Polizist, Tilmann schätzt ihn auf Mitte vierzig, aus seinen freundlichen, braunen Augen an.

»Oh, Entschuldigung.« Tilmann war durch seine Gedanken abwesend gewesen. Er gibt die Anschrift von Theodor Konrad Wolf an den Polizisten weiter, der alles per Zweifinger-Suchsystem in den altersschwachen PC eingibt.

Dann nimmt er noch Tilmanns Kontaktdaten auf: »Herr Braun, ich habe Ihre Ausführungen aufgenommen. Wir als Polizei nehmen das natürlich ernst. Wie ist das eigentlich bei Psychotherapeuten, gibt es bei ihnen häufig Übergriffe von Patienten? Schließlich besteht zwischen ihnen und den Patienten ein sehr sensibles und sehr persönliches Verhältnis.«

»Ich kenne dazu keine Statistik und kann da nur auf meine Erfahrung zurückgreifen. Bei den mir bekannten Kolleginnen und Kollegen und bei mir selbst hat es, Gott sei gedankt, noch keine Übergriffe gegeben.«

»Ach, sehen Sie, Herr Braun. Hier deckt sich doch Ihre Erfahrung mit der meinigen. Solange ich hier als Polizist arbeite, und ich bin in dieser Stadt seit über 20 Jahren tätig, hat es noch keine erpresserische Entführung gegeben.«

»Das ist beruhigend zu hören. Dennoch möchte ich gerne wissen, was die Polizei jetzt in meinem Fall unternimmt.«

»Konkret machen können wir momentan nichts, denn wir können erst handeln, wenn jemand entführt wurde. Dennoch werden wir Ihren Patienten einmal überprüfen. Wir können auch in den nächsten Tagen häufiger eine Polizeistreife bei Ihnen vorbeifahren lassen.«

*

»Bernd und Jonas, ich habe heute für euch einen schönen Einsatz. Eigentlich sind es gleich zwei. Zuerst sollt ihr zu Frau Svenson fahren ...«, fängt Einsatzleiter Brömberg der örtlichen Polizeistation an.

»Meinst du etwa *die* Svenson?«, fragt Jonas und schaut dabei Bernd mit weit geöffneten Augen und einem strahlenden Lächeln an.

»Ja, die Svenson. Ihre Größe ist ein Meter und zweiundachtzig, ihre Traummaße neunzig-sechzig-neunzig und sie hat blonde, lange Haare.«

Bernd und Jonas reagieren eher wie begeisterte Jugendliche bei einem Popkonzert, als erwachsene Männer im Staatsdienst. Sie johlen freudig und klatschen sich mit den Händen ab: »Das kann dann natürlich lange dauern! Schließlich wollen wir gründlich arbeiten.« Beide lachen ausgelassen. Es sind zwei junge Polizisten kurz nach Abschluss ihrer Ausbildung, die derzeit an den Streifendienst herangeführt werden.

»Ganz ruhig Jungs, es gibt auch noch eine zweite Sache. Ist ganz in der Nähe von der Svenson. Gestern kam Herr Tilmann Braun in unsere Dienststelle und gab an, sich von Herrn Theodor Konrad Wolf beobachtet zu fühlen. Bitte fahrt einmal zu Herrn Wolf und überprüft ihn. Die notwendigen Unterlagen findet ihr in diesem Ordner. Viel Spaß!«, auch Brömberg muss grinsen und zwinkert seinen Kollegen zum Abschied zu.

Bernd und Jonas steigen in ihren Streifenwagen und sind etwas enttäuscht. Aus ihrer Sicht hätte der Besuch bei Frau Svenson ruhig länger dauern können. Leider gilt es nur noch wenige Formalitäten zu klären. Das ging bei ihr sehr schnell und es gibt auch keine Schwierigkeiten.

Jetzt fahren sie zu Theodor Konrad Wolf, der nur wenige Straßen weiter wohnt. Es ist ein sehr gemischtes Viertel mit einem relativ hohen Ausländeranteil. Hier stehen

Sozialbauwohngebäude neben Altbauvillen. Hier parken Porsche neben Rostlauben mit abgelaufenem TÜV.

Die Polizisten parken ihren Dienstwagen und gehen zum Haus, in dem Theodor Konrad Wolf gemeldet ist.

Theodor Konrad ist befriedigt und trotz des Glücksgefühls stark verunsichert, ein Gefühlscocktail, welchen er kaum aushalten kann. Der passt aber zu seinem heutigen Tag. Wie fast immer hat er kein Geld. Eigentlich wollte er wieder eine Schlampe im Hotel vögeln, doch fehlte ihm das Geld, um das Zimmer bezahlen zu können. Aber wie der Zufall es will, meldet sich eine seiner Dauerschlampen bei ihm. Eine Frau, die er schon wiederholt getroffen hatte, eine Frau, die auf harten Sex steht, bei dem sie erniedrigt wird. Da sie ihn nur unter seinem Pseudonym kennt, kommt er auf die Idee, sie zu sich einzuladen. Ihr sagt er, die Wohnung gehöre einem Freund. Diese Vorstellung erregt sie umso mehr und sie kann das Treffen mit ihm kaum abwarten. Allerdings weiß sie zu diesem Zeitpunkt nicht, wie explosiv die Stimmung bei Theodor Konrad ist, um dessen Hals sich die Schlinge immer enger zieht.

Jetzt weiß sie auch nichts mehr, denn sie liegt bewusstlos auf seinem Sofa. Sie hatten wirklich harten Sex gehabt. So heftig war es noch mit keiner gewesen. So erregt war er auch noch nie gewesen. Leider war der letzte Schlag etwas heftig ausgefallen und seine Gespielin hatte sich dabei den Kopf an einem Regel über dem Sofa so heftig gestoßen, dass sie in Ohnmacht gefallen war.

Plötzlich vibriert sein Telefon. Hastig schaut er auf das Display, kennt allerdings die Nummer nicht und lässt das Telefon weiter vibrieren. Er muss sich jetzt um die alte Schlampe kümmern und nicht um irgendwelche dummen Anrufer.

Theodor Konrad geht in den Keller, um Werkzeug zu holen. Schließlich muss er noch die Schlampe von den Handschellen befreien. Die Schlüssel für die Handschellen waren beim hemmungslosen Sex abgebrochen, sodass er jetzt eine Säge suchen muss.

Theodor Konrad rennt die Treppe zum Keller herunter und sieht im Vorbeigehen zwei Polizisten mit dem Rücken zur

Haustür stehen. Er macht sich keine weiteren Gedanken und verschwindet schnell im Untergeschoss, wo er nach einer passenden Säge für die Handschellen sucht.

»An sein Telefon geht er nicht. Ich werde jetzt bei ihm klingeln. Vielleicht hat er das Telefon nicht gehört und sitzt vor dem Fernseher und schaut Soaps«, gibt Jonas von sich.

»Ich denke, der ist einfach nicht zu Hause und macht sich einen bunten Tag«, antwortet Bernd.

»Vielleicht ist er aber auch schon bei seiner Entführung und schnappt sich gerade sein Opfer«, munkelt Jonas.

»Ach, das ist doch völliger Quatsch, mein Freund.«

»Ich glaube auch an keine Entführung. Wahrscheinlich sind bei dem Psychologen selbst die Sicherungen durchgebrannt, sodass er jetzt unter einer Paranoia leidet.«

»Du kennst doch Psychologen. Das sind Warmduscher.«

»Frauenversteher.«

»Laternenparker.«

»Couchdoktoren.«

Bernd und Jonas schauen sich an und zucken mit den Schultern.

Theodor Konrad steht in seinem Kellerraum, das kleine Fenster ist auf Kipp gestellt und leicht geöffnet. Da sein Keller direkt neben der Eingangstür ist, kann er das Gespräch der Polizisten verfolgen. Ihm bleibt das Herz stehen, sein Atem setzt aus und Panik setzt ein. Wie kommen die auf ihn? Wie kommt der Braun dazu, ihn bei der Polizei anzuzeigen, das Arschloch? Dem hat er nichts getan!

Theodor Konrad bleibt wie erstarrt stehen, bewegt sich nicht einen Millimeter und wagt nicht zu atmen. Er hat Angst, dass ihn jetzt jede Kleinigkeit verraten könnte. Wieder vibriert sein Telefon. Jetzt wagt er nicht einmal, das Telefon aus der Hosentasche zu ziehen.

»Hier erreichen wir Herrn Wolf nicht. Wir haben geklingelt und zweimal versucht ihn telefonisch zu erreichen. Da wir in zwei bis drei Tagen wieder zu Frau Svenson müssen, können wir im Anschluss noch einmal hier vorbeifahren. Vielleicht ist er ja dann anzutreffen.«

Bernd und Jonas drehen sich um, gehen zum Streifenwagen und fahren zur Wache zurück.

*

»Das schien alles so einfach zu sein! Was für eine Scheiße!«, flucht Andre.

»Was motzt du hier so rum? Was ist denn passiert?«, fragt Lukas.

»Kennst du Achmet? Und kennst du den schönen Ben?«

»Ich kenne keinen der beiden! Was haben die mit deiner unerträglichen Laune zu tun?«

»Der schöne Ben sagt, er hätte mal Mathematik studiert und würde ein tolles System kennen, mit dem man beim Roulette sicher gewinnt.«

»Ach, und da bist du drauf reingefallen?«, Lukas macht sich über Andre lustig, sodass dem die Zornesröte ins Gesicht steigt.

Andre ist so aufgebracht, dass er aus seinem Sessel aufspringt.

»Beruhig dich! Ich will dir doch nichts. Erzähl deine Geschichte erst einmal weiter«, versucht Lukas seinen Kumpel zu beruhigen.

Der setzt sich wieder hin und nimmt zur Beruhigung einen tiefen Schluck aus seiner Bierflasche: »Natürlich bin ich kein Vollpfosten. Der schöne Ben hat mir sein System erklärt. Dann haben wir bei ihm Roulette gespielt und er hat mir gezeigt, wie man sein System anwendet und ich habe tatsächlich gewonnen.«

»Okay. Dann frage ich mich, warum der schöne Ben dir sein System erklärt hat? Ist das ein guter Freund von dir? Bislang hast du von ihm nichts erzählt«, überlegt Lukas.

»Ich habe mit dem mal gesoffen. Es war ein sehr lustiger Abend und wir haben uns prima verstanden. Wir waren sofort auf einer gemeinsamen Wellenlänge und hatten so richtig viel Spaß. Am Ende des Abends haben wir unsere Handynummern ausgetauscht und uns einige Tage später verabredet. Da hat er mir dann das System erklärt.«

Lukas lässt sich die Geschichte durch den Kopf gehen und nippt an seinem Bier. Das kommt schon mal vor, dass man sich kennenlernt und sich sofort gut versteht.

Lukas Bierflasche ist leer, er geht zum Kühlschrank und holt für sich und Andre Nachschub. Sie öffnen die Flaschen und stoßen laut miteinander an.

»Und warum bist du dann so schlecht drauf? Freu dich doch, dass du das tolle System kennst. Wenn wir erst Geld haben, gehen wir damit ins Casino und vermehren die Kohle dort.«

Lukas ist ganz begeistert und versucht sich vorzustellen, wie viel Geld es mit der Entführung und dem Casino zusammen werden könnte.

»Das ist es ja! Ich war gestern im Casino und habe das System ausprobiert. Zu Beginn lief es auch gut. Ich habe gewonnen und alle waren daran interessiert, was ich mir da immer während des Spiels aufgeschrieben hätte.«

»Was passierte dann?«

»Ich habe dann nur noch verloren und am Ende war das Geld weg.«

»Andre, das heißt doch nur, dass das System am Anfang wirklich funktioniert hat und wir uns überlegen müssen, was du im Verlauf des Abends falsch gemacht hast«, schlussfolgert Lukas. Er ist jetzt voll dabei und von der Idee total begeistert, das Geld im Casino zu vermehren. Wenn er dann im Casino richtig abräumt, dann wird er mit den Mädels auch keine Probleme mehr haben.

Lukas fragt noch einmal nach: »Was ist denn später schief gelaufen? Wurdest du zu gierig und hast dich nicht mehr an das System gehalten?«

»Ich kann es dir nicht sagen. Ich war vorsichtig und habe nicht gezockt.«

»Das kann ich mir bei dir nicht vorstellen. Wenn du erst einmal Lunte gerochen hast, dann gibst du richtig Gas und hast wahrscheinlich nicht mehr aufgepasst.«

Bei dieser erneuten Unterstellung wird Andre schon wieder wütend: »Glaub mir, ich habe mich konzentriert und auch nicht gezockt, denn das Geld hatte ich von Achmet geliehen!«

Lukas und Andre schauen sich an, keiner sagt etwas. Sie lehnen sich in ihren Sesseln zurück und nehmen einen weiteren Schluck Bier.

Lukas ergreift als erster wieder das Wort: »Warum leiht dir Achmet Geld? Wie viel war es denn und wer ist überhaupt Achmet?«

»Jaaa, den Achmet kannte ich vorher auch nicht. Der schöne Ben hat mir also beim Treffen sein System erklärt. Ich habe es dann da ausprobiert und der schöne Ben war begeistert wie schnell ich es verstanden hatte. Beim Üben war alles auch ganz einfach und ich habe so richtig viel gewonnen. Dann meinte Ben ich sollte das mal im echten Leben ausprobieren. Dann würde ich damit richtig Geld machen. Der hat mich so richtig heißgemacht.«

»Und was hat das jetzt mit dem Achmet zu tun?«

»Ich habe dem schönen Ben gesagt, ich hätte keine Kohle und könnte somit nicht ins Casino gehen. Da meinte der, Geld sei kein Problem. Er würde da jemanden kennen, derer Geld besorgen kann, ganz legal. Das ist der Achmet, ein Kumpel vom schönen Ben.«

»Irgendein Achmet gibt dir Geld? Warum? Wieviel?«

»Der Achmet hat da so einen Laden. Da kann jeder hingehen, der Geldprobleme hat. Der Achmet hat mir dann gesagt, wenn ich bei ihm eine Lebensversicherung abschließe, dann kann man diese beleihen und bekommt dann Geld. Ich habe dann die Versicherung abgeschlossen und der Achmet hat mir dann 2000 Euro gegeben.«

»Ohhh, dann hast du jetzt 2000 Euro verloren. Bekommt der Achmet von dir auch noch Geld?« fragt Lukas vorsichtig, Unangenehmes ahnend.

»Der Achmet bekommt noch 500 Euro, da er eine Provision nimmt, wenn man das Geld sofort mitnehmen möchte.«

»Und du wolltest das ganze Geld haben und hast ihm versprochen, die 500 Euro später zu bringen.«

»Du kennst mich, Lukas. Ich habe noch fünf Tage Zeit ihm das Geld bringen, das ich nicht habe«.

Wieder sind beide still, keiner sagt etwas. Lukas schaut in seine Flasche und träumt von einem großen Gewinn beim Casino durch das System. Andre trauert dem Geld hinterher, das er im Laufe des Casinoabends schon gewonnen hatte.

»Dann müssen wir die Entführung jetzt durchziehen«, schlägt Lukas vor.

»Oder ich werde die unangenehmen Freunde von Achmet kennenlernen. Mit denen ist nicht zu spaßen.«

Die Dreierbande trifft sich bei Theodor Konrad. Die Stimmung zwischen ihnen ist von Anfang an gereizt, die Begrüßung besteht aus einem kurzen Hallo. Auch das gewohnheitsmäßige Fachsimpeln über Fußball kommt nicht in Gang.

Theodor Konrad hält die Spannung irgendwann nicht mehr aus, zumal er rekonstruiert, dass Andre und Lukas in den letzten Tagen viel Zeit miteinander verbracht haben müssen. Das verstärkt sein Misstrauen und plötzlich platzt es aus ihm heraus: »Wer von euch hat die Bullen angerufen?«

Lukas und Andre sind geschockt: »Was!? Bist du bekloppt?!«

»Einer hat mir die Bullen auf den Hals gehetzt. Gestern waren die bei mir!«

Jetzt sind sie beide völlig verdutzt: »Die Bullen waren bei dir? Was wollten die von dir? Was hast du denen erzählt?«

Jetzt wird auch Lukas misstrauisch und sieht sein Geld schwinden. Bei Andre setzt Angst ein. Er hat geliehenes Geld verspielt und muss noch 500 Euro zurückzahlen.

Andre und Lukas wirken auf Theodor Konrad so überrascht und verdutzt, dass bei ihm das Misstrauen schwindet: »Die Bullen haben versucht mich zu erreichen. Sie standen hier vor der Tür und wollten mit mir sprechen. Zufällig war ich zu dem Zeitpunkt in meinem Keller und konnte das Gespräch der beiden belauschen, habe aber nicht alles verstanden. Dabei habe ich gehört, dass die mich überprüfen sollen, weil ein Verdacht besteht ...«

Als erster ergreift Andre das Wort: »Ich habe die Bullen bestimmt nicht angerufen. Das kannst du mir glauben. Mir steht das Wasser bis zum Hals. Ich brauche in den nächsten Tagen unbedingt 500 Euro.« Er erzählt die Geschichte vom Roulette und dem verlorenen Geld.

»Hast du dem Achmet oder dem schönen Ben von unserem Vorhaben erzählt?« fragt Theodor Konrad.

»Nein!! Natürlich nicht. Für wie blöd hälst du mich eigentlich?« Wieder steigt die Spannung zwischen den Männern sprunghaft an. Es knistert in der Luft und alle sind wie elektrisiert.

»Jungs, Jungs, Jungs, jetzt bleibt alle mal ganz ruhig. Es bringt nichts, wenn wir uns hier zerfleischen. Theodor Konrad, Andre und ich haben bestimmt nicht bei der Polizei angerufen. Das kannst du mal glauben, denn wir brauchen genau so dringend Geld wie du. Wir wollen, genau wie du, auch endlich raus aus diesem beschissenen Leben. Außerdem haben wir bei den Planungen festgestellt, dass wir das Ding nur zu dritt durchziehen können. Somit sind wir aufeinander angewiesen und werden uns bestimmt nicht gegenseitig in die Pfanne hauen!«

Stille. Keiner sagt etwas. Sie schauen sich an und mustern sich gegenseitig. Wie soll es weitergehen? Jeder fragt sich, ob er dem anderen noch vertrauen kann. Jeder ist verunsichert. Dennoch möchten alle möglichst schnell viel Geld bekommen. Was tun, fragt sich jeder einzelne von ihnen.

Sie merken, dass sie in einem Dilemma stecken. Greifbar nah ist das viele Geld und plötzlich kommen die Bullen ins Spiel. Um sich der Dissonanz entziehen zu können, wird die Situation herunter gespielt: Sicherlich alles nicht so schlimm. Ganz sicher war das ein Versehen der Polizei. Außerdem sind sie viel zu schlau für die dummen Bullen.

Andre hält es irgendwann nicht mehr aus: »Ej, Scheiße, Mann. Mir geht der Arsch auf Grundeis. Ich brauche Geld! Und das möglichst schnell!«

Theodor Konrad kann Andre verstehen. Er braucht auch Geld oder er muss wieder zu Frau Kleinschmidt.

Lukas und Andre schauen Theodor Konrad erwartungsvoll, ja fast flehentlich an und warten auf eine Lösung von ihm. Man könnte auch sagen, sie warten auf die *Erlösung.*

»Okay, wenn ich euch beide richtig verstehe, wollt ihr weiterhin das Ding durchziehen.«

»Genau! Mit dir zusammen!« rufen sie ihre Erleichterung heraus.

»Dann schlage ich vor, wir tun es dann auch. Am besten übermorgen«, meint Theodor Konrad.

Sofort steigt die Stimmung wieder. Die drei johlen und fühlen sich wieder siegessicher. Alle Bedenken und Zweifel sind im Nu weg, sind verflogen, so als wenn es sie nie gegeben hätte.

»Wir sind uns somit einig, dass wir übermorgen, also am Mittwoch, das Ding durchziehen werden?«, schwört Theodor Konrad die beiden anderen auf den Plan ein.

»Ich bin dabei«, sagen Andre und Lukas wie aus einem Mund, mit vor Freude weit aufgerissenen Augen.

»Ich habe mir zum Ablauf noch etwas überlegt. Was haltet ihr davon, wenn wir keinen Unfall vortäuschen, sondern das Kindermädchen und die Kinder sofort überfallen, wenn sie morgens das Auto besteigen?«

»Warum diese Änderung?«

»Bei einem vorgetäuschten Unfall stehen wir auf der Straße und fallen anderen im Zweifel sofort auf. Beobachten wir aber das Haus, Vater und Mutter sind schon verschwunden, dann können wir uns einfach zum Kindermädchen und den Kindern ins Auto setzen und diese zwingen, in unser Versteck zu fahren.«

»Dann brauchen wir kein Auto und es gibt auch kein Kennzeichen, das auf uns zurückzuführen ist. Und wir fallen weder in der Nachbarschaft noch im Straßenverkehr auf. Genial!«

Lukas ist von Theodor Konrads Idee begeistert.

Auch Andre denkt mit: »Was machen wir dann mit dem Wagen des Kindermädchens. Das Auto darf nicht bei unserem Versteck stehen.«

»Warum nicht?«

»Weil überall in der Stadt Verkehrskameras stehen und uns filmen können. Dann werden wir schnell gefunden. Fahren wir aber in die falsche Richtung und tauschen die Autos an einem sicheren Platz, dann sind auch wir auf der sicheren Seite. Die Bullen wissen nicht, nach welchem Auto sie suchen sollen und wir gewinnen Zeit.«

»Gut aufgepasst! Einen sicheren Platz zum Autotausch haben wir ja schon«, antwortet Lukas.

»Andre und Lukas, ihr macht die Entführung morgens vor Ort. Ich fahre dann mit meinem Wagen zum sicheren Platz und wir bringen die drei dann zum Versteck. Da Lukas den Roller hat, mit dem wir die Geldübergabe durchziehen wollen, fahre ich mit Lukas wieder zurück in die Stadt. Dort warten wir dann auf deine Ansage, Andre, wann wir wo sein sollen.«

»Das Mädel mit den Kindern setzen wir dann irgendwo in der freien Wildbahn ab, wo sie so schnell an kein Telefon kommen. Das ist dann unser Zeitfenster, um mit dem Lösegeld zu verschwinden«, führt Lukas den Plan fort.

Die drei besprechen noch, ob sie auch die notwendigen Utensilien haben, die sie bei den Treffen zuvor eingeplant hatten. Theodor Konrad ist ganz erstaunt, denn alle hatten ihre Hausaufgaben gemacht und schon alles besorgt. Das Misstrauen, das ihn vormals noch gequält hat, ist jetzt ganz verschwunden. Er ist sich sicher, dass Andre und Lukas vorbereitet sind und die Entführung auch durchziehen wollen. Denen scheint der Kittel genauso zu brennen wie ihm.

»Wo treffen wir uns nach der Geldübergabe oder sollte ich besser sagen, Geldübernahme?«, fragt Lukas.

»Wenn die Bullen schon bei Theodor Konrad waren und die auch noch einmal wiederkommen wollen, macht es wenig Sinn, wenn wir uns bei ihm treffen«, schlussfolgert Andre.

»Mit meinem Roller können wir auch da herfahren, wo keine Kameras sind. Fahren wir durch den kleinen Wald und danach durch die Baugebiete, so werden wir nicht aufgenommen und könnten uns an einem sicheren Platz treffen«, schlägt Lukas vor.

Sie nehmen sich noch einmal eine Karte vor und schauen sich die Fahrstrecken an. Sie überlegen, ob es nicht noch einen besseren Platz gibt, um in Ruhe das Geld aufteilen zu können. Letztendlich entschließen sie sich, dass sie nach der Übergabe kurz telefonieren, um dann zu überlegen, welcher Umschlagplatz in der Situation der Beste ist.

Abschließend fragt Andre: »Sag mal, Lukas, hast du eigentlich schon wieder einen neuen Anzug gekauft? Oder täusche ich mich da?«

»Du weißt doch, Kleider machen Leute!«

*

Nachdem die kleine Charlotte zu Bett gebracht und mit ihr zusammen eine Geschichte gelesen wurde, will sich Tilmann vor den Fernseher zurückziehen. Er legt die roten Kopfkissen passend auf das graue Ledersofa, um angenehm fernsehen zu können. Gerade als er seine müden Beine ausstrecken möchte, setzt sich Hanna blitzschnell mit auf das Sofa, so dass Tilmann sich gezwungen sieht, sich wieder aufrecht hinzusetzen.

Dem strengen Blick seiner Frau entnimmt er, dass jetzt nicht Zeit für die Glotze ist. Jetzt muss er wohl nachsitzen. Hanna hat etwas auf dem Herzen, ahnt er.

Und in der Tat fängt seine Frau ein ernstes Gespräch an, bei dem sich Tilmann wie ein Schüler fühlt, der beim Mogeln erwischt wurde.

»Du kannst manchmal schon ganz schön unangenehm sein«, wirft Tilmann Hanna vor.

»Ich bin nicht unangenehm. Das ist ja eine Frechheit von dir, mir so etwas zu unterstellen!« Hanna lächelt Tilmann an: »Ich bin nicht unangenehm, sondern du empfindest es als unangenehm, wenn ich bei dir nachfrage und nicht locker lasse. Du kannst es offensichtlich nicht gut ertragen, wenn sich die Rolle ändert und du nicht mehr der fragende Therapeut bist, sondern der angezählte Ehemann, der seiner Frau nicht alles über seine Sorgen erzählt. Du fühlst dich ertappt, mein Lieber!«

Tilmann hatte sich für diesen Abend vorgestellt, einfach nur auf dem Sofa zu liegen und Sinnfreies im Fernsehen anzuschauen. Er wollte eigentlich über nichts Wesentliches nachdenken müssen. Doch er hat die Rechnung ohne seine Frau gemacht.

Hanna hatte sich demonstrativ neben ihn auf das Sofa gesetzt, sondern ihm auch noch die Fernbedienung für den Fernseher aus der Hand genommen.

Sie hat die Macht, denkt Tilmann.

»Meine liebe Frau, ich erzähle dir schon alles Wesentliche aus meinem Leben. Da kannst du dich drauf verlassen«, versucht Tilmann sich zu verteidigen.

»Die Frage ist nur, wann du mir alles erzählst«, Hanna schaut Tilmann mit einem düsteren Blick an.

»Was möchtest du jetzt von mir wissen? So wie ich die aktuelle Situation einschätze, wird es nichts mit einem netten Fernsehabend. Der kleine Tilmann holt sich offensichtlich die Strafe bei seiner Lehrerin ab«, versucht er durch einen kleinen Witz die Szene zu entschärfen.

»Seit Tagen bist du schon wieder so angespannt. Auch Charlotte hat schon gefragt, was mir dir los ist. Dann lässt du im Nebensatz fallen, dass du dich beobachtet fühlst und fragst irgendwie nebenbei, ob du zur Polizei gehen sollst. Was ist hier los, Tilmann?« Hanna kann mit wenigen Worten sehr bestimmend zum Ausdruck bringen, was sie möchte. Sie will jetzt eine klare Aussage von ihrem Mann und lässt nicht locker. Mit dieser Art der Kommunikation hätte Hanna auch eine gute Staatsanwältin abgegeben.

Tilmann erzählt ihr von seinem Patienten Theodor Konrad Wolf. Er berichtet, wie die Sitzungen verlaufen sind und was der Patient in Nebensätzen fallen ließ. Er beschreibt in schillernden Farben, wie die letzte Sitzung endete.

»Seitdem fühlst du dich schlecht. Das haben wir alle gemerkt. Tilmann, ich stelle das jetzt einfach nur fest und mache dir keine Vorwürfe. Ungefähr seit Aufnahme des Patienten in deiner Praxis geht es dir nicht mehr richtig gut. In den letzten zwei Wochen wurde es auch wieder deutlich schlechter. Und du führst es darauf zurück, dass du dich von ihm beobachtet fühlst und Angst vor einer Entführung hast?«

»So lächerlich das Ganze auch klingt, so ist es aber. Immer wieder hatte ich den Eindruck, dass mich der Patient verfolgt und mich beobachtet. Wiederholt hatte ich in der Praxis Anrufe, ohne dass sich jemand am anderen Ende meldete. Ich hörte nur ein tiefes, gruseliges Atmen.«

Hanna streichelt ihren Mann und nimmt seine Hand, um ihn zu beruhigen: »Und weil du dich beobachtet fühlst, bist du jetzt zur Polizei gegangen?«

Tilmann rutscht auf seinem Platz unruhig hin und her. Ihm wird in diesem Moment die Nähe zu Hanna zu viel. Er spürt, dass die Stimmung zwischen ihnen angespannt ist, bleibt aber neben ihr sitzen: »Ja.«

Tilmann ist einsilbig, da ihm das ganze Gesprächsthema immer unangenehmer wird.

»Und was haben die dazu gesagt?«, fragt Hanna genervt. »Kannst du mir dazu bitte etwas mehr erzählen, als nur kleinlaut ja zu sagen?«

Er setzt an und sucht nach einem passenden Anfang. Bei dieser Suche kommen bei Tilmann immer wieder die Bilder seiner Albträume hoch: Charlotte wird von Entführern festgehalten und fleht um Hilfe. Ihm treten Tränen in die Augen und er muss sich stark zusammenreißen, um nicht hemmungslos zu weinen.

Hanna merkt ihrem Mann an, wie bewegt er ist und wie er mit seinen Tränen kämpft. Sie streichelt ihn sanft und lässt ihm Zeit.

»Ja, ich war bei der Polizei und habe meinen Patienten, also Ex-Patienten, sozusagen angezeigt. Wobei es keine richtige Anzeige war. Ich habe der Polizei gesagt, was mich bedrückt. Ich habe denen auch gesagt, dass ich eine Entführung befürchte, ich aber wüsste, dass es nur eine vage Vermutung sei und ich mich mit meinem Auftreten lächerlich machen würde.«

»Und was machen die jetzt?«

Tilmann berichtet ihr, was die Polizei jetzt unternehmen wird. Er sagt ihr aber auch, dass davon nicht viel zu erwarten sei, weil schließlich noch nichts passiert ist.

»Bist du jetzt enttäuscht?«, fragt Hanna, den Gesichtsausdruck ihren Mannes interpretierend.

»Nein, enttäuscht bin ich nicht.«

»Du klingst und wirkst aber auch nicht beruhigt.«

»Ich weiß es auch nicht. Irgendwie bin ich schon etwas beruhigt, schließlich wird die Polizei jetzt ein wenig auf uns aufpassen. Auf der anderen Seite finde ich mein eigenes Verhalten etwas peinlich und übertrieben. Irgendwie stehe ich mir selbst im Weg.«

»Da bist du einmal nicht mehr der große Weltretter, nicht mehr der einfühlsame Therapeut, der mit links die Probleme seiner Patienten löst. Da bist du einmal nicht mehr der überaus sympathische Macho, der seine Frau mit einem Augenzwinkern um den Finger wickeln kann«, Hanna lächelt ihren Mann an. »Mein Liebster, auch du kannst einmal schwach sein. Auch du kannst nicht immer nur Stärke zeigen. Vielleicht gestehst du dir das zur Abwechslung mal ein?«

»Was soll ich?«, fragt Tilmann, so als ob er seine Frau nicht verstanden hätte.

»Ich glaube, du hast mich gut verstanden, mein Schatz. Denk mal drüber nach«, schlägt Hanna vor.

Vielleicht hat sie recht? Sie hat ja häufig recht. Ist ja auch eine kluge Frau, schmunzelt Tilmann. Wenn er ihr das jetzt aber sagt, dann wird sie am Ende noch größenwahnsinnig. Besser, er behält es erst einmal für sich. Er muss innerlich über sich selbst lachen.

»Tilmann, dann war da noch dein Zusammenbruch, als Peer zu Besuch war. Darüber hast du mir auch noch nichts erzählt. Bitte bleib jetzt ernst und weiche mir nicht aus.« Hanna sieht das kleine, versteckte Lächeln von Tilmann. Sie weiß aber von ihm, dass er sich gerne mit kleinen Mätzchen aus einer für ihn unangenehmen Situation herauszieht. Doch heute will sie ihm diesen Ausweg bewusst versperren.

»Ja, das war schon sehr komisch. Das hatte ich davor auch noch nicht.«

»Peer hat etwas von einer Quellenamnesie erzählt.«

»Ja, das stimmt. Dieser erwähnte Patient löst bei mir Gefühle aus, die ich nicht zuordnen kann. Das ist die Quellenamnesie. Durch den Zusammenbruch ist mir aber aufgefallen, dass es irgendwie mit meiner Mutter zu tun haben muss. Außerdem geht es um finstere Blicke und Angst. Ich komme der Sache so langsam auf die Schliche.«

»Aha?« Hanna versteht nur Bahnhof.

»Es muss in meiner Kindheit eine Situation gegeben haben, in der ich große Angst hatte. Diese Angst steht in Verbindung mit finsteren, düsteren Blicken. Durch den Zusammenbruch habe ich heute das Gefühl, dass ich ganz kurz davor stehe, das Ereignis zu erinnern.«

»Und was passiert dann?«, fragt Hanna besorgt weiter.

Tilmann weiß die Sorgenfalten seiner Frau ernst zu nehmen und nimmt sie in den Arm: »Dann werde ich erleichtert sein, weil ich um die Quelle weiß. Wahrscheinlich wird es mir dann auch besser gehen, weil ich alles genau einschätzen kann. Ich werde dann bestimmt auch noch einmal mit Peer die Situation durchsprechen, um die Quellenamnesie noch besser verstehen zu können.«

»Und es gibt dann wieder einen Zusammenbruch?«

»Nein, das glaube ich nicht, denn grundsätzlich hatte ich eine schöne Kindheit und musste keine schlimmen Traumata erleben.«

Hanna kuschelt sich an ihren Mann an. Sie ist jetzt etwas beruhigter, muss aber über das Gesagte noch etwas nachdenken.

*

Theodor Konrad sitzt am Frühstückstisch und trinkt seinen dritten Becher Kaffee. Immer wieder muss er gähnen. Die letzte Nacht war unruhig gewesen und er hat das Gefühl, als wenn er kaum geschlafen hätte. Zwischen den kurzen Schlafphasen kamen sofort Gedanken und Bilder zur Entführung hoch. Immer wieder war er nachts den Ablauf durchgegangen, auf der Suche nach einem Fehler, der sich zukünftig als fatal herausstellen könnte. Immer wieder hatte er sich gefragt, ob die Aufgabenverteilung gut war. Immer wieder ging er gedanklich die Strecken ab, welche sie fahren mussten.

Theodor Konrad dreht sich um und greift nach seiner Geldbörse, um nachzusehen wie viel Geld er für den anstehenden Einkauf hat. Als er das Portemonnaie öffnet und nach Geld sucht, fällt die Visitenkarte von Tilmann Braun heraus: »Sieh an, der alte Couchdoktor.«

Seine Gedanken sind in diesem Moment weg vom Einkauf. Es macht sich sofort ein unangenehmes Gefühl in ihm breit, das sich in Richtung Wut entwickelt. Im Grunde gibt es nur schlechte Erinnerungen an Tilmann Braun und die Psychotherapie. Verstanden fühlte er sich von seinem Therapeuten nicht, denn dieser gehört auch zu der besseren Schicht Menschen, die für wenig Arbeit viel zu viel Geld bekommt. Er hatte auch kein Verständnis dafür gezeigt, dass man Menschen mit viel Geld, einfach Geld wegnehmen sollte.

Theodor Konrad führt seine Wut beim Betrachten der Visitenkarte auch darauf zurück, dass der Therapeut ihn in der letzten Sitzung so aufgeregt hatte. Und bestimmt hat der ihm die beschissenen Bullen auf den Hals gehetzt, so ein Arschloch. Allein schon aus diesem Grund muss er ihm einen Denkzettel verpassen.

Theodor Konrad nimmt sich wieder seinen Kaffeebecher und trinkt einen weiteren Schluck. Zweifel nagen an ihm.

»Was machst du eigentlich mit dem Geld morgen?«, fragt ihn unerwartet Deibel.

»Was geht dich das an?«, mault Theodor Konrad.

»Ouh, er ist gereizt. Ich muss vorsichtig sein.«

»Leck mich am Arsch!«

»Ich wollte dir nur helfen. Sollte dich die Polizei hier besuchen und das ganze Geld liegt hier herum, dann kommst du in Erklärungsnot«, belehrt ihn Deibel.

»Erst einmal werde ich das Geld in einer Mülltonne in der Garage verstecken. Nur für einige Tage.«

»Und dann? Was passiert nach einigen Tagen? Sollte die Polizei dann mit einem Durchsuchungsbefehl kommen, werden sie spätestens dann das Geld finden und du bist im Arsch.« Deibel lacht ihn aus.

Gerade will Theodor Konrad vor lauter Wut wieder eine Tasse an die Wand werfen, da besinnt er sich, denn es ist sein letzter Kaffeebecher. Als er den Becher wieder absetzt, kommt ihm eine gute Idee: »Vielleicht wäre es viel besser, wenn ich mich mit dem Geld sofort absetze und erst einmal Urlaub mache. Geld habe ich dann genug. Im Ausland wird mich auch keiner suchen und ich kann mir überlegen, wie es weitergeht.«

Theodor Konrad schaut sich auf einer Karte die Niederlande an. Bis Holland war es nicht sehr weit und er war schon häufiger dort gewesen, sodass er für sich schnell einen Platz ausgemacht hat, wo er die nächste Zeit verbringen könnte.

»Ich denke, ich werde erst einige Tage am Strand verbringen und mir abends an der Hotelbar die Mädels anschauen.«

»Wenn du aber das Geld mit deinen Kumpels teilen willst, bleibt nicht mehr genug für dich über«, bringt sich Deibel wieder ein.

»Von Wollen kann hier keine Rede sein!«

»So klingt es aber in meinen Ohren. Theodor Konrad, der gute Samariter, teilt nicht nur die guten Ideen mit Freunden, sondern lässt sie auch am Gewinn teilhaben. Du gibst, damit sich alle anderen freuen können, auch noch einen Großteil der Beute freiwillig ab«, provoziert Deibel.

»Nein! Natürlich werde ich den beiden Vollpfosten nichts abgeben! Das ist doch klar. Ich bin doch nicht blöd«, schreit Theodor Konrad.

Er ist wieder richtig in Fahrt, seine Wut ist kaum noch zu zügeln, die Adern am Hals springen hervor, sodass der Herzschlag an ihnen sichtbar wird.

Deibel merkt Theodor Konrads grenzwertigen Zustand und versucht ihn wieder zu beruhigen: »Bevor du hier auch noch das letzte Mobiliar zerstörst, und viel hast du nicht mehr davon, denke doch einmal genauer nach, wie du möglichst lange mit der Beute auskommen kannst.«

»Das habe ich schon längst gemacht!«, tobt er.

Aber Deibel lässt nicht locker: »Hotels sind teuer und du wirst mit großen Summen an Barzahlung auffallen. Gerade in Holland kannst du günstig bei Privatpersonen übernachten, die sich hingegen über Bargeld freuen. Außerdem ist es viel billiger. Hast du darüber schon einmal nachgedacht?«

Theodor Konrad stutzt und denkt an ein schönes Wochenende in den Niederlanden am Meer. Damals hatte er noch Geld für einen Wochenendtrip übrig. Damals hatte er dort drei tolle Tage mit einer Freundin verbracht, deren Namen er schon nach dem Wochenende nicht mehr kannte. Und er übernachtete bei einer älteren Dame, die ein Zimmer in ihrem Haus vermietete. Stimmt, erinnert er sich, die hatte sich über die kleine Bargeldzahlung herzlichst gefreut.

*

Es ist Dienstagmittag und plötzlich klingelt sein Handy. Er schaut auf das Display und sieht das hübsche Gesicht seiner Frau. Erfreut nimmt Tilmann das Gespräch an: »Hallo schöne Frau, was kann ich für dich an diesem verregneten Tag tun?«, trällert er ins Telefon.

»Hallo Tilmann. Wir haben hier einen Notfall in der Schule. Ich muss noch in der Klasse bleiben und kann dadurch nicht Charlotte von der Schule abholen und weiß auch nicht wie spät ich nach Hause kommen werde. Kannst du die kleine Maus abholen und mit ihr die Hausaufgaben machen?« Hanna ist ganz aufgeregt und klingt besorgt.

»Oh, gleich kommt noch eine Patientin. Nach der Sitzung kann ich zu Charlotte fahren und sie abholen, allerdings wird sie ein, zwei Minütchen warten müssen. Da ich heute nur zwei Termine am Nachmittag habe, versuche ich die zu verschieben. Ich denke, das wird schon klappen.«

»Danke! Du tust mir damit einen riesigen Gefallen. Viele Küsse, bis später«, verabschiedet sich Hanna schnell.

Tilmann bereitet sich auf sein nächstes Gespräch vor und schaut sich die Protokolle der letzten Sitzungen an. Hierbei handelt es sich um komplizierte Trauer. Die Patientin hatte plötzlich und unerwartet ihre Tochter bei einem Unfall verloren. Unter komplizierter Trauer versteht man ungewöhnlich verlängerte oder verzögerte Trauer, welche sich von der normalen Trauer durch eine eigene Symptombildung abgrenzt. Tilmanns Patientin hat das Gefühl, immer zu Hause sein zu müssen, denn es könnte sein, dass die Tochter doch noch einmal nach Hause kommt. Dieses Gefühl hat die Patientin seit dem Tod der Tochter, der vor fast eineinhalb Jahren eingetreten war.

Gerade in der momentanen Phase, in der er selbst belastet ist und sich um seine Familie sorgt, fällt es ihm schwer, diesen Fall zu behandeln. Immer wieder, wenn seine Patientin von der Tochter berichtet und weinen muss, denkt Tilmann an seine kleine Charlotte. In diesen Momenten muss er auch mit seinen Tränen kämpfen, möchte dennoch nicht die Behandlung abbrechen, da ihm die Patientin so leid tut.

Die Klingel der Praxis reißt ihn aus seinen Gedanken. Tilmann steht auf und öffnet die Tür. Der erste Anblick der Frau reicht ihm schon aus, um festzustellen, dass die nächsten 50 Minuten schwierig und belastend werden würden. Seine Patientin hat tiefe, dunkle Ränder um die Augen, die Wangen sind eingefallen und betonen die sowieso schon hervorstehenden Wangenknochen. Das Leid steht ihr ins Gesicht geschrieben, denkt er voller Mitgefühl.

Die Sitzung war, trotz der Vorahnung, deutlich belastender als angenommen. Seine Patientin musste viel weinen und äußerte am Ende Suizidgedanken.

»Ich halte das bald nicht mehr aus. Am liebsten möchte ich bei meiner Tochter sein«, sagte sie unter Tränen.

Hier war es notwendig, die Patientin von ihrem Schmerz abzulenken, zu erden und mit ihr einen Pakt gegen den Suizid zu schließen. In diesen kritischen Phasen setzt er all seinen Beziehungskredit bei der Patientin ein, den er in den Wochen zuvor aufgebaut hatte. Das bedeutete aber für Tilmann, dass er die Sitzung überziehen musste und noch später zu seiner Tochter fahren konnte, um sie abzuholen. Nur gut, dass er heute mit dem Auto und nicht mit dem Fahrrad zur Praxis gefahren war.

Auf dem Weg zur Schule hat er folglich das Gefühl, dass er vor jeder Ampel halten muss. Immer wieder schaut Tilmann auf die Uhr in seinem Wagen, welche unerbittlich weiter tickt und ihm anzeigt, dass er sich um 20 Minuten verspäten würde.

Tilmann parkt den Wagen mit quietschenden Reifen auf dem Parkplatz und will zur Schule rennen, als ihm auch noch der Schlüssel aus der Hand fällt. Inzwischen sind schon keine Kinder mehr auf dem Parkplatz zu sehen und Tilmann hofft, dass Charlotte noch auf dem Schulhof spielt.

Auf dem Schulhof, gepflastert und mit nur zwei Klettergerüsten im Sandkasten bestückt, spielen nur noch ältere Kinder, die nicht in Charlottes Klasse sind. Tilmann sucht weiter und geht in die Schule zu Charlottes Klassenraum. Aber auch hier entdeckt er seine Tochter nicht. Langsam macht sich tiefe Sorge bei ihm breit und er läuft zum Lehrerzimmer, denn meistens sind dort immer noch ein oder zwei Lehrer anzutreffen.

»Guten Tag, ich bin der Vater von Charlotte Braun. Könnten Sie mir bitte sagen, wo ich meine Tochter finde?«

Die Lehrer schauen Tilmann an: »Charlotte ist doch in der zweiten Klasse, oder?«

»Ja«, Tilmann nimmt sofort die Verwunderung der Lehrer wahr, was ihm einen Angstschauer über den Rücken laufen lässt. *Die wissen nicht wo Charlotte ist.*

»Die zweite Klasse hatte heute etwas früher frei, weil der Kollege noch einen Arztbesuch wahrnehmen musste. Die Kinder haben dann etwas gespielt und gingen danach nach Hause oder wurden abgeholt. Da sich Ihre Tochter nicht bei uns gemeldet hat, gehe ich davon aus, dass sie abgeholt wurde.« Der Lehrer redet immer langsamer und ist vorsichtig, mit dem, was er sagt. Aber gerade diese zögerliche Ausdrucksweise lässt Tilmanns Herz rasen, Panik macht sich breit und steigert sich von Sekunde zu Sekunde. *Wo ist meine Charlotte*?

Tilmanns Mund wird ganz trocken, sein Hirn fühlt sich wie leergefegt an, sodass er in diesem Moment nichts sagen kann. Wieder sieht er die flehenden, bettelnden Augen seiner entführten Tochter! Düster wird es um ihn herum und irgendetwas scheint auf ihn zuzufliegen.

»Herr Braun, hallo, Herr Braun, ist bei Ihnen alles in Ordnung?« Beide Lehrer kommen auf Tilmann zu, weil sie merken, dass er nicht ansprechbar ist. Er wird plötzlich im Gesicht ganz weiß und seine Hände zittern.

Tilmann sieht vor seinem inneren Auge den Patienten Wolf, der hämisch grinsend an ihm vorbeirast. Und in seinem

Auto sitzt Charlotte, die schreit und weint, sich aber nicht wehren kann. Sie scheint etwas zu rufen und schlägt mit ihren kleinen Händen an die Scheiben des Wagens.

Die Lehrer, Herr Müngelburg und Herr Leer, müssen sich nicht anschauen, um zu wissen, dass Tilmann Braun kurz vor dem Zusammenbruch steht. Herr Müngelburg steht als erster bei ihm und redet mit ruhiger Stimme auf ihn ein. Gleichzeitig hat sein Kollege Leer einen Stuhl hinter Tilmann stellt: »Herr Braun, bitte setzen Sie sich erst einmal hin. Wir werden Ihre Tochter schon finden.«

»Danke, öh, ja, was?« Tilmann ist im luftleeren Raum und kann nur stammeln.

»Ich hole Ihnen jetzt etwas zu trinken«, sagt Herr Müngelburg.

Der Kollege Leer geht schnell zu einem wandfüllenden Aktenschrank, öffnet die Tür mit dem Aufkleber *zweite Klasse* und sucht den Ordner mit allen Kontaktdaten. Schnell hat er ihn gefunden, schlägt ihn auf und sucht nach Charlotte Braun: »Herr Braun, hier steht sie ja, Ihre Tochter. Es sind sogar alle Angaben zu Vertrauenspersonen ausgefüllt. Da schauen wir doch einmal, ob nicht irgendjemand Ihre Tochter mit nach Hause genommen hat.«

Herr Müngelberg unterrichtet die zweite Klasse in Deutsch und Sachunterricht: »Ist Charlotte nicht mit der kleinen Marie Schnauf ganz dick befreundet? Vielleicht haben sich die beiden Mädels verabredet und Charlotte ist gleich nach der Schule mit Marie und ihrer Mutter mitgegangen?«

Frau Schnauf sah beim Klassenfest aus wie Pipi Langstrumpf, dabei war Karneval doch schon, denkt Tilmann und kommt so langsam wieder zu sich.

»Herr Braun, sollen wir die Schnaufs einmal anrufen? Wir haben hier die Rufnummer stehen. Wenn Sie möchten können Sie das auch machen.«

Tilmann schaut von Müngelberg zu Leer und wieder zurück ohne sich auch nur einen Millimeter zu bewegen.

»Okay«, entscheidet Herr Müngelberg und ruft kurzentschlossen bei Familie Schnauf an. Nach mehrfachem Klingeln meldet sich Frau Schnauf und wundert sich über den

Anruf des Deutschlehrers. Der erklärt ihr mit ruhiger und gelassener Stimme die Situation.

»Ja, die Charlotte ist bei mir. Die beiden Mädchen wollten unbedingt heute zusammen spielen und da sie schon so früh Schulschluss hatten, nahm ich Charlotte mit. Allerdings konnte ich Hanna weder auf ihrem Handy noch zu Hause erreichen. Von Tilmann habe ich nur seine Praxisnummer, wo sich lediglich der Anrufbeantworter meldet.«

*

Theodor Konrad fährt zu Lukas. Er will wissen, was Andre und Lukas mit dem erpressten Geld machen wollen und ob es noch Fragen zum Ablauf gibt. Schließlich ist morgen das große Ereignis, das ihr Leben verändern soll.

Beim Betreten der Wohnung werden Andre und Theodor Konrad schon mit laut dröhnender Musik aus einer altersschwachen Kompaktanlage begrüßt. Lukas kommt ihnen freudestrahlend, mit weit geöffnetem Oberhemd, sodass seine Brusthaare sichtbar sind, entgegen und begrüßt sie: »Freunde, heute ist der letzte Tag eures beschissenen Lebens! Das ist doch ein Grund zum Feiern!«

»Offensichtlich bist du schon dabei.«

Lukas hält ein Glas in der Hand, dessen Inhalt nach Sekt aussieht: »Ich war so frei und habe von meinem letzten Geld ein Flasche Champagner gekauft. Lasst uns zusammen anstoßen. Ab morgen können wir im Champagner schwimmen!«

Lukas holt zwei weitere Wassergläser und schenkt Champagner ein. Sie stoßen miteinander an und genießen das Gefühl des Aufbruchs. Endlich können sie das armselige Leben hinter sich lassen. Endlich ist da wieder das Gefühl von Freiheit, sich bewegen zu können, wie man will. Endlich muss nicht mehr jeder Euro umgedreht werden. Endlich können sie sich das leisten, was sie sich leisten wollen.

»Freunde, ich will euch nicht ärgern und die Freude vermiesen, dennoch muss ich darauf verweisen, dass wir das Geld noch nicht haben und wir noch eine zweite Entführung durchziehen müssen, damit auch wirklich genug Geld da ist«, belehrt Theodor Konrad seine Weggefährten.

»Ja, ja, du hast nicht unrecht. Ich sehe das aber sehr entspannt. Morgen machen wir unsere Gesellenprüfung mit einer Entführung. Die Meisterprüfung schließen wir später ab. Um aber weiter im Schulsprachmodus zu bleiben, ich gehe davon aus, dass wir die morgige Prüfung mit links bestehen werden.« Lukas ist siegessicher.

»Was werdet ihr morgen eigentlich machen, wenn ihr das Geld in den Händen haltet?«, fragt Theodor Konrad, ohne sich beirren zu lassen.

»Dann gehe ich in die nächste Kneipe und lasse mich volllaufen!«, gibt Andre grinsend von sich.

»Ich gehe in den Puff und werde mich dort mit den Damen vergnügen«, antwortet Lukas.

»Tolle Idee, Jungs. Dann werde ich zusehen, dass ich möglichst weit von euch entfernt bin!«, provoziert Theodor Konrad.

»Was? Warum? Willst du morgen nicht mit uns feiern?«

»Wenn ihr in der Kneipe und im Puff seid, werdet ihr irgendwann redselig und ihr werdet ausplaudern, woher ihr das ganze Geld habt. Das macht es den Bullen dann noch leichter, euch zu schnappen. Tolle Idee, Jungs! Ganz tolle Idee.«

Die Stimmung schlägt rasant um, Lukas dreht die Musik leise und baut sich vor Theodor Konrad auf: »Du willst dich also verpissen und nichts mehr mit uns zu tun haben. Oder wie soll ich dein Gequatsche verstehen?«

»Ich will, dass ihr euch Gedanken macht und euch so wenig auffällig wie möglich verhaltet. Erst muss Gras über die ganze Sache gewachsen sein.« Theodor Konrad befürchtet, je schneller die Polizei seine Kollegen gefasst hat, umso eher könnte man auch ihn finden.

»Und wann ist das so weit? Wenn ich alt und klapprig bin? Nein, mein lieber Freund, so lange werde ich nicht warten und so lange will ich auch nicht warten.«

Andre stimmt Lukas zu: »Wenn wir das Ding durchziehen wie geplant, kann uns nichts passieren und die Bullen werden nicht herausfinden, dass wir die Entführung gemacht haben.

Warum nicht? Weil wir keine Spuren hinterlassen haben! Und dieser Erfolg muss doch gefeiert werden!«

»Macht was ihr wollt, seid dabei aber vorsichtig. Ich habe jedenfalls aber ganz andere Pläne!«, versucht Theodor Konrad Interesse zu wecken.

»Das sind wir natürlich. Sag mal, was wirst du denn machen?«

»Ich werde mich sofort ins Ausland absetzen und erst einmal einen schönen langen Urlaub machen.«

»Wo geht es hin?«, fragt Lukas vorsichtig, denn sein schon vorhandenes Misstrauen gegenüber Theodor Konrad schnellt wie eine Rakete in die Höhe.

»Ich werde nach Dänemark fahren. Das ist nicht so weit und es gibt kaum Kontrollen an den Grenzen. Je nach Stimmung werde ich einige Tage später vielleicht noch nach Schweden fahren«.

Theodor Konrad behält die Wahrheit bewusst für sich. Sein Vertrauen gegenüber Lukas und Andre ist deutlich begrenzt. Er glaubt nicht, dass beide dichthalten können und befürchtet, dass sie im Rausch zu viel erzählen könnten und die Polizei sie dann verhaftet. Sind sie erst verhaftet, werden sie sofort alles ausplaudern, um vor einem Richter besser dazustehen. Für diesen Fall will er möglichst weit von beiden entfernt sein.

*

Frau Krögerschmidt ist während der gesamten Therapiestunde niedergeschlagen.

»Herr Braun, wie gesagt, nach unserem letzten Treffen ging es mir nicht so gut, denn die schrecklichen Bilder aus der Vergangenheit kamen immer wieder hoch. Dabei waren es nicht nur die Dinge, von denen ich Ihnen letztes Mal schon berichtete, sondern auch andere: Ich buddele in der Erde und möchte ein tiefes Loch ausheben. Dabei finde ich einen abgerissenen Arm. Ich laufe herum und falle hin, weil ich meine, über einen Stein gestolpert zu sein. Nein, es war der

Kopf eines Menschen. Von solchen Geschichten kann ich Ihnen noch eine Menge erzählen.«

»Konnten Sie nicht die Übungen aus der letzten Sitzung anwenden?«

»Nein, ich muss etwas falsch gemacht haben, denn es hat irgendwie nicht geholfen.«

»Das kommt schon mal vor. Am besten wir wiederholen die Übungen noch einmal«, schlägt Tilmann vor.

»Und wenn es mir immer noch nicht hilft?«

»Dann gibt es andere Übungen, die wir ausprobieren werden, Frau Krögerschmidt«.

Sie nehmen sich noch einmal die belastenden Ereignisse vor und führen die Übungen durch, welche den Leidensdruck in der letzten Sitzung gesenkt hatten. Beim Rückblick stellen sie auch fest, was Frau Krögerschmidt zu Hause, beim Ausprobieren der Übungen, falsch gemacht hatte.

Die Patientin gibt an, dass ihr jetzt wieder etwas besser geht und sie sich erleichtert fühlt. Dennoch wirkt sie auf Tilmann nicht dem entsprechend: »Frau Krögerschmidt, es freut mich zu hören, wenn wir Ihren Leidensdruck senken konnten. Trotzdem habe ich den Eindruck, dass es noch mehr gibt, was Sie belastet.«

Frau Krögerschmidt reagiert nicht, schaut ihm einfach nur in die Augen und fühlt sich ertappt. Tilmann hält dem Blickkontakt stand und schweigt.

»Woher wissen Sie das nur?«

»Wenn sich der Leidensdruck senkt, merkt man es den Patienten an, indem sie wieder schneller reden, fröhlicher sind, ein Lächeln im Gesicht haben, oder Ähnliches. Bei Ihnen konnte ich keine Veränderung feststellen, insbesondere nicht an ihrer Körperhaltung. Das könnte daran liegen, dass Sie mir nicht die Wahrheit über Ihren Gemütszustand gesagt haben. Das glaube ich aber nicht, denn ich halte Sie für sehr aufrichtig. Vermutlich haben Sie noch mehr auf dem Herzen.«

Wieder tritt Schweigen ein und beide schauen sich tief in die Augen. Tilmann lässt seiner Patientin die notwendige Zeit, damit sie genügend Freiraum hat, alles auf sich wirken zu lassen und darüber nachzudenken, ob sie ihm alles sagen möchte.

»Jaaa«, kommt es gedehnt aus ihr heraus. »Es fällt mir sehr schwer, es Ihnen zu sagen, denn ich habe es bis heute noch keinem Menschen anvertraut.«

Jetzt ist es ein vielsagendes Schweigen, bei dem die Gedanken von Frau Krögerschmidt beinahe hörbar sind.

»Herr Braun, nachdem mein Ehemann verstorben war, begann für mich ein neues Leben. Es war ein ganz anderes Leben. Ich musste von da an alle Entscheidungen alleine treffen und hatte eine wichtige Stütze meines Lebens verloren.«

»Ich kann mir vorstellen, dass die Umstellung für Sie sehr schmerzhaft und schwierig war.«

»Natürlich war der Tod schmerzhaft. Aber es traf mich nicht unvorbereitet, denn der Krebs kam nicht plötzlich. Die Diagnose hatte er schon seit einigen Jahren, sodass ich mich von meinem Mann verabschieden konnte.«

»Somit hatten Sie auch genug Zeit die notwendigen Angelegenheiten zu regeln.« In den Gesprächen hat sie noch nie ihren Mann mit seinem Vornamen benannt. Es muss eine emotionsarme Beziehung gewesen sein, vermutet Tilmann. »Ja, auf fast alles war ich durch ihn gut vorbereitet. Nur auf eine Sache nicht …«

Sie legt eine Pause ein und sammelt sich offenbar für einen bedeutungsvollen Punkt.

»Heute leben wir offener miteinander, die Gesellschaft ist aufgeklärt. Damals, als mein Mann verstarb, war das alles noch anders. Außerdem lebten wir auf dem Land …«

Ihre Augen wandern durch die Praxis, ohne einen Punkt zu fixieren. Frau Krögerschmidt ist mit ihren Gedanken weit zurück in der Vergangenheit.

»Ich kannte sie schon sehr viele Jahre und alle wussten, dass wir gut befreundet sind. Wir haben viel Zeit miteinander verbracht, da wir uns fast blind verstanden. Nach dem Tod meines Mannes hat sich daran auch nichts geändert, außer dass wir ein Liebespaar geworden sind und ich es nie jemandem erzählt habe.« Sie schaut Tilmann an und hat Tränen in den Augen.

»Ich habe es nie jemandem erzählt und somit auch nie wirklich zu unserer Liebe gestanden. Das hatte sie bestimmt nicht verdient. Doch ich war zu feige und hatte immer Angst vor den Konsequenzen, wenn ich offenbaren würde, dass ich eine Frau liebe. Ich schäme mich für diese Feigheit und bin darüber sehr, sehr traurig. Es ist für mich eine unbeschreibliche Last, die sich nicht abladen lässt. Aber vielleicht ist es auch gut so, dass ich so leide, schließlich musste sie auch immer darunter leiden, dass ich sie verheimlicht habe.«

»Vielen Dank für Ihr Vertrauen und die Offenheit, die Sie mir gegenüber zeigen, Frau Krögerschmidt.«

»Es ist für mich schlimm, zu wissen, ertragen zu müssen, dass ich mit dieser Schuld und Scham leben muss. Ich werde nie wieder die Gelegenheit haben, mit ihr zu reden. Ich werde sie nie um Verzeihung bitten können. Ich werde ihr auch nie wieder sagen können, welche Bedeutung unsere Liebe für mich hatte.«

Wieder schweigt sie und nimmt ihr Taschentuch, um sich die Tränen abzuwischen.

»Herr Braun, ich möchte jetzt gehen und die Sitzung für heute beenden. Ich komme dann in der nächsten Woche zur gleichen Zeit wieder zu Ihnen, wenn es Ihnen recht ist«, verabschiedet sich Frau Krögerschmidt.

»Sie können gerne nächste Woche zur gleichen Zeit wiederkommen. Es geht aber nicht, dass Sie immer, wenn es für Sie schwierig wird, gehen. Das müssen Sie mir versprechen.«

Wieder schauen sie sich tief in die Augen. Es ist ein Blick voller Wertschätzung und Aufrichtigkeit, aber auch voller Schmerz.

»Das verspreche ihn Ihnen. Aber heute kann ich nicht mehr. Es war für mich ein sehr schwieriger Schritt, ich musste mich sehr überwinden, dieses Geheimnis preiszugeben.«

*

Im Grunde könnte das Wetter für eine Entführung nicht besser sein. Der Himmel ist wolkenverhangen und es scheint so, als würde es jeden Moment zu regnen beginnen. Bei diesem Wetter bleiben Menschen lieber zu Hause. Die Leute, die unterwegs sind, halten sich nicht lange auf der Straße auf, aus Angst durchnässt zu werden. Sie sind auf sich fixiert und nehmen ihr Umfeld und ihre Mitmenschen weniger wahr. Es ist somit das perfekte Wetter, um im tristen Grau unterzutauchen und nicht gesehen zu werden.

Theodor Konrad, Lukas und Andre hatten sich an diesem Tag frühzeitig getroffen. Sie hatten abgestimmt, dass sie sich für die Entführung verkleiden wollten. Schließlich soll man sie nicht wiedererkennen können. Sie hatten sich überlegt, gleichfarbige Kleidung zu tragen, was eine mögliche Wiedererkennung erschwert. Dazu trug jeder eine Damenperücke und eine spiegelnde Sonnenbrille mit wenig Tönung. Damit sie auch möglichst identisch aussehen, hatten sie ihre Lippen geschminkt und Rouge aufgetragen.

Die drei sitzen verkleidet im Auto, beobachten das Haus von Familie Breitband und können ihre Anspannung und Ungeduld kaum noch ertragen.

Lukas trommelt mit den Fingern auf dem dreckverschmierten Armaturenbrett: »Man, wann kommen die endlich aus ihrem Haus raus?«

Andre versucht ihn zu beruhigen: »Hej, alles ist im Zeitplan. Normalerweise müssten die Eltern jeden Moment kommen. Dann dauert es noch einmal fünfzehn bis zwanzig Minuten, bis das Kindermädchen mit den Kindern das Haus verlässt.«

»Und dann juckt diese dämliche Perücke auch noch!«

»Bleib cool, Mann! Da! Seht ihr die Schatten im Haus? Die Breitbands machen sich fertig und kommen gleich heraus!«

Herr Breitband gibt seiner Frau zur Verabschiedung einen Kuss und verlässt als Erster das Haus. Seine Frau geht noch einmal auf die Kinder zu und verabschiedet sich von ihnen, nicht ohne ihnen zu sagen, worauf sie an diesem Tag zu achten haben. Die Kinder sind von den täglichen Anweisungen der Mutter genervt, rollen mit den Augen und sagen wie aus einem Mund: »Wenn es regnet, zieht eure Jacken an und macht sie zu, damit ihr euch nicht erkältet. Seid artig, nicht dass ich eine Beschwerde hören muss.«

Mareike, das Kindermädchen, verkneift sich ihr Lachen und dreht sich von Frau Breitband weg. Auch sie findet die sich täglich wiederholenden Anweisungen mehr als überflüssig. Die Kinder schauen sich an und kichern.

»Fangt mal langsam an, euer Frühstück aufzuessen. Heute seid ihr beiden ja besonders langsam«, fordert Mareike.

Die Kinder mümmeln an ihrem Frühstück weiter, Frau Breitband verlässt das Haus und Mareike fängt an, den Frühstückstisch abzuräumen. Danach schaut sie, ob die Kinder alles für den Kindergarten und die Schule eingepackt haben.

»Fertig!!«, schreien die Kinder.

»Dann geht jetzt ins Bad und putzt eure Zähne.«

Jetzt beginnt die nervtötende Arbeit eines Kindermädchens. Natürlich wollen die beiden, so wie jeden Tag, nicht die Zähne putzen. Sie wollen sich auch nicht anziehen und losfahren, so wie jeden Tag. Gerade dieses täglich wiederkehrende Theater hat Familie Breitband dazu gebracht, ein Kindermädchen anzuschaffen.

Mareike hat aber ein ganz besonderes Händchen für Kinder. Auch wenn es morgens turbulent ist, kann sie die Kinder so motivieren, dass sie pünktlich aus dem Haus kommen. Gut gelaunt kommen sie dann später rechtzeitig zum Kindergarten und zur Schule.

Theodor Konrad fährt den Wagen, nachdem Breitbands das Haus verlassen hatten, nah an das Grundstück heran. Jetzt sagt keiner mehr ein Wort. Alle sind bis in die letzte Haarspitze angespannt. Sie starren auf die Haustür und warten, dass es endlich losgeht.

Damit das Kindermädchen die Kinder wohlbehalten fahren kann, hat man ihr einen neuen VW-Caddy zur Verfügung gestellt, schließlich sorgt sich Frau Breitband stets um die Sicherheit ihrer Kinder.

»Es geht los, Jungs. Die drei kommen gleich aus dem Haus raus. Jetzt geht es drum!«, gibt Theodor Konrad in gepresster Tonlage von sich. »Lukas und Andre, steigt aus, wenn das Kindermädchen die Kinder ins Auto gesetzt hat. Dann schlagt ihr zu, zwingt das Kindermädchen hinten Platz zu nehmen. So wie wir es besprochen haben«, kommandiert er weiter.

»Auf geht es, Kinder«, trällert Mareike und zieht die Haustür hinter sich zu. Sie schaut nach oben in die grauen

Wolken: »Steigt schnell in das Auto ein, bevor der Wolkenbruch losgeht und wir weggespült werden. Oder wollt ihr etwa zum Kindergarten oder zur Schule schwimmen?«

»Nein!!«, schreien beide Kinder.

Sie laufen schnell auf das Auto zu, reißen die Türen auf und springen hinein. Mareike geht hinter ihnen her und hilft den Kindern beim Anschnallen.

Als sie die Tür schließt, wird sie plötzlich nach vorne gestoßen, sodass sie mit dem Kopf hart an die Dachreling knallt. Mareike ist erschrocken und versucht sich umzudrehen, als ihr Arm mit einer schnellen Bewegung auf den Rücken gedreht wird und es höllisch schmerzt. Sie hat das Gefühl, als wenn man ihr den Arm herausreißen will.

»Steig sofort hinten in das Auto ein«, befiehlt Andre.

Ohne zu wissen, was mit ihr passiert, wird ihr plötzlich der Autoschlüssel aus der Hand gerissen. Suchend wirft sie ihren Kopf von einer Seite auf die andere Seite: »Was soll das hier!!« Völlig perplex vergisst sie, laut um Hilfe zu schreien.

»Steig sofort hier ein! Wenn du tust, was wir dir sagen, wird dir nichts passieren!«, redet Andre eindringlich auf sie ein.

Angst steigt in Mareike auf. Unglaubliche, unbeschreibliche Angst breitet sich bei ihr aus. Es ist die nackte Panik! Irgendetwas passiert hier, was sie sich nicht erklären kann. Sie schaut wieder von links nach rechts und erkennt zwei Gestalten, welche sich stümperhaft als Frauen verkleidet haben. Trotz der schlechten Verkleidung sehen sie sich aber recht ähnlich, was ihre Panik noch verstärkt. Bei ihr kommt dadurch das Gefühl der Orientierungs- und Haltlosigkeit auf. Sie kann sich auf keine einzelne Person fixieren. Sie findet keinen Ansatzpunkt, um sich zu beruhigen.

Geschockt von der Situation, weiß sie nicht, was sie machen soll. Damit den Kindern nichts passiert, entscheidet sie in Bruchteilen einer Sekunde, dass sie alles tun wird, was die Entführer von ihr verlangen und steigt hinten in das Auto ein.

Andre setzt sich neben sie. Lukas steigt vorne ein und fährt los.

Die Kinder sind nicht weniger irritiert als Mareike, stellen aber sofort fest, dass jetzt irgendetwas nicht stimmt. Sie sitzen vor Schreck ganz steif in ihren Sitzen, ein Kind vorne und eines hinten im Auto, und blicken mit angsterfüllten Augen zu Mareike: »Mareike, was machen die komischen Frauen hier?«

Mareike versucht die Kinder zu beruhigen, versucht beide zu streicheln und redet mit zittriger Stimme: »Das ist ein kleine Überraschung, denke ich. Wir müssen jetzt einfach nur ganz ruhig sein.«

Theodor Konrad beobachtet das ganze Geschehen. Immer wieder schaut er hektisch um sich. Auch wenn die Straße kaum befahren ist, so könnte doch unerwartet ein Nachbar auftauchen und feststellen, dass hier etwas nicht stimmt.

»Bleib ruhig, Mann, oder machst du dir jetzt in die Hose?«, lacht Deibel Theodor Konrad aus.

»Halts Maul. Ich muss mich konzentrieren, du Arschloch«, schreit Theodor Konrad.

In diesem Moment fährt Lukas den Familiencaddy vom Hof der Breitbands und Theodor Konrad startet seinen Wagen, erleichtert, dass sie das Wohngebiet verlassen können.

*

Tilmann sitzt in seiner Praxis und studiert die Unterlagen des Patienten Theodor Konrad Wolf. Neben seinen Aufzeichnungen im Computer hat er noch eine Akte, in der Testergebnisse, Protokolle, Aufzeichnungen des Patienten und der Schriftverkehr mit der Krankenkasse abgeheftet sind.

Tilmann stand heute Morgen frühzeitig auf und fühlte sich sofort hellwach und klar, ja, und irgendwie auch befreit, so als wenn eine große Last von ihm gefallen sei. Er wusste noch, dass er etwas geträumt hatte, konnte den Trauminhalt aber nicht mehr erinnern. Es war ein bewegender Traum gewesen, so viel wusste er noch. Irgendetwas ist ihm in dieser Nacht bewusst geworden, irgendein Knoten hatte sich bei ihm gelöst ohne dass es ihm jetzt, am Schreibtisch sitzend, deutlich ist.

Er ist sich sicher, dass sein nächtliches Traumerlebnis mit seinem Patienten Wolf zu tun hatte. Schließlich stand der

Zusammenbruch vor einigen Tagen auch schon im Zusammenhang mit diesem Patienten.

Wonach muss ich nur suchen, fragt sich Tilmann.

Wieder sitzt er an seinem Schreibtisch und starrt auf den Bildschirm seines Rechners. Da muss doch etwas stehen, was ihm helfen kann.

Das Telefon klingelt und er schaut auf das Display, kann die Rufnummer allerdings nicht zuordnen: »Guten Tag, Sie sprechen mit Tilmann Braun, was kann ich für Sie tun?«

Es ist eine verzweifelte Anruferin, die nach einem Therapieplatz sucht. Sie hatte schon mehrere Therapeuten angerufen, die ihr aber nicht helfen konnten. Aber auch Tilmann muss ihr sagen, dass er momentan keine neuen Patienten aufnehmen kann, da seine Praxis ausgebucht sei. Er bietet ihr an, sie könne in vier Wochen noch einmal anrufen, eventuell wäre dann ein Platz frei.

Wieder widmet er sich den Unterlagen des Patienten Wolf. Er blättert die Akte durch und liest nochmals die Ausführungen des Narzissten durch.

»Nichts, nichts, nichts! Das kann doch nicht sein! Irgendetwas muss hier sein«, schimpft Tilmann fast schon verzweifelt.

Die letzte Seite der Unterlagen hat braune Kaffeeränder auf dem Blatt, sodass er die Schrift des Patienten nicht lesen kann. Er blättert das Blatt dennoch um und es scheint, als wenn auf der Rückseite etwas skizziert steht. Tilmann schaut genau hin. Irgendetwas steht da, aber leider wurde nichts mit einem Stift geschrieben. Er sucht in seinem Schreibtisch nach einem Bleistift: »Mein Gott, wer nutzt heute noch Bleistifte? Ich weiß aber, dass ich hier mal einen hatte.«

Der Therapeut hat in seinem Schreibtisch eine Schublade, in der er nur Krimskrams sammelt: Stifte, Büroklammern, Quittungen, alte CDs, und vieles mehr. Dort sucht er nach einem Bleistift, mit dem er auf der Rückseite des Blattes die durchgedrückte Skizze straffieren möchte, sodass er alles lesen kann.

»Da ist er ja! Alt, am Ende etwas abgekaut, aber noch nutzbar«, nimmt Tilmann den Stift, spitzt ihn an und schraffiert das Blatt.

»Sieh an, sieh an«, ist er ganz gespannt. Auf einmal stehen dort Namen geschrieben und Straßen sind aufgezeichnet. Tilmann sieht sich das Blatt genau an, dreht es immer wieder um und versucht zu verstehen, was er dort in Händen hält.

Plötzlich kommt ihm eine Idee. Schnell gibt er die Straßennamen bei Google Maps ein und stellt fest, dass es Straßen dieser Stadt sind. Es handelt sich um die Stadtgrenze. Es ist das Gebiet, das noch kaum besiedelt ist und primär aus Wald besteht. Am Rand befindet sich auch ein kleiner See.

Bei Google Maps zoomt er, den auf dem Blatt gekennzeichneten Bereich, des Gebietes näher heran. Es scheint sich um ein abgelegenes kleines Haus zu handeln. Ein Haus, das eher einer Hütte gleicht, vielleicht eine Jagdhütte.

Tilmanns Herz beginnt kräftig zu schlagen, seine Gedanken fangen an zu rasen. Sein Instinkt sagt ihm, dass er jetzt handeln muss. Er muss etwas mit dieser Skizze machen.

Er greift nach dem Telefonhörer und wählt die Nummer der örtlichen Polizei. Schließlich hatte er noch die Rufnummer des Polizisten, mit dem er gesprochen hatte, als er sich verfolgt fühlte.

»Guten Tag, hier spricht noch einmal Tilmann Braun.« Nach kurzer Beschreibung kann sich der Polizist an Tilmann erinnern und holt sich den dazugehörigen Vorgang hervor.

»Ich habe den Vorgang jetzt vor mir auf dem Bildschirm, Herr Braun. Was kann ich tun?«, fragt der Polizist mit leicht gereizter Stimme.

»Auch wenn es jetzt wieder etwas peinlich für mich ist, so habe ich möglicherweise eine interessante Information für Sie. Hier in meinen Unterlagen habe ich eine Skizze gefunden. Das wirkt wie eine Zeichnung für ein Versteck.«

Der Polizist muss tief durchatmen und zählt gedanklich langsam von drei rückwärts auf null, bevor er antwortet: »Herr Braun, meinen Sie nicht, dass es etwas weit hergeholt ist?«

»Ich weiß, es klingt alles albern und ich wirke auf Sie bestimmt wie eine hysterische Frau, der gerade die Katze davon gelaufen ist.«

Der Polizist nickt kräftig mit dem Kopf: »Nicht wie eine Frau, ansonsten kann der Satz aber stehen bleiben.«

»Sie haben ja recht. Sie tun mir aber einen Gefallen, wenn Sie die Skizze zu Ihren Akten nehmen würden.«

»Ich will gerne Ihre Skizze mit zu den Akten nehmen. Dennoch möchte ich Ihnen auch sagen, dass wir von solchen Informationen jeden Tag viele bekommen, die aber in der Regel bedeutungslos sind.«

»Ja, das kann ich mir gut vorstellen. Ich schicke Ihnen die Skizze schnell per Mail zu. Wer weiß, wofür es einmal gut sein wird.«

Es ist einfach eine Intuition. Tilmann ist sich sicher, dass es wichtig war, die Aufzeichnung der Polizei zukommen zu lassen. Ihm ist schon bewusst, dass sich der Polizist, nachdem er aufgelegt hat, über ihn lustig macht. *Die denken bestimmt, der Braun sollte sich lieber selbst einmal behandeln lassen.* Trotzdem hat er das sichere Gefühl etwas Wichtiges und Richtiges getan zu haben.

Er schaut sich die Skizze noch einmal genau an und denkt über die Schraffierung nach. Mama hat es mir beigebracht, überlegt er. Er weiß es noch genau. Als sie damals im Sommer in den Urlaub fuhren, konnten sie nicht genug Papier und Bleistifte mitnehmen. Er ging seinen Eltern schon auf die Nerven, weil er tausendmal gefragt hatte, ob sie auch wirklichen einen Anspitzer mitgenommen hatten.

Tilmann ist amüsiert über die kleine Anekdote und muss grinsen.

»Oh mein Gott!«, überrollt ihn die ungeheuerliche Erkenntnis wie eine Lawine bei strahlend blauem Himmel ohne jede Vorwarnung. Und als ob sie seit Jahrzehnten nur geschlafen und auf diesen einen Moment gewartet hätten, erwachen Millionen neuronaler Verbindungen, Synapsen, ganze Hirnareale zugleich. Sie arbeiten zum ersten Mal synchron statt gegeneinander, und was vorher ein nervenzerfetzendes Nebeneinander von Einzelbildern, Träumen, emotionalen

Flashbacks, Empfindungen und irrationalen Gedanken war, ergibt plötzlich einen geordneten Film, ein zuzuordnendes Gesamtbild. Es war der schönste und schlimmste Sommerurlaub seines Lebens zugleich! Eine riesige Möwe hatte ihn angegriffen, verletzt und verfolgt! Und dann waren da plötzlich diese düsteren Augen des Mannes, den er nie wieder gesehen hatte. In seiner Todesangst auf der Flucht vor der Möwe hatte Tilmann damals gedacht, der Mann wolle ihm etwas tun. Dabei muss es derjenige gewesen sein, der ihn, den kleinen, hilflosen und verletzten Jungen auf dem schnellsten Weg ins Krankenhaus gebracht hatte. Dieser Mann hatte Tilmann niemals bedroht, er hatte ihn gerettet! Und seine Eltern hatten es wohlmeinend immer bei der Version belassen, ihr kleiner Sohn sei damals beim Spielen mit der Hand in eine Scherbe gefallen. Dabei habe er sich neben einer Blutvergiftung auch die Narbe in der rechten Handinnenfläche zugezogen.

»Jetzt weiß ich endlich ganz sicher, woher die beschissenen Gefühle kommen«, denkt er mit einem Gefühl großer Erleichterung. Eine Jahrzehnte alte Last beginnt, unumkehrbar von ihm abzufallen.

*

Die Fahrt zum Versteck war ein Albtraum. Den Kindern wird von Minute zu Minute klarer, dass etwas nicht stimmt und es keine lustige Überraschung ist, sowie es Mareike anfänglich gesagt hatte. Im Gegenteil, ihre Panik geht auch zu den Kindern über und sie merken, dass etwas Bedrohliches sich unaufhaltsam nähert. Sie fühlen sich ausgeliefert und wollen jetzt unbedingt sofort aussteigen und zurück nach Hause. Da Lukas aber keine Anstalten macht, stehen zu bleiben oder umzukehren, fangen sie an zu schreien und zu weinen: »Wir wollen hier raus, Mareike! Sofort!«

Die Kinder werden richtig hektisch und versuchen, die Türen und Fenster zu öffnen. Andre, der hinten mit im Auto sitzt, haut reflexartig auf die Türverriegelung und schreit die Kinder an: »Hört sofort auf, ihr Scheiß-Blagen!«

Lukas und Andre sind an ihrer Belastbarkeitsgrenze angekommen. Das hatten sie sich ganz anders vorgestellt. Sie wollten sich kurz die Kinder schnappen und sich dann mit dem Kindermädchen vergnügen. Doch daran denkt hier keiner mehr. Sie wollen die Fahrt nur irgendwie hinter sich bringen und dann die verdammten Perücken in die Tonne schmeißen. Denn auch daran hatten sie nicht gedacht. Unter den Dingern schwitzen sie ungemein und der Kopf juckt wie ein Sack Flöhe.

Nach 25 Minuten Fahrt kommen sie am Versteck an. Lukas und Andre springen raus, reißen die Türen auf und führen die Gefangenen in die Hütte.

Lukas gibt klare Anweisungen: »Also, hier habt ihr etwas zu essen und etwas zu trinken. Ihr könnt euch gerne etwas davon nehmen. Ihr dürft aber nicht die Hütte verlassen. Wenn alles so läuft, wie wir es geplant haben, wird euch nichts passieren und ihr werdet schnell wieder frei sein.«

»Wann werden Sie uns wieder laufen lassen?«, fragt Mareike, beide Kinder fest an sich drückend.

»Das hängt davon ab, wie schnell wir das Lösegeld bekommen. Bekommen wir das Geld noch heute, werdet ihr heute auch noch freigelassen,« antwortet Andre.

»Du«, Lukas zeigt auf Mareike. »Du hast bestimmt ein Handy und die Telefonnummer von dem Vater der Kinder.«

»Öh, ja, wieso? Warum?«

»Mit deinem Handy werden wir Herrn Breitband anrufen und die Verhandlung führen. Alles andere würde uns nur verraten«, sagt Lukas und grinst Mareike feist ins Gesicht.

»Los, hol schon dein Scheiß-Handy heraus!«, schreit Andre.

Mareike holt das Telefon aus der Tasche, zappelt und fingert unbeholfen auf der Tastatur herum.

»Man, das kann doch nicht so schwer sein, den Tastencode zu entfernen!«

Geschafft, denkt Mareike. »Hier. Ihr könnt das Telefon haben. Passt aber auf, denn der Akku ist nicht mehr voll. So richtig lange kann man damit nicht mehr telefonieren.«

Mareikes Herz rast. Ihr Puls ist am Anschlag! Die Belastung ist unvorstellbar. Sie weiß nicht was richtig und was falsch ist. Sie hat unbeschreibliche Angst, dass die Entführer herausfinden, dass sie während der Fahrt durch die Stadt heimlich eine SMS an Herrn Breitband abgeschickt hatte.

Mareike schreibt, wie alle in ihrem Alter, unendlich viele SMS und Nachrichten, jeden Tag, an alle Freundinnen und Freunde. Dadurch konnte sie, ohne auf das Handy zu schauen, blind eine Nachricht abschicken.

Was wird nur passieren, wenn die Entführer feststellen, dass sie dem Breitband getickert hat? Werden die sie dann umbringen? Werden sie Mareike foltern?

Nein, Mareike hält die Entführer nicht für Killer. Sie hält sie einfach für dumme Idioten, die schnell Geld erpressen wollen. Zumindest versucht sie sich das einzureden.

Andre ruft Theodor Konrad an: »Wir sind jetzt an der Hütte. Lass uns jetzt den Caddy entsorgen.«

»Super. Das hat ja schon gut geklappt. Genau so, wie wir es besprochen haben.«

»Die Fahrt mit den Kindern war aber die Hölle. Die haben nur gejammert und geheult. Die haben sich vielleicht angestellt. Du kannst es dir nicht vorstellen.«

Bilder schießen Theodor Konrad durch den Kopf. Plötzlich sieht er Onkel Bernhard vor sich stehen. Er sieht auch seinen erigierten Penis. Sein Hals schnürt sich zu, er fängt an zu schwitzen und bekommt mit einem Mal keine Luft mehr.

»Hej, Theodor, sag was! Was ist los mit dir?«, schreit Andre ins Telefon, dessen Nerven durch die Fahrt noch immer zum Zerreißen angespannt sind.

»Öh, öh, ich musste mich gerade konzentrieren. Alles klar, Andre, wir treffen uns gleich am verabredeten Ort.«

Herr Breitband hatte morgens in der Firma seine Mails gecheckt und die ersten wichtigen Telefonate geführt. Wie immer war sein Terminkalender voll und jede Minute verplant.

Als sein Handy vibriert, sitzt er in einem Meeting mit einer Zuliefererfirma. Er schaut kurz auf das Display und sieht, dass Mareike ihm eine SMS geschickt hat: >Wir werdrn entführt. Hilfr!!<

Herr Breitband stutzt. Mareike nutzt seine Nummer nur, wenn es dringend ist.

In diesem Moment wird er angesprochen, was seine Gedanken ablenkt und er folgt wieder dem Meeting.

Der Zulieferer stellt weiter seine Produkte vor und ist engagiert. Wichtig ist es ihm, dass alle Teilnehmer des Meetings die Produkte einmal selbst ausprobieren, denn im Bereich der Bedienungsfreundlichkeit sieht er seinen klaren Wettbewerbsvorteil.

Herrn Breitband fällt es schwer, sich zu konzentrieren, denn eine SMS vom Kindermädchen bekommt er wirklich nur sehr selten. Außerdem sollen die Kinder jetzt in der Schule und im Kindergarten sein.

Was ist da nur los? Er muss noch einmal die SMS lesen. Er entschließt sich, das Meeting zu unterbrechen: »Meine Herren, ich würde jetzt gerne eine Pause einlegen. Ich muss mich kurz um etwas kümmern.«

Er verlässt schnellen Schrittes den Raum und geht in sein Büro, um ungestört die SMS lesen zu können: >Wir werdrn entführt. Hilfr!!<

Mehrmals muss er die Nachricht lesen, bis ihm der Inhalt bewusst wird. Ihm wird ein Schlag versetzt, seine Atmung setzt aus. Er erstarrt in seiner Bewegung und ist handlungsunfähig.

Das kann doch nicht sein. Entführung?!?!

Nach dem ersten Schock versucht er sofort, seine Frau zu erreichen und wählt ihre Handynummer. Er hört den Freizeichenton und ist erfreut, dass das Telefon angestellt ist und seine Frau nicht telefoniert. Herr Breitband hört weiter den Freizeichenton. Die Sekunden verstreichen und er hat das Gefühl, als wenn zwischen den Klingeltönen Stunden vergehen.

Scheiße!! Sie ist nicht erreichbar!! Was jetzt?

Er geht in seinem Büro auf und ab und überlegt, wer ihm jetzt weiterhelfen könnte. Doch sein Kopf produziert nur schreckliche Bilder von seinen entführten Kindern.

»Konzentriere dich jetzt. Wer kann helfen? Wer ist bei Entführungen verantwortlich?«, redet er mit sich selbst.

»Polizei! Da kenne ich ich doch den …!«, ruft er laut und schnappt sich wieder sein Handy. Er hat einen guten Bekannten bei der Polizei und ruft ihn an. Sollte es sich wirklich um eine Entführung handeln, dann gibt es noch keine Forderungen und keine Bedingungen der Entführer, sodass er die Polizei einschalten kann.

Bei der Polizei erfährt er, dass sein Kumpel im Dienst ist. Er wird mit ihm verbunden und berichtet von der merkwürdigen SMS.

»Du, ich werde der Sache sofort nachgehen. Das ist überhaupt kein Problem.«

»Danke, du tust mir einen riesigen Gefallen.« Breitband gibt ihm seine Handynummer, damit er sofort informiert werden kann.

»Heute scheint ein merkwürdiger Tag zu sein. Vorhin hatte ich schon einen Anruf, bei dem mir der Anrufer von einer Skizze berichtete und auch zuschickte. Angeblich soll darauf ein Versteck zu sehen sein. Der Anrufer hatte uns vor einigen Tagen auch schon etwas von einer Entführung erzählt«, der Polizist redet langsam und scheint die verschiedenen Informationen zu verbinden. »Pass einmal auf. Ich werde jetzt meine Kollegen informieren und die Streife anweisen, den Infos nachzugehen. Ich denke, in einer halben Stunde werden wir mehr wissen und ich rufe dich dann sofort zurück.«

Breitband fällt ein Stein vom Herzen.

»Ach, kurz noch. Du hast doch die Nachricht von deinem Kindermädchen erhalten.«

»Ja, stimmt.«

»Gib mir doch bitte die Nummer, damit wir das Handy orten können.«

*

Andre und Theodor Konrad treffen sich an der verabredeten Stelle. Hier soll nach ihrem Plan das Auto verbrannt werden, sodass ihre Fingerabdrücke und Faserspuren vernichtet werden.

»Man, man, man, nerven die Blagen! Poah, gehen die mir auf den Senkel!«, brüllt Andre.

Wieder schießen Theodor Konrad Bilder durch den Kopf. Er ist ausgeliefert, ganz alleine mit Onkel Bernhard. Mutter fährt mit einem Winken weg und lässt ihn allein zurück, ausgeliefert, keine Hilfe, gefangen …. Die Zeit mit Onkel Bernhard wollte und wollte nicht verstreichen. Es waren Tage mit ihm zusammen und nicht, wie seine Mutter immer beteuert hatte, nur wenige Stunden.

»Hallo!!«, schreit Andre wieder. »Was ist los mit dir? Starrst ins Leere und reagierst nicht auf meine Frage!«

Theodor Konrad sieht Andre in die Augen und versucht ihm zu antworten, als er wieder von der Übelkeit übermannt wird und sich übergeben muss. Ein Schwall Kotze stößt aus ihm heraus. Es kommt so unerwartet, schnell und gewaltig, dass er sich nicht mehr umdrehen kann. Der Mageninhalt trifft das Auto und die Schuhe von Andre.

Andre ist außer sich: »Ej, du Arschloch! Was soll das?! Kannst du nicht aufpassen!!«

»Entschuldige, ich muss gestern etwas Schlechtes gegessen haben. Mir geht es schon den ganzen Tag beschissen.« Theodor Konrad ist kleinlaut und merkt, dass er kaum mehr Herr seiner Sinne ist. Der saure Geschmack im Mund und das Brennen im Hals verstärken noch die Übelkeit und das Kopfkino. Seine Gedanken drehen sich in einer irrwitzigen Geschwindigkeit, sodass er das Gefühl hat, gleich das Gleichgewicht zu verlieren.

Schlimmer ist für ihn aber die pure Angst, die er empfindet. Immer wieder tauchen die Bilder seiner traumatischen Vergangenheit auf. Für Theodor Konrad ist es so, als wäre er wieder der kleine Junge, der ausgeliefert ist und von seinem Onkel missbraucht wird. Immer und immer wieder hat sich Onkel Bernhard an ihm vergangen. Immer und immer wieder hatte er panische Ängste und fühlte sich gefangen, so wie jetzt die beiden Kinder und das Kindermädchen.

»Rufst du jetzt endlich deinen Scheiß-Ex-Chef an oder soll ich es machen?«

»Nein, nein, ich werde das machen«, versucht Theodor Konrad sich zusammen zu reißen. Er will keine Schwäche vor Andre zeigen.

In diesem Moment klingelt das Telefon. Reflexartig nimmt er das Gespräch an, denn die angezeigte Rufnummer ist die von Lukas: »Hallo Lukas, was gibt es?«

»Ich will nur wissen, wie es bei euch läuft«, Lukas Stimme ist am Beben.

»Wir haben uns gerade getroffen und werden uns gleich mit dem Auto ….«

»Beeilt euch, Mann! Hier ist die Hölle los! Die Kinder drehen total durch!! Ich halte das bald nicht mehr aus!!« Lukas kann kaum noch klar sprechen. Er schreit und seine Stimme überschlägt sich.

»Okay, okay, beruhig dich, Mann. Ich schicke Andre los, damit er dich unterstützen kann. Ich kümmere mich dann alleine um den Kastenwagen«, entscheidet Theodor Konrad. Eigentlich geht es ihm weniger um die Hilfe für Lukas. Er will in diesem Moment einfach nur alleine sein. Auch wenn er es nicht verstehen kann, so will er momentan nichts mehr, als von seiner Mutter in den Arm genommen werden. Er will einfach nur Ruhe und ihre Nähe spüren, am liebsten auf ihren Schoß zurück.

Andre springt ins Auto und fährt mit quietschenden Rädern los.

Endlich ist dieser Armleuchter weg, denkt sich Theodor Konrad und schaut Andre hinterher, ich habe hier schon alles im Griff!

Er schaut auf das Handy des Kindermädchens und sucht nach der Rufnummer vom Breitband: »Ist das ein Scheiß-Handy! Wo sind hier die Telefonnummern?«

Er fingert auf dem Display des Handys herum. Immer wieder rutscht es mit seinen zitternden Fingern ab und öffnet Apps, die er nicht sehen will.

Piep, piep. Der Akku meldet sich und zeigt an, dass nur noch zehn Prozent Leistung vorhanden sind: *Auch das noch!*

Theodor Konrad hat jetzt die Kontaktdatei gefunden und geöffnet. Unter B findet er auch Familie Breitband. Er drückt auf die grüne Taste und wählt die Nummer von seinem letzten Chef.

»Breitband«, meldet sich sofort der Chef, sofort wissend, dass es einer der Entführer sein muss.

»Guten Tag, Herr Breitband«, meldet sich Theodor Konrad überheblich. »Wir haben ihre Kinder und das süße

Kindermädchen entführt. Bitte hören Sie mir jetzt zu und unterbrechen Sie mich nicht. Wir erwarten von Ihnen, dass Sie uns bis heute Abend eine Million Euro übergeben. Im Gegenzug werden Sie unsere Geiseln unversehrt zurückbekommen. Selbstverständlich ist es Ihnen untersagt die Polizei einzuschalten.«

Breitband hatte sich die Höhe der Forderung, sollte es eine Entführung sein, so vorgestellt. Allerdings ist er verwundert, denn die Stimme kommt ihm irgendwie bekannt vor. Er entschließt sich, den Entführer möglichst viel sprechen zu lassen, in der Hoffnung ihn wiederzuerkennen: »Bitte, bitte, was ist los? Ich glaube, Sie haben sich verwählt und machen schlechte Witze.«

»Wenn Sie richtig auf Ihr Display schauen, werden Sie feststellen, dass ich mit dem Telefon ihres Kindermädchens anrufe.«

Breitband nimmt das Handy vom Ohr und schaut auf das Display: »Oh, oh, das hatte ich nicht gesehen. Bitte, was ist jetzt los?«

»Sie haben mich richtig verstanden. Besorgen Sie eine Millionen Euro. Ich werde mich in zwei Stunden wieder bei Ihnen melden, um die Übergabe zu besprechen. Sollten Sie unseren Forderungen nicht nachkommen, denken Sie daran, dass wir Ihre Kinder haben.«

Breitband ist ein Selfmademan, der es gewohnt ist, dass er Forderungen stellt und er die Richtung vorgibt. Seine Kunden und Mitarbeiter behandeln ihn auch stets mit Respekt und würden es sich nicht trauen, mit ihm arrogant und herablassend zu sprechen. Aber viel schlimmer ist es, wenn ihm gedroht wird und seine Kinder als Druckmittel eingesetzt werden. In diesem Moment kann er sich nicht mehr beherrschen und schreit ins Handy: »Wenn du Arschloch meinen Kindern oder unserem Kindermädchen nur ein Haar krümmst, werde ich dich fertigmachen. Ich werde dich finden, dir die Eier abreißen und sie in dein arrogantes Maul stopfen. Dagegen ist jede Misshandlung eine Spaßveranstaltung.«

Das waren zu viele Trigger für Theodor Konrad: seine Eier, Misshandlung, Drohung, Ausweglosigkeit. Wieder muss er sich übergeben. Jetzt kommt nur noch Galle, schließlich hatte sich der Mageninhalt schon vorher entleert.

Breitband hört nur noch ein Würgegeräusch und danach ein Rauschen, als Theodor Konrad das Telefon aus der Hand rutscht und es in die Kotze fällt.

»Herr Wolf? Herr Wolf? Hallo, du Arschloch!«, schreit Breitband ins Handy, aber es kommt keine Antwort mehr.

Theodor Konrad bricht zusammen und fällt auf den Boden. Er kann sich nicht mehr beruhigen. Hemmungslos muss er weinen: »Mama, hilf mir. Bitte. Bitte hilf mir!!«

Herr Breitband ist geschockt und gleichzeitig völlig aufgebracht. Das Telefonat mit dem Entführer hat seine schlimmsten Befürchtungen übertroffen. Wieder drängen sich ihm Bilder von seinen Kindern auf, die in einem dunklen, muffigen Verließ sitzen, gefesselt sind und bitterlich weinen.

»Reiß dich zusammen«, versucht er sich zu motivieren. Was kann er tun? Mit seinem Telefon kann er nicht telefonieren, denn es könnte überwacht werden. Zur Polizei fahren geht auch nicht, denn sie könnten auch ihn überwachen.

Da kommt er auf eine Idee, stürzt aus seinem Büro und läuft zu seiner Sekretärin.

»Lena, ich habe eine Bitte.«

»Gerne, womit kann ich Ihnen helfen?« Sie merkt, dass ihr Chef ganz unruhig ist und am ganzen Körper zittert. Auch seine Haare, die er stets sorgfältig gekämmt hat, sind wild durcheinander. »Geht es Ihnen gut, Herr Breitband?«

»Das erkläre ich Ihnen später. In diesem Moment brauche ich für ein Telefonat Ihr Handy. Könnte ich es bitte einmal nutzen?«

Lena ist völlig verwirrt. Da stimmt etwas ganz und gar nicht. Noch nie hatte ihr Chef um ihr Telefon gebeten: »Natürlich können Sie mein Telefon nutzen. Bitte entschuldigen Sie aber, hier stimmt doch etwas nicht.«

Lena holt ihr Handy aus ihrer Handtasche, entriegelt es und reicht es ihrem Chef.

»Vielen Dank, ich werde Ihnen alles erklären. Momentan geht es leider nicht«, Herr Breitband nimmt das Telefon, wählt die Nummer der Polizei und geht wieder zurück in sein Büro.

Bei der Polizei wird er schnell zu seinem Bekannten durchgestellt: »Du ich werde erpresst und weiß auch wer es ist.«

Der Polizist stellt sehr gezielte Fragen und gibt gleichzeitig Anweisungen an seine Kollegen weiter.

»Mach dir keine Sorgen mehr.«

»Bitte, was? Keine Sorgen machen?« Herr Breitband ist irritiert und will seinen Kumpel schon anschreien.

»Hey, glaub mir, wir waren in der Zwischenzeit nicht untätig. Eine Streife ist schon auf dem Weg zum Handy des Anrufers, da wir es schon geortet haben. Mit hoher Wahrscheinlichkeit wissen wir auch das Versteck deiner Kinder. Es scheint eine Jagdhütte an der Stadtgrenze zu sein, zu der gerade drei getarnte Polizeiwagen mit ausgebildeten Einsatzkräften fahren.«

»Das klingt schon mal gut!« Vor Erleichterung schießen Tränen in Breitbands Augen.

»Fahr am besten jetzt nach Hause. Für deine Kinder ist es am besten, wenn sie gleich wieder von euch in die Arme genommen werden können.«

»Ich bin gleich zu Hause und werde versuchen meine Frau zu erreichen. Vielen Dank«, verabschiedet sich Herr Breitband.

*

Die Polizei hatte Tilmanns ersten Besuch ernst genommen und eine Streife zu Theodor Konrads Wohnung geschickt. Nichts desto trotz hatten sich die Polizisten auch über Tilmann und seine Befürchtungen bezüglich einer Entführung lustig gemacht: »Wieder so ein weich gespülter Psychologe, bei dem selbst die Sicherungen durchbrennen und sich ein Verfolgungswahn entwickelt hat.«

Ein weiterer Beamter war der Überzeugung, dass alle Psychologen so sind.

Als Tilmann Braun aber zum zweiten Mal anrief, wirkte er nicht mehr ängstlich, sondern war freundlich und direkt, ohne dabei aufdringlich zu sein. Über die anschließend gesendete Skizze musste der Polizist erst auch noch lächeln und machte gegenüber seinen Kollegen Späße. Diese vergingen ihm aber sehr schnell, als sich Herr Breitband meldete und ebenso von einer Entführung sprach. Von diesem Moment an ging alles sehr schnell. Es wurden intensivere Recherchen zu Theodor Konrad Wolf angestellt. Dabei stellte sich heraus, dass dieser wiederholt mit dem Gesetz in Konflikt geraten und bei Herrn Breitband angestellt war. Die finanzielle Situation von Herrn Wolf zeigte ferner auf, dass er monatlich mehr Geld ausgab, als ihm zur Verfügung stand und er verschuldet ist. Dazu passend ist sein Lebenslauf. Er hatte offensichtlich häufig Probleme am Arbeitsplatz, wurde gekündigt und war mehrfach arbeitslos.

Das Vorgehen der Polizei war dann sehr gezielt und beeindruckend professionell. Ein Teil der Einsatzkräfte fuhr zum Versteck auf der Skizze. Da die Polizei von mehreren Entführern ausging, wurde zusätzlich gleich ein großer Einsatzwagen mit acht Beamten losgeschickt.

Ein Einsatzwagen mit zwei Polizisten wurde zum georteten Handy geschickt, wo auch Theodor Konrad Wolf vermutet wurde.

Lukas und Andre stehen zur gleichen Zeit vor der Jagdhütte.

»Ich halte es in der Hütte nicht mehr aus«, schimpft Lukas.

»Das ist die Hölle auf Erden. Die drei in der Hütte gehen ja gar nicht, sind ja nur am Jammern und Weinen«, stellt Andre fest.

Sie nehmen Tannenzapfen in die Hand und versuchen, damit Bäume zu treffen. Irgendwie wollen sie sich ablenken und nicht in der Hütte sein. Mit ihrem Wurfspiel beschäftigt, stehen beide mit dem Rücken zur Hütte gewandt. Dadurch kann sich die Polizei unbemerkt dem Versteck nähern.

Durch einen kleinen Schlitz am Fenster können die ersten Beamten in die Hütte schauen und sehen dort die verängstigte Mareike mit den weinenden Kindern.

Für den Einsatzleiter ist die Situation eindeutig. Es gibt zwei Entführer, die vor der Hütte mit Tannenzapfen spielen. Die Geiseln sind alleine in der Hütte.

Der Einsatzleiter gibt das Signal zum Zugriff und zündet zur Ablenkung eine Art Knallkörper. Die Polizisten, alle mit Kopfhörern und Sprechfunk miteinander verbunden, rennen auf die Entführer zu. Diese sind von einem lauten Knall abgelenkt und blicken nach rechts wo sie den Lärm wahrgenommen haben. Vier Beamten kommen aber von links angestürmt, sodass Lukas und Andre sie nicht sehen. Die beiden Entführer werden hart an den Armen gefasst und von hinten leicht in die Kniekehlen getreten, damit sie zu Boden fallen.

Ein weiteres Polizeiteam öffnet die Tür der Jagdhütte, überprüft schnell den Raum, um sicher zu gehen, dass sich hier nicht doch noch ein weiterer Entführer versteckt hält. Danach gehen sie langsam auf Mareike und die Kinder zu und versuchen mit ruhiger Stimme auf sie einzugehen. Um die Situation weiter zu entschärfen, werden sofort alle Fenster und Fensterläden aufgerissen. So kommt schnell wieder Sonnenlicht und frische Luft herein und verdrängt den stickigen Geruch von Schweiß und Angst.

Der Einsatz dauert nicht lange und ist erfolgreich. Niemand wird verletzt und die Entführer werden sofort in Handschellen gelegt und abgeführt. So sehr man sich auch über den ängstlichen Psychologen lustig gemacht hatte, umso wichtiger waren aber seine Hinweise gewesen. Nur durch die Skizze von Tilmann, wussten sie, wo sie suchen und zuschlagen mussten.

*

Er setzt sich ins Gras, spielt mit einem kleinen Stock in der Hand und schaut sich suchend um.

»Onkel Bernhard, wo bist du?«, ruft Theodor Konrad ängstlich.

Deibel lacht ihn aus: »Da sitzt du jetzt, du Versager. Nichts, nichts bekommst du in deinem Leben geschissen!«

»Onkel Bernhard, wann kommt Mama wieder? Müssen wir noch lange warten?«

»Och, der Kleine, wo ist denn die Mama? Muss sie dir erst einmal wieder eine trockene Hose anziehen?«, schallend lacht Deibel Theodor Konrad aus.

»Mama hat gesagt, sie kommt gleich zurück. Das stimmt doch Onkel Bernhard?« Seine Stimme fängt an zu beben, das Kinn zittert und die ersten Tränen laufen ihm die Wangen runter.

Die beiden herankommenden Polizisten schauen sich erstaunt an. Keiner von beiden muss etwas sagen, denn jeder weiß, was der andere gerade denkt: Das ist ein Fall für den Notarzt und die Psychiatrie.

Theodor Konrad schaut die beiden Polizisten an und spricht sie an: »Wisst ihr, wann mich meine Mama abholt? Onkel Bernhard hat mich hier ganz alleine gelassen.« Wieder muss er bitterlich weinen.

Die Polizisten reden ruhig auf ihn ein. Dabei sucht ein Polizist in der Jacke von Theodor Konrad nach Ausweispapieren und tastet ihn nach Waffen ab. Sein Kollege ruft derweil beim Notarzt an.

»Da, da, darf ich gleich mit in dem Bulizeiauto fahren«, fragt Theodor Konrad als er den Einsatzwagen entdeckt und richtet sich freudig auf.

Deibel antwortet ihm: »Fahr da ruhig mit und genieße die Fahrt, denn es wird für lange Zeit die letzte Fahrt in Freiheit sein.«

»Du kannst dich gerne einmal hinten in das Auto setzen«, geht ein Polizist auf die Frage ein. »Das findest du bestimmt ganz toll.«

Den beiden Polizisten ist die Situation nicht geheuer. Wird ihnen hier perfekt der kleine Junge vorgespielt oder dreht der Mann gerade durch? Intuitiv gehen sie auf Theodor Konrad ein, stehen nah bei ihm und begleiten ihn zum Einsatzwagen. Sie setzen ihn auf die Rücksitzbank und erklären das Auto. Die Beamten schauen sich fragend an und hoffen, dass der Arzt schnell eintrifft und weiterhelfen kann.

Es dauert auch nur wenige Minuten, bis der Notarzt am Einsatzort ist. Ein Polizist erklärt dem Arzt was passiert ist und in welchem Zustand sie den Entführer vorgefunden haben.

An diesem Tag, an dem ein engagierter Psychologe bei der Aufklärung einer Entführung maßgeblich beteiligt war, musste natürlich auch ein Urologe den Notdienst machen: »Ja, das hier ist nicht ganz mein Fachgebiet. Ich glaube aber, dass unser Patient am besten in die Psychiatrie gebracht wird.«

Der Urologe fragt Theodor Konrad: »Wollen wir mal in ein Krankenhaus fahren und dich untersuchen lassen?«

»Nein, nein«, schreit er und zieht die Knie hoch bis ans Kinn und fängt an zu weinen. »Ich will zu meiner Mama!«

»Ja, genau. Im Krankenhaus ist deine Mama. Die wartet dort auf dich«, versucht der Urologe zu beschwichtigen.

Erfreut, mit weit aufgerissenen Augen, antwortet Theodor Konrad wieder mit der Stimme eines Grundschulkindes: »Dann will ich da sofort hin. Aber nur, wenn ich im Bulizeiauto mitfahren darf.«

»Du, das ist kein Problem. Wir setzen uns alle ins Polizeiauto und fahren zusammen mit dir ins Krankenhaus zu deiner Mutter.«

Brav sitzt Theodor Konrad zwischen zwei Beamten, hat seine Hände auf seinen Oberschenkeln liegen und schaut sich während der Fahrt interessiert im Einsatzwagen um.

*

Peer und Tilmann sitzen gemütlich zusammen und öffnen den neuen Rotwein, den Peer kürzlich auf einer Vernissage getrunken und dann nachgekauft hatte: »Der Wein war phantastisch, aber die Vernissage eine unerträgliche Veranstaltung. Sven hatte mich dorthin geschleppt und meinte es gut mit mir. Aber du kannst dir nicht vorstellen, was manche Leute unter Kunst verstehen. Die Bilder hätte auch Charlotte gemalt haben können, als sie zum ersten Mal einen Stift in der Hand hielt.«

»Vielleicht ist der Künstler auch eher ein gewiefter Kaufmann, der Bilder von Kindern sammelt und in Rahmen steckt. Und jetzt versucht er, sie als Kunst zu verkaufen. Wahrscheinlich ist er Bilderrahmenhändler mit einem Faible für gute Weine und einer Ehefrau, die im Kindergarten arbeitet.« Tilmann ist sehr angetan von seiner phantasievollen Verbindung der einzelnen Komponenten zu einem abstrusen Ganzen. Er bemerkt aber, dass Peer, dem diese Art von Humor sonst sehr liegt, ungewöhnlich nachdenklich vor sich hin schaut.

»Ich weiß auch nicht, was das für ein Clown war«, gibt der mit abwesendem Tonfall von sich.

»Warum seid ihr denn überhaupt zu einer Vernissage gegangen? Das macht ihr doch sonst nicht?« Tilmann versucht zu erinnern, ob Peer ihm jemals zuvor etwas von Kunstausstellungen erzählt hatte.

»Nee, normalerweise gehen wir da nicht hin. Aber Sven ist von diesem Pinselheini ganz angetan …«

»Du bist doch nicht etwa eifersüchtig, Peer?«

»Ach, nicht wirklich, aber man weiß ja nie …« Peer nestelt an seinem Oberhemd herum.

»Peer, ich weiß genau, was bei dir abgeht, wenn ich diesen dunklen Ausdruck in deinen Augen sehe. Immerhin kennen wir uns jetzt eine halbe Ewigkeit und wissen beide, dass du einen gewissen Hang zur Eifersucht und vielleicht sogar einen leichten zur Paranoia hast …«

Peer windet sich fast schon körperlich und seine Begeisterung, jetzt über seine eigenen seelischen Abgründe zu reden, hält sich im Moment offenbar sehr in Grenzen. So redselig er oft auch ist, scheint er heute doch umso verschlossener zu sein.

»Ach, wenn ich von dem Thema anfange, hör ich vor morgen früh nicht auf und du hättest wieder ein neues Trauma! Das wollen wir doch nicht, oder? Im Gegenteil freue ich mich, dass es dir in jedem Fall wieder besser zu gehen scheint«, versucht Peer, geschickt das Thema zu wechseln.

»Mein Lieber, du hast mich in den letzten Tagen und Wochen teils mit sehr blankliegenden Nerven erlebt und ich freu mich ja auch, dass der ganze Spuk erstmal vorbei ist. Allerdings kannst du dich mit deinen eigenen Schattenseiten nicht ewig im Verborgenen halten und hinter vermeintlich noch schlimmeren Problemen anderer verstecken. Ich weiß, gay bedeutet zwar sinngemäß fröhlich, aber irgendwann wird bei dir alles genauso zum Ausbruch kommen, wie bei mir jetzt die Geschichte mit der Quellenamnesie. Und ich möchte, dass du weißt, dass ich dann genauso für dich da sein werde, wie du jetzt umgekehrt mich unterstützt hast, okay?«

Beide merken, dass sie in diesem Moment ihre sonst eher übliche spaßige Kommunikationsebene komplett verlassen haben. Besonders Peer fühlt sich im Punkt Eifersucht und Misstrauen, seinem vielleicht wundesten Punkt, vollständig von Tilmann erkannt. Der hatte in der Vergangenheit mehrfach Peers unnachahmliches Talent bestaunen dürfen, auch sehr positive Beziehungsansätze durch seine paranoide Ader selber wieder zu zerlegen. Und Peer wird in diesem Moment schlagartig bewusst, dass er auch in seiner Beziehung mit Sven wieder auf diesen Punkt zusteuert.

»Tilmann, du hast leider oder zum Glück, je nachdem, wie man es sieht, hundertprozentig recht mit deiner Analyse. Ich verspreche dir, diese furchtbarste meiner Seiten in absehbarer Zeit verstärkt unter die Lupe zu nehmen und ich werde dich daran teilhaben lassen, versprochen.«

Peer ist ganz heiß geworden und ihm bricht der Schweiß aus, weil er es nicht gewohnt ist, sich derart persönlich zu offenbaren.

Tilmann merkt, dass er die Verarbeitungskapazitäten seines Freundes für heute nicht weiter ausreizen sollte und schwenkt thematisch wieder zurück zur Auflösung seiner Quellenamnesie.

»Also, wo wir schon beim Thema Trauma sind: der Patient Wolf hat mich, wie ich jetzt weiß, unbewusst immer wieder an das Stranderlebnis in meiner Kindheit erinnert, in der ich von der Möwe verfolgt wurde und ich mich unglaublich hilflos fühlte.«

»Wie bist du denn jetzt genau dahinter gekommen?«

»In meinen Unterlagen gab es eine Skizze, die ich mit einem Bleistift schraffierte, um das Geschriebene besser lesen zu können. Bei näherer Betrachtung fiel mir meine Mutter ein, die mir in meiner Kindheit das Schraffieren beigebracht hat. Immer, wenn wir dann in den Strandurlaub fuhren, musste ich unbedingt viele Bleistifte mitnehmen. Ich wollte permanent malen und schraffieren.«

»Und die Erinnerung daran reichte wirklich schon aus, um die Amnesie auflösen zu können?«, fragt Peer zweifelnd.

»Nein, weitere Trigger waren finstere Blicke, von denen ich träumte oder sie erinnerte.«

»Aha? Ich verstehe zwar immer noch nicht ganz, aber immerhin dämmert es mir.«

»Es geht ja auch noch weiter, Peer. Also, der narzisstische Patient war ja in der letzten Sitzung ausgerastet und schaute mich drohend an. Und als ich mittags dann auch noch Charlotte nicht in der Schule fand, kamen weitere Bilder von schrecklichen Blicken vor meinem inneren Auge hoch. Als dann ausreichend Trigger aktiviert waren, fiel mir der Urlaub mit meinen Eltern am Strand ein und ich konnte sofort alle Gefühle zuordnen und die Amnesie auflösen. Das war eine unvorstellbare Erleichterung.«

»Seitdem die Quellenamnesie aufgeklärt ist, bist du also von den bösen Geistern befreit«, schlussfolgert Peer.

»Seither bin ich vor allem wieder viel entspannter.«

»Da bin ich aber auch sehr erleichtert. Dann muss ich dich also nicht in einer geschlossenen Anstalt besuchen und mich um Hanna und Charlotte kümmern«.

»Nein, der Kelch geht an dir vorbei. Somit bleibt dir ausreichend Zeit, um die Villa zu renovieren«, frotzelt Tilmann.

*

Was ziehe ich nur an, fragt sich Hanna, als sie vor ihrem geöffneten Kleiderschrank steht. Es soll verführerisch sein, aber auch nicht zu auffällig. Schließlich soll er sie nicht gleich ausziehen wollen, wenn er nach Hause kommt, aber überraschen möchte sie ihn schon.

Hanna sucht sich verschiedene Dessous heraus und legt sie auf das Bett. Hier fällt ihr die Entscheidung noch relativ leicht. Doch was soll sie darüber tragen? Am Ende wird es dann doch ihre perfekt sitzende Lieblingsjeans und eine weiße Leinenbluse im Knitterlook und mit etwas tieferem Dekollete.

Tilmann schließt seine Praxis pünktlich und mit einem fröhlichen Lied auf den Lippen. Gut gelaunt radelt er nach Hause. Sein Tag heute war außerordentlich erfolgreich gewesen. In zwei sehr schwierigen Behandlungen, in denen er fast schon die Hoffnung aufgegeben hatte, konnte er endlich deutliche Fortschritte erzielen. Aber auch andere Sitzungen waren sehr zufriedenstellend verlaufen, teilweise regelrecht witzig gewesen und Tilmann selbst voller Esprit. Natürlich tragen auch die positiven Ereignisse der letzten Tage dazu bei, dass seine Laune richtig gut ist: Wochenbestgelaunter! Dank dieses Energieschubes fährt er auf dem Weg nach Hause einen Umweg, der ihn zu einem Hügel am Stadtrand führt. Oben angekommen, kostet er das gute Wetter und die Aussicht über die Stadt in vollen Zügen aus. An den Bäumen sprießt das unvergleichlich zartgrüne Frühjahrslaub.

Peer steht kurz vor Feierabend mit seiner Büroverwaltungskraft Susanne im Büro der Praxis. Beide sind in diesem Moment mehr als nur verwundert, wie abwechslungsreich der Betrieb in einer psychotherapeutischen Praxis doch sein kann.

Peer hält das stark duftende Etwas mit respektvollem Abstand erneut unter die Nase und rollt mit den Augen: »Es ist bestimmt Chanel No. 5.«

»Seit wann bist du denn Experte für Frauendüfte?«, spottet Susanne.

»Susanne, du weißt so einiges nicht von mir«, sagt er und lächelt geheimnisvoll.

Er steckt den Gegenstand in seine Tasche und schickt sich an, die Praxis zu verlassen.

»Du willst mich jetzt doch nicht einfach so zurücklassen? Ich weiß doch gar nicht, von wem du es bekommen hast und was du nun damit machen wirst«, empört sich Susanne.

»Tut mir leid, meine Gute. Ich kann jetzt nicht mehr bleiben und muss dich auf morgen vertrösten. Küsschen!« Peer wirft seiner Bürokraft einen Handkuss zu, als er schon in der Tür steht und macht sich dann auf den Heimweg.

Tilmann hat den Umweg über den Berg genossen und danach eine möglichst schnelle Abfahrt genutzt, um seinem Körper etwas Adrenalin zu verschaffen. Er fährt jetzt so zügig, dass er die grüne Welle im Straßenverkehr ausnutzen kann.

Zu Hause angekommen, stößt er beim Absteigen einen der auf den Gehwegplatten stehenden Blumentöpfe um.

Durch den Krach wird Hanna drinnen klar, dass sie sich beeilen muss. Hektisch zieht sie sich an und stopft die übrigen Kleidungsstücke in den offenstehenden Schrank zurück.

»Hallo, ist jemand zu Hause?«, ruft Tilmann.

Hanna läuft strahlend die Treppe hinunter: »Hi, ich bin hier.«

Sie nehmen sich in den Arm und geben sich einen Begrüßungskuss.

»Hallo, mein lieber Mann. Hattest du einen angenehmen Arbeitstag?«

»Ja doch, ich bin erstaunlich gut wieder in den normalen Praxisalltag zurückgekehrt, wenn man bedenkt, was alles passiert ist.«

»Na dann bin ich endlich beruhigt.« Hanna war sich nicht so sicher gewesen, ob es so etwas wie Normalität für Tilmann in absehbarer Zeit wieder geben würde.

»Aber wie war dein Tag in der Schule und mit Charlotte? Wo ist sie eigentlich?«

»Mein Tag war extrem unspektakulär, um nicht zu sagen, einschläfernd. Ich hätte wohl eine leichte Dosis an Aufregung vertragen können. Ja, und unser Kind übernachtet heute bei ihrer Freundin. Du weißt doch, die Mädels und ich haben morgen schulfrei.«

»Ach stimmt ja. Die Damen haben morgen wieder frei. Nur ich muss wieder arbeiten und das Bruttosozialprodukt ankurbeln«, wird Tilmann ironisch. »Was machen wir beide denn dann an diesem kinderfreien Abend?«

Hanna schaut ihn aufreizend an: »Ich weiß nicht …?«

»Oh, oh, oh!« Tilmann zeigt sein strahlendstes Lächeln und mustert Hanna von oben bis unten. Er empfindet, dass sie gerade heute, abgesehen von ihrem sexy Look, von einer ganz besonderen Aura umgeben ist, die er noch nicht zuordnen kann.

Ausgerechnet in diesem Moment klingelt es an der Haustür. Tilmann und Hanna schauen sich verwundert an und öffnen.

»Hallo, ihr Lieben«, platzt Peer herein. »Ich habe heute etwas erlebt, das ich euch unbedingt erzählen muss. Und damit ihr mich nicht davon scheucht wie einen räudigen Hund, habe ich gleich noch etwas zu essen mitgebracht. Ihr habt doch bestimmt auch noch kein Abendbrot gegessen, oder?«

Peer schwenkt verheißungsvoll einen Jutebeutel, in dem sich die Konturen zweier großer Tupperdosen abzeichnen. »Zu aufgewärmtem Schweinebraten mit Kartoffeln in Bechamelsoße könnt ihr doch gar nicht nein sagen, wie ich euch Schleckermäulchen kenne!«

Ohne nur im Entferntesten eine Antwort abzuwarten, drückt er dem staunenden Tilmann seine Jacke in die Hand und geht direkt in die Wohnküche durch.

Doch kein Abend zu zweit, denken Hanna und Tilmann gleichzeitig, während Peer sich schon an den Topfschränken zu schaffen macht.

Später, nach dem Essen und bei einer guten Flasche Weißwein, Hanna bleibt bei Wasser, erzählt Peer Anekdoten aus seinem schwulen Leben. Diese werden von einem Glas zum nächsten nicht gerade weniger ausschweifend. Die drei biegen sich immer wieder vor Lachen in ihren Sesseln. Tilmann und Hanna vergessen sogar, dass ihnen ursprünglich ein Abend zu zweit vorschwebte.

»Aber was hast du denn nun eigentlich heute Besonderes erlebt?«, fragt Hanna. »Du hälst uns jetzt schon zwei Stunden lang hin und willst einfach nicht die Katze aus dem Sack lassen.«

»Hanna, nun lass mich doch mal ausreden! So eben wollte ich von meinem Erlebnis berichten. Du weißt doch, ich brauche immer etwas Anlaufzeit«, gibt sich Peer bescheiden.

»Ich möchte darauf anstoßen, dass du wenigstens für uns heute Abend deine Schüchternheit und deine sonst so hartnäckige Zurückhaltung aufgibst«, ruft Tilmann aus und stößt mit Peer an. Hanna ist auf Apfelschorle umgestiegen und gießt sich aus einer Karaffe nach.

»Ihr Lieben, heute bekam ich per Post ein kleines Paket geschickt. Ihr werdet nicht erraten, was in dem Paket war«, spricht Peer und macht eine Pause.

»Nun lass dich nicht bitten. Was bringt dich so aus dem Häuschen?«, fragt Tilmann.

Peer steht auf und geht zu dem Stuhl, an dem seine Jacke hängt. Aus einer der Außentaschen zieht er ein Päckchen und legt es auf den Tisch.

»Ob ihr es glaubt oder nicht, dort ist ein Schlüpfer drin, der stark parfümiert ist«, Peer öffnet das Paket und zieht den Slip heraus.

»Oh, Chanel No. 5.! Zumindest hat die Patientin, ich gehe mal davon aus, dass es eine Frau war, die dir ihre Unterwäsche geschickt hat, einen guten Geschmack«, stellt Hanna fachkundig fest.

Tilmann und Peer gehen Patientinnen durch, die zu einer solchen Aktion fähig wären.

»Jungs, bleibt mal ganz ruhig. So besonders finde ich einen Schlüpfer jetzt auch nicht. Außerdem, sollte es eine Patientin gewesen sein, hätte sie in den Gesprächen mit dir schon lange feststellen können, dass du schwul bist«, zieht Hanna die Aufmerksamkeit auf sich.

»Also, ich finde Peers Geschichte schon erzählenswert und bereichernd«, gibt Tilmann zu. »Die Täterin und ihre tieferen Motive hinter diesem Schlüpfer-Gate werden wir heute aber wohl nicht mehr ergründen.«

Hanna nutzt diesen Moment des allgemeinen Schweigens und zieht ihrerseits einen Briefumschlag hervor. Betont langsam legt sie ihn auf den Tisch.

»Was ist das?«, fragen Tilmann und Peer wie aus einem Munde und schauen verwundert von Hanna zum Umschlag und wieder zu Hanna.

»Mach ihn doch einfach mal auf, Tilmann. Da ist etwas ganz Besonderes drin!«, sagt Hanna so bedeutungsvoll, dass Peer und Tilmann sich nicht trauen, noch ein Wort zu sagen, geschweige denn, weitere lockere Sprüche loszulassen.

Tilmann öffnet den Umschlag, zieht einen Mutterpass heraus und legt ihn auf den Tisch. Er schaut abwechselnd von Hanna zu Peer und ist sehr bewegt. Ganz langsam und mit fassungslosem Gesichtsausdruck steht er auf. Überwältigt von seinen Gefühlen geht er zu Hanna, nimmt sie in seine Arme und beginnt zu weinen.

Peer blickt noch einige Sekunden länger ungläubig und wie hypnotisiert auf den Mutterpass und jubelt dann vollkommen außer sich: »Hanna, ich fass es nicht! Du bist schwanger!« Er springt auf, geht auf die beiden zu und schließt sie in seine Arme.

*

Tilmann sitzt am Frühstückstisch, trinkt Kaffee, isst Müsli und liest die Tageszeitung. Er studiert den Lokalteil und stößt auf einen Bericht, der ihn sich verschlucken lässt. Er muss stark husten und hat Schwierigkeiten, Luft zu bekommen.

»Junge, Junge, Junge! Was ist mit dir los? Ist wohl nicht so weit her mit deinen Multitasking-Fähigkeiten«, ruft Hanna leicht belustigt ins wilde Husten ihres Mannes hinein. Sie steht auf und klopft ihrem Mann auf den Rücken. Der beruhigt sich allmählich wieder und ist lediglich noch etwas rot angelaufen.

»Hanna, Schwangerschaft hin oder her, könntest du ruhig noch etwas Mitgefühl für mich übrig lassen. Fast wäre ich dramatisch an diesem Müsli erstickt und du lästerst auch noch ab!« Tilmann schaut mit großen Augen und betont leidendem Blick zu Hanna hinauf, die ihn milde anlächelt und ihm sanft über den Rücken streichelt.

»Verzeih mein Lieber, aber du weißt doch, ich bin jetzt für längere Zeit das Opfer der Evolution und meiner Hormone. Und in der Tat verteilen sie wirklich gnadenlos das Mitgefühl in Richtung des werdenden Lebens um. Aber in knapp neun Monaten werde ich dir auch wieder ein bisschen Zuwendung schenken, versprochen.«

Tilmann legt Hanna seine Rechte behutsam auf den noch flachen Bauch und spricht zu ihm: »Hey, du da drin! Du machst dir kein Bild, was ich hier draußen mit deiner Mutter durchmache und hoffe, du weißt es wenigstens zu schätzen! Also, ich hab was gut bei dir, okay? Ich denke an Skatrunden und Fußball.«

»Du bist einfach total unmöglich, Tilmann!« Hanna verpasst ihrem Mann eine leichte Kopfnuss. Im gleichen Moment stürmt Charlotte ungekämmt und im Schlafanzug in die Küche, dreht laufend eine Runde um den Tisch und ihre Eltern und ist genauso schnell schon wieder halb auf dem Weg nach draußen: »Papa ist unmöglich! Papa ist unmöglich!«, ruft sie ausgelassen.

Hanna verdreht die Augen: »Ich lebe in einem Irrenhaus! Aber jetzt mal im Ernst. Was wolltest du mir eben eigentlich erzählen?«

»Also, ich habe mich nur deshalb an dem Müsli verschluckt, weil ich diesen Artikel hier las. Hast du den auch schon gesehen?« Tilmann hält ihr die aufgeschlagene Zeitung hin und schaut seine Frau fragend an.

»Nein, ich hatte den Lokalteil noch nicht. Was steht denn da geschrieben, dass dir das Müsli im Hals stecken bleibt?«

Tilmann liest vor: »Gestern konnte die Polizei ein Kindermädchen und zwei Kinder aus einer Jagdhütte befreien, nachdem sie von drei Männern entführt worden waren. Durch hilfreiche Informationen aus der Bevölkerung konnten die Opfer nach kurzer Zeit befreit werden, ohne dass jemand verletzt wurde. Allerdings musste einer der Entführer nach seiner Festnahme in einer Psychiatrie untergebracht werden, da er nervlich zusammengebrochen war.«

»Hanna! Und wer hat in der letzten Zeit immer wieder von einer Vorahnung gesprochen, dass es zu einer Entführung kommen wird?« Tilmann richtet sich wichtigtuerisch auf.

»... und hast alle damit fast in den Wahnsinn getrieben. Sei du nur froh, dass du nicht in die Klapse gebracht werden musstest«, neckt ihn Hanna.

»Sei doch nicht schon wieder so streng mit mir, meine Liebste. So schlimm war ich dann doch auch nicht, oder?«

»Doch, genauso schlimm warst du! Mir hat es jedenfalls vollkommen gereicht«, sagt sie mit Nachdruck.

Hanna nimmt ihn in ihre Arme und gibt ihm einen Kuss auf die Stirn.

Tilmann steht auf und schaut ihr tief in die Augen: »Dann werde ich mich jetzt mal auf mein Rennrad schwingen und beherzt trainieren. Das tut dem Kopf gut und stählt meinen Körper. Und wenn ich wieder nach Hause komme, wirst du erneut das Opfer der Evolution werden. Du wirst nur so dahin schmelzen und in mir wieder den großen Helden sehen.«

»Ach, du bist doch mein Held, seitdem du mich in der Uni aufgefangen hast.«, sagt sie und gibt ihm einen Klaps auf den Po.

*